CAROLE MORTIMER
La dama dijo sí

Editado por Harlequin Ibérica.
Una división de HarperCollins Ibérica, S.A.
Avenida de Burgos, 8B - Planta 18
28036 Madrid

© 2024 Harlequin Ibérica, una división de HarperCollins Ibérica, S.A.
N.º 83 - 13.11.24

© 2011 Carole Mortimer
La dama dijo sí
Título original: The Lady Forfeits
Publicada originalmente por Harlequin Enterprises, Ltd.

© 2011 Carole Mortimer
Nobleza oculta
Título original: The Lady Confesses
Publicada originalmente por Harlequin Enterprises, Ltd.
Estos títulos fueron publicados originalmente en español en 2014

I.S.B.N.: 978-84-1074-064-8
Depósito legal: M-19290-2024
Impreso en España por: BLACK PRINT
Fecha impresión Argentina: 12.5.25
Distribuidor exclusivo para España: LOGISTA
Distribuidor para México: Distibuidora Intermex, S.A. de C.V.
Distribuidores para Argentina: Interior, DGP, S.A. Alvarado 2118. Cap. Fed./
Buenos Aires y Gran Buenos Aires, VACCARO HNOS.

MIXTO
Papel procedente de
fuentes responsables
FSC® C159065

Uno

—Por todos los santos, Nathaniel, ¿puede saberse qué te has hecho?

Lord Gabriel Faulkner, conde de Westbourne, lo exclamó con menos altivez y seguridad en sí mismo de lo habitual. Se había parado en seco en la puerta del dormitorio de su amigo al verlo tumbado en la cama. Lord Nathaniel Thorne, conde de Osbourne, tenía el rostro lleno de cortes y moratones y el musculoso pecho vendado, lo que indicaba que podía tener algunas costillas rotas.

—Le pido disculpas, señora.

Gabriel inclinó la cabeza para disculparse ante la mujer que estaba a su lado en el pasillo.

—No se preocupe, milord —replicó la señora Gertrude Wilson, tía de Osbourne—, yo me quedé igual de impresionada cuando vi las heridas de mi sobrino hace cuatro días.

—¿Os importaría dejar de hablar de mí como

si no estuviera presente? —preguntó el paciente con evidente fastidio.

—El médico ha dicho que tienes que descansar, Nathaniel —su tía desvió la mirada implacable hacia Gabriel—. Les dejaré que hablen un rato, milord, pero no más de diez minutos. Como verá, Nathaniel necesita paz y tranquilidad más que conversación —la mujer dio media vuelta y salió al pasillo—. Vamos, Betsy, es la hora del paseo de Héctor.

Gabriel se quedó desconcertado por el último comentario hasta que otra figura apareció de entre las sombras del pasillo. Era una joven esbelta, que tenía unos rizos morenos como el ébano que le enmarcaban un rostro ovalado y muy blanco. Tenía también unos preciosos ojos azules y llevaba un perrito blanco en los brazos.

—Si voy a tener que soportar que me mimen durante mucho más tiempo, es muy probable que le retuerza el pescuezo a alguien —gruñó Nathaniel en cuanto los dos hombres se quedaron solos—. Me alegro de verte, Gabe —añadió en tono más cariñoso, mientras intentaba incorporarse a pesar del dolor.

—Quédate como estás.

Gabriel se acercó a su amigo. El conde de Westbourne, con un rostro altivo y apuesto, con unos perspicaces ojos azul oscuro, alto y moreno,

4

vestido con una levita negra hecha a medida, un chaleco plateado, calzas grises y botas negras, parecía un elegante caballero inglés a pesar de haber pasado los últimos ocho años recorriendo Europa.

Osbourne se dejó caer sobre las almohadas que tenía amontonadas detrás.

—Gabe, había pensado que tenías la intención de ir directamente a Shoreley Park en cuanto llegaras en vez de venir a Londres. Lo cual plantea una pregunta...

—Creo que tu tía te ha aconsejado que descanses, Nate —murmuró Gabe arqueando una ceja.

—Me ha sacado a la fuerza de mi propia casa para cuidarme como si fuera un niño. Creo que si mi tía Gertrude se saliese con la suya, me tendría atado a la cama y no permitiría que me visitara nadie.

Pese a las quejas de su amigo, Gabe se daba cuenta de que la tía de Nate había hecho lo que tenía que hacer, de que cualquier movimiento era muy doloroso para Nate y de que no podía defenderse por sí mismo.

—¿Qué te pasó, Nate? —preguntó Gabe mientras se sentaba en la butaca que había al lado de la cama.

—Bueno —Nathaniel hizo una mueca de disgusto—, a pesar de lo que dijiste al verme, no me lo he hecho yo.

Sin embargo, Gabriel había servido en el ejército del rey con Osbourne durante cinco años y sabía que dominaba la espada y la pistola.

—Entonces, ¿qué pasó?

—Una pequeña... discrepancia fuera del club de Dominic... y cuatro pares de puños y la misma cantidad de botas remachadas con clavos.

—Ah... —Gabriel asintió con la cabeza—. ¿Y esos cuatro pares de puños y botas tienen alguna relación con el rumor que circula por toda la ciudad sobre el repentino fallecimiento de un tal Nicholas Brown?

El otro hombre sonrió con satisfacción.

—Entonces, ¿ya has visto a Dominic?

Se refería a Dominic Vaughn, conde de Blackstone y amigo de los dos, quien había ganado un club de juego llamado Nick's a un canalla que se llamaba Nicholas Brown. Este había intentado sabotear y amenazar a Dominic por todos los medios hasta que Dominic tuvo que hacerle frente.

—Desgraciadamente, no. Esta mañana, cuando llegué a la ciudad, fui a Blackstone House, pero me dijeron que Dominic no estaba allí, que se había marchado unos días al campo —contestó Gabriel con aire pensativo.

Los tres hombres habían sido amigos desde que iban al colegio y esa amistad perduraba aunque él se hubiese expatriado repentinamente al Continente hacía ocho años. Esperaba de todo corazón que la súbita marcha al campo de Dominic no significara que su amigo iba a tener que sufrir la misma suerte por haber tenido que matar de un disparo al malnacido de Nicholas Brown...

—No es lo que piensas, Gabe —le tranquilizó Nathaniel con una sonrisa, mientras tomaba una carta de la mesilla y se la entregaba a su amigo—. Las autoridades han aceptado la versión de Dominic sobre lo que pasó entre Brown y él. Al parecer, Dominic está viajando a Hampshire para visitar a la familia de la mujer con la que piensa casarse. Mira lo que me escribió antes de marcharse.

Gabriel leyó la carta de su amigo. Era una carta breve, escrita precipitadamente y con poca información, aparte de la noticia de que se marchaba a Hampshire con la intención de pedirle autorización al tutor de la mujer para que pudieran casarse.

—¿Puede saberse quién es la señorita Morton? —preguntó Gabe dejando la carta otra vez en la mesilla.

—Una auténtica belleza —contestó Osbourne con un brillo en los ojos—. Naturalmente, no pude comprobarlo la primera vez que la vi porque llevaba una máscara con joyas y una peluca negra como el ébano, pero cuando se las quitó...

Osbourne perdió cierta seguridad en sí mismo ante la incredulidad de Gabriel.

—Estaba cantando en Nick's la noche de la pelea y Dom y yo no tuvimos más remedio que intervenir y...

Nathaniel no terminó la frase cuando Gabriel levantó una mano.

—Veamos si lo he entendido bien —dijo Gabriel en tono sombrío—. ¿Estás diciéndome que Blackstone está a punto de pedirle la mano a una mujer que hasta hace poco cantaba en un club de juego para caballeros disfrazada con una máscara con joyas y una peluca negra como el ébano? —preguntó en un tono gélido por la censura.

—Yo... bueno... supongo que sí...

—¿Dominic ha perdido el juicio completamente? ¿También ha recibido un golpe en la cabeza de uno de esos puños o de una bota remachada con clavos?

Gabriel no podía encontrar otra explicación a que su amigo, increíblemente codiciado, se planteara la posibilidad de pedirle matrimonio a la cantante de un club de juego, por muy hermosa que fuese. Nathaniel se encogió de hombros.

—Su carta dice que lo explicará todo cuando vuelva a la ciudad.

—Para entonces, ya será demasiado tarde para salvarlo de su temeraria aventura. Ningún tutor de una mujer así se plantearía siquiera rechazar semejante oferta de un conde. En realidad, no me extrañaría que Dominic volviese casado a la ciudad.

Gabriel frunció el ceño ante la idea de que su amigo hubiese caído en la trampa evidente de esa «auténtica belleza».

—No lo había pensado... —Nathaniel frunció el ceño por la preocupación—. Me pareció una dama de buena familia cuando hablé con ella...

—Mi querido Nate, es posible que haya pasado algunos años lejos de la sociedad londinense, pero no creo que haya cambiado tanto como para que las damas de buena familia tengan que buscarse un empleo en clubs de juego para caballeros —replicó Gabriel con ironía.

—Mmm... —Nathaniel lo meditó un instante—. Quizá, como tú también vas a ir a Hampshire, podrías buscar a Dominic y...

—He desechado la idea de ir a Shoreley Park —Gabriel apretó los labios al acordarse de la conversación que había tenido esa misma mañana en el despacho de su abogado—. Hace unas horas, cuando llegué a Inglaterra, me encontré a un emisario de mi abogado en el muelle con una carta que me pedía que acudiera a verlo inmediatamente. Al parecer, las tres hermanas Copeland que, como bien sabes, rechazaron mi oferta de matrimonio, han decidido ausentarse de Shoreley Park. Sin duda, ante mi inminente llegada.

Era algo que no complacía lo más mínimo a Gabriel. Bastante ofensa había sido que hubiesen rechazado su oferta de casarse con una de sus pupilas, sin que siquiera lo hubiesen visto, ¡como para tener que complicarse la vida buscando a esas tres díscolas muchachas!

Los dos herederos más inmediatos de Westbourne habían muerto en la batalla de Waterloo y, sorprendentemente, Gabriel recibió el título de conde de Westbourne hacia seis meses, además de convertirse en el tutor de las tres hijas solteras del anterior conde. Dadas las circunstancias, y que no tenía ningún interés en casarse con otra mujer, consideró que lo apropiado era ofrecerle matrimonio a una de esas tres muchachas. No solo lo habían rechazado las tres, sino que, para más inri, habían decidido resistirse a que fuera su tutor, algo que no pensaba tolerar.

—He ido a visitar a Dominic para aceptar su oferta de que me quedara en Blackstone House cuando volviera a la ciudad —siguió Gabriel encogiéndose de hombros—, pero me temo que, como se ha marchado al campo, voy a tener que vivir en Westbourne House después de todo...

—Lleva cerrada desde hace diez años —Nathaniel hizo una mueca de disgusto—. Es un mausoleo y lo más probable es que también esté llena de ratones y todo tipo de roedores.

Gabriel sabía que Westbourne House estaba abandonada y por eso había retrasado su llegada durante toda la mañana. Después de haber hablado con su abogado, fue a visitar a Dominic a Blackstone House, pero se enteró de que había desaparecido en el campo. Entonces, fue a la residencia de Nathaniel y le comunicaron que, en esos momentos, estaba viviendo en la casa de su tía, la señora Gertrude Wilson. Lo que significaba que tampoco podría quedarse con él.

—No hay ningún motivo para que no puedas quedarte en Osbourne House aunque no esté yo —le ofreció el conde como si hubiera leído su pensamiento—. Podríamos haber ido los dos si a mi tía no se le he hubiese metido en la cabeza llevarme al campo esta misma tarde —añadió sin disimular su fastidio por esa decisión—. Hazme caso, Gabe, nunca permitas que una mujer tome las riendas, se aprovechará todo lo que pueda de la debilidad del hombre.

Gabriel no pensaba permitir que ninguna mujer se aprovechara del él otra vez, ya había aprendido muy bien esa lección hacía ocho años...

—¡Perdona! —se arrepintió Osbourne inmediatamente—. No quería insinuar...

—No te preocupes, Nate. Tu oferta es muy amable, pero como tendré que instalarme en Westbourne House en algún momento, puedo hacerlo ahora —Gabriel se levantó—. Intentaré encontrar a alguien adecuado para que vaya a Hampshire y encuentre a Dominic... y espero que recupere el juicio antes de que sea demasiado tarde —añadió en tono sombrío.

Gabriel sabía muy bien que la sociedad nunca perdonaría que un conde se casara con una mujer que había sido cantante en un club de juego para caballeros.

—Ahora, creo que me marcharé antes de que la señora Wilson vuelva y me saque a rastras de la casa —siguió Gabriel estirándose los puños de encaje por debajo de las mangas de la levita.

—No lo creo —Nathaniel tocó la campanilla para que alguien acompañara a Gabriel hasta la puerta—. Mi tía Gertrude me tiene dominado por el momento, pero me extrañaría mucho que consiguiera lo mismo contigo.

La verdad era que la actitud de la señora Wilson hacia él, cortés aunque fría, le había parecido cierto alivio después de que la sociedad le hubiese dado la espalda durante años. Evidentemente, haberse convertido en conde tenía su importancia.

—Considérate afortunado por tener un familiar que te tiene suficiente cariño como para preocuparse por ti —replicó Gabriel en tono irónico.

Su propia familia nunca se había preocupado

por saber dónde estaba y mucho menos había preguntado por su salud.

Mientras se dirigía en el carruaje a Westbourne House, se planteó la posibilidad de que en ese momento, cuando tenía el antiguo y respetado título de conde de Westbourne, con toda la riqueza, posesiones e influencia que conllevaba, hubiera algún cambio en la actitud de esa familia que había decidido perderlo de vista durante todo esos años. Si lo había, a él le daba exactamente igual.

Sin embargo, su aire de indiferencia simulada sufrió un revés en cuanto llegó a Westbourne House y un mayordomo de librea le abrió la puerta principal.

—Lady Diana no está en casa en este momento, milord, pero volverá enseguida —le comunicó el mayordomo.

¿Lady Diana Copeland? ¿Una de las indisciplinadas hijas del anterior conde que, en teoría, había desaparecido de su casa? Si era ella, ¿cuánto tiempo llevaba viviendo en Westbourne House?

—El conde ha pedido que vaya a verlo a la biblioteca en cuanto llegue, milady.

Soames se lo comunicó inexpresivamente a

lady Diana Copeland cuando le abrió la puerta principal para que entrara. Ella, sin embargo, se quedó parada en el umbral.

—¿Qué conde...?

—El conde de Westbourne, milady.

¡El conde de Westbourne! ¿Lord Gabriel Faulkner estaba allí? ¿Estaba esperándola en la biblioteca?

¿Quién tenía más derecho que lord Gabriel Faulkner, nuevo conde de Westbourne, para estar esperándola en la que, al fin y al cabo, era su biblioteca? Además, ¿acaso no había esperado tener la ocasión de decirle personalmente al nuevo conde lo que pensaba sobre la oferta de matrimonio indiscriminada que le había hecho a ella y a sus dos hermanas y sobre las consecuencias que tendría esa oferta tan ridícula?

Se puso muy recta para prepararse ante esa conversación.

—Gracias, Soames.

Entró en el vestíbulo muy segura de sí misma y le entregó el sombrero y la sombrilla a la doncella que la había acompañado a hacer los recados.

—¿Mi tía Humphries sigue en sus aposentos?

—Sí, milady —contestó el mayordomo con una expresión inmutable, como debía ser la de un buen mayordomo.

No obstante, Diana pudo captar el leve tono de

censura de Soames porque la señora Humphries había decidido acostarse cuando llegaron a Westbourne House hacía tres días y se había quedado allí mientras ella se desvivía para que se limpiara la casa desde el desván hasta la bodega.

Ella no sabía lo que se encontraría cuando llegara a Westbourne House. Ni ella ni sus hermanas habían estado en Londres antes y mucho menos habían vivido en la casa que tenía allí la familia. Su padre, el anterior conde, había decidido no ir allí durante los diez años previos a su muerte, hacía seis meses.

El abandono y deterioro que se encontró cuando entró en Westbourne House fue exactamente tan espantoso como se había temido. También le había confirmado que el nuevo conde no había llegado todavía de su estancia en Venecia para instalarse allí. Los pocos sirvientes que quedaban habían caído en un abandono y deterioro parecido al de la casa al no tener a nadie que los obligara a cumplir con sus obligaciones. Ella se ocupó inmediatamente de eso y despidió a los sirvientes que no querían o podían trabajar. Contrató a otros para que ocuparan su lugar y lo primero que hicieron fue devolver parte del esplendor a la casa.

Algo que hicieron muy bien, comprobó ella mientras miraba alrededor con aire de satisfacción.

La madera resplandecía, los suelos estaban encerados y habían abierto puertas y ventanas durante horas para orear la casa y que no oliese a cerrada. ¡El nuevo conde no podría tener quejas sobre la comodidad que le había devuelto a su casa de Londres!

Además, sabía que ya había retrasado demasiado tiempo ese primer encuentro con el nuevo conde...

—Soames, por favor, lleva té a la biblioteca.

Se lo pidió con despreocupación porque sabía que todos los sirvientes, los nuevos y los antiguos, trabajaban con diligencia y eficiencia bajo las directrices de ese mayordomo que ella misma había entrevistado y contratado.

—Sí, milady. ¿Será té para uno o para dos, milady? Hace como una hora, el señor me pidió que le llevaran una frasca de brandy a la biblioteca.

Diana no pudo evitar mirar el reloj de pie que había en el vestíbulo y vio que eran las doce... ¿No era demasiado pronto para que el conde empezara a beber brandy? Sin embargo, ¿qué sabía ella, que había vivido todos sus veintiún años en el campo, sobre las costumbres de Londres? También era posible que el conde tuviese costumbres italianas después de haber vivido tantos años en Venecia... Fuera lo que fuese, una taza de té le vendría mejor al conde, a esa hora del día, que una copa o dos de brandy.

—Para dos. Gracias, Soames.

Tomó una profunda bocanada de aire antes de dirigirse hacia la biblioteca.

—Adelante —dijo Gabriel con cierta tensión cuando oyó que llamaban a la puerta.

Se levantó con una copa de brandy medio llena en la mano y miró hacia lo que sería un jardín cuando lo cuidaran adecuadamente, pero que, en ese momento, parecía una jungla. Fuera quien fuese quien había limpiado y organizado la casa, la ausente lady Diana, probablemente, todavía no había tenido la ocasión de ocuparse del jardín.

Se dio la vuelta, a contraluz, cuando la puerta se abrió y una elegante joven entró decididamente y volvió a cerrar la puerta. Lo primero en lo que se fijó fue en el color de su pelo. No era ni rojo ni dorado, sino de un color intermedio, y lo llevaba trenzado alrededor de la cabeza aunque permitía que algunos rizos le acariciaran le delicada blancura de la nuca y la frente. Una delicadeza que se contradecía con el orgulloso ángulo de la barbilla. Sus ojos, del mismo azul oscuro que el vestido de cintura alta, miraron con un brillo de censura la copa de brandy que tenía en la mano antes de mirarlo a los ojos con el mismo aire desafiante de la barbilla.

—Lady Diana Copeland, supongo...

Él inclinó levemente la cabeza sin mostrar ninguna sorpresa por encontrarla allí cuando sus instrucciones habían sido que las tres hermanas se quedaran en Shoreley Park, en Hampshire, y que esperaran a que él llegara a Inglaterra.

—Milord... —lo saludó ella con una reverencia igual de leve.

Había bastado una palabra para que sintiera un escalofrío por el tono ronco de su voz. Una voz que no correspondía en absoluto a una joven dama de la alta sociedad, sino a una amante que susurraba o gritaba palabras... estimulantes a su pareja. Entrecerró los ojos ante lo inapropiado de esa imagen.

—¿Qué hermana es por orden de edad?

La verdad era que esas tres pupilas que le habían caído en suerte no le habían interesado lo suficiente como para molestarse en saber nada de ellas, aparte de que las tres estaban en edad de casarse. También había decidido arrogantemente que habían tenido tiempo suficiente para que una de ellas hubiese aceptado ser su esposa, pero ninguna lo había hecho, se recordó sombríamente.

—Soy la mayor, milord.

Diana Copeland entró más en la habitación y la luz del sol hizo que su pelo pareciera más dorado que rojo.

—Me gustaría hablar con usted sobre mis hermanas.

—Como sus dos hermanas no están aquí en este momento, no tengo ningún interés en hablar de ellas —Gabriel frunció el ceño—. En cuanto a usted...

—Entonces, ¿puedo aconsejarle que haga el esfuerzo de interesarse por ellas? —preguntó Diana fríamente y tensa por la indignación.

—Mi querida Diana, creo que puedo llamarte así ya que soy tu tutor, te aconsejo que en el futuro no intentes decirme qué debería interesarme y qué, no —replicó él sin inmutarse.

Una joven altiva que estaba demasiado acostumbrada a salirse con la suya no era un obstáculo ni físico ni verbal para él, que había pasado varios años como oficial en el ejército del rey.

—Por lo tanto, y como tu tutor, yo seré quien decida lo que se hablará o no entre nosotros. Lo más inmediato es que me explique por qué ha venido a Londres y ha desobedecido completamente mis instrucciones.

Cualquier réplica punzante a la arrogancia de lord Gabriel Faulkner por haberle dado esas «instrucciones» se quedó entre los labios cuando él avanzó y pudo verlo claramente. Era... ¡magnífico! Ninguna otra palabra podría describir la despiadada belleza de ese arrogante rostro. Tenía un mentón fuerte y cuadrado, unos labios como cincelados, unos pómulos altos a ambos lados de una nariz larga y recta, unos ojos... ¡qué ojos!... de un azul tan oscuro que parecían una noche despejada de invierno. El pelo, moreno, estaba elegantemente peinado y le caía descuidadamente sobre la frente y en rizos sobre la nuca, la levita negra se ajustaba perfectamente a unas espaldas muy amplias y musculosas, el chaleco plateado tenía un corte igual de elegante y las calzas grises se ceñían a unas piernas largas, musculosas y esbeltas rematadas por una botas negras y lustrosas. Efectivamente, lord Gabriel Faulkner era, con toda certeza, el caballero más apuesto, elegante y aristocrático que había visto en sus veintiún años de vida.

—Diana, sigo esperando a que me des tus motivos para haberme desobedecido y haber venido a la ciudad.

¡También era el más arrogante!

Había perdido a su madre cuando tenía once años y dos hermanas menores que ella y tuvo que adoptar el papel de madre para sus hermanas y de señora de la casa de su padre. Por eso, estaba más acostumbrada a dar instrucciones que a recibirlas.

—El señor Johnston se limitó a decirnos que usted iría a Shoreley Park cuando le viniera bien después de haber llegado de Venecia. Como no pudo concretar cuál sería la fecha de su llegada, decidí tomar la iniciativa sobre la mejor manera de afrontar esta situación tan delicada.

Era orgullosa además de altiva, se dijo Gabriel a sí mismo cuando vio que ella volvía a levantar la deliciosa barbilla. Además, si no se equivocaba, él ya le desagradaba personalmente y como tutor de ella y de sus hermanas. Podía entender perfectamente lo segundo. Según le había contado su abogado, William Johnston, Diana había sido la señora de Shoreley Park desde la muerte de su madre, Harriet Copeland, hacía unos diez años. Por tanto, no estaría acostumbrada a hacer lo que le decían, y menos lo que le decía un tutor al que no conocía.

En cuanto a lo primero, que no le agradara él personalmente, ya le había pasado otras veces, pero, normalmente, no sucedía después de que solo lo hubiesen conocido unos minutos. A no ser, naturalmente, que ya le desagradara a lady Diana antes de haberlo conocido. Arqueó burlonamente una ceja.

—¿A qué... situación tan delicada te refieres?

Ella se sonrojó ligeramente y sus ojos dejaron escapar un destello azul cuando captó el tono burlón de su voz.

—A la desaparición de mis dos hermanas, naturalmente.

—¿Qué? —preguntó Gabriel dando un respingo.

Ya sabía que las hermanas Copeland habían decidido marcharse de Shoreley Park, claro, pero cuando le informaron de que Diana estaba en Westbourne House, había dado por supuesto que sus hermanas estarían con ella o que, por lo menos, sabría dónde estaban.

—Si no te importa, explícate clara y concisamente —le pidió él apretando los dientes.

Ella lo miró como si quisiera aniquilarlo.

—Caroline y Elizabeth, aterradas ante su oferta de matrimonio, ¡decidieron abandonar la única casa que conocían y escapar a sabe Dios dónde!

Gabriel tomó una bocanada de aire, dejó la copa de brandy en la mesa y se dio la vuelta para mirar otra vez por la ventana. Si bien ya sabía que las tres hermanas Copeland se habían marchado de Shoreley Park, enterarse de que su oferta de matrimonio había hecho que las dos hermanas menores se escaparan sin decirle a su hermana mayor a dónde pensaban ir, no solo era insultante, sino que, asombrosamente, había conseguido afectarle cuando creía que esas nimiedades ya no le afectaban.

Había tenido que vivir deshonrado todos esos años y sabiendo que de toda la gente a la que quería, solo sus amigos Blackstone y Osbourne habían creído en su inocencia. Había significado que, durante los cinco años que pasó en el ejército, nunca le había importado especialmente si iba a vivir o morir. Paradójicamente, esa temeridad y osadía era lo que había conseguido que pareciera un héroe a sus hombres y a los demás oficiales.

Que dos jóvenes damas educadas con esmero hubiesen rechazado tan desesperadamente la idea de casarse con el infame lord Gabriel Faulkner que habían preferido escaparse de su casa antes de plantearse un destino así le había abierto una herida que creía haber cerrado hacía mucho tiempo, si no olvidado...

—Milord...

Él tomo otra bocanada de aire, cerró los puños y contuvo los demonios del pasado porque sabía que no tenían cabida en ese momento y lugar.

—Milord, ¿qué...?

Diana se arredró ante la furia gélida que pudo captar en el rostro arrogante y apuesto de Gabriel cuando se dio la vuelta y la miró con unos ojos tan brillantes y sombríos que le parecieron los del mismísimo demonio. Él arqueó una ceja.

—¿Tú no sentiste las mismas ganas de huir?

La verdad era que ni se le había pasado por la cabeza. Nunca huía de los problemas y estuvo tan ocupada desde que se entero de que sus hermanas se habían marchado que no tuvo tiempo de pensar en nada más. Sin embargo, si lo hubiese pensado, ¿lo habría hecho?

Diez años siendo la hermana responsable, práctica y sensata habían pasado factura a la chica traviesa y alegre que fue una vez, hasta que ya no pudo acordarse de lo que era ser impetuosa o irreflexiva ni pensar en sus propias necesidades antes que en las de su padre o sus hermanas. Categóricamente, no se habría marchado.

—No, no las tuve —afirmó tajantemente.

—¿Y por qué? —insistió él con una mirada casi depredadora.

Ella se puso muy recta.

—Yo...

No pudo saber lo que iba a decir porque el mayordomo entró justo en ese momento y dejó la bandeja con el té en la mesa que había junto a la chimenea. Él, divertido, se dio cuenta de que era una bandeja preparada para dos. Evidentemente, a juzgar por la sombra de desdén que captó en el rostro de Diana hacía unos minutos, ella censuraba que bebiera un licor tan fuerte antes del almuerzo, si lo admitía en algún momento... ¡Le daba igual lo que admitiera lady Diana!

Recogió la copa de brandy, la vació de un sorbo antes de volver a dejarla junto a la bandeja del té y esperó a que el mayordomo se hubiese marchado.

—Creo que estabas a punto de contarme por qué no tuviste ganas de escaparte como hicieron tus hermanas.

—¿Quiere un té, milord?

Él entrecerró los ojos por la evasiva.

—No, gracias.

—¿No quiere té? —preguntó ella arqueando las cejas con sorpresa.

—Te aseguro que no es una de las cosas que he echado de menos durante los años que he vivido en el extranjero —contestó él con ironía.

Ella se sirvió tranquilamente el té antes de erguirse y mirarlo directamente a los ojos.

—Espero que tuviera un buen viaje desde Venecia, milord.

Él dejó escapar un resoplido de impaciencia.

—Si estás intentando cambiar de conversación con estas bobadas, Diana, te advierto que no vas a conseguirlo.

—He oído decir que lo consideraron un héroe o algo así cuando estuvo en el ejército —comentó ella.

¿Había oído decir que había estado en el ejército? ¿Habría oído también los rumores, mucho más perjudiciales, sobre lo que hizo hacía ocho años? Gabriel la miró con los ojos entrecerrados y una expresión seria.

—¿Qué más has oído sobre mí?

Sus ojos azules y francos lo miraron sin parpadear.

—¿En qué... sentido, milord?

A lo largo de los años, se había enfrentado a enemigos, y a algunos que se llamaban amigos, sin que ninguno de ellos hubiera podido sacarlo de sus casillas, pero esa joven, que había vivido toda su vida en el campo, no vacilaba en desafiarlo.

—En cualquier sentido, señora.

Ella encogió sus esbeltos hombros.

—Nunca hago caso de las habladurías, milord, pero, aunque lo hiciera, me temo que no llevo tiempo suficiente en la ciudad ni conozco a suficiente gente como para que hayan podido hacerme alguna... confidencia.

Si Diana Copeland temía algo, él estaría muy interesado en saber qué era. Ella, por el momento, no había vacilado en decir lo que pensaba y cuando había querido. Si él se salía con la suya, esa joven volvería al campo mucho antes de que tuviera la oportunidad de que... le hicieran alguna confidencia.

Ella arqueó una ceja con delicadeza.

—A lo mejor, podría darme alguna idea...

Gabriel se reconoció que lo hacía muy bien. Ella mostraba el desinterés justo para indicar que el asunto de la conversación no le importaba gran cosa. Si ese asunto no fuese tan delicado para él, quizá lo hubiese engañado.

—En este momento, no —él apretó los dientes—. Tampoco me he olvidado de qué estábamos hablando al principio.

—¿De qué...?

Él tomó una bocanada de aire para serenarse aunque apretó los puños con impaciencia.

—Me gustaría saber por qué viniste a instalarte en Westbourne House en vez de desaparecer antes de mi llegada, como, evidentemente, decidieron hacer tus hermanas.

Ella se puso muy recta y con altivez.

—¿Está queriendo decir, como nuevo propietario de esta casa, que ya no tengo ese derecho?

Él intentó mantener el control de la conversación, algo que le costaba cada vez más.

—No, no quiero decir eso. Como eres mi pupila, claro que puedes utilizar cualquiera de las casas o posesiones de los Westbourne. Sin embargo, deberías haber sabido que me vendría a vivir a Westbourne House cuando me enterara de que vosotras no estabais en Shoreley Park.

—Sí, lo sabía.

—¿Entonces...?

Él estaba cada vez más desesperado con esa conversación.

—Milord, creo que es evidente por qué estoy aquí.

—¿Para buscar a tus hermanas?

—Sí, esa era mi primera preocupación.

—¿Y la segunda?

Él notó que se le contraía el músculo de la mandíbula y que, si no se equivocaba, ¡también le temblaba el párpado izquierdo!

Diana se inclinó para dejar cuidadosamente la taza de té en la bandeja de plata y le permitió ver parte de los pechos blancos como la leche. Unos pechos abundantes y redondeados que contrastaban ligeramente con la delgadez que se intuía por el corte del vestido. Diana Copeland, hubiese nacido y se hubiese criado en el campo o no, era una dama de los pies a la cabeza y solo hacía falta fijarse en sus brazos delicados y elegantes y en las manos cubiertas por unos guantes blancos de encaje. Una joven dama segura de sí misma y deslenguada que...

—Naturalmente, el segundo motivo para que esperara su llegada aquí es que he decidido aceptar su oferta de matrimonio.

Si él hubiese estado disfrutando del brandy todavía, ¡se habría atragantado!

Dos

Diana no perdió la calma mientras cruzaba la habitación para recolocar las flores del florero que había en una mesa junto a la ventana. Esperaba que, al haberle dado la espalda, él no pudiera notar le inquietud que sentía por dentro al haber dicho en voz alta que aceptaba la oferta de matrimonio de ese hombre. La sorpresa del conde había sido más que evidente cuando abrió con incredulidad esos ojos azules como la noche y cuando se quedó completamente en silencio.

En cualquier otro momento, habría sentido cierta satisfacción por haber dejado mudo a un hombre tan arrogante y sofisticado como lord Gabriel Faulkner, pero, en ese caso y en ese asunto concreto, habría preferido casi cualquier otra reacción. Quizá, como ella había rechazado la oferta en un principio, él hubiera decidido retirarla... Entonces, no solo se habría puesto en evidencia ella misma, sino que también lo habría puesto en una situación muy incómoda al tener que desentenderse de un compromiso que ya no quería...

Si la incredulidad se debía a otro motivo, por ejemplo, que el conde de Westbourne, al haberla conocido, consideraba que su aspecto físico o su personalidad no eran los adecuados para la futura condesa, entonces, no sabía si podría soportar semejante humillación después de los dolorosos incidentes de la semana anterior.

—Corrígeme si me equivoco, pero ¿no has dicho que eres la mayor de las hermanas Copeland? —consiguió preguntar él por fin.

—Sí... —contestó ella con el ceño fruncido y dándose la vuelta.

Él se quedó perplejo.

—Mi abogado me comentó que la mayor de las hermanas Copeland ya estaba prometida, ¿no es verdad?

Diana tomó aliento al darse cuenta de que estaba sonrojándose.

—Entonces, estaba mal informado, milord. No estaba, ni he estado, prometida formalmente. Tampoco sé por qué el señor Johnston ha podido oír siquiera algo así —añadió ella en tono punzante.

Él la miró detenidamente y pudo ver el rubor de sus mejillas, la inclinación orgullosa de su barbilla y el brillo desafiante de sus ojos azules como el cielo. Se preguntó el motivo y también la pareció raro que hubiese rechazado estar prometida de una forma tan precisa y cuidadosa... Apretó los labios.

—Creo que fueron tus hermanas quienes le dijeron a Johnston que estabas prometida.

—¿De verdad? —preguntó ella arqueando las cejas con altivez—. Entonces, es posible que no estuviese mal informado después de todo y que, sencillamente, hubiese entendido mal la información.

Algo que él dudaba muchísimo... Había heredado a William Johnston, junto al título, las posesiones y la tutoría de las tres hermanas Copeland, del padre de ellas, Marcus Copeland, anterior conde de Westbourne. El abogado era un hombrecillo meticuloso y satisfecho de sí mismo que no le agradaba especialmente. Sin embargo, creía que el abogado, por orgullo profesional, nunca se equivocaría con la información que le daba a uno de sus adinerados y nobles clientes. La miró a los ojos.

—¿No es posible que tú o el joven caballero hayáis cambiado de opinión?

—¡Acabo de decirle que no hay ningún caballero!

—Un joven, entonces. Un joven a quien, sin duda, le pareció que casarse con una joven noble cuya fortuna estaba en manos de la buena voluntad de su tutor era muy distinto a casarse con la hija mayor de un adinerado conde... —replicó Gabriel mirándola elocuentemente.

Diana le aguantó la mirada todo lo que pudo, hasta que tuvo que desviarla para que él no viera las lágrimas que empezaban a brillarle en los ojos.

¡Maldito hombre! No, ¡malditos todos los hombres! Sobre todo, Malcolm Castle por tener la consistencia de un flan.

Malcolm y ella se habían criado juntos en el pueblo de Shoreley Park. Habían jugado juntos cuando eran pequeños, habían bailado juntos cuando tuvieron edad de acudir a las reuniones del pueblo y habían dado paseos en días fríos de invierno y en tardes templadas de verano. Incluso, le permitió que le diera el primer beso después de declararle el amor que sentía por ella.

Ella había creído que también estaba deslumbrada por él y su padre no se había opuesto a su... amistad. Naturalmente, los padres de Malcolm, el terrateniente local y su esposa, estaban apasionados ante la idea de que se hijo pudiera casarse con la hija mayor del adinerado conde de Westbourne. Todo había parecido perfecto.

Hasta que, como acababa de señalar lord Faulkner con toda crudeza, la arruinada hija mayor del conde de Westbourne dejó de ser tan atractiva para Malcolm... o sus padres. El padre de ella no había esperado morir tan súbitamente y no había dejado las cosas arregladas para sus hijas. Económicamente, estaban completamente a merced de la voluntad del nuevo conde y como había pasado tanto tiempo alejado de la sociedad, lord Gabriel Faulkner era una incógnita.

Ella, naturalmente, se había dado cuenta de que Malcolm visitaba menos Shoreley Park desde el fallecimiento de su padre. No le había propuesto que pasearan juntos, no había intentado besarla ni, naturalmente, habían acudido a las reuniones del pueblo porque las tres hermanas estaban de luto. Sin embargo, no se había preocupado, había creído que las ausencias de Malcolm se debían al fallecimiento de su padre y a nada más.

Hasta hacía una semana, cuando, por casualidad, oyó a dos doncellas que hablaban sobre el compromiso de Malcolm con la señorita Vera Douglas, la hija de un rico comerciante que acababa de comprarse una casa en la zona.

Para empeorar las cosas, Malcolm fue a visitarla esa misma tarde y se disculpó por todos los medios por no haberle comunicado su compromiso personalmente. También insistió en que habían sido sus padres quienes se habían empeñado en ese matrimonio y en que seguía amándola a pesar de todo.

Quizá hubiese podido perdonarlo si le hubiese dicho que estaba deslumbrado por otra mujer, pero le parecía insoportable que le dijera que iba a casarse con esa adinerada mujer solo porque así lo querían sus padres. ¡Efectivamente, tenía la consistencia de un flan y se alegraba de haberse librado de él!

Sin embargo, el rechazo de Malcolm le había dejado el orgullo por los suelos y había hecho que todo el mundo la mirara con lástima cuando iba al pueblo. Por eso había decidido, con su habitual sentido práctico, que la manera perfecta de acabar con todas las habladurías sería aceptar la propuesta de matrimonio de lord Gabriel Faulkner, séptimo conde de Westbourne. Casarse con él, aun teniendo en cuenta el escándalo en el que estuvo mezclado Gabriel en el pasado y que sus vecinos habían insinuado y comentado abiertamente, era preferible a que todo el mundo creyera que la habían cambiado por la hija de un comerciante.

—¿Acierto al creer que has decidido aceptar mi oferta solo porque el compromiso anterior se ha deshecho?

El provocador conde lo preguntó en un tono irritante. ¿Cómo había podido saber ella, cuando sensatamente decidió aceptar su oferta, que era tan perversamente apuesto, tan alto y musculoso, tan elegante...? ¡Tan enojosamente perspicaz que había adivinado el verdadero motivo de que cambiara de opinión a los pocos minutos de haberle comunicado que aceptaba su oferta!

—Quedó muy claro que una de nosotras tenía que aceptar su oferta si queríamos seguir viviendo en Shoreley Park —contestó ella en tono defensivo.

—Exactamente, ¿quién lo dejó claro? —preguntó él frunciendo el ceño.

—El señor Johnston, claro.

Él no lo veía nada claro.

—Explícamelo, por favor.

Ella resopló con impaciencia.

—La última vez que nos visitó, su abogado declaró que si seguíamos rechazando su oferta, no solo quedaríamos arruinadas, sino que también nos pedirían que abandonáramos nuestra casa.

Él apretó los dientes y volvió a notar que se le contraría el músculo de la mandíbula.

—¿Es exactamente lo que os dijo?

Diana levantó con altivez la cabeza entre pelirroja y dorada.

—No suelo mentir, milord.

Si eso era verdad, y él no tenía motivos para creer que no lo fuese, William Johnston se había excedido mucho en sus atribuciones. Las hermanas Copeland no tenían la culpa de que no tuvieran un hermano que hubiese heredado el título y las posesiones ni de que su padre no hubiese tenido la previsión de asegurarles el porvenir si moría.

Él había hecho su oferta de matrimonio por un estricto sentido de justicia, porque, de no haber sido por un revés del destino, el título lo habría heredado uno de los primos de las hermanas Copeland y no un desconocido. Un primo que cabía esperar que hubiese tratado a las hijas del anterior conde tan justamente como intentaba hacer él.

—Y yo no pienso pedirte ni a ti ni a tus hermanas que abandonéis vuestra casa, ni ahora ni en el futuro —replicó él apretando los labios.

Diana se quedó desconcertada.

—Pero el señor Johnston fue muy claro en lo relativo...

—Evidentemente, el señor Johnston habló de más.

Gabriel puso una expresión muy sombría mientras pensaba en la conversación que tendría con ese arribista presuntuoso que había atemorizado a las hermanas Copeland hasta que se sintieron como animales acorralados.

—¿Por eso se escaparon tus dos hermanas? —siguió él.

—Creo que fue el... detonador, sí.

—¿Solo el detonador? —preguntó él con los ojos entrecerrados.

—Bueno, la vida en Shoreley Park les parecía

algo... aislada desde hacía unos años. No me malinterprete —añadió ella apresuradamente cuando él arqueó las cejas—. Caroline y Elizabeth eran unas hijas muy obedientes y aceptaron los motivos que alegó nuestro padre para que no fuésemos a ninguna Temporada en Londres ni para introducirnos en la sociedad londinense...

—¿Acierto al pensar que vuestro padre tomó esa decisión por lo que hizo vuestra madre hace diez años? —preguntó él con delicadeza.

Ella bajó la mirada y sus pestañas rubias cubrieron los ojos azules como el cielo.

—Sí... Nuestro padre achacaba a los... excesos de la sociedad londinense que nuestra madre nos hubiese abandonado.

Él, obligado por las circunstancias, llevaba algunos años si formar parte de la sociedad londinense, pero podía entender que Copeland hubiese estado preocupado por sus impresionables hijas.

—¿No temía que teneros recluidas en Hampshire pudiera tener el efecto contrario al deseado y que alguna de vosotras, o todas, tuvieseis la tentación de hacer lo mismo que vuestra madre y que huyerais a Londres?

—¡Claro que no! —su respuesta fue inmediata y casi airada—. Como ya he dicho, a Caroline y Elizabeth podía parecerles que la vida en el campo era un poco limitada, pero nunca habrían hecho daño a nuestro padre desobedeciéndolo abiertamente.

—Evidentemente, no tuvieron tantos reparos cuando se trató de mí —replicó él con un gesto apesadumbrado—. Tu presencia aquí parece indicar que crees que tus hermanas han acabado viniendo a Londres.

La verdad era que no sabía a dónde habían ido sus hermanas cuando se marcharon de Shoreley Park, pero después de haberlas buscado infructuosamente por los alrededores, le pareció que Londres, con todas sus tentaciones y posibles aventuras, era la posibilidad más lógica. Sin embargo, no había tenido en cuenta, hasta que llegó, lo grande y bulliciosa que era Londres ni lo difícil que sería encontrar a dos jóvenes concretas entre tanta gente y tan variopinta.

—Creía que existía la posibilidad de que encontrara a una de ellas, por lo menos. Mis hermanas no se marcharon juntas —le aclaró cuando él volvió a arquear una ceja—. Caroline desapareció primero y Elizabeth la siguió dos días después. Caroline siempre ha sido la más impulsiva de las dos —añadió ella con un suspiro de desesperación.

—Espero que hayan tenido el buen juicio de venir con sus doncellas —comentó él en un tono sombrío.

—Creo que las dos pensaron que una doncella intentaría frustrar su... huida...

—¿Estás diciéndome que es posible que las dos estén en Londres sin ninguna protección?

El conde parecía escandalizado por la idea y ella estaba espantada porque, una vez en Londres, se había dado cuenta de los peligros que acechaban a una joven que estuviese sola... y los excesos de confianza y los robos no eran los peores.

—Espero que no, espero que las dos acordaran encontrarse de alguna manera cuando estuviesen aquí.

Una esperanza más que improbable porque, en apariencia, Elizabeth se quedó tan asombrada y disgustada como ella cuando Caroline desapareció.

—En cualquier caso, estoy segura de que no les pasará nada, de que, incluso, algún día nos reiremos de esta aventura.

Él no se dejó engañar por el optimismo de Diana y vio las arrugas de preocupación en su frente. Era una preocupación que él compartía porque conocía demasiado bien el lado sórdido de Londres.

—Espero sinceramente que tú no hayas venido también sin compañía.

—No —confirmó ella inmediatamente—. Mi tía Humphries y nuestras doncellas me han acompañado.

—¿Tu tía Humphries?

—La hermana menor de mi padre. Estuvo casada con un marino, pero, desgraciadamente, murió durante la batalla de Trafalgar.

—¿Y acierto al pensar que vive con vosotras en Hampshire?

—Sí, desde el fallecimiento de su marido.

¡No solo tenía tres pupilas jóvenes y díscolas para que lo volvieran loco, sino que también era responsable de una viuda entrada en años!

—¿Y dónde está tu tía en estos momentos?

—No le gusta Londres y no ha salido de sus aposentos desde que llegamos —contestó ella como si quisiera disculparse.

Lo cual hacía que fuese completamente inútil como acompañante de su sobrina.

—Entonces, si lo he entendido bien, tú has decidido sacrificarte con la esperanza de que tus hermanas vuelvan a casa cuando se enteren de que estás prometida conmigo.

—Sí, eso espero —reconoció ella mirándolo fijamente a los ojos.

Gabriel esbozó una sonrisa forzada e implacable.

—Su valor es admirable, señora.

—¿Mi valor? —preguntó ella sin salir de su asombro.

—Estoy seguro de que, aunque hayas estado

recluida en la relativa seguridad de Hampshire, sabes que estás planteándote casarte con un hombre al que la sociedad le ha dado la espalda durante los últimos ocho años.

—He oído... rumores y alusiones, claro.

—¿Y no te importa?

Claro que le importaba, pero si nadie le explicaba qué había pasado, cuál había sido el escándalo, ¿qué podía hacer ella al respecto?

—¿Debería importarme? —preguntó ella lentamente.

Él se encogió de hombros con indolencia.

—Solo tú puedes contestarlo.

—Si usted me aclarara qué pasó, cuál fue el escándalo...

Él hizo una mueca de amargura con esos labios cincelados.

—¿Por qué crees que iba a querer hacerlo?

Diana lo miró fijamente y con impotencia.

—Creo que sería mejor para todos los implicados que me lo contara usted antes de que me entere a través de un tercero que podría tener malas intenciones.

—¿Y si prefiero no contártelo?

—¿Mató a alguien? —preguntó ella con cierta desesperación.

—He matado a tantos que no podría contarlos —contestó él con una sonrisa seria.

—Naturalmente, ¡no me refiero a la guerra! —exclamó ella con un brillo de indignación en los ojos por su ligereza.

—No, no maté a nadie.

—¿Ha tenido más de una esposa a la vez?

—¡No! —contestó él tajantemente.

Se estremeció ante la mera insinuación. La idea de tener una sola esposa le parecía atroz, tener dos sería un disparate absoluto.

—¿Ha sido cruel con algún animal o un niño?

—No y no —contestó él con ironía.

Ella volvió a encóger los esbeltos hombros.

—Entonces, me parece que lo que la sociedad crea o deje de creer sobre usted no tiene importancia en mi decisión de aceptar su propuesta de matrimonio.

—¿Te parece que el asesinato, la bigamia o la crueldad con los animales y los niños son los peores pecados que puede cometer un hombre? —preguntó él en un tono burlón y abatido.

—No me queda otro remedio cuando se empeña en no hablar del asunto. Sin embargo, también es posible que ahora, cuando ya me ha conocido, haya decidido que el matrimonio no le parece aceptable... —añadió ella con menos seguridad en sí misma.

¿Había captado angustia en sus ojos? ¿Era posible que ese necio que la había rechazado porque sus circunstancias habían cambiado también le hubiese arrebatado la confianza en su atractivo? Si lo había hecho, ese hombre no solo era un arribista cazafortunas, sino que también lo había cegado la ambición.

Diana Copeland era hermosa sin ningún género de duda, no era gorda y fea, como Osbourne había dicho que podía ser cuando se enteró de que su amigo iba a pedir la mano de una de las hermanas Copeland sin haberlas visto. No solo era incomparablemente hermosa, sino que también era inteligente y... competente. Sabía que tenía que agradecerle que hubiese llegado a una casa sin roedores, que no olía a cerrada y que tenía unos sirvientes eficientes y discretos. En realidad, era todo lo que un conde podía desear de su condesa.

Además, cuando la había conocido, había encontrado otro punto a su favor si decidía convertirla en su esposa. Ese pelo entre dorado y rojizo, cuando estuviese libre de las horquillas, le llegaría hasta la fina cintura; esos pechos firmes y abundantes se amoldarían perfectamente a sus manos; su cuerpo esbelto sería el ideal para recorrerlo lenta y minuciosamente con los labios...

Aunque, evidentemente, la fría altivez de Diana no le animaba a pensar que, en ese momento, ella recibiera con agrado esa intimidad entre los dos, quizá porque todavía estuviese enamorada de ese arribista, pero sí la permitiría, con toda certeza, si se convertía en su esposa.

Ella se sintió cada vez más nerviosa por el silencio del conde. No podía interpretar lo que estaba pensando mientras la miraba con esos ojos azules como la noche. ¿Era tan poco atractiva? ¿Su papel como señora de la casa de su padre y madre de sus dos hermanas durante los últimos diez años la presentaban como alguien demasiado pragmático y, en consecuencia, poco atractivo? ¿Estaba Gabriel Faulkner buscando las palabras para decirle que no le interesaba?

—¿Te das cuenta de que si nos casamos, tendrás que engendrar un heredero?

Ella levantó la mirada ante esa pregunta que él había formulado con delicadeza y notó que se sonrojaba al ver el brillo de curiosidad en esos ojos oscuros. Tragó saliva antes de contestar.

—Sí, me doy cuenta de que es uno de los motivos para que desee tener una esposa.

—No es uno de los motivos, es el único motivo para que llegue a plantearme una... alianza así.

Gabriel Faulkner lo dijo rotundamente y con un gesto arrogante, frío y distante.

Ella se humedeció los labios con la punta de la lengua.

—Sé muy bien cuáles son los deberes de una esposa, milord.

—Algo que me sorprende bastante si tenemos en cuenta que a tu madre no le interesaban lo más mínimo —replicó él apretando despiadadamente los labios.

Ella abrió los ojos por la acritud del comentario y levantó la barbilla con orgullo.

—¿Conoció a mi madre, milord?

—Personalmente, no.

A juzgar por su expresión desdeñosa, tampoco le habría gustado conocerla.

—Entonces, no puede saber por qué abandonó a su marido y a sus hijas, ¿verdad?

—¿Hay alguna excusa aceptable para que lo hiciera?

Para ella y sus hermanas, no la había. En cuanto a su padre... Marcus Copeland nunca se había recuperado de que su esposa lo abandonara por un hombre más joven y se convirtió en una sombra del hombre alegre y fuerte que había sido. Se encerraba durante horas en su despacho y casi siempre comía allí, cuando se molestaba en comer. No había una explicación aceptable para que Harriet Copeland abandonara a su familia, pero tampoco estaba dispuesta a que se lo recordara Gabriel Faulkner, un hombre con un escándalo a sus espaldas.

—No soy mi madre —contestó ella en un tono gélido.

—Quizá sea verdad...

45

Ella frunció el ceño por su empeño en provocarla.

—Si, después de haberlo pensado, ha decidido que no quiere casarse conmigo, le pido que se limite a decírmelo. No hace falta que insulte a mi madre, una mujer que ni siquiera conoció, mientras me lo dice.

La verdad era que a él no le interesaba nada el matrimonio entre Marcus y Harriet Copeland. Sabía perfectamente que los matrimonios de la alta sociedad eran, con cierta frecuencia, matrimonios sin amor y que los dos cónyuges se buscaban amantes más o menos tácitos cuando ya tenían los herederos necesarios. Que Harriet hubiese decidido abandonar a su familia para marcharse son su amante más joven y que ese mismo amante la hubiese matado de un disparo cuando la encontró en los brazos de otro hombre no tenía consecuencias reales en la situación que le atañía. No, la fría, serena y franca Diana Copeland no era su tristemente célebre madre ni mucho menos, aunque fuese tan increíblemente hermosa como ella.

—Tu madre solo tuvo hijas... —comentó él con indolencia e ironía.

Esos ojos azules dejaron escapar otro destello de rabia.

—Y si no hubiese sido así, usted no estaría aquí en este momento.

—*Touché*... —reconoció Gabriel con una sonrisa.

—Además, nadie puede saber qué hijos tendrá cada matrimonio —añadió ella.

—También es verdad —él inclinó la cabeza—. Solo estaba preguntando si estás preparada para la intimidad física que se necesita para engendrar esos hijos. Si tenemos hijas al principio, seguiremos intentándolo hasta que tengamos un varón.

Ella tomó una bocanada de aire. Había necesitado que pasaran unos días desde el rechazo de Malcolm, y esas miradas de lástima de sus vecinos y amigos, para que se planteara seriamente la oferta de matrimonio de lord Gabriel Faulkner. Había intentado convencerse de que si aceptaba la oferta, salvaría parte de su dignidad y quizá sirviera para convencer a sus hermanas de que volvieran a casa una vez que ya no existía la posibilidad de que se casaran con un hombre al que no amaban. Había decidido que eran dos motivos buenos y pragmáticos para que fuese ella quien aceptara la oferta del conde. Salvo que ya no se sentía nada pragmática después de haberlo conocido en carne y hueso...

Lo miró desde detrás de las pestañas. Su ropa, hecha a medida, se ajustaba perfectamente a sus anchas espaldas, a su musculoso pecho, a su esbelta cintura, a sus poderosos muslos y a sus largas piernas. Levantó la mirada a su rostro, apuesto y perverso, y se sonrojó al ver que sus ojos provocadores la observaban sin parpadear. Se estremeció y sintió un escalofrío en la espalda al darse cuenta de que no podía apartar la mirada de esos ojos hipnóticos y azules como la noche. No supo si fue un escalofrío de miedo o de excitación, aunque el cosquilleo que sintió de repente en los pechos pareció indicarle que era lo segundo. Le pareció algo bastante asombroso cuando ni siquiera la había tocado. Cuando Malcolm la besó, sintió una agradable calidez, no ese fuego abrasador que le producía una mirada de Gabriel...

—Como ya he dicho, creo que sé cuáles son todos los deberes que se esperan de mí como esposa y cumpliré con ellos —replicó ella con rigidez.

—A lo mejor, deberíamos comprobar esa teoría antes de tomar cualquier decisión irreversible...

A ella no le importó lo más mínimo que esos ojos azul marino volvieran a mirarla con un brillo depredador.

—¿Cómo se puede comprobar esa teoría?

—Propongo que lo intentemos con un sencillo beso para empezar —contestó él arqueando las cejas.

—¿Para empezar? —preguntó ella dando un respingo.

—Exactamente.

Ella tragó saliva y el orgullo fue lo único que le impidió retroceder cuando él se acercó con un movimiento felino y se quedó a unos centímetros de ella. Tan cerca, que podía notar el calor de su cuerpo y oler ese aroma limpio y viril que le despertaba todos los sentidos. Contuvo el aliento cuando acabó mirando su rostro irresistible. Los ojos azules como la noche estaban ocultos por unas pestañas largas y oscuras, los pómulos prominentes parecían cuchillas afiladas a ambos lados de la aristocrática nariz, los labios cincelados estaban entreabiertos y su mentón era cuadrado e imponente.

Ella, al contrario, se había quedado con los labios secos de repente y sin respiración, incluso estaba mareándose un poco porque el aire no le llegaba a los pulmones. Supo instintivamente que los besos de ese hombre no se parecerían nada al roce de los labios con Malcolm Castle.

Notó que se le aceleraba el pulso y que la excitación se adueñaba de ella cuando le rodeó la cintura con sus poderosos brazos, la estrechó contra su pecho y empezó a bajar la cabeza.

Efectivamente, que la besara Gabriel Faulkner no se parecía nada a que la besara Malcolm...

Sus labios se movieron sobre los de ella lenta y sensualmente antes de que la lengua se los separara para profundizar el beso, aunque esa lengua se abría camino delicada y diestramente. El pulso se le aceleró más, se hizo atronador, y se sintió temblorosa y apasionada. Llevó las manos al pecho de Gabriel para apartarlo, pero se aferró a sus hombros y pudo notar la tensión de sus músculos bajo la chaqueta. Él, seguramente, también podría notar que estaba temblando mientras le acariciaba la espalda antes de tomarle el trasero entre las manos para estrecharla más contra sus musculosos muslos.

Nada de lo que había vivido antes, ni los besos de Malcolm, ni todo lo que les había explicado a sus hermanas sobre el lecho nupcial, y que había aprendido de la tía Humphries, la había preparado para la pasión de los besos de Gabriel ni para la protuberancia que le palpitaba entre los muslos.

Gabriel empezó a dar por terminado el beso cuando notó que el pánico se adueñaba de Diana. Esa reacción tan cohibida le indicó claramente que el necio que la rechazó ni siquiera la había besado como era debido, y mucho menos le había enseñado lo que era el placer físico.

La miró y aunque estaba plenamente dispuesto a enseñarle todos los placeres físicos imaginables, bajó los brazos y soltó su esbelta cintura. Se apartó con una expresión intencionadamente indescifrable.

—Quizá este sea el momento indicado para decirte que no me hiciste la pregunta correcta cuando me pediste detalles de ese escándalo que me salpicó en el pasado.

Ella parpadeó y se sonrojó.

—¿No?

—No —contestó él con una expresión sombría.

—Entonces, ¿qué debería haberle preguntado? —preguntó ella sacudiendo la cabeza como si quisiera despejársela.

—Si me habían acusado de arrebatarle la inocencia a una joven y de negarme a casarme con ella cuando supe que estaba embarazada.

Ella tragó saliva y supo que ya no estaba sonrojada, que estaba pálida como una muerta.

—¿Le acusaron de eso?

—Sí —contestó él con una sonrisa forzada que mostró todos sus dientes.

Ella sintió pánico por un momento. El pulso se le aceleró, las manos se le humedecieron bajo los guantes y las piernas le flaquearon. Ni ella ni ninguna mujer respetable se casarían con un hombre tan insensible y tan poco íntegro... Sin embargo, Gabriel había dicho que lo habían acusado de eso, no había reconocido que hubiese hecho algo tan aborrecible...

Lo miró detenidamente. Tenía un rostro implacable, el rostro de un hombre que no aguantaría a los necios. Los ojos azules como la noche eran fríos e inflexibles, pero no era un rostro taimado o malicioso, era un rostro que desafiaba a los demás a que lo cuestionaran a él o a lo que hacía. ¿Estaba desafiándola a ella? Tomó aliento.

—Ha dicho que lo acusaron, no que fuese culpable.

—Efectivamente, eso he dicho —reconoció él con los ojos entrecerrados.

—Entonces, ¿es inocente?

Él esbozo una leve sonrisa. Nadie de su familia le hizo esa misma pregunta hacía ocho años y todos prefirieron creer la versión de Jennifer Lindsay. Sus amigos Osbourne y Blackstone tampoco se lo preguntaron, pero fue porque lo conocían demasiado bien como para creerse que haría algo así si le hubiese arrebatado la inocencia a una joven.

Era increíble que se lo hubiese preguntado Diana Copeland, una joven a la que acababa de conocer, mejor dicho, una joven a la que había besado apasionadamente sin tener en cuenta su inocencia... La miró directamente a los ojos.

—Lo soy —contestó él entrecerrando los ojos cuando ella frunció el ceño—. Me lo has preguntado y te he contestado, ¿dudas de mi palabra?

—En absoluto —ella negó con la cabeza—. Es que... ¿Qué esperaba conseguir esa joven, o cualquier joven, al decir una mentira tan monstruosa?

—Yo, como hijo único, era el heredero de la fortuna y posesiones de mi padre.

—¿Era...?

Él apretó los dientes.

—Esa fortuna y esas posesiones quedaron en manos de mi madre cuando mi padre murió hace seis años. Afortunadamente, no quedé en la indigencia porque el patrimonio de mi abuelo estaba en fideicomiso y no pudieron arrebatármelo.

—¿Las mentiras de esa joven fueron el motivo para que su familia y la sociedad lo trataran tan despiadadamente hace tantos años?

—Sí.

Ella lo miró con compasión.

—Entonces, me imagino que tuvo que ser un trago doblemente amargo cuando sabía que era inocente.

—Solo tienes mi palabra... —replicó él en tono sombrío.

—¿Hay que dudar de su palabra? —preguntó ella mirándolo con desconcierto.

—Mi querida Diana, si fuese el hombre que casi todo el mundo cree que soy, entonces podría estar mintiendo otra vez cuando digo que no, que no hay que dudar de ella.

—Yo no lo creo —ella sonrió con amabilidad—. Creo que es un hombre que diría la verdad y me da igual lo que crean los demás.

Efectivamente, lo era, lo había sido siempre y los últimos ocho años lo habían convencido más todavía. Sin embargo, una vez más, era asombroso que esa mujer ya lo conociese tan bien como para haberse dado cuenta y haber aceptado que...

—¿Y... qué... qué pasó... con esa joven? —preguntó ella titubeantemente.

—Mi padre pagó a otro hombre para que se casara con ella —contestó él entre dientes.

—¿Y el bebé?

El músculo volvió a contraerse en el mentón de Gabriel.

—Se... perdió antes de nacer.

—Es muy triste...

—¿Sigues queriendo ser mi condesa después de saber todo esto? —le preguntó él sin andarse por las ramas.

Estaba pálida y algo despeinada por los besos, pero sus ojos azules como el cielo seguían teniendo ese brillo decidido que ya conocía.

—Usted es tan responsable de lo que la gente quiera creer como lo soy yo de que mi madre abandonara a su marido y a sus tres hijas.

—Si anunciamos que estamos prometidos, ¡la sociedad va a tener mucho de qué hablar!

Ella sonrió con cierta tristeza.

—Desde luego. Si quiere reconciliarse con la sociedad, es posible que no le convenga plantearse la posibilidad de que una de las hijas de Harriet Copeland se convierta en su condesa.

—No tengo el más mínimo interés en reconciliarme con la sociedad o en que la sociedad se reconcilie conmigo —replicó él en un tono implacable—. También me da igual lo que puedan pensar de mí o de la mujer a la que convertiré en mi condesa.

—Entonces, ¿estamos de acuerdo? —preguntó ella antes de contener la respiración.

—Me ocuparé de que los periódicos publiquen el anuncio de nuestro compromiso lo antes posible.

Él inclinó su arrogante cabeza y ella supo que eso era lo que quería, lo que necesitaba para salvar el orgullo después del rechazo de Malcolm y para que sus hermanas volvieran a casa. Sin embargo, temblaba por dentro solo de pensar que estaba prometida con el imponente e inflexible lord Gabriel Faulkner, un hombre asediado por un escándalo comparable incluso al de la madre de ella y, peor aún, un hombre que la había besado con una pasión desbordante hacía unos minutos. Aunque la verdad era que no sabía si temblaba de miedo o de emoción por lo que podía avecinarse...

Tres

—Empiezo a dudar seriamente de que tu tía Humphries exista.

Gabriel lo comentó con ironía a la mañana siguiente, mientras Diana y él desayunaban en el comedor pequeño y Soames los atendía con discreción y eficiencia.

La tarde anterior la pasó visitando las redacciones de los periódicos, a William Johnston, el abogado de los Westbourne, y a un antiguo compañero de armas para comentar la desaparición de Dominic Vaughn en el campo. Sin embargo, volvió a tiempo para cambiarse para la cena y para cenar solo con Diana. La señora Humphries se disculpó como se había disculpado esa mañana para el desayuno.

—Le aseguro que existe —replicó ella con una sonrisa—, pero sufre espantosamente de los nervios. En realidad, no quería venir a Londres y solo accedió porque me empeñé.

Gabriel arqueó las cejas.

—Me alegro de que te acompañara, pero no ayuda gran cosa que se encierre en sus aposentos y se haya quedado allí. En realidad, es completamente inaceptable ahora que yo también vivo aquí.

—No puede ser inapropiado cuando es mi tutor...

—Un tutor que ya es, oficialmente, tu prometido.

Gabriel le pasó el periódico que había estado leyendo y a ella le temblaron un poco las manos al agarrarlo. Buscó la columna hasta que encontró el anuncio.

Se anuncia el compromiso entre lord Gabriel Maxwell Carter Faulkner, séptimo conde de Westbourne, Westbourne House, Londres, y su pupila lady Diana Harriet Copeland de Shoreley Park, Hampshire. La boda se celebrará, dentro de poco tiempo, en St. George's Church, Hannover Square.

No decía nada más. No decía quiénes era los padres de Gabriel ni los de ella, se limitaba a anunciar el compromiso. Sin embargo, el anuncio del compromiso era real, estaba impreso en el periódico y cientos de personas estarían leyéndolo en Londres mientras también desayunaban.

A ella no se le había pasado por la cabeza cambiar de idea desde que llegaron al acuerdo la noche anterior, ni había retrocedido ante el comentario de que la boda se celebraría «dentro de poco tiempo». Por ella, cuanto antes, mejor. A ser posible, antes de que Malcolm Castle y la señorita Vera Douglas pasaran por al altar.

No se arrepentía de la decisión que había tomado, pero ver el anuncio impreso en el periódico también hacía que Faulkner fuese muy real para ella. Aunque tampoco lo había dudado en ningún momento después de que el día anterior la hubiese abrazado y besado tan apasionadamente. Se había quedado desvelada solo de pensar en ese beso... Lo que le contó la tía Humphries hacia tantos años sobre lo que pasaba en el lecho conyugal no la había preparado para esas sensaciones tan embriagadoras que se habían adueñado de ella mientras Gabriel la besaba. La excitación incontenible y abrasadora, el anhelo de algo más, algo que no sabía muy bien qué era, pero que creía que si se casaba con un hombre tan experimentado y sofisticado, él acabaría enseñándoselo...

Gabriel la miraba con los ojos entrecerrados. Diana se había quedado pálida antes de sonrojarse más todavía. El rubor era casi del mismo color del vestido que llevaba esa mañana y sus ojos azules como el cielo dejaron escapar un destello cuando lo miró desde el otro lado de la mesa.

—¿Te preocupa la expresión «dentro de poco tiempo»?

—En absoluto —contestó ella de inmediato—. Naturalmente, me gustaría encontrar a mis hermanas antes, pero no veo ningún motivo para que no se celebre la boda en cuanto las haya encontrado.

—¿No? —Gabriel la miró con malicia—. Me había imaginado que quizá quisieras darle tiempo a tu joven, me imagino que será joven, para que volviera a tu lado, reconociera su error y te declarara su amor eterno.

Esa vez, Diana se sonrojó de rabia por el tono burlón de Gabriel.

—Sí es joven... y muy estúpido. Además, aunque hiciera eso, yo no me lo creería —añadió ella apretando esos labios tan carnosos y tentadores.

Él se dejó caer contra el respaldo y la miró con curiosidad. No podía negarse que fuera hermosa ni que tuviera fuerza de voluntad. Le parecía sorprendente su firmeza en lo relativo a ese joven, sobre todo, cuando había aceptado que él afirmara que era inocente sin haber ofrecido la más mínima prueba que lo respaldara. Salvo su palabra...

—Quizá debiera saber cómo se llama ese joven por si se le ocurre venir a visitarte y tengo que mandarlo a que se ocupe de sus asuntos.

—Soy muy capaz de ocuparme de esa situación si se presenta —replicó ella en tono cortante.

Él sabía muy bien que tenía una personalidad fuerte. ¿Cómo no iba a tenerla si había sido la señora de la casa de su padre y la madre de sus dos hermanas desde que tenía once años?

No, el motivo para que quisiera saber el nombre del joven necio que dio la espalda a Diana cuando la fortuna también le dio la espalda era meramente egoísta. Una vez que había conseguido que aceptara casarse con él, no estaba dispuesto a permitir que la convencieran de que cambiara de idea. Primero, porque los dos harían un ridículo espantoso si el compromiso se rompía antes de que casi hubiera empezado. Segundo, porque el beso le había dejado entrever que casarse con ella no sería ese suplicio que siempre le había parecido el matrimonio...

Debajo del aire de eficiencia y pragmatismo que había mostrado al hacer que Westbourne House fuese habitable, había encontrado una joven receptiva y apasionada a la que enseñaría los placeres físicos con mucho placer. Desde luego, no pensaba permitir que un majadero cazafortunas volviera a aparecer en su vida y se la arrebatara delante de sus narices... o de cualquier otra parte de su anatomía.

—No obstante, me contarás cualquier situación así.

—Tengo que advertirle, milord, que me he acostumbrado a resolver mis asuntos como me parece conveniente —replicó ella en tono indignado.

Él inclinó la cabeza como si lo reconociera.

—Algo que me parece que ya es innecesario dado nuestro compromiso.

Ella intuyó por primera vez cómo iba a cambiar su vida por haber aceptado ser la esposa de Gabriel. Un cambio que no le gustaba especialmente. Después de haberse pasado diez años respondiendo solo ante sí misma por lo que hacía, había adquirido una independencia a la que no iba a renunciar fácilmente, ni siquiera por su marido.

—No estoy acostumbrada a permitir que nadie tome las decisiones por mí —insistió ella.

Él no lo dudaba. Diana no era una jovencita pusilánime ni una debutante romántica que esperaba enamorarse y que el hombre se enamorara de ella y por eso le parecía que el futuro matrimonio podía tener cierto equilibrio.

—Estoy seguro de que, con el tiempo, aprenderemos a adaptarnos el uno al otro.

Ella esbozo una sonrisa muy elocuente.

—Creo que quiere decir que, con el tiempo, yo aprenderé a ceder a su superioridad masculina.

Gabriel no tuvo más remedio que corresponder a su sonrisa.

—¿No estás de acuerdo?

—No creo que sea superior a mí por ser hombre. Tampoco entran en mi personalidad la sumisión y la obediencia sin objeciones.

Él se había dado cuenta, desde que la conoció, de que lo que menos deseaba del mundo era que su esposa fuese sumisa u obediente. Hacía una semana o así, cuando les contó a Osbourne y a Blackstone que pensaba casarse, les había asegurado que lo hacía por obligación y conveniencia. Primero, porque necesitaba una esposa y, segundo, porque sentía cierta obligación hacia las hermanas Copeland, quienes se habían quedado sin un porvenir asegurado por la repentina muerte de su padre. Por eso, entonces, le pareció que la sumisión y la obediencia era lo mínimo que podía esperar de su futura esposa.

Cuando vislumbró el fuego que se ocultaba bajo la fría apariencia de Diana, supo que no quería ninguna de esas dos cosas, al menos, en el lecho conyugal.

—Milord...

Diana lo miró con los ojos entrecerrados por el silencio que se prolongaba entre los dos. ¿Había hablado demasiado? ¿Había sido demasiado clara sobre su personalidad? Sin embargo, ¿no era preferible que él supiera lo peor de ella antes de que se casaran? Ella creía que sí, pero quizá hubiese sido demasiado sincera...

—A lo mejor puedo intentar... sofocar algunas de mis tendencias a la independencia.

—Te aseguro que no hace falta que lo hagas por mí —le guiñó un ojo, despidió a Soames y esperó a que el mayordomo se hubiese marchado—. Diana, había esperado que cuando me casara, el matrimonio fuese, como mínimo, aburrido. Es un alivio saber que, después de todo, no será el caso.

Ella abrió los ojos.

—¿No cree que es preferible esperar y que, quizá, se case con una mujer a la que ame?

—¿Amor...?

Él consiguió transmitir un espanto indescriptible en esa palabra.

—¿No cree en ese sentimiento? —preguntó ella con cautela.

Él esbozó una leve y desdeñosa sonrisa.

—Mi querida Diana, he llegado a comprobar que el amor llega con muchas apariencias, y todas falsas.

Ella quizá pudiera entender su escepticismo por ese sentimiento cuando lo habían marginado completamente por la acusación falsa de haberse aprovechado de una joven inocente. ¿Habría amado a esa joven antes de que ella lo traicionara? Sí podía respaldarlo e, incluso, quizá también sintiera el mismo escepticismo hacia el amor. Malcolm Castle había conseguido que ese sentimiento dejara de tener sentido cuando había afirmado que todavía la amaba, ¡pero que iba a casarse con otra mujer! Suspiró.

—Es posible que tenga razón y que un matrimonio como el nuestro, que no se basa en algo tan tenue y voluble como el amor, sino en el sentido común y la sinceridad, sea lo preferible.

Él frunció el ceño. Veintiún años eran demasiado pocos para que una joven tan hermosa se hubiese formado una opinión tan pragmática del amor y el matrimonio. Sin embargo, si tenía en cuenta el matrimonio de sus padres y que ese joven la hubiese abandonado hacía muy poco tiempo, podía tener motivos para habérsela formado. Al fin y al cabo, él tenía veinte años cuando aprendió esa lección tan tremenda.

—Eso no quiere decir... —él se levantó y rodeó la mesa para tomar la mano de Diana y levantarla—...que nuestro matrimonio no vaya a tener otras compensaciones que mitiguen la falta de amor.

Ella parpadeó al darse cuenta de que él pensaba besarla otra vez.

—Yo... milord, ¡solo son las nueve de la mañana!

Gabriel echó la cabeza hacia atrás y se rio.

—Espero que no pienses poner limitaciones a cuándo y dónde puedo hacer el amor contigo...

En absoluto. Retaba a cualquiera a que le pusiera limitaciones a un hombre como Gabriel Faulkner. Lo que pasaba era que su comportamiento no se parecía nada a la descripción del matrimonio que le había hecho su tía Humphries.

Según su tía, lo normal era que los esposos pasaran el día separados. El hombre se ocupaba de sus asuntos y la correspondencia por la mañana y por la tarde visitaba su club. La mujer se ocupaba de los asuntos domésticos, como preparar los menús, contestaba cartas, recibía visitas y las devolvía, hacía costura y leía. Por la noche, podían estar juntos en casa o en algún acto social y cuando volvían, cada uno se retiraba a su dormitorio.

Una vez a la semana, o quizá dos, el marido podría acudir brevemente al dormitorio de su esposa. Entonces, la mujer tenía el deber de hacer lo que quisiera el hombre. Su tía Humphries fue muy imprecisa sobre lo que podía significar «lo que quisiera» y solo añadió que un marido tenía necesidades que una esposa tenía que satisfacer silenciosamente y sin quejarse...

Afortunadamente, tenía alguna idea de lo que podían significar esas necesidades. Su padre había criado ciervos en sus tierras de Hampshire y lo que pasaba en el lecho conyugal no podía ser muy distinto... Era algo tan indigno que no le extrañaba que su tía Humphries no hubiese querido hablar de eso.

Sin embargo, su tía no había dicho que un marido, un prometido en ese caso concreto, pudiese tener la costumbre de besarla durante el día. Sobre todo, de besarla como la había besado el día anterior.

—Como le dije ayer, milord, sé cuáles son mis deberes hacia mi futuro marido.

Gabriel frunció el ceño. No quería que Diana le permitiera besarla por sentido del deber. Quería que ella le entregara libremente lo que él le había arrebatado el día anterior.

—Llámame Gabriel.

El pulso volvía a latirle intrigantemente en la base del cuello.

—Sería inadecuado que me tomara esa confianza antes de la boda, milord —replicó ella bajando la mirada con recato.

Él apretó los dientes.

—Creo que ya me conoces lo suficiente como para saber que me da igual lo que se considera adecuado.

Ella sonrió nerviosamente.

—No sé si...

La frase se cortó bruscamente cuando Gabriel bajó la cabeza y se adueñó de sus labios.

Eran unos labios carnosos y sensuales que lo habían tentado insoportablemente durante la hora anterior, mientras ella bebía el té y mordía la tostada untada de mantequilla y miel y él se imaginaba para qué otras cosas podrían servir esos labios...

Todavía sabía a miel y tenía una calidez que lo incitaba a besarla más profundamente. Su lengua se deleitó con la miel de los labios antes de introducirse en la boca ardiente y húmeda.

No le habían faltado las mujeres durante los años que pasó en el continente; rubias, pelirrojas, italianas de pelo moreno y piel morena, jóvenes y menos jóvenes. Todas ellas con experiencia y, al principio, intrigadas por su escandaloso pasado. Sin embargo, todas decidieron seguir después de haber estado una vez en la cama con él con la esperanza de que las invitara a volver.

Se convirtió en un amante diestro que podía satisfacer a la mujer más exigente y experimentada. Ninguna de esas mujeres tuvo la culpa de que nunca hubiese buscado nada más que la satisfacción inmediata de la carne. En esos encuentros, él solo había permitido que participaran las sensaciones físicas.

Abrazar a Diana, amoldarse a las delicadas curvas de su cuerpo, paladear sus labios y sentir la dulzura de sus reacciones instintivas, despertaban el afecto en él, una necesidad de protegerla, un sentimiento que creía haber olvidado hacía mucho tiempo, si no lo consideraba completamente muerto, unos sentimientos que sabía por experiencia que eran imprudentes en el mejor de los casos y peligrosos en el peor. Enseñar poco a poco los placeres del lecho conyugal a Diana, derretir su superficie fría, era una cosa, pero sentir algo más que el placer físico para sí mismo era algo que no pensaba permitir que sucediera, independientemente de lo tentador que fuera el señuelo.

No le gustó lo más mínimo la dirección que estaban tomando sus pensamientos y levantó la cabeza antes de apartarla con firmeza.

—Creo que deberíamos parar aquí, ¿no, Diana?

Ella se sentía demasiado aturdida como para preguntarse por qué había dejado de besarla tan bruscamente, pero fue asimilando lentamente lo que había dicho y notó que se sonrojaba por el bochorno. ¿Su entusiasta reacción le habría parecido impropia de su futura condesa? Retrocedió con una expresión fría a pesar de que le temblaban las piernas.

—Creo que fue usted quien me besó primero, señor.

Él la miró con arrogancia.

—¿Acaso cuestionas que tengo derecho a hacerlo?

Entonces, Diana se dio cuenta de que cuando fuese la esposa de Gabriel, no podría cuestionar nada que él le exigiera. ¿Podría soportarlo? ¿Podría soportar no ser nada más que una posesión suya, que él pudiese hacer lo que quisiera? Si así conseguía salvar la dignidad herida por la traición de Malcolm al amor que habían dicho que sentían el uno por el otro, sí podría, se aseguró a sí misma casi desafiantemente.

—Le pido disculpas si no he tenido... decoro en este momento —dijo ella con rigidez—. Creo que esta mañana estoy... alterada y demasiado sensible por la desaparición de Caroline y Elizabeth y por haber visto el anuncio de nuestro compromiso.

Gabriel se arrepintió, casi se sintió culpable por lo que sentía Diana, pero solo por un instante. Lo que había sentido por ella mientras la besaba era algo que un hombre tan escéptico como él no sentía. Era preferible mantener cierta distancia. Por mucho que creyera que disfrutaría enseñándole los placeres de la carne cuando estuviesen casados, prefería no hacerlo si existía el peligro de que ella se dejara llevar por fantasías románticas. Solo conseguiría que sufriera un desengaño mayor que el que ya había sentido por culpa de ese joven voluble. Se apartó más con las manos en la espalda para contener la tentación de tocarla otra vez.

—Con toda certeza, esta mañana, después del anuncio de nuestro compromiso, recibiremos una avalancha de tarjetas de visita y de invitaciones —él hizo una mueca de desprecio—. Tanto los que son corteses como los que solo son curiosos estarán ansiosos de poder decir que fueron los primeros en recibir a Gabriel Faulkner cuando volvió a Londres después de su ausencia de ocho años. Naturalmente, no hace falta que te diga que espero que no aceptes ninguna invitación sin consultármelo antes.

Diana no pudo disimular la indignación.

—Habré vivido toda mi vida en el campo, pero, aun así, creo que sé cómo comportarme correctamente. Naturalmente, no recibiré visitas ni aceptaré invitaciones sin comentarlo primero con usted.

Él esbozó una sonrisa implacable.

—Mi petición no tiene nada que ver con que te comportes correctamente, tiene que ver con que la mayoría de la sociedad me da igual.

Ella sabía muy bien cuál era el motivo de la orden de Gabriel, no era una petición, y lo comprendía perfectamente. Ella era la hija de una condesa con mala reputación y también despertaría la curiosidad de la sociedad a raíz del anuncio de su compromiso. Por eso, estaba encantada de que fuese Gabriel quien decidiera las invitaciones que podían aceptar y las que tenían que rechazar. Él conocía mucho mejor ese asunto y si se ocupaba ella, podría organizar algún desastre social. Contuvo un suspiro.

—Creo que subiré a ver qué tal está mi tía.

—Creo que, de paso, podrías sugerirle que sería una buena idea que nos acompañara esta noche a cenar.

Ella supo que esa «sugerencia» era una orden, como lo fue antes la «petición».

—Efectivamente, le preguntaré si se encuentra bien y puede acompañarnos esta noche —replicó ella con frialdad.

Empezaría como pensaba continuar. No estaba dispuesta a que Gabriel dominara todos los aspectos de su vida, por muy arrogante que fuera. Él frunció el ceño ligeramente.

—Supongo que no puedo esperar otra cosa.

—Efectivamente —contestó ella mirándolo a los ojos sin parpadear.

Gabriel le sonrió con cierta admiración. No se arrugaba ante sus desafíos.

—Esta mañana pensaba hacer algunas indagaciones discretas sobre tus hermanas. Evidentemente, necesitaré una descripción detallada de las dos.

Escuchó con atención mientras Diana las describía.

—¿Hay algo más que debas decirme antes de que me marche?

—¿Por ejemplo? —preguntó ella desconcertada.

Él hizo una mueca de pesadumbre con la boca.

—Por ejemplo, ¿alguna de tus hermanas ha podido fugarse con un hombre más joven?

—¡Claro que no! —contestó ella inmediatamente.

Gabriel levantó las manos en un gesto defensivo.

—Tenía que preguntarlo.

Ella tenía las mejillas sonrojadas, pero por la indignación.

—Es posible que mis hermanas hayan sido irreflexivas al escaparse, pero no creo que sean tan irreflexivas como para arruinar completamente su reputación, milord.

Él deseó poder tener la misma certeza que ella. Desgraciadamente, aunque ni Caroline ni Elizabeth se hubiesen escapado para irse con un hombre, sabía que la situación podía haber cambiado. Según Diana, Caroline llevaba desaparecida más de dos semanas y su hermana Elizabeth, dos días menos. Era tiempo más que suficiente para que algún desaprensivo se hubiese dado cuenta y se hubiese aprovechado de dos jóvenes solas y desamparadas.

—Me alegro de oírlo —comentó él para no preocuparla más—. Por favor, transmítele mis respetos a tu tía.

Ella lo observó mientras se marchaba con grandes zancadas. La levita marrón oscuro se ajustaba perfectamente a sus anchas espaldas, como las calzas beis a las piernas largas y musculosas. Su atractivo físico, como esos besos que le aceleraban el pulso solo de pensar en ellos, indicaban que lo mejor que podía hacer, y lo más seguro, era no pensar en absoluto en ellos.

—Casi me olvido...

Gabriel se detuvo repentinamente en la puerta y se dio la vuelta para mirarla.

—Ya sé que Hampshire es un condado bastante grande, pero ¿no conocerás por casualidad a una familia que se llama Morton?

Ya había enviado a algunos antiguos compañeros de armas a Hampshire para que buscaran a Dominic Vaughn y a la mujer con la que pensaba casarse, pero habría sido un descuido por su parte no preguntarle a Diana si conocía a la familia de esa mujer. Algo de lo que casi se olvida por el beso.

—¿Morton? —preguntó ella con cierto asombro—. El mayordomo de Shoreley Park se llama Morton, pero, aparte, no conozco a ninguna familia que se llame así.

—¿De verdad? —preguntó él inexpresivamente—. ¿Tiene familia? En concreto, ¿tiene alguna hija casadera?

—Que yo sepa, no... No, estoy segura de que no —añadió ella con firmeza—. Morton lleva años con nosotros. Si tuviese una hija, estoy segura de que lo sabría.

—Mmm... —murmuró Gabriel en voz baja—. Aun así, es curioso que vuestro mayordomo se llame así...

—¿Qué tiene de curioso, milord? —preguntó ella sin poder entenderlo.

—No estoy seguro —él frunció el ceño porque las piezas del rompecabezas eran cada vez más intrincadas—. Al menos, es un primer paso. Es posible que ese mayordomo tenga una sobrina que se llame así.

—No recuerdo que haya hablado de ninguna... —ella también frunció el ceño—. ¿Qué tiene que ver esa mujer con usted, milord?

Gabriel se quedó inmóvil.

—¿Por qué supones que tiene algo que ver conmigo?

Ella se sonrojó ligeramente.

—Como me ha preguntado por ella, he creído...

—¿Has creído que como he dicho que es joven he tenido algún interés por ella, sea ahora o en el pasado? —preguntó él con un brillo en los ojos que ella no supo descifrar.

No sabía qué pensar. Toda la conversación la desconcertaba. En realidad, seguía ligeramente perpleja por su reacción al beso y por su final abrupto y algo doloroso. Entonces, se dio cuenta de lo poco que sabía del hombre con el que iba a casarse. Lo creyó cuando le dijo que no había seducido y dejado embarazada a aquella joven hacía ocho años. Sin embargo, todo cambiaría si resultaba que esa mujer supuestamente mancillada y la que estaba buscando eran la misma...

Cuatro

Gabriel apretó los labios y sus ojos azul oscuro dejaron escapar un destello cuando observó los sentimientos que cruzaban el expresivo rostro de Diana. Desconcierto, recelo seguido inmediatamente por cautela...

—¿Y bien? —preguntó él con aspereza.

Ella tragó saliva antes de contestar.

—No sé qué pensar, milord.

—Entonces, sería prudente que no dijeras nada sobre al asunto hasta que lo sepas —replicó él con enojo.

Ya soportó todos los recelos y acusaciones hacía ocho años y no pensaba volver a padecerlos de la joven que pensaba convertir en su condesa. ¿Aunque esa joven hubiese aceptado su palabra, y nada más, sobre su inocencia? Miró a Diana con impotencia y la mandíbula apretada. No estaba acostumbrado a dar explicaciones a nadie, pero...

—Para que lo sepas, estoy buscando a esa mujer porque tiene relación con un amigo, no porque me interese a mí —dijo él con altivez.

—¿Un amigo, milord?

Gabriel esbozó una sonrisa forzada ante las continuas dudas de ella.

—Aunque no te lo creas, todavía tengo algunos. Hombres que han seguido siendo leales e incondicionales conmigo a pesar de lo que mi familia y la sociedad decidió creer.

Ella no había querido insinuar otra cosa. Solo había sentido curiosidad por saber quién podía ser esa joven y qué significaba para él. Por ejemplo, ¿sería su amante? Cuando, fría y pragmáticamente, decidió aceptar su oferta de matrimonio, lo hizo sin plantearse que podía tener algún tipo de relación con otra mujer. Si la tenía, ¿querría seguir viéndola después de haberse casado con ella?

Su tía le había contado que algunos hombres y mujeres casados de la alta sociedad decidían seguir caminos separados en lo relativo a las parejas para la cama cuando ya habían nacido los herederos. A ella le parecía muy desagradable plantearse siquiera que su matrimonio pudiera llegar a ser tan complicado y sórdido.

—Me alegro de oírlo —inclinó la cabeza—. ¿Ha dicho que está buscando a esa mujer llamada Morton por uno de esos amigos?

—Sí, eso he dicho.

Lo miró con los ojos entrecerrados al captar el tono inflexible de su voz y al ver el brillo desafiante de sus ojos cuando la miró fijamente.

—Entonces, espero que sus indagaciones den resultado.

Él también lo esperaba. Si no, Dominic podría acabar casado con esa joven desvergonzada y arruinado socialmente. Él lo había vivido en sus propias carnes y era algo que no deseaba a uno de sus amigos más íntimos.

Eso no quería decir que fuera a olvidarse fácilmente de los recelos que acababa de tener Diana...

—¡No es posible que te hayas prometido a un libertino de la fama de Gabriel Faulkner!

La tía Humphries lo exclamó desde el diván de la sala de estar contigua a su dormitorio. Una habitación que a Diana le parecía desordenada y calurosa por el fuego de la chimenea y la luz que entraba por el inmenso ventanal.

—Tía, ahora es lord Gabriel Faulkner, séptimo conde de Westbourne —replicó ella sin inmutarse.

—Sí, bueno... Y su madre era una mujer elegante y encantadora, desde luego.

—¿Conociste a la señora Faulkner? —preguntó Diana con curiosidad.

—Felicity Campbell-Smythe y yo fuimos grandes amigas hace treinta años —su tía sonrió con cariño por los recuerdos—. Naturalmente, perdimos el contacto cuando las dos nos casamos. Sin embargo, recuerdo que su hijo se vio mezclado en un escándalo espantoso hace unos años y...

—Lord Gabriel Faulkner y yo ya hemos hablado de eso —Diana la interrumpió tajantemente.

Quería mucho a su tía y había ayudado a llenar el hueco que dejó su madre hacía años, pero no estaba dispuesta a hablar del pasado de Gabriel ni con ella ni con nadie. Él se lo había contado como una confidencia y ella iba a respetarla.

Su tía se sentó nerviosamente y los rizos rubios, aunque algo canosos, se agitaron alrededor de su rostro delgado y arrugado.

—Pero...

—No es correcto que hablemos así ni de la señora Faulkner ni del conde.

A ella le encantaría saber más cosas de Felicity Faulkner, pero sabía que solo conseguiría que su tía le preguntara más cosas sobre Gabriel.

—Por el momento, lo único importante es que sepas que me he prometido y que dentro de poco tiempo me casaré con él.

—Pero...

—No hay nada más que hablar del asunto, tía.

Diana se alejó del diván y fue al ventanal para

mirar la plaza que había debajo. Vio una niñera con un niño, un lacayo que paseaba un perro grande y negro, una doncella que iba apresuradamente con varios paquetes marrones... Todo ello era muy normal, lo que pasaba todos los días. Sin embargo, a ella le parecía que la vida no volvería ser lo que consideraba normal... Iba a casarse muy pronto. Iba a convertirse en la esposa del arrogante y autoritario conde de Westbourne. Naturalmente, los cambios en su vida habían empezado antes. Empezaron hacía seis meses y medio, cuando murió su padre, cuando Gabriel heredó el título. De no haber sido por eso, sus hermanas no habrían tenido un motivo para escaparse y ella no habría tenido un motivo para casarse con un hombre al que no conocía y que tampoco la conocía a ella.

Era un destino extraño y voluble. Hacía unos meses, parecía asentada. Malcolm Castle iba a ser su marido y, después de la boda, vivirían en una de las casas adyacentes de Castle Manor, solo pasarían a vivir en la casa principal cuando el padre de Malcolm hubiera muerto. Había podido verlo todo en su cabeza. El porvenir, certero y sin altibajos, se le presentó claramente. Se casaría con Malcolm y tendrían varios hijos que les darían algunos nietos. Sus hermanas quizá también se casaran con hombres que vivieran cerca y la tres se reunirían de vez en cuando para cotillear y reírse.

Sin embargo, estaba en Londres, Malcolm iba a casarse con otra mujer y sus dos hermanas habían desaparecido. Además, estaba prometida a un hombre temperamental en el mejor de los casos y frío e inaccesible en el peor. Un hombre apuesto y excitante que le alteraba el pulso solo con estar en la misma habitación que ella...

—¿Malas noticias, milord?

Gabriel levantó la mirada de la carta que estaba leyendo y vio a Diana en la puerta del despacho. Era una de las muchas cartas y tarjetas de visita que habían llegado a la casa desde que anunciaron su compromiso en los periódicos hacía dos días.

No había visto a Diana cuando llegó a última hora de la tarde después de otro intento infructuoso para encontrar a las hermanas Copeland. Soames le había informado de que estaba con el ama de llaves preparando los menús de la semana, menús que habría que cambiar cuando hubiese decidido a qué compromisos sociales acudirían, si acudían a alguno. Él no tenía el más mínimo interés en asistir a ningún acto social y ser el objeto de las habladurías de la alta sociedad, pero rechazarlos todos sería injusto para Diana, quien había vivido toda su vida al margen de la clase a la que pertenecía por derecho propio. Bastante malo era que fuese a convertirse en la esposa del escandaloso Gabriel Faulkner como para que, además, le privara de la compañía de sus iguales, como había hecho su padre.

—No son noticias sobre tus hermanas, si eso es lo que te preocupa.

Gabriel dejó la carta en la mesa y la miró con satisfacción. Llevaba un vestido azul grisáceo y los reflejos rojos del pelo parecían más brillantes por el color apagado. Estaba ligeramente sonrojada y los ojos azules como el cielo tenían un brillo que le daba una belleza vibrante. Arqueó una ceja.

—Podríamos empezar a comentar los preparativos de la boda. Había pensado que la semana que viene sería...

—¡La semana que viene! —repitió ella con los ojos azules abiertos como platos.

—Dijiste que no te importaba que se celebrara pronto —replicó él con el ceño fruncido.

—Y no me importa. Es que había pensado que no me casaría hasta que hubiese encontrado a mis hermanas.

Gabriel suspiró.

—Pero no sabemos cuándo las encontraremos...

—¿Sus indagaciones siguen sin dar resultados?

Él se levantó con impaciencia.

—Al parecer, tus hermanas han conseguido desaparecer de la faz de la tierra... Diana, ¿vas a desmayarte?

Cruzó la habitación de tres zancadas y la agarró de los brazos mientras se tambaleaba. Se maldijo a sí mismo por haberle hablado con tanta franqueza. Estaba tenso e irritable desde hacía dos días, desde que se buscó un abogado nuevo después de haber prescindido de los servicios de William Johnston y de haberle dejado muy claro que no le había gustado cómo había tratado a las hermanas Copeland.

Además, había buscado a media docena de hombres que habían servido en su regimiento y les había dado instrucciones para que rebuscaran en cada centímetro de Londres y encontraran a las dos hermanas desaparecidas. Para colmo, se había arriesgado a almorzar en su club y había tenido que sortear la curiosidad de otros socios, quienes, siguiendo las instrucciones de sus esposas, probablemente, habían intentado sonsacarle toda la información posible sobre su futura esposa y él.

Volver a otra avalancha de invitaciones y cartas, y a una carta en concreto, no había mejorado su humor y, además, había alterado a Diana.

—No —ella sacudió la cabeza aunque estaba muy pálida—. ¡Mis hermanas tienen que estar en algún sitio!

Él dejó caer las manos a los costados y se apartó de ella.

—Desde luego.

Intentó tranquilizarla aunque no estuviese seguro de que «algún sitio» tuviese que ser necesariamente Londres. Diana le había contado que el mayordomo de Shoreley Park se llamaba Morton y había pensado que era demasiada casualidad para que fuera una coincidencia.

—Diana, ¿alguna de tus hermanas canta?

Ella se quedó atónita.

—Yo... La dos cantan. Caroline tiene una voz más bonita, pero las dos cantan bien. ¿Por qué lo pregunta?

—Solo me gustaría saber todo lo posible de ellas —contestó él con ambigüedad.

Añadió ese dato a todo lo que ya sabía de Caroline y Elizabeth Copeland. Además, era un dato, de Caroline al menos, que lo llevaba a una conclusión que no podía creerse.

—Claro —aceptó Diana en tono apesadumbrado—. Le agradezco mucho su ayuda en un asunto tan delicado.

—Ya tendrás tiempo de darme las gracias cuando las hayamos encontrado.

Algo que ella empezaba a dudar que fuese a suceder. Ya llevaba una semana en Londres y no había conseguido nada. Efectivamente, parecía como si Caroline y Elizabeth hubiesen desaparecido de la faz de la tierra. Desechó esa idea inmediatamente. ¡Encontrarían sanas y salvas a sus hermanas!

—Milord, cuando entré, parecía... absorto por la carta —comentó ella.

—¿De verdad? —fue como si un telón cayera sobre su rostro antes de que volviera a la mesa—. Será por la simple idea de tener que contestar a todas esas cartas e invitaciones.

Efectivamente, había muchas. A Diana le había sorprendido la cantidad de correspondencia que había llegado durante los dos últimos días cuando le habían dado la espalda todos esos años, parecía como si le hubiesen perdonado los pecados del pasado, aunque no olvidado, una vez que era el adinerado conde de Westbourne.

—A lo mejor, deberíamos rechazarlas todas. Mis hermanas siguen desaparecidas y no me siento especialmente sociable. Además, también tenemos la excusa de que sigo de luto por mi padre.

Gabriel se apoyó en la mesa y la miró con los ojos entrecerrados. Era una mujer hermosa y elegante y, con toda certeza, llamaría la atención en sociedad, sobre todo, entre los hombres. Las mujeres, fueran jóvenes o mayores, envidiarían su belleza, una belleza que merecía ser vista, aunque no tocada...

—No, Diana, me temo que no podemos hacerlo —él gruñó para sus adentros por el trago que tendría que pasar en los bailes de la alta sociedad—. Hace seis meses que murió tu padre y acabamos de anunciar nuestro compromiso. Al menos, tendremos que asistir a algunos de los actos sociales más discretos.

Se incorporó y se sentó otra vez detrás de la mesa. Su expresión se ensombreció cuando volvió a mirar una de las cartas que había recibido esa mañana. Ella se acercó a la mesa.

—¿No va a contarme las noticias, milord?

¿Debería enseñarle la carta que lo había consternado tanto? Quizá fuese preferible que ella no se hiciese ilusiones sobre el hombre que era y que seguiría siendo cuando se hubiesen casado.

—Al parecer, la alta sociedad no es la única que se ha enterado de que estoy en Westbourne House gracias al anuncio de nuestro compromiso en los periódicos.

Él levantó la carta y ella lo miró con curiosidad, antes de tomarla y de notar la tensión de su cuerpo fibroso y atlético. Miró la firma de la carta, pero no le dijo nada.

—¿Quién es Alice Britton?

—Era la señorita de compañía de mi madre.

—¿Era? —preguntó ella arqueando una ceja.

Él asintió con la cabeza y con rigidez.

—Al parecer, se jubiló hace unos meses y vive en Eastbourne.

Ella leyó la carta en un abrir y cerrar de ojos y comprendió por qué estaba tenso.

—Tenemos que prepararnos para viajar a Cambridgeshire inmediatamente.

—No.

Ella lo miró con asombro.

—Naturalmente, entenderé que prefiera que no lo acompañe...

—Diana, da igual que prefiera que me acompañes o no porque no pienso acercarme a Cambridgeshire ni ahora ni en el futuro.

Gabriel empezó a ir de un lado a otro con una expresión sombría.

—Pero, según la señorita Britton, la salud de su madre era muy delicada cuando la vio hace unos meses.

Él la miró con un brillo de rabia en los ojos.

—Entonces, se debilitaría más todavía si acudiese corriendo a Cambridgeshire.

Ella se dio cuenta de que creía que decía la verdad y le costó aceptar que su madre no quisiese verlo cuando estaba tan mal.

—Creo que te equivocas, Gabriel...

—¿De verdad? —él la miró con amargura—. No he recibido ni una sola carta o tarjeta de mi familia desde que me marché. Además, hace seis años, cuando me enteré de la muerte de mi padre, escribí inmediatamente a mi madre para expresarle mis sentimientos y para preguntarle si podía visitarla, una carta que ni siquiera se molestó en contestar.

Diana sintió una opresión en el pecho al captar claramente el dolor en su voz.

—Parece reprobable, sí...

—No es más de lo que podría haberme esperado —le interrumpió él con aspereza—. Aun así, la que fue señorita de compañía de mi madre me pide que acuda corriendo a ver a mi madre porque su salud es «delicada». Ni hablar.

—También dice que tu madre ha anhelado verte desde hace algún tiempo...

—Algo que me parece más que improbable. Tampoco va a recibir mi perdón para que alivie su conciencia.

Diana lo miró con compasión.

—No estaba pensando en el alma de tu madre cuando propuse que fuésemos a verla.

—¿En qué estabas pensando entonces? —preguntó él con los ojos entrecerrados.

—En la tuya —contestó ella con delicadeza.

—¿La mía? —bramó él—. Dijiste que me creías cuando te conté que no había hecho nada de lo que tuviera que avergonzarme.

Lo había creído y seguía creyéndolo. Durante

esos dos días, se había convencido de que era imposible no creer a Gabriel Faulkner cuando decía que algo era como era.

—¿No te das cuenta de que si tu madre muere, antes o después, y no os habéis reconciliado, serás tú quien quede vivo y tendrás que vivir el tormento de saber que podrías haber arreglado las cosas pero que no lo hiciste porque te lo impidió el orgullo?

Él dejó de ir de un lado a otro y la miró con unos ojos repentinamente penetrantes.

—¿Es lo que te pasó a ti, Diana? ¿Tu madre te pidió que la perdonaras por haberos abandonado y no la perdonaste?

A ella se le alteró el pulso.

—No estábamos hablando de mi madre...

—Ahora, sí —le interrumpió él—. ¿Tú madre llegó a arrepentirse de haberos abandonado por los brazos de un amante más joven? ¿No la perdonaste? —insistió él implacablemente.

Ella sabía que se había quedado pálida al recordar aquellos momentos espantosos cuando su madre los abandonó. Su padre se convirtió en un espectro que iba de una habitación a otra de Shoreley Park como si pudiera encontrar a su esposa si la buscaba lo suficiente. Sus hermanas lloraban sin parar todas las noches hasta que caían dormidas por el agotamiento... y hasta que volvían a despertase llorando y preguntando por qué no iba su madre a consolarlas como hacía siempre que tenían pesadillas.

Ella, mientras intentaba consolarlos por todos los medios, notaba que la rabia hacia su madre crecía día a día por haberlos destrozado tan egoístamente, hasta que fue como si su corazón hubiese quedado consumido por el rencor.

Tragó la bilis que se le había acumulado en la garganta.

—Mi madre nunca quiso volver con nosotros ni nos pidió perdón, ¿cómo iba a haberla rechazado? —preguntó ella en un tono desapasionado.

Él frunció el ceño.

—Diana...

—Si me disculpa, milord —ella levantó la mirada y evitó mirarlo a los ojos—. Tengo que subir y cambiarme para la cena.

Aunque la idea de comer le diera náuseas. Casi nunca pensaba en su madre, no tenía ningún sentido.

—Está impidiéndome el paso, milord.

Gabriel, efectivamente, se había puesto en la puerta abierta del despacho.

—¿Puedo pedirte perdón, Diana?

Gabriel la miró y supo por la palidez de sus mejillas y por el espanto que se reflejaba en sus ojos que le había hecho daño con sus provocaciones sobre su madre. Aunque él también estaba dolido por la carta sobre la suya, eso no era motivo para haberla alterado. La agarró con delicadeza de los brazos.

—Siento haber sido tan desconsiderado —siguió él con la voz ronca—. Es que... —apretó los labios—. Estoy seguro de que Alice Britton lo hizo con su mejor intención, pero es mejor no remover el pasado... para los dos.

Diana levantó las pestañas. Tenía los ojos brillantes. ¿Le había hecho tanto daño que estaba a punto de llorar? ¿Se había convertido en alguien tan insensible? ¿Estaba tan egoístamente absorto por su escepticismo que ya no le importaba si hacía daño a los demás con su frialdad y cinismo?

—Estás perdonado, Gabriel.

Tomó aliento por el perdón de Diana y, por una vez en su vida, no supo qué decir. Más sarcasmo o arrogancia haría que derramara las lágrimas, pero otra cosa sería...

—Espero que tú me perdones por haberme metido en algo que es tan personal para ti.

Era excesivo. Diana le pedía perdón a él cuando había sido tan desconsiderado, era el colmo. La abrazó, apoyó la barbilla en sus rizos rojizos y olió su aroma a limón.

—Soy un bárbaro por haberte hecho daño.

—No debería haberme metido.

—Nadie tiene más derecho que tú —replicó Gabriel con rabia—. Vas a ser mi esposa, mi condesa.

Solo entonces, cuando la abrazó y se dio cuenta de la vulnerabilidad que se escondía detrás de su pragmatismo y decisión, comprendió la dimensión del compromiso con esa mujer.

Había vuelto a ofrecerle que se casara con él porque creía que sería lo más conveniente para los dos. Ella necesitaba recomponer su dignidad herida después del rechazo de ese joven y él necesitaba una esposa adecuada que fuese la señora de su casa y que le diera herederos. Miel sobre hojuelas.

Sin embargo, no había esperado que fuera a apreciar a esa mujer o que fuera a desearla tanto que abrazarla como estaba abrazándola fuese a ser un tormento. No obstante, como no quería correr el riesgo de que ese heredero llegara siete u ocho meses después de la boda, con las consiguientes habladurías para los dos, tendría que sufrir ese tormento un poco más, salvo que alejara la tentación.

La agarró con firmeza de los brazos, la apartó un poco y la miró.

—Como has dicho, deberíamos subir y cambiarnos para la cena.

Diana parpadeó asombrada por su repentina vuelta a la frialdad de antes. Sin embargo, ¿qué había esperado? ¿Acaso creía que se iba a crear un vínculo entre los dos por haber hablado del daño que habían sufrido a manos de sus madres? ¿Creía que eso iba significar un entendimiento, una cercanía, que hiciese que el compromiso fuese menos desalentador para ella? Si lo había creído, bastaba mirar su expresión altiva y la frialdad de sus ojos azul oscuro para darse cuenta de que nunca existiría un entendimiento y un cariño así. Inclinó la cabeza con una expresión igual de orgullosa y distante.

—Entonces, hasta la cena, mi... —Diana se quedó en silencio al oír voces que discutían en el vestíbulo—. ¿Puede saberse...?

—Eso digo yo —confirmó Gabriel con una expresión tensa.

—Quizá deberíamos ir a ver qué pasa...

—Desde luego.

Gabriel salió apresuradamente y ella casi tuvo que correr para seguirlo. Tanto que estuvo a punto de chocarse con sus enormes espaldas cuando él se detuvo bruscamente para mirar hacia el amplio vestíbulo, donde vio a tres personas y la puerta abierta.

Soames, el mayordomo, estaba con un hombre alto, apuesto, con unos ojos grises y gélidos y con una cicatriz que le bajaba por la mejilla izquierda, pero que no le restaba apostura, sino que le daba un aire casi peligroso. Al lado de él, con una expresión alegre en su hermoso rostro, estaba Caroline, la hermana de Diana...

Cinco

Si había llegado a dudar sobre la identidad de la joven que estaba al lado de su amigo Dominic Vaughn, el conde de Blackstone, las dudas se disiparon en cuanto Diana dejó escapar un sollozo sofocado y cruzó corriendo el vestíbulo. Gritó «¡Caroline!» y se arrojó en brazos de la otra mujer con una felicidad evidente mientras empezaba a reírse y a llorar a la vez. Caroline hizo lo mismo mientras se abrazaban con todas sus fuerzas. Blackstone y él se miraron con las cejas arqueadas y una sonrisa irónica, antes de que desviara la mirada para observar con detenimiento a lady Caroline Copeland. A jugar por cómo la miraba su amigo, tenía que ser la «señorita Morton», la misma joven que hasta hacía unos días había estado cantando en el club de juego de Dominic con una máscara con joyas y una peluca negra para ocultar su identidad. Empezó a sospecharlo cuando se enteró de que el mayordomo de los Copeland se llamaba Morton.

Caroline Copeland era esbelta y elegante, llevaba un vestido verde como el mar debajo de una capa gris, el pelo era completamente dorado, sin reflejos rojizos como el de Diana, tenía unos ojos cautivadores y tan verdes como el vestido, un cutis como el alabastro y una barbilla puntiaguda que transmitía la misma decisión que la de su hermana mayor.

Una decisión que, en el caso de Caroline, la había llevado a jugarse la reputación y la vida antes que casarse con él... Su reputación la había llevado a ese extremo.

—¡Cuánto me alegro de verte en Inglaterra otra vez, Westbourne! —Dominic Vaughn se acercó para estrecharle la mano.

Su amigo se inclinó un poco para murmurarle algo y luego se apartó con una sonrisa que hacía algunos años que no veía en su rostro, habitualmente serio.

—Fuimos hasta Shoreley Park para verte —siguió Dominic—, pero, cuando llegamos, descubrimos que no habías ido allí después de todo.

—Entonces, ¿venís de Shoreley Park? —preguntó él.

Gabriel miró a Diana, quien, bastante perpleja, miraba fijamente a los dos hombres mientras agarraba de la cintura a su hermana. Indudablemente, se preguntaba qué hacía Caroline con un hombre de aspecto tan peligroso. Dominic Vaughn, herido en la batalla de Waterloo, tenía una cicatriz en la mejilla izquierda que le bajaba desde el ojo hasta el arrogante mentón. Una cicatriz que le daba un aspecto algo siniestro.

—Soames, por favor, lleva té para las damas y brandy para los caballeros al despacho —le pidió él al mayordomo.

—Muy bien, milord.

El mayordomo inclinó la cabeza y se retiró sin dar ningún tipo de señal de que hacía unos minutos había estado discutiendo con un hombre y una mujer que, evidentemente, eran amigos del señor de la casa.

—¿Qué...?

—Diana, esperaremos a estar en el despacho para hablar.

Gabriel se apartó para que las mujeres pasaran delante. Su futura esposa estaba aturdida por la inesperada y repentina aparición de su hermana con Dominic Vaughn y Caroline lo miraba algo desafiantemente mientras caminaba junto a su hermana.

—Dom, vas a tener trabajo con ella —murmuró él en tono irónico.

—Ya lo tengo —comentó Dominic con una

sonrisa—. Entonces, ¿piensas darnos tu bendición, Gabe?

—Por lo poco que me ha contado Nathaniel de este asunto, ¡será mejor que os la dé!

Sacudió la cabeza con pesadumbre y entraron en el despacho detrás de las mujeres. Como era de esperar, Diana preguntó inmediatamente cómo y por qué estaba su hermana allí y, además, acompañada por un hombre como el conde de Blackstone. Lo que siguió, después de que Soames hubiese dejado la bandeja con té y brandy, fue una versión recortada de lo que había hecho lady Caroline Copeland desde que llegó a Londres. Una versión destinada a que Diana no se preocupara por la reputación de su hermana y a que Dominic quedara lo mejor posible.

—Al parecer, milord, tengo que agradecerle que mi hermana haya vuelto sana y salva con su familia.

Sin embargo, la gratitud de Diana no estaba exenta de preocupación. Durante la conversación le había quedado muy claro que Dominic era amigo íntimo de Gabriel desde hacía años, pero, por muy agradecida que estuviera a él, no podía evitar pensar que era muy inadecuado que su hermana hubiese estado viajando en la compañía de un hombre como el conde.

—¿Por qué no ha vuelto Elizabeth contigo? —le preguntó a Caroline.

Su hermana se quedó sorprendida.

—¿Conmigo? Yo daba por supuesto que habría venido a Londres con la tía Humphries y contigo...

La inquietud de Diana aumentó más todavía.

—Se marchó de Shoreley Park dos días después que tú.

Caroline se quedó pálida.

—¿Quieres decir que ha pasado sola estas semanas en Londres? ¡Dominic!

Caroline, con una expresión de espanto, se volvió y agarró el brazo del serio conde de Blackstone.

Diana no estaba menos espantada al comprobar que sus temores se habían confirmado; Elizabeth y Caroline no habían acordado encontrarse en Londres, como ella había esperado.

—Querida, has recuperado a una de tus hermanas sana y salva. Tenemos motivos para creer que lo mismo pasará con la otra.

Diana casi ni oyó las palabras tranquilizadoras de Gabriel cuando él entró en su dormitorio sin que ella le hubiese dado permiso.

La conmoción al saber que Elizabeth seguía desaparecida había generado más preguntas que respuestas. Cuando se hizo tarde, Gabriel propuso a Dominic que se quedara a pasar la noche y que subieran el equipaje de Caroline y el conde para que pudieran cambiarse para la cena.

Ella, sin embargo, estaba tan alterada que solo pudo dejarse caer en la cama cuando llegó al dormitorio. En ese momento, estaba sentada en el borde de esa cama con los ojos irritados de tanto llorar y las mejillas todavía mojadas.

—Yo no diría que encontrar a Caroline en compañía de un hombre como Dominic Vaughn sea recuperarla sana y salva.

Gabriel se puso muy rígido.

—Blackstone ha sido uno de mis amigos más íntimos desde la infancia. Es más, le confiaría mi vida. En realidad, creo que lo he hecho más de una vez.

Diana sacudió la cabeza con desesperación.

—Caroline solo tiene veinte años...

—Blackstone tiene veintiocho...

—Esa será su edad, pero cualquiera que lo mire se dará cuenta de que es un hombre mucho mayor por experiencia —ella se estremeció ligeramente—, de que es...

—Te cuidado, Diana —le advirtió él en tono gélido—. Antes, cuando tu hermana y tú os marchasteis del despacho, Blackstone me pidió formalmente la mano de Caroline y yo le di mis bendiciones.

Diana se levantó de un salto y con los ojos fuera de las órbitas.

—¡No lo dirá en serio!

—Completamente.

—Pero...

—No seas ingenua, Diana, basta mirarlos para ver lo que hay entre ellos.

Efectivamente, ella había notado la pasión subyacente entre su hermana y el conde de Blackstone. La había notado y, al mismo tiempo, se había preocupado por su impetuosa hermana.

—Caroline ha llevado una vida muy recluida...

—Diana.

Él se limitó a decir su nombre, pero en un tono tan tajante que habría sido imprudente pasarlo por alto. Sin embargo, no se sentía nada prudente en ese momento.

—Caroline siempre ha sido tozuda y tenaz, pero, en este momento, no puede estar segura de sus sentimientos. El conde y ella no se conocen desde hace tanto tiempo para...

—Nosotros nos conocíamos desde hacía menos de un día cuando aceptaste casarte conmigo —le recordó él.

—¡No es lo mismo! —replicó ella con impaciencia—. Sabe tan bien como yo que acepté su oferta de matrimonio solo para que ninguna de mis hermanas tuviera que hacerlo.

Efectivamente, él sabía los motivos, pero una cosa era saberlo y otra muy distinta que ella se los dijera tan claramente. Algo que ella tambén comprendió porque lo miró casi con remordimiento.

—No quería decir...

—Sé muy bien lo que querías decir, Diana —le interrumpió él en tono gélido—. Sin embargo, nuestros motivos para casarnos no deberían aplicarse a Dominic y Caroline. Te guste o no, lo apruebes o no, están enamorados y piensan casarse.

Además, su opinión tampoco había importado. La conversación con su amigo, una vez que las mujeres se habían retirado a sus dormitorios, había sido breve y sin rodeos. Dominic quería casarse con Caroline Copeland en cuanto pudieran organizar la boda. Su consejo para que no pusiera objeciones al noviazgo y la premura para casarse había sido suficiente para indicarle lo íntima que era la relación. Aunque dudaba que a Diana fuera a gustarle saberlo...

—Durante las conversaciones que hemos tenido sobre tus hermanas, me quedé con la sensación de que querías que pudieran elegir libremente de quién enamorarse.

—Claro.

—Pero ¿no aceptas que Caroline está tan profundamente enamorada de Dominic como él de ella solo porque no se conocen desde hace mucho tiempo?

¿Lo aceptaba? Caroline siempre había sido la más tozuda y díscola de las tres, la que siempre hacía travesuras, la que nunca tenía miedo cuando se le metía algo en la cabeza. Su escapada a Londres hacía dos semanas y media era la demostración.

Sin embargo, aceptar que Caroline estaba enamorada de Dominic Vaughn, el conde de Blackstone de aspecto bárbaro, que él estaba enamorado de ella y que los dos querían casarse, no podía atribuirse ni a una travesura ni a la tozudez. Aun así, había visto que el amor resplandecía en los ojos de su hermana cada vez que miraba a Dominic, como lo había visto en los de él cuando también la miraba. Tendría que haber estado ciega para no ver cómo se tocaban y miraban constantemente... o cómo Caroline, que era tan independiente, se volvió inmediatamente hacia él para que la tranquilizara cuando se dio cuenta de que Elizabeth seguía desaparecida...

¿Estaría celosa por esa cercanía? No estaba celosa del amor que transmitía la pareja porque después de haber comprobado lo superficial que había sido el amor de Malcolm Castle, no pensaba volver a confiar en la declaración de amor de ningún hombre aunque se hubiese prometido a Gabriel. Sin embargo, ¿sus recelos se deberían a que Dominic Vaughn hubiese ocupado su puesto como apoyo incondicional de Caroline? ¿Sería ese el motivo de que dudara de ese matrimonio? Si era así, eran unas dudas tan egoístas que no podía reconocerlas y mucho menos decirlas en voz alta.

Además, su hermana y el conde también transmitían una sensación de intimidad que hacía que sus preocupaciones pudiesen haber llegado demasiado tarde. Se irguió con decisión.

—Felicitaré cariñosamente a los dos cuando nos encontremos para cenar.

Gabriel la miró con admiración. Fueran cuales fuesen las dudas o recelos que había tenido sobre el repentino compromiso de su hermana, las había dominado firmemente. Con la misma firmeza que había empleado para aceptar su oferta de matrimonio.

—Es posible que cuando se enteren de nuestro compromiso, ellos también nos feliciten con el mismo cariño... —replicó él en un tono provocador.

—Claro.

A jugar por la palidez de Diana, le pareció evidente que ella se había olvidado de su precipitado compromiso cuando se preocupó tanto por el de su hermana.

—Entonces, ¿aceptamos que tu hermana y Blackstone se casen pronto? —preguntó él.

—Creo que en ningún momento me ha pedido que lo aceptara —contestó ella.

—Yo, no —reconoció él—, pero estoy seguro de que tu hermana sí lo querrá.

Gabriel se puso recto y se dio la vuelta para marcharse.

—Milord, ¿qué piensa hacer sobre la conversación anterior?

—¿A qué conversación te refieres, Diana? —preguntó él con los ojos entrecerrados.

Ella se humedeció esos labios carnosos y sensuales.

—Yo... a la carta sobre su madre que le ha mandado la señorita Britton, naturalmente.

Naturalmente. Debería haber sabido que la íntegra Diana no se olvidaría del asunto.

—Nada, Diana. No pienso hacer absolutamente nada sobre esa carta.

—Quizá debería viajar primero a Eastbourne para hablar con la señorita Britton y...

—Ya he contestado a la señorita Britton y le he comunicado que estoy muy ocupado en la ciudad y que no tengo tiempo para viajar a Cambridgeshire —él resopló con impaciencia cuando Diana hizo un gesto de descontento—. Me gustaría no haberte enseñado la maldita carta.

También la gustaría no haber anunciado su compromiso en los periódicos si la señorita Britton había conseguido así la dirección para escribirle.

Diana abrió los ojos con sorpresa.

—La carta de la señorita Britton estaba llena de cariño y afecto hacia su madre...

—Sí, pasó muchos años con mi madre.

—También parece preocupada porque su madre vive sola en Faulkner Manor, aparte de sus sirvientes y del señor y señora Prescott —insistió ella.

No le faltaban motivos. Si él pudiese elegir, no le habría confiado ni uno de sus caballos a los mencionados señor y señora Prescott.

—Charles, el hermano menor de mi madre, y su esposa —le aclaró él en tono tenso.

Ella lo miró con curiosidad al captar la tensión de su rostro y de todo su cuerpo. Tenía los hombros rígidos, los brazos muy rectos y los puños cerrados a los costados del cuerpo.

—¿Tiene mucha familia?

La verdad era que Gabriel, por su forma de ser, parecía muy... independiente, tanto que nunca se le había ocurrido pensar que tuviera otra familia que su madre y su fallecido padre.

—No tengo familia —afirmó él mirándola con unos ojos implacables.

—Pero...

—Al menos, no tengo ninguna familia que me importe —añadió él—. Ninguna familia a la que yo haya importado durante los últimos ocho años.

No le pasó desapercibido su tono de advertencia concluyente. Aun así, sintió la curiosidad de saber algo más sobre la familia que él desechaba con tanta facilidad.

—¿El señor Charles Prescott es el único hermano de su madre o...?

—Ya he dicho que no quiero hablar de esto contigo, Diana —le interrumpió él con el ceño muy fruncido.

Las últimas horas habían estado cargadas de emociones, por decir algo, y no se sentía con ganas de aguantar su arrogancia.

—¿Sus deseos de no hablar de algo suelen cumplirse?

—Sí, siempre.

Gabriel arqueó las cejas como si le divirtiera ver el brillo beligerante en esos ojos azules como el cielo. Se diera cuenta o no, Diana era tan tozuda y tenaz como, según ella, era Caroline.

—Entonces, es una pena que no vayan a cumplirse en este caso —replicó ella levantando la barbilla.

—Diana, espero que no vayas a desobedecerme incluso antes de que hayamos hecho los juramentos del matrimonio —dijo él con una sonrisa provocadora.

Esos ojos azules dejaron escapar un destello de rebeldía.

—En estos momentos, había pensado pedirle

que se omitiera completamente esa parte de mis deberes como esposa, ¡milord!

Gabriel se rio con ganas.

—Personalmente, siempre he preferido otros deberes conyugales...

Gabriel vio, con satisfacción, que ella se sonrojaba inmediatamente. ¿Era por vergüenza o porque había recordado las veces que la había abrazado y besado? Algo que, en contra de la decisión que había tomado de no hacerlo, estaba deseando repetir en ese momento. Quizá pudiera permitirse disfrutar un poco, solo un poco, con ese cuerpo tan elegante y deseable.

Ella abrió los ojos con inquietud cuando él se acercó.

—Yo... ¿qué está haciendo?

Ella lo dijo con la voz entrecortada cuando lo tuvo tan cerca que podía notar el calor de su cuerpo. Él arqueó las cejas.

—Había pensado que, después de la tensión de las últimas horas, podría venirnos bien que te demostrara un poco cómo pienso cumplir yo con mis deberes conyugales cuando nos hayamos casado.

Ella tragó saliva al darse cuenta de que el corazón le latía con tanta fuerza que él tenía que oírlo.

—Estamos solos en mi dormitorio, milord...

Sus labios cincelados esbozaron una sonrisa que le dieron calidez a esos ojos irresistibles.

—El momento y el lugar perfectos para que te lo demuestre, ¿no te parece?

Estaba más que inquieta, estaba embriagada por su proximidad y por la deliciosa intensidad de esos ojos azul oscuro que tenía clavados en sus labios entreabiertos.

—No será necesario, milord.

—No recuerdo haber dicho que fuese necesario, Diana —murmuró él—. Solo he dicho que podríamos disfrutar.

Se engañaría a sí misma si no reconociera que había disfrutado las veces que la había abrazado y que había echado de menos esos abrazos durante los dos días pasados. Además, también era posible que esa intimidad tan evidente que existía entre Caroline y Dominic estuviera afectando a su sensibilidad, porque lo que más deseaba en ese momento era que Gabriel volviera a besarla como esas veces. Se pasó la punta de la lengua por los labios.

—No estoy segura de que mi tutor lo viera con buenos ojos...

La sonrisa de Gabriel solo podía describirse como lobuna.

—Al contrario, tu tutor está completamente de acuerdo en que participes en ese... ejercicio.

—Entonces, ¿cómo voy a negarme? —preguntó ella sonriéndole con timidez.

Como las otras veces, Diana le pareció liviana y muy femenina cuando la tomó entre los brazos. Olía a flores y limón, sus labios eran delicados y receptivos y sus curvas se amoldaban a él. No pudo evitar profundizar el beso cuando ella separó los labios e introdujo la lengua en su boca

¡Santo cielo! No debería haberse metido en ese juego tan peligroso, debería haber hecho caso de las advertencias que se había hecho a sí mismo y no abrazarla hasta que se hubiesen casado. Al menos, debería reunir fuerzas para apartarla de sí en ese momento.

En cambio, dejó escapar un gruñido desde lo más profundo de la garganta. Era un deseo que se adueñaba de él como si fuera un papel que se quemaba con una vela y que le endurecía tanto el miembro que palpitaba al mismo ritmo que el corazón desenfrenado. El beso se hizo más apasionado al devorarle los labios y estrechar sus pechos contra él.

Diana contuvo el aliento y arqueó el cuello cuando Gabriel se lo recorrió con los labios y la lengua. Sintió un estremecimiento entre los muslos cuando una mano le acarició la espalda y las caderas antes de tomarle un pecho.

—Perfecto... —susurró él con la voz ronca.

Le tomó el pezón endurecido entre los dedos, y por encima de la fina tela del vestido, mientras seguía recorriéndole el cuello con los labios y la lengua.

Ella le soltó los hombros e introdujo los dedos entre el pelo de la nuca. Le abrasaba la piel con cada caricia. Sus labios eran húmedos y cálidos y fueron bajando por la piel ardiente que dejaba desnuda el escote del vestido. Los pezones se endurecieron más todavía, como si anhelaran algo que ella no sabía qué era.

Gabriel le bajó la tela del vestido para satisfacer ese anhelo cuando tomó con voracidad el pezón entre los labios, cuando se lo lamió y consiguió que sintiera un hormigueo que también la abrasaba por dentro. No sabía que existiera un placer así, un placer abrasador y palpitante que hacía que se derritiera entre las piernas y que también sintiera ese anhelo ahí. Un anhelo que aumentó cuando Gabriel la agarró de las caderas para estrecharla contra la dureza que tenía él entre los muslos y la movió rítmicamente contra ella. Cada caricia de esa dureza y cada caricia de su lengua en el pezón despertaban un deseo incontenible en ella, fue sintiendo un placer cada vez mayor, hasta que, súbitamente, sintió como si fuese a explotar.

—Gabriel...

Diana no supo si lo susurró para que siguiera o para que parara. Lo agarraba del pelo para que no se apartara, pero también quería que acabara ese tormento de sensaciones que devastaba su cuerpo.

Él captó esa incertidumbre y bastó para que recuperara el juicio y se diese cuenta de lo que estaba haciendo... y con quién. No era una mujer con experiencia, no era una mujer con la que podía acostarse, con la que podía deleitarse y complacerse libremente para luego olvidarse de ella. Diana iba a ser su esposa, su condesa, la madre de sus hijos. Unos hijos que estaba dispuesto a tener dentro del matrimonio para que no les salpicara el más mínimo escándalo. Diana no se casaría hasta que no encontraran a Elizabeth y no sabía cuánto tiempo tardarían en encontrarla. No se atrevía a correr el riesgo de acostarse con ella hasta que no tuviera todo bien atado.

Tomó aliento, la apartó de él y la sujetó con los brazos extendidos. El miembro volvió a palpitar solo de ver el pecho desnudo y ligeramente enrojecido por lo que había hecho con los labios y la lengua.

—Creo que ya hemos disfrutado... bastante... por una noche —dijo él con la voz entrecortada.

Ella, muy sonrojada, se subió el vestido precipitadamente y lo miró con la perplejidad reflejada en los ojos azules. Él empezaba a sentirse igual de perplejo e inseguro cuando estaba con ella y era algo que no le gustaba lo más mínimo.

—Creo que es el momento de que te cambies para la cena —añadió él intentando recuperar el dominio de la situación.

—Pero...

—Ahora, Diana, por favor.

Si seguía tentándolo, mirándolo con esos maravillosos ojos azules, podría tener que abrazarla otra vez y sería un desastre. El buen juicio y la experiencia le decían que no permitiera que esa mujer derribara la protección de los sentimientos que había levantado tan cuidadosamente durante los ocho años pasados. Sin embargo, bastaba con tenerla entre los brazos para que todas sus buenas intenciones se esfumaran de su cabeza. ¿Podía saberse qué estaba pasándole?

Seis

—Gabe, llevas toda la noche preocupado... —comentó Dominic cuando se quedaron solos en el comedor.

Gabriel miró a su amigo, quien, en el extremo opuesto de la mesa, bebía brandy con una expresión de intranquilidad impropia de él. En realidad, le había parecido que toda su actitud había sido impropia de él durante la cena y antes de que las dos mujeres se retiraran para que disfrutaran del brandy y los cigarros. La señora Humphries se había disculpado otra vez. Al parecer, había quedado postrada por la repentina reaparición de su sobrina Caroline en compañía del conde de Blackstone.

Dominic, evidentemente, era un hombre distinto. Por ejemplo, nunca lo había visto sonreír tanto como esa noche, y mucho menos disfrutar con el juego de provocaciones cariñosas que pa-

recía ser parte de su relación con Caroline Copeland y que era un contraste muy acusado con la
cortesía envarada que existía en ese momento
entre Diana y él.

Para empeorar las cosas, el anuncio de que
ellos también estaban prometidos no se recibió ni
con felicitaciones ni con cariño, sino con asombro
por parte de Caroline y con un silencio de preocupación por la de Dominic. La misma preocupación
con la que lo miraba en ese momento.

—Caroline y tú no parecisteis muy contentos
por el anuncio de mi compromiso con Diana —
comentó Gabriel antes de dar un sorbo de brandy.

El otro hombre hizo una mueca de disgusto.

—Evidentemente, no he tenido tiempo de hablar con Caro, pero me temo que cree que su hermana ha aceptado casarse contigo solo porque
Elizabeth y ella dejaron muy claro que no querían
hacerlo.

—¿Y qué opinas tú? —le preguntó Gabriel con
las cejas arqueadas.

Dominic tomó una bocanada de aire antes de
contestar.

—Si recuerdo bien lo que comentaste hace
poco más de una semana en Venecia, no puedo
evitar pensar que ella puede tener razón. Dijiste
que ofrecías el matrimonio a una de las hermanas
Copeland solo porque te parecía lo correcto des-

pués de que su padre las hubiese dejado en una situación tan delicada, y para que te diera herederos, claro.

A Gabriel le parecían dos motivos muy consistentes, salvo que no conocía a Diana cuando hizo la oferta. No la había tenido entre los brazos, ni la había besado, ni había acariciado sus abundantes curvas... Volvió a sentarse.

—¿Y si solo fuese un matrimonio de conveniencia?

Su amigo suspiró profundamente.

—Comprendo perfectamente tus motivos para que quieras evitar que intervengan los sentimientos, Gabriel. A mí me pasó exactamente lo mismo hasta que conocí a Caro y me enamoré de ella —añadió Dominic con pesadumbre.

—Me encantaría saber cómo ocurrió —comentó Gabriel mirándolo con curiosidad.

—Me lo imagino —replicó Dominic con ironía—, pero, como sabes muy bien, un caballero no va contando sus conquistas.

—¿Ni siquiera cuando resulta que la mujer en cuestión es mi pupila? —preguntó Gabriel arqueando las cejas.

—¡Sobre todo en ese caso! —Dominic sonrió—. Me espantaría obligarte a que me retaras a un duelo. Sobre todo, porque ganaría.

Gabriel se rio. Los dos sabían que Gabriel era

mejor con la espada y Dominic, con la pistola. Los dos también sabían que Gabriel no retaría a un duelo a uno de sus mejores amigos en ninguna circunstancia...

—Al contrario, deseo que Caroline y tú seáis felices toda la vida.

Dominic inclinó la cabeza con agradecimiento.

—¿Crees que Diana y tú seréis igual de felices juntos?

—Eso esperamos —contestó él mirando hacia otro lado.

—Gabriel...

—Dominic, aunque puedas pensar lo contrario, no he coaccionado a Diana de ninguna manera para que se comprometa. Le verdad es que me quedé tan sorprendido como tú cuando aceptó.

—Caro que me comentó que Diana iba a casarse con el hijo de un noble de Hampshire. ¿Qué ha pasado con eso?

Seguramente, Caroline también fue la persona que se lo contó a William Johnston.

—Creo que comprobarás que ella aceptó mi oferta porque ese caballero cambió de idea —reconoció Gabriel en tono cortante.

—Entonces, ¿es un matrimonio de conveniencia para los dos?

—¿Y qué si no? —preguntó Gabriel con un desenfado fingido.

—Gabe...

—Dominic, somos amigos desde hace mucho tiempo y valoro mucho esta amistad, pero, en este caso concreto, prefiero que te guardes tu opinión —le interrumpió Gabriel mirándolo fijamente.

Dominic aguantó la mirada un momento, hasta que la tensión fuese disipándose de sus hombros.

—¿Te das cuenta de que lo más probable es que Caro y Diana estén teniendo la misma conversación?

Gabriel asintió con la cabeza.

—Estoy seguro de que Caroline está aconsejando a Diana que me diga que ha cambiado de opinión y que, después de todo, no se casará conmigo.

—¿Cómo reaccionarías si Diana hiciese eso?

¿Qué sentiría si pasara eso? Fastidio, desde luego, por tener que desdecirse en los periódicos, pero ¿qué más sentiría? No sentiría nada más, ¡nada! Diana no era más necesaria para su felicidad que lo que había sido cualquier otra mujer. Si ella cambiaba de idea y no quería casarse con él, no tardaría en encontrar otra que aceptara. A juzgar por el montón de invitaciones que había recibido esos dos días, haber heredado el condado de Westbourne lo había convertido en un hombre codiciado para las mujeres de la alta sociedad y lo había devuelto al lugar que debía ocupar en la sociedad. Aparte...

—Diana no cambiará de opinión.

—Pareces muy seguro —murmuró Dominic.

Gabriel sonrió ligeramente.

—Cuando conozcas un poco más a tu futura cuñada, te darás cuenta de que Diana no es una mujer que se eche atrás después de haber dicho algo —Gabriel se levantó bruscamente para dar por terminada esa conversación y rellenar las copas de brandy—. Dominic, me gustaría hablar contigo de algo más...

—¿De qué? —le preguntó su amigo con una mirada penetrante.

—Esta mañana recibí una carta de Alice Britton, la señorita de compañía de mi madre.

—¿De verdad? —preguntó Dominic con incredulidad.

—De verdad —contestó Gabriel yendo de un lado a otro de la habitación.

—¿Para qué?

Él se pasó los dedos entre el pelo.

—Para decirme que la salud de mi madre es muy delicada desde la muerte de mi padre.

—Lo siento, Gabe.

—Yo, también —reconoció él—. También quería informarme de que mi tío Charles y su esposa han vivido en Faulkner Manor con mi madre desde hace seis años.

—¡Dios mío!

—Sí.

—¿Qué piensas hacer?

—Eres la segunda persona que me pregunta lo mismo esta tarde —replicó Gabriel con un suspiro.

—¿Diana? —preguntó Dominic.

—Efectivamente.

—Entonces, ¿vas a ir a Cambridgeshire?

—¿Tú qué crees?

—Creo que irías al fuego del infierno antes de volver a Faulkner Manor con Charles y Jennifer Prescott.

—Efectivamente —repitió Gabriel.

—¿Lo sabe Diana? ¿Sabe lo que pasó hace ocho años?

—No soy tan infame, Dominic. Me pareció que lo justo era que Diana supiese... lo elemental de aquel escándalo.

—Pero no los detalles.

—No.

—¿Ni el nombre de la dama que supuestamente... mancillaste? —insistió su amigo.

—Los dos sabemos que ni siquiera le puse un dedo encima —Gabriel apretó los labios—. Además, ¡creo que nunca fue ni podrá ser una dama!

—Gabriel...

—No, no le he dicho Diana su nombre.

Gabriel agarraba con tanta fuerza la copa de brandy que le sorprendió que no se rompiera.

—¿No crees que quizá deberías...? —le preguntó Dominic con cautela.

—No. Creo que no es necesario todavía.

Además, si se salía con la suya, nunca lo sería...

Caroline estaba desquiciada.

—Ni siquiera puedo soportar la idea de que te cases con un hombre al que no amas. Ni siquiera con uno tan increíblemente guapo que nos ha sorprendido a todas —reconoció ella a regañadientes.

Diana sonrió con cariño a Caroline, quien iba de un lado a otro del dormitorio de su hermana.

—Es muy guapo.

—Aun así...

—Si piensas sacar el tema del escándalo que salpicó al conde en el pasado, como hizo la tía Humphries, entonces deberías saber que ya lo ha hablado conmigo.

Su hermana abrió los ojos con curiosidad.

—¿De verdad?

Diana esbozó una sonrisa triste.

—Si no vamos a tener nada más entre los dos, creo que al menos debemos tener sinceridad, pero solo entre nosotros —añadió Diana al ver la curiosidad de su hermana—. No pienso traicionar la confianza del conde y hablar del asunto ni contigo ni con nadie más.

—Pero solo de pensar en casarse sin amor...

—Caroline, no busco el amor en mi matrimonio —le interrumpió Diana con un suspiro.

—¿Puede saberse por qué? —preguntó su hermana desconcertada.

—Seguramente, porque tengo un buen motivo para saber lo voluble que puede ser —contestó Diana con otra sonrisa triste.

—No lo entiendo —Caroline se detuvo y sacudió la cabeza—. Estaba segura de que Malcolm Castle y tú ibais a casaros.

—Malcolm ya no forma parte de mi vida —replicó Diana levantándose con inquietud.

—¿Por qué? ¿Puede saberse qué pasó?

—Va a casarse con otra. Punto final, Caroline. Ahora, me conformo con casarme con un hombre que no hace declaraciones de amor falsas, sino que ha declarado clara y firmemente lo que espera de mí.

—Espera que te conviertas en una yegua de cría y nada más.

Diana se puso tensa.

—Estás siendo injusta...

—¡Perdóname, Diana! —Caroline se acercó y la abrazó impulsivamente—. Es que amar y saber que me aman con la misma intensidad es lo más dichoso que me ha pasado en la vida. Sencillamente, no puedo soportar la idea de que te conformes con menos —añadió con un brillo de rebeldía en los ojos verdes como el mar.

—No soy como tú, Caroline —Diana sonrió con amabilidad—. No quiero que un hombre esté tan apasionadamente enamorado de mí como, evidentemente, tu conde lo está de ti. Me parece bien el respeto mutuo y el afecto.

—¿Respetas y tienes afecto a Gabriel Faulkner, Diana? —preguntó su hermana con delicadeza.

¿Respetaba y tenía afecto a Gabriel? Diana se sonrojó. Al menos, respetaba su sinceridad y era, como había dicho Caroline, increíblemente guapo. No era un hombre que pasara desapercibido en ninguna circunstancia. También le había parecido que sus besos y sus caricias eran emocionantes y placenteras... pero ¿eso tenía algo que ver con tenerle afecto?

—Estoy segura de que lord Faulkner y yo nos llevaremos muy bien en nuestro matrimonio —contestó ella con una evasiva.

—Eso no contesta mi pregunta —replicó Caroline mirándola con los ojos entrecerrados.

Efectivamente, no la contestaba porque no sabía si tenía afecto al hombre con el que iba a casarse. Tener afecto a alguien era un sentimiento tranquilo, una relación serena, no era la excitación punzante que sentía cada vez que estaba con él.

—Por el momento, es suficiente que lo respete a él y a la sinceridad que me ha ofrecido.

Diana lo repitió de una forma tan tajante que hasta la impulsiva Caroline supo que no podía insistir más.

—Al parecer, anoche causamos cierta conmoción cuando les comunicamos nuestro compromiso a Caroline y Dominic.

Gabriel lo comentó mientras miraba a Diana, quien estaba sentada con cierta frialdad en el extremo opuesto de la mesa del desayuno.

Ni Caroline ni Blackstone habían aparecido todavía y él se preguntó si estarían juntos en alguno de sus dormitorios y disfrutando con esa intimidad tan evidente que mostraron la noche anterior. Lo cual, no le preocupaba gran cosa porque Dominic había dejado muy claro que iban a casarse en cuanto pudieran.

Qué diferencia... Le gustaba mucho más la serenidad competente de Diana que el carácter impulsivo y apasionado de su hermana. No envidiaba a Blackstone por la esposa que había elegido. Aunque creía que la frialdad que mostraba Diana esa mañana podía ser solo un barniz.

—A lo mejor, después de haber podido hablar con tu hermana, has decidido que no quieres seguir con nuestro compromiso —siguió él.

—Si alguien más se atreve a insinuarme eso,

¡creo que gritaré! —exclamó Diana atravesándolo con una mirada de rabia.

—¿Caroline? —le preguntó él.

—Sí.

—Además, tu tía Humphries tampoco acogió muy bien la idea cuando se lo contaste, ¿verdad?

Diana levantó la barbilla con obstinación.

—Gabriel, he dado mi palabra y la cumpliré.

Gabriel hizo una mueca al oír que ella repetía lo que él le había dicho a Blackstone la noche anterior. Al parecer, había interpretado bien la forma de ser de ella.

—¿Sin que te importen las espantosas historias que te cuenten de mí?

—Ni aun así.

Gabriel la miró con admiración.

—Si hubiésemos tenido una docena de mujeres como tú cuando luchábamos contra Napoleón, la guerra habría acabado mucho antes.

—Si la situación hubiese estado en manos de mujeres, no habría habido guerra —replicó Diana en tono punzante.

Él sonrió.

—Entonces, ¿estás decidida a seguir con nuestro matrimonio?

La aparente seguridad de Diana se tambaleó un poco al captar la cautela de Gabriel.

—A no ser que tú tengas dudas...

—En absoluto —negó él sin inmutarse.

Ella se sintió tranquila al ver su tranquilidad.

—Entonces, propongo que hablemos de lo que vemos a hacer sobre la desaparición de Elizabeth.

El buen humor de él se esfumó inmediatamente.

—¿Es tan temeraria como Caroline?

La expresión de Diana se suavizó por al cariño.

—A pesar de las apariencias, creo que Elizabeth es menos indisciplinada, que sus primeros impulsos siempre están mitigados por la cautela.

—Es un consuelo...

Diana se rio.

—Conocí a lord Vaughn ayer, pero me parece que es perfectamente capaz de aplacar los excesos más peligrosos de Caroline.

—Esperemos.

—Están muy enamorados, ¿verdad...?

Gabriel se preguntó si se habría dado cuenta de lo melancólica que parecía. Seguramente, no. Su incursión en el amor romántico no había tenido ese final feliz. ¿Lo tendría el matrimonio entre ellos?

—Sí —Gabriel desechó cualquier duda sobre que Diana se convirtiera en la esposa de un hombre incapaz de amar—. Esta mañana, con la ayuda de Blackstone, pienso intensificar la búsqueda de Elizabeth.

Ella frunció el ceño.

—¿Crees que ha podido seguir a Caroline hasta aquí?

—Estoy seguro.

Como estaba seguro de que sería mucho esperar que a la hermana pequeña le hubiese ido todo tan bien como a Caroline, quien había acabado en buenas manos. Ella lo miró con los ojos entrecerrados.

—¿Esta mañana sigues decidido a no viajar a Cambridgeshire para visitar a tu madre?

—Sí —contestó él apretando los labios.

—Muy bien —ella inclinó la cabeza con frialdad—. Si cambias de opinión...

—No lo haré.

Gabriel tiró la servilleta en la mesa y se levantó con los dientes apretados. La noche anterior consiguió que Diana y él se olvidaran de ese asunto abrazándola y besándola. Aunque eso se había vuelto contra sí mismo.

—El asunto está zanjado, Diana. No intentes hablarlo conmigo otra vez.

Diana supo, a juzgar por la firmeza implacable que vio en su expresión mientras se marchaba, que no podría hacer otra cosa.

O, al menos, habría tenido pocas alternativas si a la mañana siguiente no hubiese llegado otra carta de Alice Britton, pero esa vez iba dirigida a ella...

—Caro está muy preocupada porque no avanzamos en nuestra búsqueda de Elizabeth —comentó Dominic con un gesto de disgusto mientras los dos amigos entraban en la casa.

Gabriel lo miró con incredulidad mientras entregaba el sombrero y el bastón a Soames.

—Me cuesta creer lo pronto que has caído rendido a los preciosos pies de esa joven.

Dominic sonrió con despreocupación.

—¡No son los preciosos pies de Caroline lo que me han rendido!

Gabriel dejó escapar una carcajada.

—Me darías náuseas si no fuese por lo feliz que estás con el compromiso.

La verdad era que nunca había visto tan feliz y contento a su amigo.

Dominic sonrió abiertamente mientras se daba la vuelta después de entregar su sombrero y su bastón.

—Un compromiso que recomiendo fervientemente.

—Muchas gracias, pero estoy muy conforme con mi compromiso con Diana.

—Como digas —replicó Blackstone encogiéndose de hombros.

—Como digo —Gabriel se dirigió al mayordomo—. ¿Dónde están las señoras, Soames?

—Creo que lady Caroline está arriba con su tía, milord.

—¿Y lady Diana?

—Ella y su doncella se marcharon hace más de una hora en un carruaje, milord.

—¿Se marcharon? —repitió Gabriel con una espantosa sensación de presagio.

—Sí, milord.

—¿Adónde?

—No lo dijo, milord —contestó el mayordomo mientras dejaba los sombreros y los bastones en el perchero—. Tenía un poco de prisa cuando se marchó, pero me pidió que le diera esta nota en cuanto llegara.

El mayordomo sacó un papel algo arrugado del bolsillo interior de la chaqueta. Gabriel tomó la nota y fue a la sala antes de romper el sello. Era una carta de Diana que le explicaba a dónde había ido y por qué. Dentro de esa carta había otra carta de Alice Britton, dirigida a Diana, en la que le rogaba que empleara toda su influencia sobre él para que fuera a visitar a su madre lo antes que pudiera. Leyó tres veces la carta de Diana. No podía creérselo. ¡Se había marchado a Cambridgeshire! Se quedó pálido y con un brillo de furia en los ojos. Al final, arrugó la carta hasta hacerla una bola dentro del puño cerrado.

Siete

El nerviosismo de Diana por haber tomado la decisión de viajar a Faulkner Manor, en Cambridgeshire, acompañada solo por su doncella fue aumentando a medida que se alejaban de Londres. Sabía que Gabriel iba a enojarse mucho cuando volviera a Westbourne House y se enterara de lo que había hecho. Esperaba que se enojara tanto que la siguiera...

Ante su negativa a volver a hablar siquiera de ese asunto, no le había quedado otra manera de conseguir que fuese a ver a su madre, algo que le pareció que tenía que hacer necesariamente después de haber recibido la segunda carta de Alice Britton. Evidentemente, esa mujer estaba muy preocupada por Felicity Faulkner.

Ella, sin embargo, se dio cuenta enseguida de que su plan tenía un fallo clamoroso: no había ninguna certeza de que Gabriel fuese a seguirla.

Desde luego, no lo había hecho durante las casi veinticuatro horas que habían pasado desde que se marchó de Londres. Ella tampoco había dormido durante la noche que había pasado en la casa de postas y solo se había agobiado por la intensidad de la furia de Gabriel cuando hablaran. Sin embargo, él no había llegado todavía.

No había tomado a la ligera la decisión de viajar a Faulkner Manor. Estaba dividida entre la preocupación por el paradero de su hermana pequeña y las obligaciones que creía que se esperaban de ella como futura esposa del conde de Westbourne. Naturalmente, ni se habría planteado un viaje así si Caroline y lord Vaughn no estuviesen plenamente decididos a encontrar a Elizabeth una vez que se habían enterado de que estaba desaparecida.

Más tranquila en ese sentido, pudo concentrarse en sus deberes como futura esposa de Gabriel e hizo los preparativos para dirigirse a Cambridgeshire. Aunque en ese momento estaba abrumada por la inquietud, porque había tenido el atrevimiento de pedirle al ayuda de cámara de Gabriel que preparara un baúl con ropa del conde para que viajara con ella en el carruaje y porque sabía que Gabriel estaría furioso. Dudaba mucho que fuese a aceptar la explicación de que, dado su compromiso, se sentía tan responsable de su familia como él.

Ya era demasiado tarde para dar media vuelta, se dijo a sí misma con decisión. Incluso, era posible que Gabriel estuviese en el camino, persiguiéndola apresuradamente y con rabia. Al menos, lo esperaba.

—Espero que tengas un buen motivo para que no hayas salido detrás de Diana.

Gabriel se dio la vuelta lentamente. Había estado mirando por la ventana del despacho al ejército de jardineros que estaba arreglando el césped, demasiado alto, y los arriates abandonados. Estaba seguro de que ese trabajo se hacía siguiendo las instrucciones precisas de lady Diana Copeland.

Lady Caroline Copeland estaba imperturbable en la puerta abierta del despacho. La miró con frialdad. Había oído los ligeros golpes en la puerta, pero había decidido no hacerles caso.

—No recuerdo haberte dado permiso para que entraras.

Ella entró en la habitación y cerró la puerta.

—No recuerdo haberlo pedido.

Efectivamente, no lo había pedido, se reconoció a sí mismo con cierta admiración. Era menuda, hermosa, llevaba un vestido gris claro y tenía veinte años, pero Caroline también tenía una voluntad tan firme que no le extrañó que hubiese conseguido deslumbrar al arrogante y escéptico conde de Blackstone. Aun así...

—No tengo la costumbre de comentar con nadie lo que hago o dejo de hacer.

—¿De verdad? —ella resopló de una forma muy poco elegante—. ¿Puedo proponer que te acostumbres, al menos, cuando se trata de Diana?

Gabriel arqueó las cejas con arrogancia.

—¿Lo propones?

—Insisto —contestó ella lacónicamente.

—Me lo imaginaba.

Gabriel contuvo una sonrisa mientras se daba la vuelta. La luz de la tarde le calentaba la espalda, pero no mitigaba la furia gélida que sentía hacia Diana. Además, también tenía que reconocerse que seguía perplejo desde que se enteró de que se había marchado a Faulkner Manor. Había pasado años como oficial del ejército del rey y se había acostumbrado a dar órdenes y a que las obedecieran. No podía creerse que la mujer con la que solo llevaba seis días prometido, una joven hermosa, elegante y con un sentido del deber impropio de su edad, hubiese desatendido completamente sus deseos, ni más ni menos. Quizá hubiese debido haber hecho más caso del comentario de Diana cuando dijo que la palabra «obedecer» no iba a entrar en sus juramentos del matrimonio.

—¿Y bien?

Gabriel frunció el ceño cuando volvió a darse la vuelta para mirar a la hermana de Diana.

—Como ya he dicho, no veo motivos para tener que dar explicaciones, ni a ti ni a nadie.

Ella suspiró con desesperación.

—Eres tan tozudo y orgulloso como Dominic.

—Sin duda, por eso somos amigos desde hace tantos años —replicó él con una ceja arqueada.

—Sin duda —repitió ella—. Dejando a un lado tus defectos, quien me preocupa es Diana.

Él se quedó atónito por ese segundo insulto en tan pocos minutos.

—No entiendo por qué.

Sus ojos verdes brillaron con impaciencia mientras entraba más en la habitación.

—Es posible que no lo sepas, pero mi hermana siempre antepone los deseos y necesidades de los demás a los suyos propios.

—Si tenemos en cuenta lo que has hecho últimamente, me sorprende oír que sí sepas lo desprendida que es Diana —replicó Gabriel apretando los labios.

Ella se sonrojó ante esa reprimenda por lo díscola que había sido últimamente.

—¿Cómo no iba a saberlo si, evidentemente, ese ha sido el único motivo para que aceptara casarse contigo?

Él entrecerró amenazadoramente los ojos.

—Ten cuidado, Caroline —le advirtió él con una suavidad aterciopelada—. No le he comentado a Diana tu escandaloso comportamiento al escaparte y convertirte en cantante en un club de juego para caballeros porque sé cuánto te quiere y por mi amistad con Blackstone, pero te aseguro que esas dos cosas me darán igual si sigues criticándome de esa forma tan inaceptable.

Ella se quedó pálida, pero siguió sin amilanarse.

—Naturalmente, no sé nada o casi nada de lo que ocurrió en el pasado, ¡pero no puedes dejar que Diana se enfrente sola a tu familia!

—Creo que podría hacerlo perfectamente cuando ha desobedecido descaradamente mi voluntad, pero no, no pienso hacerlo.

Supo que tendría que seguirla desde que leyó la carta de ella, que quedarse en Londres en esas condiciones solo pospondría lo inevitable.

—Ah...

Caroline pareció menos segura de su indignación por Diana.

—Están ensillando mi caballo mientras hablamos —le explicó él.

Caroline se relajó apreciablemente.

—¿Por qué no me lo dijiste cuando entré aquí?

Gabriel esbozó una sonrisa apesadumbrada.

—Parecías tan decidida a enfurecerte en nombre de Diana que no quise defraudarte.

Ella ladeó la cabeza.

—¡Dominic y tú os parecéis tanto que podríais ser hermanos!

—Si tenemos en cuenta que tú y él vais a casaros dentro de poco —Gabriel sonrió—, lo tomaré como un cumplido.

—Yo no lo haría si fuese tú —replicó ella con sinceridad—. Cierta arrogancia puede ser aceptable en el hombre amado, pero no es tan atractiva en el hombre que va a ser el esposo de la hermana de una.

—Intentaré tenerlo presente.

Gabriel se sintió conmovido por el amor de Caroline hacia su hermana y por la declaración de que amaba a Dominic tanto como él la amaba a ella; un buen presagio para la boda de los dos.

Ella lo miró con cierta preocupación.

—Espero que no estés demasiado... disgustado con Diana cuando la veas...

—Al contrario, Caroline —Gabriel la miró fijamente—. Estoy deseando demostrarle lo profundamente disgustado que estoy.

¡La verdad era que estaba impaciente!

A última hora de la tarde del segundo día, cuando el carruaje se detuvo al final del camino de entrada a Faulkner Manor, Diana tenía frío y estaba cansada y muy irritable. El frío y el cansancio se explicaban por las muchas horas de viaje bajo la lluvia, una lluvia que le empapó el chaquetón y el sombrero cuando se detuvieron para comer algo en una posada del camino. El motivo para que se sintiera irritable recaía sobre las anchas espaldas de Gabriel Faulkner.

El nerviosismo inicial al pensar en su furia cuando descubriera que se había marchado, había dejado paso a cierto alivio cuando no oyó los cascos de un caballo que retumbaban con furia. Sin embargo, acabó enojada cuando tuvo que aceptar que él había preferido no seguirla. Había estado segura de que lo haría. Entonces, ¿por qué no la había seguido? Evidentemente, su compromiso era de conveniencia para los dos, pero, aun así, había creído que cualquier caballero con sentido del honor mostraría lealtad hacia la mujer con la que pensaba casarse. Al parecer, el sentido del honor de Gabriel desaparecía si podía implicar que tuviera que ver otra vez a alguien de su familia. ¿Qué iba a decirles a su madre y a su familia sobre su ausencia?

Se detuvo bruscamente cuando el lacayo le ofreció una mano para ayudarla a bajarse del carruaje. Sus sentidos se aguzaron cuando algo la alertó. Por puro instinto, se dio la vuelta y miró al final del camino de gravilla. Abrió los ojos como platos y se quedó pálida cuando vio un enorme caballo negro con un jinete igual de enorme e imponente vestido de negro, con una capa negra y el sombrero tapándole la frente. Supo con toda certeza quién era ese jinete. ¡Gabriel!

Mientras ella seguía inmóvil, el destello de un rayo iluminó el cielo y el caballo se encabritó sobre las patas traseras. Pudo ver claramente su cara, sus ojos acusadores y una expresión granítica mientras los cascos del caballo volvían a caer sobre la gravilla. Galopó hacia ella con el jinete inclinado, como si fuera el arcángel del mismo nombre dispuesto a descender vengativamente sobre su enemigo.

Diana...

Había esperado alcanzar a Diana antes de que llegara a Faulkner Manor e impedir que los dos fueran allí. Desgraciadamente, el tiempo que malgastó en Londres se lo impidió. Naturalmente, había reconocido el coche negro que se había detenido. Era uno de los suyos y llevaba un ángel y un unicornio rampante, el emblema de los Westbourne, en las puertas. Además, un lacayo con la librea de los Westbourne había abierto una puerta, había bajado el estribo y estaba esperando para ayudar a Diana a bajarse.

Cuando pisó la gravilla, lo miró y abrió los ojos azules con inquietud al reconocerlo montado en el caballo negro. Una inquietud que encontraría justificada en cuanto los dos estuvieran solos, pensó él con una satisfacción sombría.

Había sido un viaje largo e incómodo desde Londres, aunque había pasado la noche en una posada mediocre, y estaba cansado, hambriento y muy mojado. Sin embargo, nada de todo eso le desagradaba tanto como volver a estar en Faulkner Manor después de todos esos años. Tampoco tenía ninguna duda sobre quién era la culpable. Lady Diana Copeland, la mujer con la que se había comprometido hacía poco, la joven entrometida que pronto sabría cuál era el castigo por desobedecerlo...

Detuvo a Maximilian a unos metros de ella, desmontó y le tiró las riendas al lacayo que estaba esperando. Se acercó al carruaje, donde seguía ella con gesto de inquietud y sus ojos azules se abrieron más todavía cuando la agarró de un brazo. Ella tragó saliva antes de hablar.

—Me alegro mucho de verlo, milord. Creía que me había dicho que sus compromisos en la ciudad le impedirían llegar hasta mañana.

Ella lo dijo con naturalidad y delicadeza a pesar de su evidente desasosiego. Él sabía que lo había dicho por los sirvientes que estaban escuchando.

Ella no podía saber que pensaba acudir y, desde luego, preferiría estar en cualquier otro sitio.

—No soporto estar alejado de ti ni durante tan poco tiempo —replicó él para seguir la farsa—. Sobre todo, cuando te ocupaste de traer casi toda mi ropa —gruñó para que solo lo oyera ella.

Diana supo que lo primero lo dijo para parecer enamorado a quienes estaban escuchando, pero ni los ojos que tenía clavados ni el segundo comentario dejaban lugar a dudas sobre lo que podía esperar.

—También me alegra saber que siente eso, milord.

—Esperemos que te alegres lo mismo cuando estemos solos —murmuró él.

Ella se sintió más nerviosa todavía.

—¿No recibiste mi carta de explicación?

—No estaría aquí si no la hubiese recibido —replicó él.

—Entonces...

—¿Puede saberse qué es todo este jaleo? ¡Dios mío! ¿eres Gabriel? —exclamó una voz de mujer.

Miró a Diana por última vez antes de que un telón cayera sobre todos sus sentimientos y se dio la vuelta para mirar a la joven que, evidentemente impresionada, estaba en lo alto de los escalones que llevaban a la casa. Solo la fuerza con la que la agarraba del brazo delataba que no estaba tan imperturbable como parecía indicar su rostro inexpresivo. Ella también se dio la vuelta lentamente para mirar a la mujer que observaba a Gabriel con los ojos fuera de las órbitas.

Era joven, aunque algo mayor que ella, y su belleza era perfecta y sin estridencias: un frente ancha y blanca, unos bonitos ojos marrones, una nariz pequeña y perfecta, unos labios carnosos y un mentón delicado y frágil. El pelo, negro como el ala de un cuervo, estaba peinado con unos elegantes rizos y el cuerpo esbelto quedaba resaltado por el vestido de color melocotón y muy favorecedor.

—Su perspicacia no la ha abandonado, señora —contestó Gabriel sin alterarse.

Ella palideció por su sarcasmo hiriente, aunque intentó mantener la compostura.

—Compruebo que tu arrogancia insoportable no ha disminuido con los años.

—¿Acaso lo esperaba?

—¡No esperaba verte!

—Eso es evidente —murmuró él.

La mujer lo miró con furia.

—Si te hubieses molestado en comunicarnos que pensabas venir, te habría dicho que no eres bien recibido.

Gabriel apretó los dientes y un músculo se contrajo en su mandíbula.

—Por algún motivo inexplicable, he tenido varias conversaciones últimamente sobre la poca necesidad que tengo de comunicar a nadie lo que voy a hacer.

Diana supo que también era una pequeña pulla dirigida a ella...

—Si no le importa —Gabriel miró a la otra mujer con frialdad—, Diana y yo la acompañaremos en la casa dentro de un instante.

Pareció como si la joven fuese a seguir discutiendo el derecho que tenía a entrar en la casa, pero se lo pensó mejor después de volver a mirarlo y se limitó a fruncir el ceño antes de darse la vuelta y volver a entrar apresuradamente.

Diana supuso que esa joven altiva tenía que ser una familiar de Gabriel. ¿Sería una hija del señor y la señora Prescott? Su actitud con Gabriel había sido lo suficientemente familiar e insultante como para ser una prima.

—Pronto nos habremos delatado todos, Diana —le aseguró Gabriel.

La lluvia volvió a caer y empezó a subir rápidamente los escalones sin soltarle el brazo.

—Pero... ¡Cuidado, Gabriel!

Ella intentó seguir su paso, pero se pisó el borde del vestido. Estaba tan impaciente y furioso que no se podía razonar con él. Ella los había llevado a esa cueva de escorpiones y no estaba dispuesto a tener compasión si no le gustaba su rencor.

—Ya estoy bastante mojado y cansado. Te aconsejo que no empeores las cosas.

Ella apartó la falda empapada de los pies y lo miró cabizbaja.

—Entiendo que estés enfadado conmigo, Gabriel, pero te aseguro que solo pensé en ti cuando decidí venir aquí.

—Al contrario, creo que tomaste esa decisión sin tener mínimamente en cuenta mis sentimientos —le corrigió él en tono cortante mientras subían los últimos escalones.

—¿Cómo puedes decir eso cuando dejé de buscar a Elizabeth para venir aquí?

—Para que no me corroa el remordimiento y el arrepentimiento el día que me entere de que mi madre ha muerto —le recordó él.

—Sí.

Él la miró con un brillo sombrío en los ojos.

—Esa decisión tendría que tomarla yo, no tú.

—Pero...

—Luego te daré tiempo de sobra para que te expliques.

Ella notó la punzada gélida de su tono.

—¿Tendrás alguna intención de escuchar lo que tengo que decirte?

—Seguramente, no.

—Entonces, no veo el sentido...

—¡Diana, por amor de Dios, podrías callarte!

Él se paró en seco, y con la respiración entrecortada, en la puerta de la casa que abandonó deshonrosamente hacía ocho años. La furia contra Diana lo había mantenido durante el penoso viaje hasta Cambridgeshire porque había ido repasando las distintas maneras de mortificarla por haberle obligado a seguirla. Sin embargo, en ese momento, se encontraba delante de la puerta principal de la casa de la que lo habían expulsado sin piedad, de la familia que había pensado no volver a ver jamás, y sentía una desolación que le llegaba a lo más profundo del corazón.

—Gabriel...

Diana no pudo evitar sentir preocupación al ver su expresión mientras miraba la puerta de la que había sido su casa. Su relación había estado cargada de tensión desde que se conocieron, pero mientras miraba a ese hombre sabía que no era el mismo hombre autoritario y tiránico que había conocido durante los últimos seis días, era completamente desconocido para ella...

Tragó saliva y comprendió que no debería haberlo arrastrado hasta allí, que había reabierto una herida antigua y que habría sido mejor no tocarla.

—Nunca pretendí importunarle, milord —susurró ella.

—Tu disculpa llega demasiado tarde y es muy leve, Diana —él la miró con los ojos del desconocido que le parecía en ese momento—. Ya no hay marcha atrás posible.

Él lo murmuró antes de dar el paso que los metería en la casa. Ella lo siguió al lúgubre vestíbulo de mármol y sintió un escalofrío en la espalda. No fue por la temperatura, fue por el ambiente, fue como si los ladrillos de las paredes se hubiesen impregnado durante años de un espíritu de maldad. Algo increíble porque los ladrillos no absorbían emociones, como tampoco las absorbían los opulentos cuadros y estatuas que había en las paredes. Esas imaginaciones tenían que deberse al cansancio y el hambre, y al desasosiego que le producía pensar en la conversación con Gabriel que la esperaba cuando estuvieran solos otra vez.

No obstante, se abrigó más con la capa para intentar mitigar el frío que sentía.

—¿Qué tal está mi madre?

Gabriel lo preguntó en tono áspero mientras la belleza morena bajaba apresuradamente la escalera amplia y curva con el hermoso rostro algo congestionado por el esfuerzo. Ella pasó por alto la pregunta y se dirigió al mayordomo que esperaba al pie de la escalera.

—Reeves, por favor, lleva té al salón marrón.

—Lleva té para las damas, Reeves, pero yo prefiero algo más fuerte.

Gabriel también se dirigió al mayordomo y comprobó que el paso de los años también le había pasado factura. Parecía veinte años mayor que los ocho años que habían pasado desde que lo vio por última vez. Aun así, captó la calidez en la mirada del mayordomo cuando lo reconoció.

—Muy bien, milord.

—Prepara también el dormitorio verde y el dorado para lady Diana y para mí —añadió Gabriel mientras le entregaba el sombrero y la capa, además del sombrero y la capa de Diana.

—¡No puedes llegar y empezar a dar instrucciones al servicio como si esta casa fuese tuya! —exclamó la mujer.

—Creo que Faulkner Manor todavía es de mi madre, ¿no?

—Yo... sí.

—Entonces, por favor, hazlo Reeves —dijo Gabriel antes de dirigir una mirada gélida a la belleza morena, quien lo miraba con ira—. Señora, propongo que sigamos la conversación en algún sitio donde haga más calor.

—Tú...

—Ya —exigió él.

La joven belleza se levantó un poco el vestido, se dio la vuelta bruscamente y fue a una habitación decorada en marrón y dorado con la chimenea encendida, pero que no conseguía aliviar el frío reinante.

—Creo haber preguntado por la salud de mi madre —dijo Gabriel con un brillo acerado en los ojos entrecerrados.

—Felicity está todo lo bien que puede esperarse —contestó la mujer con los labios apretados.

—¿Qué significa eso exactamente? —preguntó él.

Ella se encogió de hombros.

—Felicity se ha debilitado desde que murió tu padre. En realidad, se ha recluido en sus aposentos desde su entierro. Sale muy poco de allí, si sale alguna vez.

—Lo cual, le permite ejercer de señora de la casa con plenos poderes, ¿verdad? —preguntó él con desdén.

—¡Cómo te gusta culpar a los demás de lo que todos sabemos que son las consecuencias de tus desmanes!

Gabriel se limitó a arquear levemente una ceja cuando oyó hablar de la muerte de su padre o de que eso había afectado tanto a su madre que se había retirado completamente de la vida social, pero los dos datos habían conseguido atravesar la coraza que había puesto sobre sus sentimientos. Su padre siempre había sido un partidario riguroso de las normas sociales y su madre una especie de mariposa social, pero se habían atraído como polos opuestos y todo el mundo había percibido el amor incondicional que se profesaban el uno por el otro.

¿Tenía él la culpa? ¿Serían las cosas distintas en ese momento si no hubiese permitido que lo expulsaran hacía ocho años? ¿Seguiría vivo su padre y la alegría de vivir de su madre seguiría impregnando a todo y todos los que la rodeaban?

—Gabriel, ¿te importaría presentarnos?

El delicado recordatorio de Diana hizo que volviera del pasado. Miró primero a la mujer que lo observaba con hostilidad desde el otro lado de la habitación y luego, a su futura esposa, quien le había puesto una mano en el brazo.

—Diana, te presento a la señora Jennifer Prescott, la esposa de mi tío Charles. Señora Prescott, le presento a lady Diana Copeland, mi prometida.

Ella lo miró pasmada unos segundos antes de volverse para mirar a la otra mujer. No podía disimular la incredulidad ante la idea de que esa mujer increíblemente hermosa que estaba junto a la chimenea estuviese casada con el tío de Gabriel. Una mujer que Gabriel no había querido volver a ver... como tampoco había querido volver a saber nada de ella.

Ocho

—Señora Prescott...

La reverencia de Diana fue mecánica, en el mejor de los casos, mientras intentaba quitarse de la cabeza la idea que se había formado de que la señora Prescott sería una mujer regordeta y respetable. ¿Acaso no le había dicho Gabriel que su tío era el hermano de su madre? Para ella, eso le había dado a entender que tendría cuarenta y tantos años, como mínimo. La hermosa mujer que acababan de presentarle no tenía más de veintimuchos años.

—Lady Diana...

La señora Prescott inclinó la cabeza con rigidez en vez de devolverle la reverencia. Ella, que tenía agarrado el brazo de Gabriel, notó su tensión, como si fuese una fiera dispuesta a saltar para defenderla si hacía falta. ¿Acaso temía tener que defenderla? Volvió a sentir los recelos que sintió

cuando entro en esa casa y supo que se había equivocado al desdeñarlos. Había algo tenebroso en
ese lugar, algo que esperaba paciente y silenciosamente en el rincón más oscuro. Quería marcharse de allí lo antes posible.

—Gabriel, me gustaría asearme del viaje más
que tomar el té.

Durante unos segundos interminables, pareció
como si no la hubiese oído y siguió librando esa
batalla silenciosa con su hermosa tía política.
Hasta que la miró y ella notó que su brazo perdía
algo de la tensión. Aun así, le contestó con la mandíbula apretada.

—Estoy seguro de que la señora Prescott estará
encantada de disculparnos a los dos.

Una sombra de rabia cruzó ese hermoso rostro,
aunque llamó al mayordomo.

—Habría estado más contenta todavía si no hu-
bieseis aparecido.

—¿Por qué?

—Sabes por qué.

—Es posible —reconoció él—. Supongo que
mi madre seguirá en los mismos aposentos.

—Naturalmente —la señora Prescott frunció el
ceño—. Sin embargo, no te aconsejo que la visites
ahora, Gabriel. Felicity siempre cena temprano y
ya la han preparado para acostarla...

—Creo que seré yo quien decida si la visito y

cuándo la visito, no la mujer sin dos dedos de frente que se casó con mi tío.

—¡Es usted un insolente, señor!

Él arqueó desafiantemente las cejas.

—Qué lista es usted al darse cuenta de que ya no soy ese joven idealista que conoció hace tanto tiempo y al que obligaron a marcharse.

Ella lo miró con rabia.

—Usted lo eligió, señor.

—La alternativa me pareció despreciable —replicó Gabriel en un tono aterciopelado.

Jennifer Prescott dejó escapar un bufido.

—Eres...

—¿Dónde está mi querido tío Charles esta tarde? —le interrumpió Gabriel, aunque sabía que esa conversación tenía que ser incómoda para Diana.

—Mi marido se marchó ayer a Londres con la intención de pasar unos días allí —contestó ella con la barbilla levantada.

—¿Por placer o por... negocios?

—Por negocios, naturalmente.

A juzgar por la mirada de Gabriel, no tenía nada de natural. Su tío siempre había sido un jugador incorregible.

—No sabía que mi tío seguía teniendo... negocios en la ciudad.

Como no tenía ningún interés en encontrarse a

su tío y a su joven esposa en algún acto social, había hecho algunas indagaciones sobre Charles cuando volvió a Inglaterra y se había enterado de que pasaba casi todo el tiempo en Cambridgeshire y que solo iba a la ciudad de vez en cuando, siempre, para perder en las mesas de juego.

—No los tiene.

—Entonces...

—Charles y yo cerramos nuestra casa después de que tu padre muriera y de que tu madre se recluyera en sus aposentos. Nos mudamos aquí para que yo pudiera ocuparme de la casa y que Charles administrara las posesiones y los asuntos económicos de Felicity —le comunicó Jennifer Prescott con altivez.

Gabriel siguió mirándola con desprecio. Era indudable que estaba más hermosa que nunca, que su cuerpo juvenil había madurado y que era una mujer voluptuosa y deseable, pero era una belleza que no tenía ningún atractivo para él y, además, no se fiaba de ninguna de las palabras que decía ni de ningún gesto de los que hacía. Sin embargo, una vez cometió el error de subestimarla y no iba a repetirlo otra vez.

—Naturalmente, Charles habrá aprovechado la ocasión para llenarse los bolsillos —comentó él con ironía.

Al parecer, las cartas tan correctamente escritas

por Alice Britton se habían quedado cortas al describir la situación en Faulkner Manor.

Jennifer Prescott se quedó pálida y boquiabierta.

—¡Ha llegado demasiado lejos!

—¿De verdad? —preguntó él con los dientes apretados.

Esos ojos azul oscuro y los ojos marrones chocaron en silencio hasta que Reeves apareció. La tensión se rompió bruscamente cuando ella tuvo que darse la vuelta para ordenarle que acompañara a Gabriel y a Diana a sus dormitorios. Algo que, sin duda, ella lamentaba tanto como él.

—Tu tío Charles y su esposa tienen que llevarse muchos años.

Diana lo afirmó, no lo preguntó, mientras Gabriel iba de un lado a otro de su dormitorio.

Se había quedado bastante sorprendida al darse cuenta de que los dormitorios verde y dorado que había pedido Gabriel eran don habitaciones contiguas que se comunicaban por una puerta, algo que él aprovechó en cuanto se marchó el mayordomo. Era muy inadecuado y daba a entender una intimidad entre ellos que no existía, pero, al mismo tiempo, el trasfondo de esa casa la inquietaba y se sentía más tranquila al saber que Gabriel estaba en la habitación de al lado.

Ninguno de los dos había aprovechado el agua caliente que habían subido con sus equipajes. Al contrario, ella había despachado a la doncella y se había sentado en la cama para observar a Gabriel cuando empezó a ir de un lado a otro en silencio.

—Unos treinta años —le aclaró él mirándola por fin.

—Me parece que no aprecias mucho a tu tía...

—¡Qué astuta al haberte dado cuenta!

Ella frunció el ceño por su sarcasmo.

—Cuando recibimos la primera carta de la señorita Britton, ¿por qué no me explicaste lo complicada que era esta situación?

Él se quedó inmóvil.

—¿Qué situación?

—Para empezar, que tu tía no tenía la edad de tu madre, como yo creí.

Diana hizo una mueca de disgusto. Sabía que era frecuente que los hombres de la alta sociedad se casaran con mujeres mucho más jóvenes, pero, aun así...

—Como ya te he dicho a ti, a Caroline y a la señora Prescott, no tengo la costumbre de dar explicaciones a nadie.

Ella se imaginó perfectamente en qué circunstancias se lo habría dicho a la deslenguada Caroline.

—Tenías que haber sabido que me sorprendería comprobar que la señora Prescott es tan joven.

—Es posible.

—Además, ¿tu tío y ella han vivido aquí desde la muerte de tu padre?

—Eso parece —contestó él con una mueca de enojo.

—Sin embargo, tu tía y tu tío fueron muy amables al cerrar su casa para vivir aquí y cuidar a tu madre —comentó ella con inquietud.

—Un consejo, Diana. No te creas todo lo que oigas aquí. Sobre todo, no te creas nada de lo que diga la señora Prescott.

—No entiendo...

—Te lo explicaré. El señor y la señora Prescott no cerraron su casa y vinieron a vivir aquí porque estuviesen preocupados por mi madre. Me he informado y me he enterado de que embargaron su casa, y todo lo que tenían de valor, para saldar las considerables deudas de juego que tenía Charles.

Ella parpadeó.

—¿Y crees que ahora está saqueando la herencia de tu madre?

—Esperemos que no llegue a tanto —él frunció el ceño—. Creo que mi padre conocía bien a su cuñado y seguramente redactó su testamento de tal forma que nadie podía tocar el capital, menos mi madre.

—Ya sé que la situación no es la ideal, Gabriel,

154

pero, quizá, ya que estamos aquí, podríamos intentar arreglar las cosas.

—¿Tienen arreglo? —Gabriel se detuvo delante de ella—. Si lo tiene, me gustaría que me dijeras cómo.

Ella tuvo que callarse. Sabía que se merecía su enojo por haber desoído sus deseos y haberlos llevado a esa casa fría e inhóspita, que fue la de él una vez. Sin embargo, podía ver una cosa positiva en todo ese embrollo.

—Al menos, con un poco de suerte, podrías hacer las paces con tu madre.

—Qué joven e ingenua eres, Diana —replicó él con un suspiro.

Ella lo miró al captar el dolor que había en esas palabras.

—¿Puedo...? ¿Te gustaría que te acompañara cuando vayas a visitar a tu madre?

—¿Para qué? —preguntó él arqueando una ceja.

—Gabriel...

—¿Diana?

Ella frunció el ceño por la sorna de su réplica.

—Si voy a ser tu esposa, mi sitio está a tu lado.

Él la miró con los ojos entrecerrados.

—Cuando seas mi esposa, tu sitio no estará a mi lado, ¡estará debajo de mí en mi cama!

Diana notó que se sonrojaba por su intencionada crudeza.

—Entiendo su enojo, milord...

—¿Enojo? —repitió él con incredulidad—. Te aseguro que lo que siento ahora mismo es demasiado intenso como para llamarlo algo tan tibio como «enojo».

Ella volvió a notar un escalofrío en la espalda cuando lo miró a esos ojos que eran como ascuas azules. Sin embargo, no era el mismo escalofrío de aprensión que sintió antes. Malcolm y ella fueron amigos y novios durante años. A ese hombre lo conocía desde hacía solo unos días y, sin embargo, ya había sentido más excitación sexual que entre los brazos jóvenes e inexpertos de Malcolm. Gabriel no era mucho mayor que Malcolm, pero lo superaba ampliamente en sofisticación y experiencia. La había besado más profundamente y la había acariciado más íntimamente que nadie. Lo miró con los ojos entrecerrados y supo que había besos y caricias que anhelaba que repitiera. Además, su comentario sobre estar juntos en la cama solo había conseguido aumentar ese anhelo...

En vez de amilanarse por su enojo, levantó una mano y le acarició levemente una mejilla. A pesar de la tensión, él notó la calidez de su caricia y la suavidad de su mano.

—¡Diana, no soy un gato o un perro que puedes aplacar con una caricia!

—Gabriel, no soy tan tonta como para creer que alguien puede aplacarte.

—Entonces, ¿qué estás intentando?

¿Qué estaba intentando? Lo había obligado a seguirla hasta allí. Estaban en una casa con un ambiente desagradable, estaba incómoda con la arisca señora Prescott y tenía que conocer a la enclaustrada madre de Gabriel. Sin embargo, en ese momento, lo único que parecía importarle era el evidente dolor que sentía él.

—Creo que intento demostrarte que no soy tu enemiga, aunque tú creas lo contrario.

—Sé muy bien lo que eres, Diana.

—¿Qué?

Él resopló.

—Una joven ingenua e idealista que sigue creyendo que la situación que hay en esta casa puede acabar bien, aunque ha vivido experiencias en sentido contrario.

Había querido ser hiriente con su acritud y supo que lo había conseguido cuando ella se estremeció y volvió a bajar la mano a un costado. Además, como se dio cuenta con fastidio, también había acabado con la breve calidez que había notado con su caricia compasiva. ¡No necesitaba la compasión de nadie y menos de ella!

Sin embargo, sabía por experiencia que la pasión sexual no permitía pensar en nada que no

fuese la satisfacción de la excitación y el deseo...
y estaba excitado. Toda su rabia e impotencia la
había canalizado hacia la excitación sexual. Se dio
cuenta mientras la miraba disimuladamente, mientras admiraba los rizos pelirrojos que querían escapar de las horquillas, la palidez de sus mejillas,
el delicado cuello sobre los abundantes pechos que
asomaban por encima del escote de su vestido rosa.

—Gabriel...

Evidentemente, ella también había percibido,
aunque no entendido completamente, la repentina
tensión sexual que había brotado entre ellos. La
miró y comprobó que estaba sonrojada, que tenía
los ojos brillantes y que se humedecía nerviosamente el carnoso labio inferior con la lengua.

—¿Tienes miedo de mí, Diana? —preguntó él
con suavidad.

En ese momento, supo que sus sentimientos
descarnados habían borrado de un plumazo la cautela que había tenido sobre seducirla. Ella tragó
saliva y sus pechos subieron y bajaron.

—¿Debería tenerlo?

—Desde luego —contestó él con una sonrisa
abatida.

Ella sacudió la cabeza e, imprudentemente, liberó
algunos rizos de las horquillas que los sujetaban.

—No creo que nunca vayas a hacerme daño,
Gabriel.

Él esbozó esa sonrisa lobuna.

—Te aseguro que, en estos momentos, soy muy capaz de hacer daño a alguien.

Ella siguió mirándolo a los ojos sin inmutarse.

—No he dicho que no puedas hacerme daño, Gabriel. Solo he dicho que no creo que vayas a hacérmelo, jamás.

Entonces, ella sabía más que él porque, en ese momento, lo que más le gustaría sería tomarla en los brazos, tumbarla en la cama, arrancarle la ropa y poseerla allí mismo. O, si no, tumbarla en la cama, soltarle todo el pelo y, lentamente, quitarle todas las prendas que llevaba para deleitarse con la lengua y las manos de cada centímetro de ese cuerpo perfecto. Apretó los puños a los costados.

—Estás despertando la fiera que hay en mí —le advirtió él.

Por una vez en su disciplinada vida, no quería ser prudente, solo quería que desapareciera la frialdad que había entre Gabriel y ella. Además, ansiaba la pasión que veía en esos penetrantes ojos azul oscuro que la miraban con intensidad.

Hacía muchos años, su padre le enseñó la ilustración de una pantera negra que había en uno de los libros que tenía en el despacho. En ese momento, Gabriel se parecía mucho a ese felino. Era fiero, peligroso, depredador...

Levantó la mano otra vez y le acarició el pelo

negro y sedoso que le caía por la frente. Contuvo el aliento unos segundos interminables, mientras él la miraba a los ojos, a la nariz, a la palidez de sus mejillas y a sus labios carnosos y entreabiertos. La intensidad de su mirada era como una caricia. Se le aceleró el corazón y sintió una oleada abrasadora que le bajaba desde los pechos hasta la unión de los muslos. Quería, necesitaba, estar cerca de él. Quería abrazarlo con toda su alma y, aunque fuese brevemente, aliviar el dolor que él padecía...

—¡No!

Gabriel la agarró de los brazos y la alejó con firmeza y una expresión despiadada mientras seguía mirándola con rabia.

Ella se tambaleó ligeramente al notar la frialdad de su rechazo. La humillación fue absoluta cuando él le dio la espalda para dirigirse a uno de los ventanales que daban a los establos. ¿Qué había esperado? ¿Que el ambiente malsano de esa casa los hubiese unido de alguna manera? ¿Que Gabriel hubiese buscado el consuelo en ella por la tensión que le producía volver a estar allí? Si había esperado eso, era la ingenua idealista que él había dicho que era. Había dejado muy claro que no estaría allí si ella no se hubiese entrometido y era muy poco probable que fuese a perdonárselo. Se puso muy recta.

—Creo que es un buen momento para que me dejes sola y que pueda arreglarme para la cena.

Él tomo una bocanada de aire cuando captó el dolor detrás de ese tono frío de Diana, un dolor que le había causado él al rechazar el cariño y el consuelo que ella le había ofrecido voluntariamente.

Por mucho que anhelara aceptar esa oferta, aceptar el consuelo del cuerpo de Diana y olvidarse de todo menos de complacerse físicamente el uno al otro, no podía hacerlo y no era solo porque quisiera esperar a que estuviesen casados. La simple idea de consumar su relación por primera vez en esa casa opresiva era suficiente para enfriar cualquier excitación. Era preferible que ella padeciera un poco de dolor en ese momento a que los dos quedaran marcados para siempre con ese recuerdo.

—Sigues sin tener ni idea de lo que está pasando en esta casa, ¿verdad?

Ella se quedó desconcertada.

—Me has contado algo y sé que hay un ambiente desagradable.

Gabriel dejó escapar una carcajada desabrida.

—Ojalá fuese solo eso.

—Entonces, cuéntamelo, Gabriel, comparte eso conmigo.

—¿Para que intentes arreglarlo como has arreglado tantas cosas de tu familia desde que vuestra madre os abandonó despiadadamente?

Ella se estremeció y se alejó de él.

—Tú eres quien está siendo intencionadamente despiadado.

—Perdóname, Diana. Esta casa y la gente que vive en ella hacen que me sienta despiadado —se disculpó Gabriel pasándose los dedos entre el pelo.

El corazón de ella volvió a ablandarse por la explicación.

—Entiendo que...

—¡No entiendes nada! —le interrumpió él soltando otra carcajada estremecedora—. Llevo unos minutos en esta casa y ya me siento como si estuviera asfixiándome.

—Entonces, contármelo podría aliviarte ese sufrimiento.

Ella volvió a poner la mano en su brazo tenso y lo miró suplicantemente.

—¿Lo crees de verdad?

—No puede hacernos ningún daño.

—Te equivocas, Diana, te equivocas completamente.

Gabriel sacudió la cabeza, pero también supo que si iban a quedarse allí, aunque fuese una noche, sería injusto que ella siguiera desconociendo el pasado. En esa casa había otra persona que estaría encantada de darle su versión de lo que pasó.

—Muy bien —siguió él quedándose inmóvil—. Me has pedido que te lo contara y lo compartiera contigo.

Ella se fijó en que tenía los labios apretados y en que sus ojos volvían a ser duros como el ónix. Sabía que en ese momento no tenía el arrogante dominio de sí mismo que solía tener y se temió que el provocador comentario sobre el abandono de su madre iba a ser una nimiedad en comparación con todo lo que estaba a punto de contarle.

Él sonrió con sorna al captar el temor en su mirada.

—A lo mejor has cambiado de opinión y prefieres no saberlo...

Diana tragó saliva. Una parte de ella, cobardemente, quería decir que había cambiado de opinión, que no deseaba oír lo que estaba a punto de contarle, pero también sabía que no entendería nada de lo que pasaba en esa casa hasta que hubiese oído lo que él tenía que decir.

—Creo que nunca me ha dado miedo oír la verdad, milord —contestó ella levantando la barbilla con orgullo.

Él esbozó una sonrisa apenada.

—Yo estoy seguro de que querrás huir de esta verdad.

El temor de ella aumentó aunque siguió mirándolo a los ojos sin inmutarse.

—Nada de lo que pueda decirme conseguirá que cambie mi opinión de usted.

—¿Cuál es tu opinión? —preguntó él con curiosidad.

Ella se humedeció los labios antes de contestar.

—Sé que es un hombre que siente una obligación profunda como tutor de mis dos hermanas y de mí. Sé que lord Vaughn, quien fue oficial y es un caballero, tiene un concepto muy elevado de usted.

—Nada de lo que has dicho es tu opinión sobre mí.

Quizá fuera porque le había parecido más prudente, dado lo poco que se conocían, decir lo que opinaban los demás. Sus sentimientos hacia ese hombre, al que estaba prometido, seguían siendo tan tenues que no podía expresarlos en voz alta. Sabía que Gabriel era arrogante e intolerante con los defectos de los demás. También sabía que prefería ocultar sus sentimientos detrás de un muro de altivez, pero ¿qué sentía personalmente hacia él? Se sentía atraída por su apostura, se estremecía cuando la tomaba entre sus poderosos brazos y la estrechaba contra su musculoso pecho, temblaba cuando la besaba con esos labios sensuales y se sentía dominada por el anhelo cuando la acariciaba con sus manos firmes y delicadas, pero ¡no quería decirle eso en ese momento!

—No te molestes en buscar una respuesta cuando, evidentemente, te cuesta tanto encontrar una adecuada —añadió él al notar que ella hacía en esfuerzo para encontrar una respuesta que no fuese insultante.

—A lo mejor, deberías limitarte a contarme lo que creas que debo saber.

—¿Por dónde empiezo? —preguntó él en tono sombrío.

—Por el principio.

—Eso fue hace ocho años.

¿Ocho años? ¿Fue cuando ocurrió aquel escándalo que destrozó la vida de Gabriel y de su familia?

Él apretó los dientes.

—Te he contado el escándalo que me deshonró y me desheredó.

—Sí...

Él asintió con la cabeza y dejó de mirarla.

—Lo que también tienes que saber si quieres entender las tensiones que hay en esta casa es que...

Él no terminó la frase. Tenía la respiración entrecortada.

—Gabriel, si prefieres no...

—Nos has obligado a venir aquí y ya no puedo hacer otra cosa.

Diana sintió un escalofrío de aprensión. Siempre había sido sincero, le había contado lo peor y lo mejor de sí mismo, pero, aun así, sabía por su actitud implacable que lo que estaba a punto de contarle era tan extremo, tan descomunal, que podía arruinar su concepto de él para siempre...

Nueve

—Jennifer Prescott, la esposa de mi tío Charles, es la mujer que, según las acusaciones, seduje y abandoné cuando dijo que estaba embarazada de mí.

Sintió como si hubiese recibido un puñetazo en el pecho y retrocedió tambaleándose y sin poder respirar. Miró fijamente a Gabriel, pálida y aturdida porque no lo entendía. Las rodillas chocaron con la cama y se sentó en el borde. No podía ser verdad... ¿La hermosa joven que estaba casada con el tío de Gabriel era la misma mujer que lo había acusado de seducirla hacía ocho años? Peor aún, ¿su padre había pagado generosamente a Charles Prescott para que se casara con ella en vez de Gabriel porque creía que estaba embarazada de su hijo? Era demasiado increíble.

Sin embargo, ¿era una solución tan increíble? Esa joven, al casarse con Charles Prescott, había quedado en la familia de Gabriel y, por lo tanto, su bebé también quedaría en la familia. Sin embargo, el bebé no sobrevivió... Aparte, ya comprendía la hostilidad entre el gélido e implacable Gabriel y la indignada Jennifer Prescott.

Levantó la mirada y vio a Gabriel, que también la miraba con los ojos entrecerrados, con el mentón desafiante, con los hombros rígidos y las manos en tensión a los costados. Esa tensión cautelosa le indicó claramente que lo que dijese iba a ser crucial no solo para ese momento, sino para la relación futura entre los dos.

Sin embargo, imaginarse a Gabriel y la hermosa Jennifer Prescott entrelazados era... ¡No!

Que hubiese visto a la otra mujer y hubiese admirado su belleza no quería decir que no debiera creer a Gabriel cuando decía que era inocente. Era difícil imaginarse que un hombre pudiera resistirse a esa belleza morena y exótica, pero si él decía que se había resistido, no tenía ningún motivo para dudarlo. Como le dijo a Caroline hacía dos días, si entre Gabriel y ella no podía haber amor, tenía que haber sinceridad. Confiaba en la palabra del hombre con el que estaba prometida, y la creía, o no. Era así de sencillo. Se levantó y fue hasta el ventanal que daba a los establos mientras le daba vueltas a la cabeza para intentar asimilar lo que le había dicho.

Gabriel seguía asegurando que era inocente y lo aseguraría toda la vida, estaba segura. Era un hombre que decía la verdad y le daba igual que lo creyeran o no.

Ella lo creía, tenía que creerlo. Lo miró con franqueza mientras él seguía esperando en tensión su reacción.

—Creo que te debo una disculpa, Gabriel.

—¿Qué?

Ella asintió levemente con la cabeza ante su exclamación.

—Debería haberme dado cuenta de que si te negabas a volver a Faulkner Manor, era por algo más que por las tensiones del pasado entre tu madre y tú.

Él la miró fijamente y en silencio. Para ser una joven tan fría y comedida, Diana conseguía sorprenderlo más de lo que le gustaría. Había esperado su conmoción por lo que le había contado sobre Jennifer Prescott y no lo había defraudado, pero también había esperado el llanto o las acusaciones coléricas, ¡no que se disculpara!

Al ser tan madura, lo había dejado en evidencia por enfurecerse de estar otra vez en Faulkner Manor...

—Nunca he querido ahondar en el matrimonio de mi tío con Jennifer Lindsay, como se llamaba entonces.

—Lo entiendo —replicó ella mirándolo con comprensión.

—¿Lo entiendes?

—Claro. No solo no te creyeron hace ocho años, sino que te repudiaron mientras aceptaban en la familia a la mujer que te acusó. Tuvo que ser despiadado por partida doble.

Despiadado hasta el punto que se marchó y juró no volver a poner un pie en Faulkner Manor. Sin embargo, allí estaba. No solo había vuelto a la casa de su infancia, sino que lo había recibido la mujer que le destrozó completamente la vida.

—Sí, lo fue —reconoció él.

—¿Tu tío y tu tía se conocían antes de que tu padre concertara el matrimonio?

—Supongo que sí.

—¿No lo sabes con certeza?

—Sinceramente, no sé qué importa —contestó Gabriel—. Charles venía con frecuencia a Faulkner Manor y la familia de Jennifer vivía cerca. Normalmente, venía para pedirle un préstamo a mi padre, aunque los dos sabían que no lo devolvería. Sin embargo, ¿qué podía hacer mi padre? Charles siempre debía dinero a los prestamistas sin escrúpulos, pero era el hermano de mi madre y su único familiar vivo.

—Desde luego, eso hacía que fuese difícil que tu padre pudiera negarse.

—Imposible.

—¿Tu tío es un hombre atractivo? —preguntó ella pensativamente.

—No consigo saber qué tiene que ver el aspecto de mi tío —contestó él con el ceño fruncido.

Ella se encogió de hombros.

—Solo tenía curiosidad por saber si hay algún parecido familiar entre él y tú.

—¿Por qué? —preguntó él sin poder disimular la impaciencia por las preguntas de ella.

Las cosas eran mucho más complicadas de lo que se había imaginado antes de llegar allí. Jennifer Prescott era indudablemente bella. Que ella y su esposo vivieran en Faulkner Manor ocupándose de la casa y las posesiones mientras la madre de Gabriel estaba recluida en sus aposentos hacía que su tía fuese la señora de la casa, como señaló antes Gabriel. También había sido evidente el asombro y la consternación de esa mujer cuando vio llegar a Gabriel.

Sin embargo, además de todo eso, había una pregunta que nadie había contestado todavía.

Una vez que había conocido a Jennifer Prescott, y había sentido rechazo hacia ella inmediatamente, había una pregunta que le intrigaba muchísimo. Si Jennifer Lindsay no había esperado un hijo de Gabriel hacía ocho años, ¿de quién era ese hijo? Sonrió ante lo que se imaginaba.

—Indudablemente, tu tío en un caballero maduro y grueso que...

—Al contrario, es un libertino maduro e increíblemente atractivo —le interrumpió Gabriel con ironía—. En realidad, creo que a Charles lo consideraban un buen partido hasta que su afición desmedida por el juego lo dejó al margen de la sociedad para las madres con hijas casaderas.

—Entiendo...

—¿Qué entiendes? —preguntó él mirándola con impotencia.

No estaba completamente segura. Tenía que pasar más tiempo allí y observar a la señora Prescott, y a su marido si volvía antes de que ella se marchara, para poder expresar con palabras lo que en ese momento era el esbozo de una sospecha.

—Creo que ya hemos hablado bastante de esto por el momento. Todavía queda un rato hasta que tengamos que bajar a cenar, ¿no te parece una buena ocasión para que vayas a visitar a tu madre?

—Sí, lo es.

Aunque en ese momento deseaba mucho volver a ver a su madre, también sentía cierta reticencia. Siempre había estado más unida con ella que con su padre, pero esa unión se rompió cuando se marchó de su casa. No se habían hablado ni escrito durante todo ese tiempo. Por eso, dudaba que su madre anhelara verlo, como decía Alice Britton en su carta.

—Agradeceré que te vayas —dijo ella con cierta sorna—. Me encantaría tener un rato para asearme y cambiarme antes de la cena. Al fin y al cabo... —ella sonrió ligeramente-...la señora Prescott no puede llegar a pensar que vas a casarte con una joven que no sea elegante...

—Me importa un rábano lo que piense la señora Prescott de cualquier cosa —replicó él frunciendo el ceño—, y menos de la mujer con la que voy a casarme.

Diana sonrió con tristeza.

—Gabriel, creo que esto es algo entre nosotras.

—Ten cuidado, Diana —le pidió él en tono preocupado—. Es peligroso cruzarse en su camino y pagué un precio muy alto para saberlo.

—Habré vivido toda mi vida en el campo, Gabriel, pero te aseguro que conozco a las mujeres. Creo que la señora Prescott se dará cuenta enseguida de que tengo ideas y opiniones propias.

Él la miró con admiración. No pudo evitar admirar esa decisión férrea, la misma fortaleza que le había permitido cuidar a su padre y a sus hermanas durante tantos años y la había animado a aceptar su propuesta de matrimonio. La misma energía que la había llevado a Cambridgeshire en contra de su voluntad. Para su sorpresa, se dio cuenta de que ya no podía estar enojado con ella por eso, que aceptaba su explicación de que creía que estaba haciendo lo mejor para él... y quizá lo hubiese hecho, quizá él hubiese retrasado la visita a su madre durante demasiado tiempo.

—Tu fortaleza es admirable, querida.

Ella le sonrió con confianza.

—Es posible que vayamos a casarnos por conveniencia y no por amor, milord, pero eso no hace que sea menos leal a usted y a nuestro compromiso.

Él no lo dudó cuando supo que había viajado sola a Cambridgeshire, salvo su doncella, porque creía que era lo que tenía que hacer. Igual que parecía decidida a quedarse allí a pesar de lo desagradable que era la situación.

Tampoco pudo evitar despreciar al joven que había rechazado el amor y respeto que Diana había profesado por él. Sobre todo, porque la respetaba más a cada minuto que pasaba.

—No estoy seguro de que me merezca tu lealtad, Diana —murmuró él antes de tomarle la mano y besársela.

—¡Tengo la esperanza de que acabes mereciéndotela!

Sus ojos dejaron escapar un destello malicioso y tuvo que sonreír por su calidez, una sonrisa que se esfumó en cuanto pensó en la tarea que le esperaba.

—Como has propuesto, iré a visitar a mi madre y te dejaré para que te arregles.

Diana no se había dado cuenta de que había dejado de respirar hasta que él salió del dormitorio y ella soltó el aliento con un suspiro entrecortado. ¿Solo porque le había besado la mano? Era ridículo. Docenas de hombres, jóvenes y viejos, le habían besado la mano, pero siempre había sido el dorso, no la palma... Fue muy íntimo que le besara la palma antes de volver a cerrarle la mano. Todavía podía notar la calidez de sus labios a través del encaje del guante. Percibía abrumadoramente su presencia, desde el pelo moreno y despeinado hasta las botas mojadas por la lluvia. Era uno de los hombres más diabólicamente atractivos que había conocido cuando estaba impecable con sus trajes hechos a medida, pero lo era más todavía cuando estaba un poco desaliñado y era menos arrogante y seguro de sí mismo.

¡Aunque eso no tenía ninguna importancia en el dilema que los ocupaba! En realidad, era el dilema de Gabriel, pero ella le había asegurado que no pensaba abandonarlo. La preocupación de Alice Britton por Felicity Faulkner y la situación estaba completamente justificada. Había algo muy extraño en esa casa.

—Gabriel...

Él acababa de entrar en su dormitorio y cuando

se dio la vuelta, vio a Diana en la puerta que comunicaba sus dos cuartos. La opresión que sentía se disipó al observar su belleza. Evidentemente había aprovechado el tiempo que había estado sola. Llevaba un vestido de color crema de seda y encaje que resaltaba perfectamente su cutis blanco como una magnolia, sus ojos azul claro y los rizos dorados y rojizos que estaban perfectamente sujetos por dos pinzas con perlas. Era una imagen increíblemente hermosa.

—Estás... muy guapa, Diana.

—Era lo que pretendía —reconoció ella en tono animado mientras entraba—. ¿Qué tal está tu madre?

Gabriel se puso serio.

—Es difícil saberlo cuando estuvo dormida casi todo el tiempo que pasé en su cuarto.

Sin embargo, le había impresionado lo vieja que parecía. Su rostro estaba mucho más delgado y pálido que antes y tenía bastantes canas entre el pelo moreno que le caía suelto sobre los hombros.

—¿No se enteró de que estabas allí? —preguntó ella frunciendo el ceño.

—No.

—¿Intentaste hacerte notar?

—Claro. Le tomé la mano y le hablé, pero ella no notó mi presencia.

Pudo ver su expresión severa por el dolor de

tener que reconocerlo. Después de haberse preparado para ese encuentro, tuvo que ser una decepción que ella no se despertara para comprobar que su único hijo estaba en el cuarto con ella. Se acercó, le puso una mano en el brazo y notó la tensión de su cuerpo.

—Por la mañana tendrás más suerte.

—Esperemos.

Le había consternado el estado de su madre y le gustaría no haberse quedado tanto tiempo. Algo que tendría que transmitir a Alice Britton en cuanto pudiera, así como sus disculpas por haberle contestado tan airadamente a su carta. Si acaso, la anciana señorita de compañía de su madre se había quedado corta al explicarle la situación, tanto que tenía la intención de llevarse a su madre de allí en cuanto pudiera viajar. Si Felicity accedía a marcharse con él, naturalmente...

—Gabriel, estoy segura de que tu madre, cuando se despierte, estará feliz de volver a verte —le animó Diana con una sonrisa.

Él también sonrió, pero menos convencido.

—Esperemos.

—¿Tu madre y tú estuvisteis unidos?

—Mucho.

Su padre ya tenía treinta y un años cuando se casó hacía treinta con Felicity, quien tenía veinte años. Había sido un hombre muy apegado a sus costumbres y no visitaba el cuarto de juegos de su hijo. Solo se interesó en él cuando pudo montarlo en un caballo y enseñarle a disparar una escopeta.

Su madre, en cambio, pasó mucho tiempo en el cuarto de juegos con su único hijo y por eso siempre estuvo mucho más unida a ella. Verla anciana y frágil era casi insoportable.

—Entonces, estoy segura de que volveréis a estar unidos.

—Me alegro de que uno de los dos sea tan optimista —comentó él en un tono apesadumbrado.

—Además, te he dejado tu traje oscuro encima de la cama.

Él se dio la vuelta y vio el traje que esperaba a que se aseara y arreglara.

—Me pareció que era lo mínimo que podía hacer después de haberte privado de tu ayuda de cámara —añadió ella con una sonrisa maliciosa.

Él la miró con los ojos entrecerrados al comprobar que tenía hasta la botonadura de la camisa junto al lazo.

—La mayoría de las mujeres no habría tenido ni idea de lo que necesitaba.

Ella se entristeció.

—Mi padre decidió prescindir de los servicios del ayuda de cámara dos años antes de morirse y yo tuve que ocuparme de que no pasara todo el día vestido con una camisa de dormir.

Gabriel frunció el ceño cuando ella dejó de mirarlo, le soltó el brazo y se dio la vuelta para mirar por el ventanal. Era muy joven para haber tenido que hacerse cargo de su padre y de sus dos hermanas menores... y muy impulsivas. Aun así, podía notar que no sentía rencor hacia su familia, sino amor y aceptación. No se parecía a ninguna otra mujer que hubiese conocido. Además, iba a ser su esposa. No creía que se mereciera tanta suerte si tenía en cuenta la forma tan aleatoria de haber elegido esposa. Sería un necio si daba por supuesta esa suerte.

Miró con admiración la delicada nuca de Diana, la suavidad del pelo que caía en rizos sobre su piel, la blancura aterciopelada de los hombros y brazos que permitía ver el vestido, la esbeltez de su espalda, las curvas que se atisbaban debajo de los pliegues del vestido...

Supo que ya no le importaba dónde estaban ni por qué estaban allí. Deseaba, necesitaba, el contacto con Diana como no había necesitado nada en su vida.

Diez

Diana, a juzgar por el silencio, creyó que había disgustado a Gabriel por algún motivo. ¿Sería porque le había preparado la ropa para que se cambiara cuando volviese de visitar a su madre? Quizá estuviese equivocada y seguía compungido por la visita a su madre.

—Milord... ¡oh!

Se sobresaltó al darse la vuelta y encontrárselo justo detrás de ella. Estaba tan cerca que podía notar la calidez de su cuerpo, tan cerca que pudo ver el círculo negro que rodeaba el azul oscuro de sus ojos y que le daban ese aire hipnótico e intrigante.

Bajó la mirada por la intensidad de sus ojos y se quedó mirando la curva sensual de su boca, esos labios cincelados y firmes que eran suaves y apremiantes cuando la besaban. Se quedó en blanco. ¡No podía pensar ni recordar nada cuando estaban solos en el dormitorio de él!

—Diana...

Volvió a mirarlo mientras se estremecía desde los pies a la cabeza por el tono ronco de su voz. Al parecer se había equivocado. Él no estaba disgustado con ella, ni mucho menos... Se humedeció los labios con la punta de la lengua antes de que intentara hablar.

—Creo que deberías pensar en cambiarte para la cena.

Él ocultó la expresión de sus ojos detrás de las largas y negras pestañas.

—Me gustaría... ¿Te importaría seguir actuando como mi ayuda de cámara?

Ella tragó saliva. La boca se le había quedado seca y hasta el aire parecía cargado de una tensión abrasadora.

—Claro. Te ayudaré si te parece necesario.

Él sonrió levemente.

—No me parece necesario, pero creo que podríamos disfrutar de esa... intimidad.

Una oleada ardiente se adueñó de su cuerpo mientras reaccionaba a la sensualidad indolente de Gabriel.

Solo podía verlo y sentirlo, todo lo demás había desaparecido.

—¿Te importa darte la vuelta?

La miró a los ojos durante unos segundos interminables, asintió ligeramente con la cabeza y le dio la espalda. Algo que, seguramente, no hacía con mucha gente...

Él notó que a Diana le temblaban las manos mientras las llevaba a la solapa de la levita y le rozaban el pelo de la nuca. Estuvo a punto de gemir.

La visita a su madre había sido completamente infructuosa. No había podido hablar con ella ni, naturalmente, saber cómo se sentía por estar allí. Cuando volvió y se encontró a Diana esperándolo, un sentimiento desconocido de alegría, de cariño, se apoderó de él. Era una sensación muy extraña para un hombre que se había pasado los últimos ocho años de su vida eludiendo con frialdad a los amigos y a los enemigos.

Era mucho más alto que ella y no le resultaba fácil bajarle la levita de los hombros y por los brazos. Lo sintió muy turbadoramente cuando le rozó los hombros, los musculosos brazos y la piel de las manos largas y elegantes. Se sintió que ardía por dentro, y muy preocupada, cuando él se dio la vuelta con la intención evidente de que le desabotonara el chaleco. Eso tenía muy poco que ver con actuar como su ayuda de cámara y mucho con la intimidad que él había mencionado antes.

Estaba tan turbada al notar la mirada de él clavada en ella que le costó un poco soltar los botones del chaleco brocado en plata y los dedos le acariciaron levemente el pecho cubierto por la camisa mientras le quitaba el chaleco antes de dejarlo en la cama junto a la levita. Entonces, vaciló.

—¿También quieres que te quite el lazo y la camisa o prefieres hacerlo tú mismo?

—¿Qué prefieres tú? —murmuró él en voz baja.

El corazón le dio un vuelco solo de pensar en desabotonarle y quitarle la camisa, en desnudar su pecho amplio y musculoso. Parpadeó y se apartó un poco al darse cuenta de que él miraba fijamente sus pechos, que subían y bajaban aceleradamente.

—¿Te parece prudente, Gabriel? —murmuró ella con la voz ronca.

—¿Tiene que ser prudente todo lo que pase entre nosotros?

Ella lo miró con sorpresa.

—Dentro de nada nos esperarán a cenar.

—No tengo hambre por la cena...

Siguió mirándola con una intensidad increíble y ella ya no pudo apartar la mirada de esos ojos irresistibles. Se dejó arrastrar por la sugerencia tan evidente. Pese a todos los conflictos, allí, en Faulkner House, habían encontrado una cercanía muy valiosa. En ese dormitorio, solo existían ellos dos, muy próximos, muy anhelantes. Al ayudarlo a desvestirse, no sentía lo mismo que cuando ayudaba a su padre...

—Eso espero.

—¿Lo he dicho en voz alta?

Se puso roja como un tomate cuando él contestó provocadoramente al comentario que creía haber pensado, pero que, evidentemente, había dicho en voz alta.

—Sí —confirmó él—. ¿Qué sientes, Diana?

—Yo... Algo distinto, muy distinto.

Ella contestó en voz baja y temblorosa y él se estremeció.

—No es desagradable, ¿verdad? —insistió él.

—No... En absoluto.

—Entonces, no veo ningún motivo para que no sigamos...

Gabriel le tomó las manos y se las llevó al pecho.

Ella, al tocarlo, al notar el pecho duro y musculoso debajo de la seda de la camisa, al captar los latidos de su corazón y su calidez, vio muchos motivos para que no siguieran. ¡Y muchos motivos para seguir!

Le deshizo el nudo del lazo con los dedos temblorosos y lo dejó en la cama con la levita y el chaleco. Luego, sintiendo la mirada de él clavada en ella, le desabotonó lentamente los cuatro botones del cuello de la camisa, que se abrió y le permitió ver la piel morena con algo de vello en el pecho.

—¿Gritarías si me termino de quitar la camisa sucia por el viaje?

Ella arqueó las cejas rubias.

—Nunca grito, milord.

Él podía imaginarse algunas situaciones en las que sí gritaría, situaciones en las que tenía las manos y los labios en las partes más íntimas de su cuerpo. Se quitó la camisa por encima de la cabeza y la tiró al suelo.

—Déjala —casi le ordenó él cuando fue a recogerla—. Por al amor de Dios, Diana, ¿podrías limitarte a acariciarme?

Apretó la mandíbulas para prepararse a sentir sus dedos sobre la piel desnuda. Vio que se humedecía los labios nerviosamente con la punta de la lengua antes de levantar las manos y rozarle la piel con los dedos. Vaciló al principio, pero acabó recorriéndole al pecho lentamente y con más seguridad. Contuvo el aliento cuando le arañó un poco los pezones endurecidos entre el vello oscuro. Ella se detuvo y lo miró con los ojos muy abiertos.

—Parece como si te gustara tanto como...

Diana no terminó la frase y se quedó boquiabierta y cohibida.

—¿Tanto como a ti? —terminó él con una voz gutural—. ¡Sí!

—No lo sabía...

Volvió a acariciarlo y esa vez se sonrojó de placer al ver que los pezones se endurecían más todavía y que la tensión de sus hombros y sus manos revelaban el placer que sentía él por las caricias de sus dedos.

De niña, le encantaba sentarse en la biblioteca de su padre y mirar los cientos de libros que tenía allí. El pecho de Gabriel, musculoso y estilizado, se parecía mucho al de los dioses griegos que había visto en uno de esos libros. Además, era muy gratificante poder devolverle algo del placer que sintió cuando él la acarició con las manos y la boca. Sí...

—Diana, ¿qué haces?

Le recorría la piel con la lengua y los labios y sonreía de satisfacción al sentir y oír lo excitado que estaba. Lo miró y vio la tensión en su mandíbula.

—¿Quieres que pare?

—¡No! —exclamó él mientras le introducía los dedos entre los rizos de la nuca.

Ella no necesitó más estímulos para seguir besándole y lamiéndole el pecho mientras le acariciaba el abdomen justo encima de la erección que las calzas no podían disimular. Le sorprendió notar la cálida humedad entre los muslos, que los pechos se le hinchaban y que los pezones se le endurecían. Fue un descubrimiento que ella sintiera tanta satisfacción por darle placer físico a Gabriel como por recibirlo...

—Gabriel, podrías haber cerrado la puerta del dormitorio si pensabas acostarte con tu futura esposa.

La voz despectiva que se interpuso con frialdad en su intimidad no tenía el más mínimo tono de disculpa.

Diana, pálida, se apartó de un salto al oír la voz y ver a Jennifer Prescott en la puerta que comunicaba los dos dormitorios. Se sonrojó por la humillación mientras la otra mujer la miraba con un desprecio absoluto.

—Usted podría haber llamado antes de entrar —replicó Gabriel con rabia mientras sujetaba a Diana delante de él.

Su tía sonrió con desdén.

—Puedes estar seguro de que lo haré en el futuro.

—Preferiría que no volviera a estos dormitorios mientras Diana y yo estemos aquí. Sin embargo, ya que está aquí, a lo mejor sería tan amable de decirnos qué quiere.

—Llevabais tanto tiempo ausentes que pensé que lo mejor sería venir a deciros que la cena está preparada.

—No sabía que Faulkner Manor tuviera tan pocos sirvientes que tiene que comportarse como uno de ellos.

Jennifer se quedó boquiabierta.

—¡Eres muy insultante, Gabriel!

—Ni siquiera he empezado a insultarla.

Los ojos de la mujer dejaron escapar un destello de furia y miraron el aspecto desaliñado de Diana antes de clavarse con avidez en su pecho desnudo y musculoso. Él sintió náuseas al captar el ardor codicioso de su mirada.

—Ya ha satisfecho su curiosidad, ahora, márchese —le ordenó él.

—Algún día llegarás demasiado lejos —le avisó la mujer con un brillo de rabia en los ojos.

—Sus amenazas me dan igual, señora —replicó él mirándola con desprecio.

—¿De verdad? —ella miró fugazmente a la joven que estaba en silencio delante de Gabriel—. ¿Lady Diana puede decir lo mismo?

Gabriel la estrechó con más fuerza contra el pecho.

—Le advierto, señora, que cualquier intento de hacer daño a Diana, sea con palabras o con actos, lo tomaré como un ataque personal contra mí y responderé en consonancia.

—Quién iba a pensar que llegarías a enamorarte tan repulsivamente, Gabriel —se burló ella.

—Creo que esos sentimientos se me habían amargado solo por haberla conocido —replicó él con una mirada gélida.

Diana ya estaba plenamente repuesta del bochorno. En realidad, se sentía envalentonada por las réplicas de él y lo protector que se mostraba con ella.

—¿Quería decirme algo, señora Prescott? —preguntó a la mujer mirándola sin inmutarse—. Algo que no sepa, claro —añadió con sorna.

—No, nada que no pueda esperar hasta un momento más... adecuado —contestó la tía de Gabriel.

—Y este no lo es, desde luego —intervino él.

Ella lo miró con los ojos entrecerrados.

—No sé por qué estás tan alterado, Gabriel. Al fin y al cabo, no es la primera vez que te veo desvestido, ni mucho menos —Diana contuvo el aliento por la sorpresa y el rostro de la mujer se iluminó triunfalmente—. La verdad es que estás más musculoso que antes, pero estoy segura de que seguirás teniendo esa marca de nacimiento en el muslo izquierdo.

—¡Lárgate! —exclamó Gabriel apretando los dientes.

—Le daré un consejo, lady Diana —murmuró en tono burlón la otra mujer—. Estoy segura de que llegará a darse cuenta de que Gabriel tiene una memoria bastante selectiva.

—Cuando se trata de ti, es muy selectiva, desde luego —gruñó Gabriel—. En realidad, es inexistente.

Jennifer sonrió provocadoramente.

—No querer recordar algo no significa que no haya sucedido.

—Imaginarse algo tampoco significa que sucediese —contestó él.

Ella siguió sonriendo con aire triunfal.

—Pronto los veré abajo.

Volvió al dormitorio contiguo y a los pocos segundos oyeron que la puerta del pasillo se cerraba. Una vez solos, Diana se quedó inmóvil y rígida entre los brazos de Gabriel. La confianza que había sentido se tambaleaba por la ristra de comentarios hirientes y la cabeza le daba vueltas. Esa mujer había intentado hacer daño y, en su caso, lo había conseguido. Sin embargo, eso no quería decir que sus comentarios no tuviesen algo de verdad...

Jennifer Prescott había dicho que ya había visto desvestido a Gabriel y que estaba más musculoso. Incluso, había dicho que tenía una marca de nacimiento en el muslo izquierdo. ¿Cómo podía saberlo si ella no lo sabía?

—¿Qué estás pensando?

Diana notaba que el cuerpo de él seguía estrechado contra la espalda de ella, la euforia se había esfumado completamente. Notaba que él había contenido la respiración y que tenía el cuerpo en tensión mientras esperaba su respuesta.

—¿Es verdad que tiene esa marca de nacimiento en el muslo izquierdo, milord?

—¡Maldita sea! —exclamó él con rabia.

—¿La tiene?

—¡Sí!

—Dios mío...

Se liberó de sus brazos y se alejó de él sin importarle si lo molestaba. Tenía que distanciarse de él, tenía que poder pensar. Gabriel no se lo permitió.

—Diana, no es lo que parece.

—Entonces, ¿qué es? —exclamó ella mirándolo con perplejidad—. Te creí, Gabriel, deposité mi confianza en ti...

Él pasó a ser frío y distante.

—Nada de lo que ha pasado debería impedirte que siguieras haciéndolo.

—Entonces, por favor, explícame por qué esa mujer sabe que tienes esa marca de nacimiento en el muslo izquierdo.

Una parte de ella sabía que estaba siendo ilógica, pero los celos que estaban adueñándose de ella hacían que se olvidara de la lógica y que pasara directamente a la acusación colérica.

Gabriel se pasó los dedos entre el pelo con impotencia. No estaba acostumbrado a que lo interrogaran de esa manera. Más aún, hacía mucho tiempo juró que nunca volvería a dar explicaciones a nadie.

Sin embargo, la provocación de Jennifer había parecido irrefutable y él se daba cuenta de que Diana ya había aceptado su palabra y nada más. No tenía ningún motivo para confiar en él tan ciegamente, aparte de que no tuviera ningún motivo para mentirle... ¡Maldita Jennifer Prescott! Apretó los dientes.

—¿Nunca te escapaste del colegio cuando eras niña para bañarte en el río en ropa interior con los otros niños del pueblo?

—No.

Él ya sabía que esa iba a ser la respuesta de Diana. Había estado muy ocupada cuidando a su padre y a sus hermanas como para tener tiempo o ganas de comportarse como una niña.

—Yo, sí. Muchas veces.

—¿Y la esposa de tu tío era uno de esos niños del pueblo que también se bañaban en el río?

—Naturalmente, entonces era Jennifer Lindsay, pero sí, era uno de los niños del pueblo que iban a bañarse —contestó él en un tono más desafiante que de disculpa.

Como si hubiese esperado que Diana lo dudara...

Ella seguía tan alterada por el vaivén de sensaciones que no sabía qué pensar, qué creer.

Esa joven del pasado de Gabriel no había tenido cara ni nombre hasta que llegó a Faulkner Manor. Enterarse de que Gabriel había pasado gran parte de su infancia con Jennifer Lindsay era más enervante todavía.

Tendría unos veinte años cuando sucedió el escándalo. Un joven ávido de aventuras y de conquistas físicas. Jennifer Prescott era una mujer increíblemente hermosa y sensual en ese momento y no había motivos para pensar que no lo fuera hacía ocho años. ¿Cómo iba a haberse resistido a ella el joven, viril y aventurero Gabriel?

Ella había estado completamente segura de que podía creer lo que decía, de que él no tenía motivos para mentirle, de que ni nada ni nadie le importaba lo suficiente como para molestarse en mentir o engañar. Sin embargo, tenía que reconocer que las provocaciones de la señora Prescott habían conseguido que dudara de la versión de Gabriel. Quería creerlo con toda su alma, necesitaba hacerlo si quería que hubiese algún porvenir para los dos.

Sin embargo, también tenía que reconocer que le habían sembrado la semilla de la duda. Sacudió la cabeza como si quisiera librarse de esos pensamientos indeseados, pero no pudo mirar a Gabriel a los ojos.

—Podemos hablar de esto más tarde...

—Vamos a hablar de esto ahora o nunca, Diana.

Le pareció un completo desconocido y ni siquiera su pecho desnudo hacía nada para disminuir el abismo que había entre ellos.

—Tengo que pensar en muchas cosas más —replicó ella con el ceño fruncido.

—¿Por ejemplo?

—La señora Prescott es muy bella y...

—Es mujer no me interesa —le interrumpió él frunciendo el ceño amenazadoramente—. Nunca me ha interesado y nunca me interesará. O aceptas mi palabra sobre eso o no la aceptas.

Ella lo miró detenidamente. Tenía una expresión inflexible. Los ojos eran gélidos y los labios formaban una línea implacable sobre el mentón arrogante.

—Es muy injusto que me presiones de esa manera cuando han pasado tantas cosas desde que llegamos aquí —se defendió ella dejando escapar un suspiro.

¿Qué era injusto? Ella se había enterado de muchas cosas desde que llegó a Faulkner Manor. ¿Era mucho pedirle que aceptara que algo era así porque él decía que lo era? Quizá, se reconoció a regañadientes. Sin embargo, no había buscado ni querido que la gente tuviera buen concepto de él durante los ocho años pasados. El orgullo le impedía buscarlo en ese momento, ni siquiera el de la valiente joven que había aceptado ser su esposa.

—¿No has pensado, Gabriel, lo que sentirías si los papeles estuviesen invertidos? —siguió ella con la voz ronca—. ¿Qué sentirías si Malcolm Castle te dijera que sabe que tengo un lunar en el pecho izquierdo?

—Ya conozco ese lunar —contestó él lacónicamente.

—Sí... —reconoció ella sonrojándose un poco.

—Si ese caballero y yo hablásemos de ese asunto, ¿podría él decir que lo conoce? —preguntó Gabriel con los ojos entrecerrados.

—¡Claro que no! —exclamó ella palideciendo.

—Entonces, no sé por qué haces esa comparación.

Gabriel tuvo que disimular el alivio de saber que era el primer hombre que había visto el pecho desnudo de Diana. No le había gustado lo más mínimo la idea de que alguien hubiese conocido tan íntimamente su cuerpo. Esa reacción tan intensa parecía indicar que tenía unos sentimientos completamente inaceptables para él.

—Creo que ha llegado el momento de que me dejes arreglarme para la cena —añadió Gabriel.

Ella no sabía si quería bajar a cenar. Mejor dicho, sabía muy bien que no quería sentarse a una mesa durante una cena que prometía ser incómoda en el mejor de los casos y espantosa en el peor. Sin embargo, si se excusaba, Jennifer Prescott la consideraría débil y Gabriel creería que no lo respaldaba. Naturalmente, sabía que la otra mujer había intentado meter cizaña entre Gabriel y ella y lo había conseguido. La unión que había entre ellos se había tambaleado por la semilla de la duda. Una duda que le gustaría desechar tan fácilmente como había desechado todo lo demás que le había contado Gabriel, pero le resultaba imposible con esos celos irracionales que todavía la dominaban.

No podía negar todo lo que había sentido hacia Gabriel. ¡Cómo iba a negarlo cuando se había derretido entre sus brazos cada vez que la había tocado! Sin embargo, parecía como si cada vez que daban un paso para estar más cerca, hubiese algo o alguien que lo invalidaba y acababan no entendiéndose en absoluto.

Había disfrutado mucho cuando había podido besarlo y acariciarlo. Su belleza masculina era muy excitante, tocar su piel había sido como acariciar acero recubierto de terciopelo...

—¡Diana!

Se sobresaltó cuando Gabriel cortó el recuerdo de esas caricias.

—Como has propuesto, te dejaré solo.

Diana se dirigió con aire digno hacia la puerta.

—¿Prefieres esperarme en tu dormitorio para que bajemos juntos? —preguntó él—. A lo mejor prefieres bajar sola y comprobar si la esposa de mi tío quiere contarte alguna anécdota más sobre nuestra infancia... —añadió él en tono sarcástico.

Ella tuvo que hacer un esfuerzo para sofocar un estremecimiento ante la idea de hablar de algo con esa mujer.

—Te esperaré en mi dormitorio.

—Me lo había imaginado —replicó Gabriel con tono provocativo mientras ella se alejaba.

Había mantenido la cabeza alta y solo perdió la compostura cuando se encontró sola y se sentó en el borde de la cama. ¡No debería haber ido a Faulkner Manor! Entonces, ¿habría preferido no saber nada? ¿Habría preferido casarse con Gabriel y enterarse más tarde de que la señora Prescott era la mujer de su pasado? Todavía no sabía la respuesta.

Once

—¿Puede saberse qué estás haciendo, Gabriel?

Jennifer Prescott, con un vestido de seda marrón como sus ojos y el ceño fruncido, se detuvo en la puerta del comedor.

—¿Qué le parece que estoy haciendo? —contestó él casi sin mirarla.

—¡Estoy segura de que la mesa estaba perfectamente puesta!

Ella lo miró con rabia, pero él ni se inmutó. Había pedido a Reeves que le cambiara el sitio, de la cabecera de la mesa a la mitad, para sentarse enfrente de Diana, quien estaba pálida, y no enfrente de la esposa de su tío, quien ocupaba la otra cabecera.

—Si voy a sentarme enfrente de alguien, prefiero que sea mi prometida.

Separó la silla de Diana, rodeó la mesa cuando se sentó y esperó a que el mayordomo ayudara a sentarse a la señora Prescott. No le pasaba desapercibido el silencio de Diana ni la palidez de sus mejillas. Había aceptado a regañadientes que él era el culpable de que estuviese tan afligida, y no la vengativa Jennifer Prescott. Mientras se aseaba y cambiaba, había tenido tiempo para serenarse y ver las cosas desde el punto de vista de Diana. Se había equivocado al empeñarse en que ella tenía que creerse o no lo que le había contado sobre la marca de nacimiento. Semejante arrogancia no podía excusarse porque hubiese reaccionado con el mismo instinto de defensa propia que había tenido durante ocho años de silencio.

También se reconoció que le había inquietado que Diana hablara de ese hombre de su pasado. Cuanto más pensaba en Malcolm Castle, menos lo apreciaba. ¡No le había gustado nada la posibilidad de que hubiese conocido íntimamente su cuerpo! Por eso, como se había reconocido su error, y aunque descartara dar más explicaciones, sabía que debería haberse disculpado con Diana antes de bajar al comedor. Unas disculpas que tendrían que esperar a que terminara esa cena interminable. Suspiró para sus adentros.

—Me doy cuenta de que has estado... ocupado esta tarde, Gabriel

Jennifer esperó a que el mayordomo sirviera la sopa y se marchara para intentar entablar conversación con él.

—Tan ocupado que estoy segura de que no habrás tenido tiempo de ir a visitar a tu madre —añadió ella con una sonrisa que quería parecer complaciente.

—Entonces, se equivocaría, señora —replicó Gabriel mirándola con fastidio.

—Ah...

Él frunció el ceño por el tono punzante de ella.

—Estuve con mi madre hace un rato.

—¿Qué tal estaba Felicity esta tarde?

Él no se lo habría imaginado, pero ella se había puesto a la defensiva.

—Dormida, como dijo que podría estar —contestó él lentamente.

Miró a Diana y comprobó que tenía el ceño fruncido porque también había captado que el comportamiento de su tía tenía algo raro.

—La habrás encontrado cambiada, claro —siguió Jennifer.

—Claro —él dejó de fingir que estaba comiendo y se volvió hacia su tía—. Lo que más me extrañó fue que no hubiese una enfermera o alguien en su dormitorio cuando, evidentemente, está mal.

—Charles despidió a la enfermera y al médico hace algunos meses. Felicity está mucho mejor desde que los consideró un gasto innecesario —añadió ella con desenfado cuando él frunció el ceño.

—¿Quién los consideró un gasto innecesario? —preguntó Gabriel con los ojos entrecerrados.

—Charles, naturalmente.

—No sabía que fuese un experto en medicina.

—No seas ridículo, Gabriel...

—No me parece nada ridículo que me preocupe que mi madre no haya recibido atenciones durante los últimos meses.

—¿Qué insinúas? —preguntó Jennifer sonrojada por la ira—. ¿Insinúas que Charles y yo tenemos la culpa de que tu madre se haya apartado de la sociedad? Sabes tan bien como yo que todos los males de Felicity se deben a que su único hijo tuvo que marcharse del país por la deshonra, que por eso su marido enfermó y murió dos años después.

Gabriel apretó un puño por debajo de la mesa. Tuvo que hacer un esfuerzo para no levantarse y estrangularla. Nadie se había atrevido a dar a entender siquiera lo que ella había afirmado sin reparos.

¿Tenía la culpa? Podía creer que lo sucedido hubiese afectado así a su madre, pero también recordaba muy bien la actitud rígida e impasible de su padre y estaba convencido de que su marcha del país no había tenido nada que ver con su prematura muerte.

—Sin embargo, es posible que quieras hablar de este asunto más tarde y en privado —siguió

Jennifer—. Estoy segura de que no hace falta que lady Diana conozca todos los escándalos de la familia en una noche.

Diana captó el tono triunfal de la otra mujer cuando Gabriel palideció ante la acusación de que era el responsable del sufrimiento de sus padres. Sin embargo, ella no lo creyó ni por un momento. Su propio padre estuvo profundamente enamorado de su madre y quedó destrozado cuando lo abandonó. No obstante, eso no lo mató y la ausencia de Gabriel tampoco mató a su padre. Que su tía lo insinuara era una crueldad intencionada.

También se dio cuenta de que los comentarios de la señora Prescott sobre la marca de nacimiento de Gabriel le habían afectado, pero habían bastado unos minutos en su vengativa compañía para que comprendiera claramente que solo quería hacer daño a Gabriel y abrir un abismo de incomprensión en la pareja. Además, casi lo había conseguido...

Miró a la otra mujer con unos ojos gélidos.

—Estoy segura de que todas las familias tienen sus secretos y sus escándalos, señora Prescott. Entre ellas, la mía. Sin embargo, nuestra relación es tal que Gabriel y yo no tenemos secretos.

Diana alargó una mano y acarició levemente el dorso de la mano de Gabriel. Se le desgarró el corazón al ver el dolor en lo más profundo de sus ojos cuando la miró.

—No sé por qué, pero me cuesta mucho creerlo —replicó Jennifer en tono burlón.

—Puede ser porque siempre ha entendido mejor la mentira —intervino Gabriel.

Había permitido que las provocaciones de su tía le afectaran. Diana no solo había disimulado esa pérdida del dominio de sí mismo al desviar la atención de Jennifer, sino que le había ofrecido su respaldo al acariciarle delicadamente la mano. Ese respaldo era impresionante si tenía en cuenta lo desagradable que había sido con ella antes. Estaba descubriendo que era un diamante entre las mujeres.

Dio la vuelta a la mano, agarró la de ella con fuerza mientras la miraba con intensidad y decidió que tenía que pedirle perdón en cuanto pudiera.

—¿Tengo que recordarte que no fue a mí a quien repudió su propia familia?

Debería haber sabido que Jennifer no iba a permitir que la insultara impunemente.

—Solo tenía a su padre, el párroco, y él nunca quiso ver sus... faltas —Gabriel la miró con desdén—. ¿Mi tío está igual de ciego?

—Charles y yo somos muy felices —replicó ella en tono crispado y defensivo.

—¿De verdad?

Ella volvió a sonrojarse por la rabia.

—Ya lo verás cuando vuelva de la ciudad.

—No tengo la más mínima intención de seguir en Cambridgeshire cuando vuelva mi tío.

—¿No?

—No.

—¿Eres demasiado cobarde como para enfrentarte a mi marido?

Los ojos de Gabriel dejaron escapar un destello.

—Si usted fuese un hombre, ¡la retaría a un duelo por ese insulto!

—Si fuese un hombre, ¡no habría motivo para que lo insultara!

—Señora...

—Gabriel.

Diana intervino con delicadeza para terminar con esa discusión que estaba acalorándose demasiado. Él tomo una bocanada de aire e hizo un esfuerzo para serenarse.

—Diana tiene razón. Estamos apartándonos del asunto.

—¿Cuál era el asunto?

Él apretó los dientes ante el evidente sarcasmo de Jennifer.

—Que no había ni una doncella cuando fui a visitar a mi madre y que estoy descontento con las atenciones que recibe.

—Ya te he dicho...

—También me gustaría saber quién y por qué

se despidió a la señorita de compañía de mi madre hace cuatro meses. ¿Fue otra de esas decisiones que Charles tomó arbitrariamente?

—¿Puede saberse por qué sabes algo de Alice Britton?

—Creo haber preguntado quién y por qué la despidieron, no por qué lo sé yo.

Jennifer arqueó las cejas con altivez.

—Charles decidió que ya era demasiado mayor para cumplir con sus obligaciones.

—¿No la sustituyó? —insistió él.

—No hace falta cuando yo estoy aquí para acompañar a la querida Felicity.

Él prefería ver a su madre en compañía de una víbora.

—¿Cuándo Charles decidió despedir a la señorita Britton también le asignó una pensión aceptable?

Él sabía muy bien que Alice Britton había estado con su madre desde que Felicity era una niña pequeña. Primero como niñera, luego como doncella y más tarde como señorita de compañía. Dudaba mucho que la anciana mujer tuviera medios para mantenerse una vez jubilada, pero además, después de haber visto la situación en persona, no podía creerse que su madre hubiese estado de acuerdo con que la despidieran.

—Como sabes, hace mucho que lo que pasa en

esta casa no es de tu incumbencia —contestó Jennifer con una sonrisa despectiva.

—Entenderé que no se le ha asignado —replicó Gabriel apretando la mandíbula.

—Entiende lo que quieras.

El mayordomo entró en ese momento para retirar los platos de la sopa. Él, cuanto más cosas sabía de lo que había pasado en esa casa durante los últimos cuatro meses, más convencido estaba de que los temores de la señorita Britton estaban justificados.

—Entiendo que estés preocupado por tu madre, Gabriel —Diana volvió a intervenir cuando el mayordomo se marchó—. Por eso, estoy segura de que mi doncella estará encantada de acompañar a tu madre hasta que se encuentre alguna solución permanente.

—No es necesario, lady Diana...

—No quiero parecer maleducada, señora Prescott —Diana se dirigió a la otra mujer con firmeza—, pero creo que se habrá dado cuenta de que me había dirigido a Gabriel.

Ella se sonrojó ante la evidente provocación.

—Aun así, creo que no hay absolutamente ninguna necesidad de que se tome una molestia así.

—Mi querida señora Prescott, le aseguro que no me parece ninguna molestia ceder a mi doncella para que mi futura suegra esté más cómoda —replicó Diana mirándola fijamente.

Diana se había convencido durante la cena de que el ambiente que había notado en Faulkner Manor se debía a la malicia de Jennifer Prescott. Que Gabriel hubiese vuelto tan repentinamente tuvo que sorprenderla, pero eso no explicaba que estuviese tan empeñada en estropearle cualquier posibilidad de que fuese feliz, sobre todo, cuando no la sedujo en el pasado. Además, parecía contenta con su matrimonio a pesar de que hubiese tenido un inicio tan inusitado, como ella misma había afirmado convincentemente. Entonces, ¿qué había pasado hacía ocho años y por qué había mentido Jennifer Prescott al respecto?

—Quizá deberíamos plantearnos la posibilidad de llevarnos a tu madre a Londres cuando volvamos —Diana se volvió para mirar a Gabriel—. Estoy segura de un cambio le vendría bien y...

—¡Felicity está demasiado delicada de salud para hacer un viaje así! —le interrumpió Jennifer.

—Repito que no quiero parecer maleducada —Diana miró a la otra mujer sin parpadear—, pero creo que le corresponde a Gabriel decidir si su madre puede volver a Londres con nosotros o no.

—Mi marido está a cargo de esta casa, no Gabriel.

—Discúlpeme, pero creía que era la casa de la señora Faulkner y que su marido y usted eran unos invitados —insistió Diana.

Jennifer dejó de fingir cortesía y se levantó con furia.

—¿Cómo se atreve a dudar de mí de esa manera? —Jennifer rodeó la mesa para acercarse a Diana—. Que usted tenga un título no significa...

—Ya está bien —Gabriel también se levantó y se interpuso entre Diana y esa arpía—. Le aconsejo que se domine, señora, o me veré obligado a hacerlo por usted.

Su tía tardó un rato en recuperar la compostura.

—Le pido disculpas por mi arrebato, lady Diana. Es que... me preocupaba que no entendiera lo frágil que está la señora Faulkner —el tono condescendiente invalidaba la disculpa—. Estoy segura de que no sería nada aconsejable pensar siquiera en moverla.

Él tuvo que reconocerse que, a juzgar por cómo la había visto cuando la visitó, le había sorprendido que Diana hubiese propuesto llevarse a su madre a Londres. Su futura esposa también se levantó, lo agarró con delicadeza del brazo y se dirigió a la otra mujer sin alterarse.

—Y yo pido disculpas por haber hablado cuando no me correspondía, señora Prescott —se dirigió a Gabriel—. Estoy segura de que tu tía es muy sensata al aconsejar prudencia con tu madre, querido. También estoy segura de que acierta al pensar que tu madre no necesita los servicios de mi doncella.

Dos comentarios muy extraños cuando había sido ella quien había propuesto las dos cosas. ¿Qué estaba pasando?

—Ya que nos hemos calmado, propongo que volvamos a sentarnos para seguir cenando —dijo Jennifer visiblemente relajada.

—Una idea excelente —Diana sonrió mientras soltaba el brazo de Gabriel y volvía a sentarse—. Siempre me entra apetito cuando estoy en el campo.

Se puso la servilleta sobre las rodillas y sonrió a Jennifer Prescott, quien también se había sentado. Él se sentó a la mesa, pero con mucha más cautela. La esposa de su tío había ofendido gravemente a su prometida, de palabra y obra, pero la sonrisa de Diana no podía ser más afable y estaba seguro de que no lo era porque no se hubiese dado cuenta de que la había atacado personalmente. Él ya había aprendido que era muy imprudente infravalorar a su prometida. Había algo muy raro en el comportamiento contradictorio de Diana, pero no sabía qué era. Sin embargo, pensaba descubrirlo en cuanto tuviera la ocasión.

Seguía sin saberlo cuando terminó la cena, casi dos horas más tarde. Dos horas interminables e insoportables para él, aunque las dos mujeres charlaron tranquilamente sobre la moda en Londres y la dificultad de encontrar la seda y los encajes adecuados. También alabaron la destreza de la cocinera de Faulkner Manor cuando les sirvieron cada plato. Diana se disculpó brevemente para ir a buscar un pañuelo después del plato principal y Jennifer y él se quedaron en un incómodo silencio. Diana volvió a tomar las riendas de la conversación cuando regresó y se interesó por la congregación de la iglesia del pueblo, de la que el padre de Jennifer seguía siendo párroco. Unos temas tan inofensivos y aburridos que creyó que iba a quedarse dormido.

—Espero no tener que volver a pasar otras dos horas como estas en toda mi vida —comentó Gabriel mientras subía las escaleras con Diana.

Había pedido que le subieran el brandy al dormitorio para no correr el riesgo de tener que pasar ni un minuto más en compañía de la esposa de su tío. Ella no pudo evitar reírse por su expresión de fastidio. Efectivamente, había sido una velada muy aburrida, peor que aburrida.

—No te preocupes, Gabriel. Al menos, ha servido de algo. Ahora acepto completamente tu explicación de por qué sabe que tienes una marca de nacimiento.

—¿De verdad? —preguntó él arqueando las cejas con sorpresa.

—Sí —Diana resopló—. Estoy segura de que incluso de joven exigías cierta inteligencia a las mujeres con las que te acostabas.

—No sé si es una conversación adecuada —comentó él poniéndose rígido.

—Venga, no seas tan remilgado.

—¡He pasado la cena más atrozmente aburrida de mi vida y encima te atreves a llamarme remilgado! —exclamó él frunciendo el ceño.

Ella lo miró provocativamente cuando llegaron a lo alto de la escalera.

—No es muy halagador que incluyas a tu futura esposa en ese comentario.

—Maldita sea, ¡no me refería a ti!

—Además, estás diciendo palabras malsonantes delante de tu futura esposa.

—Y haré muchas más cosas si no me explicas inmediatamente los comentarios que hiciste —aseguró él mientras avanzaban por el pasillo—. Es más, quiero que me expliques toda esta noche tan extraña. Por ejemplo, me gustaría saber cuándo te convenciste de que Jennifer tiene, y ha tenido siempre, la inteligencia de un mosquito.

—Creo que estás insultando a los mosquitos —Diana se rio—. Creo que me di cuenta cuando dijo que tu madre solo tenía algunos males y que no necesitaba las atenciones de un médico o una enfermera para unos minutos más tarde asegurar que estaba tan delicada que no podía viajar a Londres —arrugó los labios—. Siempre he creído que se necesita cierta inteligencia para mentir bien.

—Pero...

Gabriel se quedó en el pasillo cuando Diana entró en su dormitorio sin mirar hacia atrás, dando a entender que tendría que seguirla si quería seguir con esa conversación.

—¿Estás diciéndome que hace dos horas ya habías decidido que era una mentirosa sin reparos?

Ella no se inmutó mientras se quitaba los largos guantes de encaje.

—No, Gabriel, lo decidí hace unos días. Incluso antes de conocerla. Piensa, Gabriel —le apremió ella cuando vio que se había quedado atónito—. No podía creerme tu versión de lo que había pasado si no creía que la joven implicada era una mentirosa. Como Jennifer Prescott era esa joven, Jennifer Prescott tenía que ser una mentirosa. Una vez convencida de eso, y vuelvo a pedirte disculpas por haber dudado un instante de tu palabra...

—Soy yo quien tiene que pedirte disculpas por haberme comportado tan desconsideradamente —le interrumpió él.

—No vamos a discutir quién tiene que disculparse de qué. En cuanto a la señora Prescott, una vez que recordé que es una mentirosa incorregible, comprendí que no podía creerme nada de lo que dijera. También ha sido muy astuta, claro...

—¡Acabas de decir que no es inteligente! —exclamó Gabriel con cierta desesperación.

—Gabriel, estoy segura de que tienes que saber que la inteligencia verdadera y la astucia de un zorro no son lo mismo.

—¿De verdad?

—Claro. Me alegro de poder decir que, aparte de mi padre, eres el caballero más inteligente que he conocido.

Él no se sentía especialmente inteligente en ese momento. En realidad, no entendía nada de esa conversación. Diana, en cambio, parecía muy contenta con esa velada y eso hacía que la deseara más.

Se dio cuenta de que aunque seguía sin querer hacer al amor propiamente dicho con ella en esa casa y antes de que se hubiesen casado, había otras maneras de satisfacer el deseo que saltaba como una chispa cada vez que se tocaban.

Además, estaba seguro de que él las conocía todas...

Diana estaba tan absorta pensando en el resultado positivo de la cena que no se dio cuenta de que Gabriel dejó le vela encendida en el tocador y de que cerró la puerta con llave. Solo se dio cuenta cuando lo tuvo al lado, le rodeó la cintura con los brazos y la estrechó contra sí.

—¿Qué haces, Gabriel? —preguntó ella con los ojos como platos.

—Estoy seguro de que eres lo bastante inteligente como para que no tenga que explicártelo.

Bajó la cabeza y le pasó los labios por la base del cuello.

Ella tuvo que reconocer que la calidez de esos labios la alteraba.

—Pero...

—He decidido que esta noche no tiene por qué ser una pérdida de tiempo absoluta —los labios subieron lentamente por el cuello—. También tengo que reconocer que lo único que ha conseguido que pudiera soportar esa cena ha sido pensar en que volvería a deleitarme con el lunar de tu pecho izquierdo cuando estuviéramos solos...

Empezó a desabotonarle el vestido por la espalda.

Ella se estremeció solo de pensar en lo que hizo con sus pechos, pechos que empezaban a endurecerse debajo del vestido de seda, además de que también sentía la ya conocida humedad cálida entre los muslos.

—¿También te propones que yo conozca tu marca de nacimiento en el muslo izquierdo?

Él dejó escapar una risa ronca que le retumbó a ella por todo el cuerpo.

—Podría ser. Si tú quieres, querida.

Lo miró y vio el deseo reflejado en los ojos azul oscuro, unos ojos rodeados de pequeñas arrugas producidas por una sonrisa burlona e indolente.

Doce

Esa expresión, tan distinta a su arrogancia habitual, hizo que se derritiera por dentro.

—Creo que me gustaría mucho —contestó ella con la voz ronca.

—Es un alivio...

Había terminado de desabotonarle el vestido y dejó que cayera hasta que formó un montón a sus pies. Se quedó vestida con una camisola corta y unas medias blancas sujetas por unas ligas también blancas con diminutas flores rosas.

Contuvo el aliento al verla. Podía ver los pechos y los pezones, ya erectos, bajo la fina tela de la camisola. También podía ver un triángulo de rizos dorados entre sus sedosos muslos.

—Han pasado muchas cosas desde que llegamos a esta casa. He descubierto que tu belleza y tu sinceridad son lo único que me parecen reales.

Ella notó un arrebato de emoción. Cuando se

prometieron, Gabriel dejó muy claro que no la amaba y que nunca la amaría, pero haberse ganado el respeto de un hombre tan curtido como él no tenía precio. Empezó a desabotonarle el chaleco con un brillo en los ojos.

—Entonces, milord, permítame que sea vuestro ayuda de cámara otra vez.

Esa vez, no le quitó la ropa lenta y placenteramente, sino que él la ayudó a desvestirse y fue tirando la ropa a la alfombra que había junto a la cama.

Diana sonrió con satisfacción cuando se sentó en el borde de la cama, se quitó las botas y las calzas y pudo ver la marca de nacimiento a unos centímetros por encima de su rodilla izquierda.

—Muy notable, milord.

Gabriel hizo una mueca de disgusto.

—Esa mujer era una vengativa que...

Diana le puso unos dedos en los labios para callarlo y sacudió levemente la cabeza.

—Ella no cabe aquí, con nosotros.

—No.

A él no le importó estar desnudo cuando se levantó para quitar las horquillas del pelo de Diana. Contuvo el aliento cuando los rizos dorados fueron cayendo, como se había imaginado, hasta las curvas de sus caderas. Las manos le temblaron un poco mientras le tomaba la cara y la miraba a los ojos.

—Eres la belleza personificada, Diana. Una diosa bajada a la tierra.

Ella se sintió casi abrumada por esa intimidad, por la desnudez de su cuerpo, más perfecto y maravillosamente viril de lo que había podido imaginarse. Sus musculosos hombros y su pecho, su abdomen plano y sus poderosos muslos, parecían esculpidos a la luz de la vela. Aquellos dibujos de dioses griegos del libro de su padre no la habían preparado para la erección de un hombre de carne y hueso, pero, para hacer justicia a aquellos dioses griegos, tampoco los habían dibujado con una erección tan magnífica. No podía dejar de mirarla, era acero recubierto de terciopelo. Se preguntó qué sentiría si se arrodillaba y la tomaba entre los labios... Se quedó atónita. ¿De dónde había sacado esas fantasías? No lo sabía, pero tenía ganas de hacerlo y sabía que le gustaría tanto, sino más, que...

—Tu turno llegará más tarde, pequeña diosa.

Gabriel, que había visto cómo lo miraba con avidez, la agarró de los brazos antes de que pudiera arrodillarse delante de él. Sabía que si le tocaba el anhelante y palpitante miembro con la boca, perdería el dominio de sí mismo, y quería complacerla primero.

—Quiero darte placer, Diana.

Le bajó los tirantes de la camisola, que cayó lentamente hasta el suelo.

—Ah... Mi buen amigo...

Le pasó la yema de un dedo por el lunar que tenía justo encima del pezón izquierdo. Se estremeció de placer y las piernas empezaron a temblarle cuando bajó la cabeza para lamerle el lunar con la punta de la lengua antes de bajarla hasta el pezón erecto. Sintió la calidez de su aliento antes de que se lo introdujera en la boca ardiente.

El placer bajó desde los pechos hasta llegarle abrasadoramente entre los muslos. Se agarró a los músculos tensos de sus hombros mientras él le succionaba un pezón y le acariciaba el otro con un pulgar.

Estaba tan sobrecogida por el placer que ni siquiera se había dado cuenta de que le había quitado la camisola. Se dio cuenta cuando él empezó a bajar la mano desde el pecho hasta el vientre. Los estremecimientos de placer se adueñaron de ella cuando sus dedos le acariciaron con destreza la abertura húmeda y sensible.

Contuvo el aliento e introdujo los dedos entre el pelo de Gabriel mientras un éxtasis como no había sentido nunca en su vida la arrastraba como una oleada cada vez más intensa. Dejó escapar un gemido antes de caer sin fuerzas sobre él.

Él le soltó lentamente el pecho antes de levantar la cabeza y comprobar que Diana no solo se había derrumbado, sino que se había desmayado.

Frunció el ceño por la preocupación, la tomó en brazos y la llevó a la cama. Había hecho el amor con tantas mujeres que no podía ni contarlas, pero ninguna se había desmayado después del clímax. ¿Le habría hecho daño? ¿Sería demasiado delicada y refinada para disfrutar de esos placeres? ¡Tenía que ser eso! ¡Era un necio!

—Gabriel...

La miró con detenimiento y suavizó la expresión con alivio cuando vio que lo miraba con satisfacción soñadora y no con espanto acusador.

Ella frunció levemente el ceño cuando el no dijo nada y levantó una mano para acariciarle el mentón.

—No sabía que podía ser tan... tan maravillosamente devastador.

—Yo, tampoco —aseguró él mientras la dejaba sobre la colcha.

—Pero tú tienes mucha experiencia —replicó ella con asombro.

—Preferiría no hablar de eso ahora, querida.

Se daba cuenta de que todas las mujeres con las que se había acostado habían dejado de importar, las había olvidado, se habían disipado después de haber tenido a Diana entre los brazos. No sabía por qué.

—Creo que es mi turno de... conocerte —dijo ella con cierta timidez.

El corazón le dio un vuelco al acordarse de las caricias que le había interrumpido antes.

—A lo mejor, ya nos hemos conocido bastante por una noche —contestó él pensando en el desmayo de ella.

Al fin y al cabo, era la primera vez que ella hacía el amor...

—No, Gabriel...

Se sentó con el pelo cayéndole por encima de los hombros, con los pechos asomando entre los rizos, con los pezones duros y sonrojados como las bayas que parecían. Contuvo el aliento al verlos y el miembro empezó a palpitarle solo de pensar en deleitarse otra vez con ellos.

—Diana...

—Túmbate, por favor.

Se arrodilló y lo empujó de los hombros para tumbarlo sobre las almohadas. No pareció importarle que solo llevara las medias y las ligas mientras se ponía entre las piernas separadas de él.

—No te muevas.

¿Cómo iba quedarse quieto cuando se inclinó para besarle la maldita marca de nacimiento antes de erguirse otra vez y acariciarle los muslos con sus diminutas manos? Dejó caer la cabeza sobre las almohadas cuando por fin notó la calidez de sus labios alrededor de la palpitante erección y el pelo le cayó como una cortina dorada.

Ella se sintió estimulada por los gruñidos guturales de Gabriel y por la dureza ardiente de su miembro mientras se lo introducía más dentro de la boca. Nunca en su vida había paladeado algo tan adictivo y suculento.

—Diana... —susurró él casi sin poder respirar.

Ella levantó la cabeza, lo miró y se quedó preocupada al ver su expresión.

—¿Te hago daño?

—¡No! ¡Claro que no! Es un placer enorme, Diana, tanto que si sigues acabaré deshonrándome completamente —le explicó él mientras la agarraba.

Ella se zafó envalentonada por lo que él acababa de reconocer.

—¿Cómo? Tienes que decírmelo, Gabriel. Si no, ¿cómo voy a aprender a complacerte? —le pidió ella.

—Si me complaces más, perderé el dominio de mí mismo y... explotaré como un jovenzuelo inexperto.

—Ah...

Ella asintió con la cabeza, pero volvió a mirar con avidez el miembro turgente que seguía acariciando con la mano. Había una gota muy pequeña en la resplandeciente punta y se inclinó para lamerla con la lengua antes de introducírselo otra vez en la boca.

—Diana... —susurró él otra vez con los puños cerrados a los costados y todo el cuerpo en tensión.

Unos minutos antes, él la había arrastrado hasta un placer inimaginable y ella quería corresponderle.

—¡Dios mío!

Los gemidos de Gabriel se convirtieron en una letanía mientras, involuntariamente al parecer, empezó a subir y bajar las caderas con un ritmo muy elocuente. Ella, aunque no conocía esas intimidades, supo muy bien cuándo perdió el dominio de sí mismo y acabó desbordado por su propio éxtasis.

Pasaron los minutos y Gabriel solo podía oír su respiración entrecortada mientras una de sus manos seguía entre los rizos dorados de Diana, quien le acariciaba levemente los muslos con su aliento. Había encontrado el paraíso en un sitio que siempre la había parecido el infierno. Esa mujer lo había sacado de las tinieblas para llevarlo a un paraíso dorado. Era como si...

Llamaron suavemente a la puerta y él volvió a la realidad.

—Señorita... —susurró alguien—. Señorita, me dijo que la avisara si... si la necesitaba.

—¿Puede saberse...?

Estaba demasiado saciado, demasiado satisfecho físicamente, como para poder hacer otra cosa que no fuese mirar hacia la puerta con el ceño fruncido.

Diana reaccionó más rápidamente. Se sentó y se apartó el pelo de la cara antes de levantarse de la cama e ir apresuradamente a recoger la bata y atarse el cinturón.

—Dios mío, ¿cómo habré podido olvidarme?

—Diana...

Él la miró fijamente mientras empezaba a ver con algo de claridad. Ella sacudió la cabeza.

—Quería haber ido justo después de la cena... ¡No debería haberme distraído!

Fue hasta la puerta y la entreabrió para poder hablar con la otra persona, pero que ella, fuera quien fuese, no pudiera ver a Gabriel, quien seguía desnudo encima de la colcha.

Se sentó con el ceño fruncido mientras la miraba. Acababan de transportarlo hasta una cima de placer desconocida hasta ese momento, ¡pero a ella solo le había parecido una distracción de algo más importante! Naturalmente, no tenía experiencia y no podía saber lo excepcional y maravilloso que había sido. Era absolutamente incapaz de fingir, era la joven más sincera y franca que había...

—Tenemos que vestirnos inmediatamente.

Diana parecía alterada. Concluida la conversación, cerró la puerta, fue hasta el armario sin siquiera mirarlo, abrió las puertas y empezó a rebuscar entre los vestidos que tenía colgados. Sacó uno de lana azul, se dio la vuelta y se quedó parada al comprobar que él no se había movido.

—¿No me has oído, Gabriel? —le preguntó con impaciencia mientras se quitaba la bata y se ponía la camisola—. Tienes que vestirte. No podemos quedarnos aquí ni un minuto más —añadió poniéndose el vestido.

Gabriel estaba atónito por ese nerviosismo en aumento. ¿Qué estaba pasando?

—No pienso vestirme ni ir a ninguna parte hasta que no sepa exactamente a dónde tengo que ir y por qué.

Ella comprendió que, naturalmente, él no podía saber a dónde tenían que ir y por qué. ¿Cómo iba a saberlo si no había tenido la ocasión de contarle lo que había puesto en marcha esa tarde?

No era el final ideal para el éxtasis que habían vivido, pero él se lo agradecería cuando supiera lo que había hecho.

—Mi doncella ha pasado varias horas con tu madre y le he dicho que me avise si alguien iba a visitarla —empezó a explicarle precipitadamente.

—¿Tu doncella ha estado con mi madre? —repitió él lentamente.

—Sí. ¿Te acuerdas que me marché del comedor para ir a buscar un pañuelo?

—Sí.

Se acordaba muy bien, como se acordaba de todo el tiempo que había tardado en volver. Habían sido más de diez minutos de silencio absoluto mientras Jennifer y él se miraban con rabia. Sabía que si le decía una sola palabra a esa bruja, no podría parar y todo lo que le diría sería muy desagradable. Al parecer, ella también lo supo y, por una vez en su vida, se quedó en silencio.

—No necesitaba un pañuelo —Diana esbozó una sonrisa triunfal—. Solo fue una excusa para decirle a mi doncella que fuese a los aposentos de tu madre.

Él arqueó una ceja.

—Creía que estabas de acuerdo con Jennifer en que no hacía falta que tu doncella estuviese con mi madre...

—Solo fingí estar de acuerdo.

Diana se miró al espejo del tocador para arreglarse el pelo con las horquillas.

—¿De verdad? —preguntó él sin entender nada.

—De verdad, Gabriel —ella se volvió para mirarlo con impaciencia—. Estoy segura de que estoy explicándome con claridad. Mentí cuando fingí que aceptaba lo que dijo la señora Prescott sobre que tu madre no necesitaba la compañía de mi doncella.

Él se quedó inmóvil.

—Había llegado a creer que eras incapaz de mentir.

La miró fijamente y sin decir nada. Acababa de alabar a Diana para sus adentros por su sinceridad, porque no podía fingir, y, sin embargo, engañaba con tanta destreza como cualquier mujer. Aunque, desde luego, tuvo un buen motivo. Tenía un buen motivo para casi todo lo que hacía, pero, aun así, era desasosegante darse cuenta de que podía mentir como cualquiera.

—¿Te importaría decirme por qué te pareció que tenías que mentir en esta ocasión?

—¿No te parece evidente? —preguntó ella con incredulidad.

—No del todo —contestó él con los dientes apretados—. Si no te importa, explícamelo.

Se levantó y empezó a recoger la ropa. Diana parpadeó. No sabía cómo iba a poder pensar, y menos explicarse, cuando lo tenía delante y deslumbrantemente desnudo. Lo que habían vivido había sido un descubrimiento para ella, una maravilla, un placer inimaginable. Además, sus mejillas se acaloraban solo de ver ese cuerpo magnífico, como se acaloraban otras zonas más íntimas de su cuerpo, zonas que él conocía más íntimamente que ella misma.

Le había parecido hermoso con el miembro erecto y no se lo parecía menos en ese momento.

La luz de la vela le daba un tono dorado a la piel y le permitía ver la mata de pelo oscuro que tenía alrededor del miembro en reposo. Aun así, era mucho más impresionante que los de los dioses griegos del libro...

—¡Diana!

Ella sacudió un poco la cabeza y cerró los ojos un instante antes de mirarlo a la cara, no a su magnífico cuerpo. Tenía el ceño fruncido y quizá pudiera concentrarse si no miraba a esa belleza tan viril.

—¿Podrías vestirte mientras te lo explico?

—Encantado si eso acelera el proceso.

Se dio la vuelta para rebuscar entre la ropa que había dejado en la cama. Hasta su espalda era hermosa, se dijo a sí misma. Anhelaba acariciar esos hombros musculosos, esa cintura estrecha, ese trasero redondeado...

—Diana, no estás explicándome nada —le recordó él con impaciencia.

Al menos, se puso la camisa y tapó parte de su desnudez. Aun así, no lo suficiente como para que pudiera pensar con coherencia. La intimidad de la situación la había dejado muda.

—¡Te juro que iré allí y te zarandearé si no empiezas la explicación antes de que pasen diez segundos!

Ella se sobresaltó al oír la vehemencia de su

tono. Podía entenderlo, tenía que recuperar la compostura.

—Cuando me marché del comedor para buscar el pañuelo, primero fui a los aposentos de tu madre. Quería satisfacer mi curiosidad antes de hacer algo —explicó ella mientras él la miraba con incredulidad.

—¿La satisficiste?

—Tu madre seguía dormida.

—Quizá fuese lo mejor si tenemos en cuenta que no habría sabido quién eras si hubiese estado despierta.

Gabriel ya se había puesto las calzas y las botas, pero se había dejado la camisa desabotonada y tenía el pelo despeinado mientras la miraba acusadoramente.

—Había pensado presentaros mañana —añadió él.

—Como estaba dormida cuando entré, todavía puedes hacerlo...

—¡Qué amable!

Ella cruzó la habitación y se quedó delante de él.

—Gabriel, creo que no estás entendiéndolo...

—Quizá sea porque todavía no me lo has explicado.

El brillo sombrío de sus ojos reflejaba claramente lo desesperado que estaba con la situación.

—A pesar de... sus males, no creo que una mujer de unos cincuenta años tenga que estar dormida tanto tiempo como dice la señora Prescott que ha estado durante los últimos meses.

—¿Y?

—Y por eso, cuando entré en sus aposentos, comprobé lo que había en el frasco de medicina. Entre otras cosas, descubrí, como había sospechado, que había láudano. Es una sustancia que conozco bien porque mi padre la tomaba para poder dormir durante los últimos años de su vida.

—¿Estás diciendo que mi madre ha estado tomando un somnífero durante todo este tiempo? —preguntó Gabriel lentamente.

Eso no tenía ningún sentido para él cuando el problema de su madre parecía ser que dormía demasiado, no demasiado poco. A no ser, naturalmente, que su vida fuese tan infernal en ese momento que prefería estar dormida casi todo el tiempo en vez de vivir en el infierno.

—Me temo que ya no tenemos más tiempo para que te explique la situación —Diana fue a recoger la vela encendida—. Había querido ir a los aposentos de tu madre en cuanto hubiésemos terminado de cenar —ella se sonrojó al recordar por qué no lo había hecho—. May, mi doncella, ha venido para decirme que la señora Prescott intentó visitar a tu madre hace unos minutos.

—¿Y? —volvió a preguntar él.

—Como no pudo entrar porque la puerta estaba cerrada con llave, llamó. Naturalmente, May no hizo caso, como le había dicho que hiciera si se daba esa situación. La señora Prescott ha bajado para que el ama de llaves le dé otra llave —Diana hizo una mueca de fastidio—. May lo aprovechó para venir a informarme de lo que estaba pasando.

—Si tenemos en cuenta que eres una visitante recién llegada a esta casa, te has hecho cargo de muchas cosas —comentó Gabriel.

Las cosas seguían siendo incomprensibles para él. Afortunadamente, parecía que Diana sí sabía muy bien lo que estaba haciendo y por qué.

—Naturalmente, habría preferido comentarlo contigo antes...

—Naturalmente —dijo Gabriel en un tono sarcástico.

—Pero, evidentemente, no pude durante la cena —siguió ella—. Como ya he dicho, no podemos perder ni un minuto. May lleva muchos años conmigo y es muy leal, pero sería injusto que tuviera que lidiar con la señora Prescott dos veces en una noche.

Diana se dio media vuelta para marcharse, pero Gabriel la agarró de un brazo.

—¡No tan deprisa! Dime al menos por qué no

quieres que la señora Prescott entre en los aposentos de mi madre.

—¡Es evidente!

—Seré tonto... —replicó él apretando los labios.

Ella lo miró con rabia.

—Para que tu madre pueda despertarse, claro, y para que pueda hablar con el hijo al que no ha visto desde hace ocho años.

Se quedó tan sorprendido por la explicación que le soltó un poco el brazo. Ella lo aprovechó y salió apresuradamente del dormitorio.

Trece

Cuando consiguió reponerse lo suficiente para salir detrás de ella, Diana, con la vela, estaba doblando la esquina del final del pasillo en dirección a los aposentos de su madre. Se quedó a oscuras. Una oscuridad que no era solo física, sino también emocional.

Se había quedado tan extasiado después de haber hecho el amor con ella que todavía le costaba comprender lo que se proponía y eso era algo muy desagradable para un hombre que se preciaba de su agudeza mental y emocional.

Fuera de los aposentos de su madre, Diana había dejado la vela encendida en el perchero y estaba delante de la puerta con los brazos extendidos y una expresión desafiante mientras Jennifer empleaba todos los medios a su alcance para que depusiera su actitud. Uno de esos medios fue empezar a tirarle del pelo.

—¿Cómo se atreve? —gritó la esposa de su tío mientras tiraba con rabia de esos rizos dorados—. No tiene ninguna autoridad para impedirme entrar en los aposentos de mi cuñada...

—Es posible que Diana no la tenga, pero yo, sí.

Diana se giró para mirar agradecida a Gabriel, quien se acercaba con un aire tan vengativo como el del arcángel que tenía su mismo nombre y con la camisa desabotonada flotando detrás de él. Afortunadamente, la furia gélida que se reflejaba en sus ojos no iba dirigida hacia ella, sino hacia la joven que se había casado con su tío.

—Suelte inmediatamente a Diana. No me obligue a tener que repetírselo, señora.

El tono de su voz fue tan intimidante que Diana sintió un escalofrío. El mismo escalofrío que debió de sentir Jennifer porque la soltó inmediatamente, aunque siguió mirándolo desafiantemente con las manos en las caderas.

—Creo que deberías afear el comportamiento de tu prometida en vez de censurarme a mí.

Gabriel arqueó las cejas.

—Diana sabe muy bien lo que tiene que hacer.

El tono irónico de su voz dio a Diana el valor que necesitaba para decir lo que pensaba hacer en ese momento.

—Acabo de comunicarle a la señora Prescott

que esta noche podrá dormir sin preocupaciones porque nosotros dos vamos a pasar la noche con tu madre.

Él la miró unos segundos con los ojos entrecerrados antes de dirigirse inexpresivamente a Jennifer.

—No entiendo que pueda oponerse a eso.

El hermoso rostro de Jennifer se sonrojó por el enojo.

—He cuidado a Felicity durante los últimos cuatro meses y...

—Y ha sido un...

—Y se merece dormir toda una noche seguida —Diana interrumpió con delicadeza al arrebato de furia de él—. Le aseguro que Gabriel y yo estamos encantados de pasar la noche con la señora Faulkner.

—¿Y si me niego? —pregunto Jennifer con un brillo de rabia en los ojos.

—Señora, es un asunto que no vamos a discutir —Gabriel la miró inflexiblemente—. Además, espero no volver a presenciar que trata de esa manera a Diana.

—Pero...

—Si no tiene nada interesante que decir, le agradecería que desapareciera inmediatamente — le interrumpió Gabriel sin disimular el desprecio.

Diana supo que se moriría de desazón si Gabriel la miraba alguna vez así y Jennifer Prescott pareció sentir lo mismo porque se mostró menos desafiante que de costumbre.

—Charles se enterará en cuanto llegue de lo prepotente que has sido.

Gabriel esbozó una sonrisa desdeñosa.

—Espero con impaciencia a que llegue ese momento.

Los ojos marrones de Jennifer dejaron escapar un destello de furia.

—No tienes derecho...

—Aunque solo sea eso, tengo el derecho a ser el hijo de mi madre. Usted solo es una invitada en su casa y no tiene autoridad para decidir quién la visita. Ahora, si no le importa apartarse, Diana y yo queremos entrar para estar con mi madre.

Jennifer se crispó por la ira.

—Si quiero, puedo hacer que tu vida sea tan insoportable que desearías no haber nacido.

—Señora, si se refiere a que no tenga que volver a verla jamás, estaría encantado de que lo intentara.

—Te gusté mucho en un momento dado —replicó ella con una sonrisa despectiva.

—Se equivoca, señora —le corrigió él en un tono de aburrimiento—. Creo que sería más exacto decir que conseguí tolerar su presencia cuando éramos niños.

Jennifer se quedó pálida.

—Cómo te he odiado siempre. ¡Siempre con esa actitud altiva y aristocrática!

—Al menos, estamos de acuerdo en una cosa, señora —comentó él en tono burlón—. En lo poco que nos apreciamos el uno al otro.

Si Diana hubiese necesitado alguna demostración más de que Jennifer Prescott era una mentirosa, y no la necesitaba, esa mujer acababa de dársela. Siempre había odiado a Gabriel... Eso era muy interesante.

—Es tarde y nos estamos acalorando —intervino Diana con serenidad antes de dirigirse a la otra mujer—. Por favor, no se preocupe por la señora Faulkner. Cuidé a mi padre durante los últimos años de su vida y también puedo cuidar a la madre de Gabriel.

Con la esperanza de haber dejado a Jennifer sin argumentos, Diana llamó a la puerta y pidió a May que la abriera para que pudieran entrar.

Gabriel se quedó unos segundos luchando en silencio con Jennifer, hasta que la esposa de su tío soltó un bufido, se dio media vuelta y se marchó por el pasillo.

Él siguió a su prometida a los aposentos tenuemente iluminados de su madre.

Diana, junto a la cama, hablaba en voz baja con su doncella, quien le hizo una leve reverencia antes de salir de la habitación. Él también se acercó a la cama.

Dijo la verdad cuando reconoció que había encontrado muy cambiada a su madre. Aunque quizá no hubiese sido acertado compararla con la última vez que la vio. Aquel día, cuando él se marchó de Faulkner Manor, su madre estaba pálida como una muerta y tenía los ojos rojos de tanto llorar por la inflexibilidad de su padre en lo referente a las acusaciones de Jennifer Lindsay.

Sin embargo, su madre siempre había sido una belleza, siempre le había parecido de una belleza resplandeciente y eternamente joven. En ese momento, parecía tener todos y cada uno de sus cincuenta y dos años. Su pelo moreno tenía mechones canosos, su rostro pálido y demacrado parecía una de las máscaras que se usaban en Venecia durante el carnaval.

—Gabriel, estoy segura de que los cambios que ves en tu madre son solo superficiales.

Miró a Diana, quien también lo miraba con compasión desde el otro lado de la cama. Una compasión que le costaba aceptar aunque fuera de la mujer con la que acababa de intimar tanto. Él desvió la mirada.

—Es posible que ahora, una vez que nos hemos librado de la esposa de mi tío, me des una explicación de lo que has hecho.

—Claro —ella sonrió fugazmente—, pero creo que sería mejor ir a la sala privada de tu madre para no molestarla. Dejaremos la puerta abierta para que podamos oírla si se agita.

Gabriel la miró con los ojos entrecerrados.

—Según lo que me dijiste en tu dormitorio, creía que veníamos aquí precisamente para despertarla.

Ella se sonrojó al recordar cuando estuvieron en su dormitorio y la acarició tan íntima y diestramente que todavía le cortaba la respiración... y cuando ella correspondió a esas caricias de una manera que la escandalizaba solo pensarlo... No pudo mirarlo a los ojos.

—Espero que tu madre se despierte pronto, pero creo que sería preferible que, cuando lo haga, lo primero que oiga no sea esta conversación.

—¿Por qué? —preguntó él arqueando las cejas.

—Gabriel, cuando vine a los aposentos de tu madre esta noche...

—¿Te refieres a cuando dijiste que ibas a buscar un pañuelo?

—Sí —ella se avergonzó al recordar su engaño, pero lo había hecho por un buen motivo—. El láudano que hay en la medicina de tu madre es una dosis muy elevada, mucho más de lo que se necesita solo para dormir mejor. Además, la señora Prescott ha repetido varias veces que ella es la única que se ha ocupado de tu madre durante los últimos cuatro meses. Eso, naturalmente, incluye darle la medicina.

Gabriel la miró varios segundos antes de asentir con la cabeza.

—Tienes razón, Diana, es mejor que hablemos de esto en la sala de mi madre.

Gabriel salió de la habitación sin esperar a comprobar que ella lo seguía. Ella, naturalmente, lo siguió. Si sus sospechas eran ciertas, no iba a ser una conversación especialmente agradable, aunque fuese necesaria.

Gabriel se entretuvo avivando el fuego de la chimenea para no seguir inmediatamente la conversación y poder darle vueltas a la cabeza. Pensó en todo lo que había dicho Diana hasta ese momento y en los recelos que implicaban sus observaciones. Tardó unos minutos en dominar sus emociones y en darse la vuelta para mirarla con los puños apretados detrás de la espalda.

—Muy bien, ya puedes seguir con tus explicaciones.

—Entenderás que todavía es una teoría...

—En estos momentos, una teoría es más que suficiente.

Tenía la mandíbula tan apretada que creyó que podría rompérsela. Le cena había sido infernal y el tiempo que había pasado en el dormitorio de

Diana, paradisíaco. Solo Dios sabía cómo iban ser los próximos minutos.

Ella empezó a ir de un lado a otro de la sala.

—Me ha parecido que la señora Prescott se ha comportado de una forma muy rara desde que llegamos. ¿Te acuerdas de que no estaba esperándonos en el vestíbulo cuando entramos en la casa? Estaba bajando las escaleras con el rostro congestionado por las prisas, como si hubiese vuelto de hacer algo urgente.

—Me acuerdo.

—Cuando me contaste vuestra... relación pasada, pensé...

—¡No hubo ninguna relación!

—Bueno, da igual —replicó ella con cierta impaciencia por la enérgica protesta de Gabriel—. Al principio pensé que esa podría ser la explicación de que estuviera alterada, pero he podido pensarlo mejor y ahora creo que volvió corriendo a la casa para poder darle a tu madre otra dosis de la medicación.

—Es posible que tuviera que dársela...

—Entonces, la dedicación de la señora Prescott a tu madre, cuando estaba tan evidentemente desasosegada, sería admirable.

No pudo evitar el tono despectivo cuando lo dijo. Era una mujer indulgente y que siempre intentaba ver lo bueno de los demás, pero no podía encontrar nada que le gustara de la señora Prescott.

—Entonces, ¿tenemos que suponer que hubo algún motivo para que le diera la medicación en ese momento concreto? —preguntó él con los ojos entrecerrados.

—Sí, eso creo.

—Estoy seguro de que estás a punto de decirme cuál fue el motivo.

—El comportamiento de la señora Prescott no me habría extrañado nada si su conversación durante la cena no hubiese sido tan rara. Después de asegurarnos que tu madre no estaba tan enferma como para necesitar las atenciones de un médico o una enfermera, nos dijo que estaba demasiado delicada como para volver a Londres con nosotros. Las dos afirmaciones me parecieron completamente contradictorias. En vez de dejar volar la imaginación para intentar encontrar una explicación, decidí comprobar la salud de tu madre personalmente —Diana arrugó los labios—. Te acordarás de que la primera vez que la señora Prescott se puso nerviosa durante la cena fue cuando dijiste que habías encontrado tiempo para ir a visitar a tu madre.

—Sí, lo recuerdo.

—Ahora creo que tu madre no estaba despierta porque estaba drogada por el láudano de la medicina.

—¿Por qué?

—Creo que para que no pudiera hablar contigo si ibas a visitarla esa tarde.

Gabriel notó que palidecía mientras las sospechas de Diana empezaban a calar en él. Por ejemplo, su tío y su esposa ya vivían allí, hacía seis años, cuando él escribió una carta a su madre para que le permitiera visitarla después de la muerte de su padre. Una carta que se preguntaba si habría recibido. Alice Britton, en la carta que recibió hacía tres días, afirmaba que su madre deseaba mucho verlo otra vez y que lo había deseado desde hacía tiempo. También era sospechoso que Charles hubiese despedido a la enfermera y a la señorita de compañía y que hubiese dejado a su madre a merced de los Prescott.

Diana sintió una opresión en el pecho al ver lo desolado que estaba por lo que le había contado.

—Lo siento, Gabriel...

—No tienes que sentir absolutamente nada —le tranquilizó él.

Sin embargo, tampoco le gustaba haberle dicho nada de eso. Sobre todo, cuando había vuelto a ser el mismo hombre frío y hermético de la primera vez que lo conoció.

—Si la intención de la señora Prescott había sido que tu madre se quedara dormida, también sabía por experiencia que tendría que administrarle otra dosis de láudano para que siguiera inconsciente —siguió ella con delicadeza—. Dejé aquí a mi doncella, con la puerta cerrada con llave, para impedir que lo hiciera.

Gabriel tomó una bocanada de aire.

—Jennifer no podía creer que conseguiría tener dormida a mi madre durante todo el tiempo que estuviésemos aquí.

—Seguramente, se conformaba con tenerla dormida hasta que tu tío volviera de Londres y, entonces, pasarle la situación a él.

—Te aseguro que Charles no es rival para mí.

Ella se lo creía perfectamente. Como creía que él habría captado el peligro de la situación en Faulkner Manor si no hubiese estado tan implicado emocionalmente, si el enojo por volver a ver a Jennifer Prescott no le hubiese nublado la capacidad de deducción. Sonrió con tristeza.

—No creo que ya importe.

—¿Por qué? —preguntó él mirándola fijamente.

Ella se encogió de hombros.

—Si mis sospechas son ciertas y tu madre se despierta, la señora Prescott tiene que saber que nos enteraremos de toda la vida de tu madre durante los últimos seis años.

Él no pudo disimular la angustia.

—¿Crees de verdad que han podido mentir y

engañar a mi madre durante todo ese tiempo? ¿Crees que la han tenido prácticamente prisionera en su casa durante los últimos cuatro meses?

—Sí, creo que es una posibilidad —contestó Diana con cierta cautela.

—¿Con qué propósito? ¿Qué pasó hace cuatro meses para que se diera ese cambio repentino?

—Eso solo pueden contestarlo tu tío y su esposa.

—¿No tienes alguna... teoría sobre eso?

A ella no le pasó desapercibido el tono punzante.

—Sí, la tengo.

—Me lo imaginaba.

—Evidentemente, Charles y Jennifer se han acostumbrado a vivir aquí, como invitados de tu madre, desde hace seis años. Ha sido una vida cómoda y privilegiada que habrán disfrutado mucho. También me has comentado que a tu tío le gusta jugar y que perdió su casa por eso.

—Sí, es verdad.

—Entonces, es posible que esa sea la respuesta. Si tuviese más deudas todavía que en el pasado, tendrían que controlar más el patrimonio. Aunque la verdad es que no sé con certeza por qué cambiaron las cosas hace cuatro meses, Gabriel —ella extendió las manos como si quisiera disculparse—. Solo puedo decir lo que sospecho. Si me equivoco, pediré perdón a todos los implicados.

—No te equivocas.

Él lo dijo con rotundidad y con una desolación absoluta reflejada en el rostro.

—No podemos estar seguros...

—¡Yo, sí! —exclamó él con una expresión despiadada—. Además, nada de esto habría ocurrido si me hubiese empeñado en visitar a mi madre después de la muerte de mi padre.

—No sirve de nada que te lo recrimines, Gabriel.

—Me sirve para liberar algo de mi desesperación por esta situación —él empezó a ir de un lado a otro—. Si todo esto es verdad, y tengo motivos para creer que lo es, estrangularé a los Prescott con mis propias manos.

—Tu madre no se recuperará mejor si su único hijo acaba en prisión por haber asesinado a sus tíos —murmuró ella.

—Compensaría —replicó él con un brillo vengativo en los ojos.

Ella se acercó a él para ponerle una mano en el brazo.

—Sabes que no —ella le sonrió—. Quieres mucho a tu madre, ¿verdad?

—Siempre la he querido

Él levantó la barbilla como si desafiara a quien se atreviera a dudarlo después del dolor que sufrió su familia por culpa de él hacía ocho años. Ella, sin embargo, creía que no era el culpable de ese dolor.

—Creo que cuando vuelvas a hablar con la señora Prescott...

—No pienso hacer algo tan insustancial como hablar con ella...

—Cuando vuelvas a hablar con ella —repitió Diana con firmeza—, podrías preguntarle quién fue el verdadero padre de su hijo.

Gabriel se quedó inmóvil, la miró y su expresión cambió del desconcierto al asombro en cuestión de segundos.

—No estarás insinuando... ¿Crees que fue Charles?

Ella arqueó las cejas.

—Es una posibilidad, ¿no? Sé que no es tan raro que un matrimonio concertado como el de los Prescott salga relativamente bien, que se respeten al menos —como esperaba que les pasara a Gabriel y a ella—. Sin embargo, creo que tu tía habla de su marido con algo más que respeto. Creo que está profundamente enamorada de él. Además, dijo muy convincentemente que su matrimonio era muy feliz.

—Tengo motivos para creerlo —afirmó él pensativamente.

Ella inclinó ligeramente la cabeza.

—Mi tía Humphries, quien llegó a conocer a tu

madre y a tu tío Charles durante una temporada en Londres hace treinta años, me contó que entonces era un libertino cautivador. Naturalmente, no con una fama tan mala como su sobrino —bromeó ella—, pero un libertino en cualquier caso.

La expresión de Gabriel se suavizó un poco, pero solo un poco.

—Creo que ya va siendo hora de que tu tía y yo nos conozcamos.

Ella se rio ligeramente.

—¡Dudo mucho que eso vaya a tranquilizarla lo más mínimo!

—Seguramente, no —reconoció él con ironía antes de ponerse serio otra vez—. ¿Crees de verdad que es posible que Charles y Jennifer tuvieran una relación íntima hace ocho años y que ella se quedara embarazada de él? Peor aún, ¿crees que los dos planearon mi deshonra al saber que rechazaría hacerme cargo de un hijo que no era mío y que, en consecuencia, mi padre me desheredaría mientras pagaría generosamente a Charles para que se casara con Jennifer?

Diana se entristeció.

—No puedo contestar categóricamente, pero sí creo que merece la pena investigarlo.

—Los estrangularé de verdad si resulta que todo eso es verdad y...

—¿Gabriel...? ¿Eres Gabriel, mi hijo querido?

Se quedó petrificado al oír la voz baja y vacilante que llegó de la habitación contigua. Abrió los ojos como platos por la incredulidad y se quedó pálido.

—Ve con ella, Gabriel.

—Acompáñame —le pidió él.

Ella negó con la cabeza.

—Te esperaré en el dormitorio hasta que tu madre y tú hayáis terminado de hablar —Diana sonrió—. Da igual la hora.

Sabía que no podría acostarse, y mucho menos dormir, hasta que hubiese sabido si su madre y él habían conseguido resolver ese distanciamiento tan largo y, seguramente, innecesario. Aunque, a juzgar por el cariño que había captado en la voz de Felicity Faulkner, eso sería lo que pasaría.

Catorce

—Estoy seguro de que no te sorprenderá saber que Jennifer ha tomado un carruaje y se ha marchado de Faulkner Manor como alma que lleva el diablo.

Un par de horas más tarde, Gabriel irrumpió en el dormitorio de Diana. Seguía llevando la camisa desabotonada, las calzas y las botas y tenía el pelo más alborotado todavía, como si se hubiese pasado muchas veces los dedos.

Ella había intentado aprovechar el tiempo en su ausencia, como le había enseñado su tía que tenía que hacer cuando estuviera ociosa. Primero, leyó un libro. Luego, cuando ninguno de los libros que había llevado había retenido su atención, sacó el bordado. Después de confundirse cuatro veces y de haber tenido que deshacer las puntadas, también abandonó el bordado. Le daba demasiadas vueltas a la cabeza como para poder concentrarse en algo provechoso.

Empezó a ir de un lado a otro, pero se cansó y se sentó en una butaca junto a la chimenea para mirar las llamas, para esperar. Para esperar que la relación de Gabriel con su madre, a la que tanto quería, volviera a ser esa relación llena de cariño que fue una vez.

Sin embargo, no podía evitar preguntarse cómo afectaría esa reconciliación a su compromiso con Gabriel. Él había sido completamente sincero desde el principio. Era el conde de Westbourne y creía que necesitaba una esposa. De entrada, para que fuese la señora de sus casas y, más tarde, para que diera a luz a sus hijos. Ella era la hija del conde anterior y, por lo tanto, había sido, junto a sus dos hermanas, la alternativa más evidente para ser la esposa del nuevo conde. Sin embargo, si Gabriel se reconciliaba con su madre y se derretía el hielo que envolvía a sus sentimientos, quizá ya no fuese tan escéptico. Incluso, podría llegar a decidir que ya no necesitaba una esposa en ese momento, que su madre viuda podría ocuparse de las casas y que él, con solo veintiocho años, podía esperar para tener herederos.

Se levantó con una expresión intencionadamente serena e inmutable, aunque las dudas sobre su futuro como esposa de Gabriel hacían que no se sintiera así en absoluto.

—No, no me sorprende lo más mínimo.

Efectivamente, si la visita a su madre había demostrado que sus teorías sobre Jennifer Prescott eran acertadas, no podía haber hecho otra cosa. Jennifer tenía que marcharse de Faulkner Manor inmediatamente para reunirse con su marido y para que Gabriel no descargara toda su ira sobre ella.

—¿Tu madre está mejor? —preguntó ella.

Su expresión se suavizó inmediatamente y sus ojos se tornaron de un azul profundo y compasivo.

—Se quedó dormida hace un par de minutos, mientras todavía estábamos hablando —contestó él con la voz ronca.

—Tardará unos días en que se le pase completamente el efecto del láudano. ¿Conseguisteis... limar algunas de vuestras diferencias?

—Sí.

—Me alegro mucho.

De repente, Gabriel adoptó un aire muy sombrío.

—También podría complacerte saber que la mayoría de tus teorías son acertadas.

—No me complace oírlo, Gabriel.

Él sacudió la cabeza con impaciencia y fue hasta la chimenea para mirar las llamas.

—Mi madre, a petición de Charles, lo puso a cargo de las cuentas después de que mi padre muriera. Según ella, lo hizo porque, en aquel momento, se sentía incapaz de arreglárselas con las complicaciones de administrar las posesiones y la fortuna y porque esperaba que Charles sentara la cabeza por esa responsabilidad.

—¿No lo hizo?

—No —Gabriel frunció el ceño—. Fue muy hábil durante algunos años y las cantidades que se llevaba eran casi inapreciables dentro de las cuentas generales. Entonces, hace cuatro meses, mi madre tuvo que reprenderlo cuando descubrió que faltaba una cantidad muy grande de dinero —él endureció el gesto—. Mi madre no se acuerda de absolutamente nada desde entonces. Pasó tanto tiempo dormida que ni siquiera se enteró de que habían despedido a Alice Britton.

Ella contuvo la respiración.

—Eso es monstruoso.

—Tampoco recibió la carta que le mandé después de la muerte de mi padre, cuando le pedí visitarla a ella y la tumba de mi padre. Yo tampoco recibí las cartas que me escribió durante los últimos seis años, en las que me pedía que fuese a visitarla. Cartas que, al parecer, le entregó a Charles para que las mandara con todas las garantías.

El rencor de su expresión indicaba que iba a vengarse aunque solo fuera por eso, por no hablar de todo lo demás que hizo su tío en aquella época.

—Lo siento...

—No te compadezcas de mí, Diana —se dio la vuelta para mirarla con furia—. La compasión es para los débiles y te aseguro que, en estos momentos, lo que siento hacia mi tío y su esposa no tiene nada de débil.

Ella estaba convencida de eso, como estaba convencida de que la huida de Jennifer era el reconocimiento explícito de que los Prescott eran culpables.

—Entonces, reservaré mi compasión para tu madre por todo lo que ha sufrido.

Él se inclinó ante ella, un gesto que fue completamente sincero a pesar de su vestimenta informal.

—Debería estar de rodillas dándote las gracias, no soltando mi rabia contigo.

Ella sabía que estaría igual de alterada en una situación parecida.

—¿Qué vas a hacer?

—Aunque Jennifer haya huido, creo que lo mejor será que me quede con mi madre, al menos, esta noche.

Era evidente, por lo que acababa de decir, que no pensaba pasar la noche en su cama, pero ¿acaso lo había esperado? Tenía que estar espantado por cómo habían tratado los Prescott a su madre y, aunque ella siguiera estremeciéndose al recordar el placer que había sentido con él, no era la primera vez que él sentía un placer físico parecido, no podía haber tenido la misma repercusión en sus sentimientos. En realidad, parecía haber tenido tan pocas repercusiones que no daba indicios de acordarse siquiera. Sonrió levemente.

—No me refería a lo que ibas a hacer inmediatamente, Gabriel.

—En cuanto mi madre esté suficientemente bien para viajar, nos iremos a Londres, como propusiste durante la cena. Cuando mi madre esté instalada en Westbourne House, pienso buscar y perseguir a mi tío y a su esposa hasta el fin del mundo si hace falta. Además, me ocuparé de que paguen por lo que han hecho.

Quizá fuese egoísta por su parte, pero se dio cuenta de que ni ella ni su compromiso entraban en sus planes ni a corto ni a largo plazo.

Él seguía muy alterado, emocional y físicamente, cuando entró en el dormitorio de Diana hacía unos minutos. Nunca había podido imaginarse lo bajo que habían caído Charles y su esposa desde que se mudaron a vivir en Faulkner Manor con su madre, recientemente viuda. Para empezar, apropiándose de las cartas que se mandaron la madre y el hijo durante años...

Además, cuando pudiera repasar las cuentas,

seguro que descubría que Charles había estado financiándose su afición al juego durante casi todos esos seis años, si no durante todos. Creía que esa elevada cantidad que le había reprochado su madre hacía cuatro meses, y que él no habría podido devolver dada su mala suerte en las mesas de juego, sería el motivo para que hubiese despedido a todas las personas cercanas a su madre y para que le diera grandes dosis de láudano.

En cuanto al supuesto escándalo de hacía ocho años... Él había dado por supuesto que el padre del hijo de Jennifer Lindsay era algún hombre del pueblo. Nunca se le había ocurrido, hasta que Diana lo insinuó, que podía haber sido su libertino tío Charles. Quizá debería habérselo imaginado. Ya entonces, Charles tenía bastante mala suerte en el juego y pasaba meses en Faulkner Manor para aprovecharse de la generosidad de su cuñado y para eludir a sus acreedores. Además, también disfrutaría de los favores de las mujeres de la zona. Cuanto más pensaba en la posibilidad de que Charles fuese el padre del hijo de Jennifer Lindsay, más creía que todo se había tramado para desheredarlo y para que Charles recibiera una considerable cantidad de dinero por casarse con la mujer que ya era su amante.

Había necesitado que Diana, con su frío distanciamiento, hubiese podido ver el curso de los acontecimientos. Se sentía necio, incluso ridículo, por no haberlo visto él. No solo eso, sino que, además, su orgullo y arrogancia al negarse a visitar Faulkner Manor había hecho que su madre tuviera que vivir unos meses en el infierno.

¿Qué pensaría Diana de él por no haberse dado cuenta de lo que pasaba allí y de lo que pasó hacía ocho años? ¿Qué pensaría de él por haber permitido que su arrogancia orgullosa dejara a su madre en manos de los Prescott durante tantos años? Sabía que Diana, con su concepto muy claro de lo que estaba bien y lo que estaba mal, nunca habría permitido que eso le pasara a alguien de su familia.

La miró con los ojos entrecerrados, pero no pudo interpretar lo que estaba pensando o sintiendo por su serenidad inmutable. ¿Sería intencionada? Naturalmente, necesitaría algún tiempo para asimilar todo lo que habían descubierto y para decidir qué pensaba sobre esos descubrimientos y, quizá, si todo eso afectaba a su compromiso y al buen concepto que tenían de cada uno y que había ido creciendo poco a poco. No quería que se casara si le había dado motivos para que cambiara ese concepto de él. En esas circunstancias, lo mínimo que podía darle era tiempo para pensar.

Se incorporó con un gesto intencionadamente inexpresivo.

—Entre mi madre y los asuntos de sus posesiones, estaré muy ocupado durante los próximos días, hasta que ella se reponga lo suficiente como para que pueda viajar.

Ella lo miró imperturbable, pero pálida y con los ojos muy azules.

—Claro.

—Gracias —él se inclinó con elegancia—. Como siempre, eres muy generosa y comprensiva.

¿Lo era? En esos momentos, sentía ganas de gritar por su frialdad. Lo único que quería era arrojarse en sus brazos y que le hiciera el amor. Necesitaba saber que, al menos, seguía deseándola. Naturalmente, no lo haría. Había aprendido, hacía mucho tiempo, que nunca podía pedir o esperar que los demás correspondieran a sus sentimientos, que tenía que dominar sus necesidades y sentimientos. Menos cuando Gabriel y ella hacían el amor...

—Intentaré ayudar como pueda para que tu madre se reponga tranquilamente —replicó ella con una expresión tan fría como la de él.

Él inclinó la cabeza.

—Agradeceré todo lo que hagas por ella.

Las ganas de gritar fueron casi insoportables. Se dirigía a ella con la cortesía de un desconocido cuando, hacía un rato, habían vivido una intimidad tan maravillosa que se sonrojaba solo de pensarlo. Sin embargo, la trataba como si solo fuera una amiga.

Ella, en cambio, lo consideraba... ¿Qué? Frunció el ceño al darse cuenta de que no era el momento de pensar lo que sentía hacia él.

—Por favor, no te entretengas. Es posible que tu madre se haya despertado otra vez y esté preguntándose si has estado allí o ha sido un sueño.

—Es verdad.

Él apretó los dientes y siguió mirándola unos segundos interminables. Segundos en los que no pudo interpretar nada por su expresión inalterable cuando lo que más deseaba era abrazarla y...

—Entonces, le deseo buenas noches, milord.

Su tono y actitud dejaron muy claro que estaba despidiéndolo. Él se irguió con orgullo. Se había sentido muy unido a ella cuando hicieron el amor, sintió como si... ¿Como qué? ¿Como si sintieran verdadero afecto el uno por el otro? Un afecto que habría podido aumentar a lo largo de los años y que habría conseguido que el matrimonio de conveniencia fuese más soportable para los dos.

Sin embargo, Diana no mostraba afecto en ese momento. No quedaba nada de la calidez y provocación de antes. Parecía como si hubiese un muro entre los dos.

—No puedo acordarme de la última vez que estuve en Londres...

La señora Felicity Faulkner miraba emocionada por la ventanilla del carruaje. Las calles de la capital de Inglaterra estaban llenas de más carruajes, de niños que corrían entre los caballos, de perros que ladraban, de mujeres que vendían flores en las esquinas y de hombres en puestos callejeros con pasteles calientes y cerveza. Nada de todo eso conseguía mitigar lo desdichada que se sentía.

Habían bastado dos días más para que Felicity recuperara la cabeza y la salud y pudiera emprender ese viaje de tres días a Londres. Esos dos días en Faulkner Manor habían sido un suplicio. No había visto casi a Gabriel y él la había tratado con una cortesía distante cuando se encontraban durante el desayuno o la cena. Como había previsto, había estado muy ocupado con los asuntos de las posesiones y su expresión era cada vez más sombría a medida que iba encontrando descuadres en los libros de cuentas de su madre.

Felicity era tan agradable como le había contado Gabriel. Era una mujer hermosa y alegre que, a pesar de lo que la habían maltratado emocionalmente durante años, había recuperado enseguida el ánimo. Además, se alegró muchísimo de saber que el hijo que había recuperado también había heredado el título y las posesiones del conde de Westbourne.

Gabriel le había prohibido que mencionara a

cualquiera de los Prescott a su madre y ella habló de Shoreley Park para intentar eludir asuntos más personales. Algo que no le costó gran cosa cuando Gabriel, por algún motivo que sabría él, no le había contado a su madre que estaban prometidos. Para Felicity, ella solo era la pupila mayor de su hijo.

Quizá quisiera deshacer el compromiso cuando estuviesen en Londres, se decía a sí misma con pesadumbre. Entonces, ya serían dos los hombres que la habían desechado como esposa. Malcolm, porque había conocido a otra mujer que podía aportar dinero al matrimonio en vez de un título. Gabriel, porque el matrimonio solo había sido de conveniencia desde el principio. Un matrimonio que, evidentemente, ya no le parecía ni necesario ni conveniente.

Cuanto más pensaba en esos dos rechazos, más se enojaba. ¿Cómo se atrevían esos dos hombres a desecharla como si fuera un par de botas que ya no les parecían cómodas? No sabía cuándo le pediría Gabriel que lo librara del compromiso, pero, después de los cinco días de sufrimiento que había pasado, sí sabía que tenía muchas cosas que decirle cuando se lo pidiera. Tantas, que no sabía si podría parar cuando empezara.

—Pareces pensativa...

Diana dejó de mirar por la ventana y se volvió hacia Felicity.

—Lo siento si no soy una buena compañía, pero hay un pequeño... problema familiar que me tiene preocupada.

No era verdad del todo porque estaba pensando en todo lo que quería decirle a Gabriel, pero cuanto más se acercaban a Londres, más se acordaba de Elizabeth, su hermana desaparecida. En Faulkner Manor no había recibido noticias ni de Caroline ni de lord Vaughn y solo podía suponer que seguía desaparecida. Perdida y sola en algún sitio de esa ciudad ruidosa y maloliente... En ese momento, lo que más deseaba era volver a Shoreley Park para lamerse las heridas. Algo que no podría hacer hasta que hubiese encontrado a Elizabeth.

La expresión de Felicity se suavizó.

—Gabriel me ha contado... la situación... —la mujer miró a la doncella de Diana, que las acompañaba en el carruaje-.... sobre tu hermana.

—¿De verdad? —preguntó ella con los ojos muy abiertos.

—Sí —la madre de Gabriel sonrió—. Él se toma muy en serio su papel como tutor tuyo y de tus hermanas.

Su papel como tutor... ¡Ella quería mucho más! Quería que volviera a ser el hombre que hacía cinco noches había hecho el amor maravillosamente con ella. Además, seguía queriendo ser su esposa, con la esperanza de que algún día llegara a quererla de verdad. Como ella lo quería de verdad...

Durante los últimos días, no había pensado mucho en lo que sentía hacia Gabriel. Cuando se reconocía el amor, aunque fuese para una misma, ya no se podía pasar por alto. Por eso, se negaba a analizar sus sentimientos para saber si sentía amor por él. Además, si estuviese enamorada de él, no sentiría esas ganas irrefrenables de darle puñetazos en el pecho mientras le llamaba cosas más propias de una verdulera.

—Agradezco su preocupación —replicó ella con cierta tensión.

—Me gustaría que lo hubieses conocido antes de que pasaran todas estas cosas tan desagradables —comentó Felicity con añoranza—. Entonces, era mucho más afable y generoso con sus afectos —añadió ella sacudiendo la cabeza con tristeza.

A cambio de ser afable y generoso con sus afectos, lo habían desheredado y repudiado de la familia y la sociedad. ¿Podía extrañarle a alguien que se hubiese convertido en el hombre escéptico e inflexible que era en ese momento?

—Sigue siendo afable y generoso en sus afectos hacia usted —comentó ella.

—Sí... —esos ojos azules, tan parecidos a los de su hijo, se empañaron de lágrimas—. Ojalá... Mi marido no era un hombre tan inflexible y estricto, Diana. Le dolió mucho serlo con Gabriel. Estoy segura de que si Neville hubiese vivido más tiempo, Gabriel y él habrían acabado haciendo las paces.

Ella sabía que Gabriel y su madre habían visitado su tumba antes marcharse. Él tenía tal expresión de emoción sombría cuando volvieron a la casa, que ella no se atrevió a decirle nada antes de que se encerrara el despacho de su padre y no volviera a aparecer hasta dos horas más tarde, para la cena. Entonces, seguía teniendo un gesto tan distante que ella prefirió dejarlo con sus pensamientos.

—Yo también estoy segura —dijo Diana apretando la mano de la mujer.

Felicity dejó a un lado la tristeza.

—Ahora que voy a volver a Londres, me reencontraré con tu tía Humphries. Dorothea y yo éramos muy amigas durante nuestra juventud, ¿lo sabías?

—Sí, ella me lo contó —contestó Diana con una sonrisa.

—Seguro que no te contó todo —Felicity sonrió con malicia y pareció menor de los cincuenta y dos años que tenía—. A Dorothea la consideraban... original.

—¿Mi tía Humphries...?

Diana no pudo disimular la sorpresa. Su tía

siempre le había parecido un poco tímida y remilgada.

—Efectivamente. Toda la alta sociedad se quedó asombrada de que aceptara al capitán Humphries, un hombre que no solo era mucho mayor que ella, sino que también podía ser muy serio.

—Creo que fueron muy felices.

—¡Espero que lo fuesen! —exclamó Felicity con sinceridad—. Estoy deseando volver a ver a Dorothea para ponernos al tanto de todo lo que ha pasado durante estos treinta años.

A ella, en cambio, le encantaría librarse de la compañía de Felicity. Cuanto más se acercaban a Londres, más le costaba disimular sus sentimientos hacia Gabriel. Sobre todo, cuando no entendía esa mezcla de furia, cariño y desesperación.

Gabriel se sentía cansado, rígido y de mal humor mientras se bajaba de Maximilian para darle las riendas a uno de los mozos de cuadra de Westbourne House.

El cansancio y la rigidez se debían a las muchas horas que había pasado montado a caballo, pero el mal humor se debía a que Diana ni siquiera había hablado educadamente con él las pocas veces que habían estado juntos. Había esperado, con arrogancia, al parecer, que sería más afectuosa con él al cabo del tiempo. Sin embargo, había sido más fría a medida que pasaban los días, hasta el punto que ya parecía evitar su compañía siempre que podía.

El estigma de su supuesto escándalo no le había impedido aceptar casarse con él. Indudablemente, su bondad había hecho que lo viera como a un ser perdido que tenía que salvar. Tampoco se impresionó durante mucho tiempo al saber que la esposa de su tío era esa mujer del pasado. No, lo que la sensibilidad y bondad de Diana no pudio soportar fue darse cuenta de que su arrogancia y orgullo habían supuesto la desdicha y reclusión de su madre. Al fin y al cabo, era la misma arrogancia que lo había llevado a proponer matrimonio a cualquiera de las hermanas Copeland.

—¡Diana! ¡Por fin has vuelto!

Las dos mujeres casi no habían tenido tiempo de bajarse del carruaje cuando la puerta principal de Westbourne House se abrió de par en par y Caroline bajó apresuradamente los escalones para saludar a su hermana con un entusiasmo que atestiguaba el cariño que se tenían.

—Señora Faulkner... —Caroline hizo una reverencia cuando Diana las presentó—. Milord...

Caroline se dio la vuelta para saludarlo con cierta frialdad y una leve inclinación de la cabeza.

Gabriel también inclinó la cabeza y comprendió que nada había cambiado allí. Ni siquiera la influencia de Dominic podía conseguir que Caroline dejara de pensar que no estaba a la altura de su querida hermana. Una opinión que él compartía en ese momento.

—Me alegro de que hayas vuelto a Londres —Caroline agarró a su hermana del brazo y las tres mujeres subieron las escaleras de la casa—. Además, nunca adivinarías quién ha venido también a la ciudad.

—Estoy segura de que no hace falta que lo adivine cuando estás deseando decírmelo —replicó Diana con ironía.

—¡Malcolm Castle! —exclamó Caroline con el rostro resplandeciente—. Vino de visita por primera vez hace cuatro días y ha vuelto todos los días con la esperanza de que hubieses regresado de Cambridgeshire.

Gabriel se tropezó al oírlo y el alma se le cayó a los pies al darse cuenta de lo que significaba esa noticia. ¿Acaso se había dado cuenta del error que había cometido y había ido a buscar a Diana con la esperanza de recuperarla?

Quince

—Espero que no se oponga a liberar a mi hermana del compromiso.

Gabriel cerró un instante los ojos antes de abrirlos otra vez. El jardín que volvió a ver a través de la ventana del despacho no le puso de mejor humor.

¿Cómo iba a ponerle de mejor humor si cada vez que veía ese jardín se acordaba de que había sido Diana quien había explicado a los jardineros cómo lo quería? Toda la casa había recuperado su esplendor gracias a ella...

—¿Está sordo, milord, o sencillamente no me hace caso?

Caroline siempre defendería a Diana y sería muy incómodo para todos cuando deshicieran su compromiso y Dominic y ella se casaran. Se dio la vuelta lentamente con una expresión impasible y vio que ella lo miraba con furia.

—Ni estoy sordo ni dejo de hacerte caso, Caroline —contestó él con suavidad.

—¿Entonces?

—Entonces, ¿qué?

Ella entró en el despacho y cerró la puerta.

—¿Va a deshacer el compromiso sin jaleo?

Gabriel apretó los labios.

—Que yo sepa, tu hermana no me lo ha pedido.

Esos ojos verdes como el mar se abrieron como platos.

—Pero debería saber que se lo pedirá.

—¿Debería saberlo?

—No creo que sea ni insensible ni estúpido —contestó ella con el ceño fruncido.

—Me alegro de oírlo...

—Está haciéndose él tonto —replicó ella resoplando.

—Al contrario. Estoy intentando, sin éxito, entender qué te importa que mi compromiso con Diana termine y cómo lo haga.

Caroline, fiel a su forma de ser, no se amilanó lo más mínimo.

—Empezó a importarme, milord, cuando mi hermana, una mujer que no llora nunca, empezó a llorar en mis bazos hace unos minutos. Parecía como si tuviera el corazón destrozado.

Esas palabras le atravesaron el pecho como un sable. Diana y él se habían separado hacía una hora. Ella había subido al piso superior con su hermana y él se había ocupado de que su madre se instalara en su dormitorio, donde, para alegría de su madre, estaba esperándola Alice Britton. Él lo había organizado mientras estaba en Faulkner Manor. La felicidad que vio reflejada en el rostro de su madre bastó para indicarle que había acertado, al menos, en eso. ¿También acertaría si liberaba a Diana de su compromiso?

Cuando decidieron casarse, Diana le había asegurado que no existía ninguna posibilidad de que volviera con Castle. Sin embargo, lo dijo en abstracto, convencida de que nunca pasaría. Su angustia cuando se enteró de que Castle quería verla otra vez, indicaba claramente lo que sentía al respecto.

—¿No le importa nada saber que Diana está desolada? —preguntó Caroline con cautela.

Él tomo aliento ante la idea de que estuviera pasándolo tan mal.

—¡Claro que me importa! Me ofende que pienses que no me importa. Te aseguro que no quiero contrariar lo más mínimo a Diana.

—Creo que lo dice de verdad...

—La incredulidad de tu tono me parece insultante —replicó él frunciendo el ceño.

—Gabriel, pareces cambiado desde la última vez que hablamos —comentó ella con desconcierto.

—¿Cambiado? ¿Cómo?

—Menos autoritario. Menos inflexible. Menos arrogante —concluyó ella con una sonrisa provocadora.

—¿De verdad? ¡Estoy seguro de que tu hermana se alegraría de oírlo! —exclamó él en tono irónico.

—Como todos. Entonces, ¿puedo confiar en que hablarás con ella?

—Sí, puedes.

Se quedó más sombrío todavía cuando ella se marchó del despacho y él se quedó pensando en la conversación con Diana que se avecinaba, y que era muy necesaria.

—¿Te ha hecho algo ese almohadón?

Diana se quedó rígida en el diván al oír la voz de Gabriel. Se dio la vuelta bruscamente y lo vio en la puerta del dormitorio con las cejas arqueadas y un brillo burlón en los ojos azules. Se había cambiado después del viaje y llevaba una levita negra, un chaleco azul claro, unas calzas beige y unas botas negras relucientes. Seguía teniendo el pelo un poco mojado y su simple presencia física la dejó sin respiración.

—¿Cómo dice?

—Parecía como si estuvieras dando una paliza

a ese almohadón y creía que te había hecho algo —murmuró él con ironía mientras entraba.

Ella miró el almohadón que tenía sobre las rodillas como si ni siquiera supiera que lo tenía ahí y lo dejó precipitadamente en el diván antes de levantarse.

—¿Desea algo, milord?

¿Qué podía desear si estaban solos en su dormitorio? El anhelo se convirtió en incomodidad física al notar la incipiente erección. Un deseo totalmente ridículo cuando podía ver restos de unas lágrimas recientes en sus mejillas, cuando esos labios carnosos y tentadores temblaron levemente antes de que los apretara con firmeza y levantara la barbilla para adoptar la actitud fría que ya conocía muy bien.

Fue hasta la ventana que daba a la plaza que había delante de la casa.

—Estarás contenta de haber vuelto a Londres —comentó él.

¿Lo estaba? ¿Por qué iba a estarlo? No encontraba ningún motivo para estarlo, aparte de seguir buscando a Elizabeth, aunque parecía evidente que su hermana no quería que la encontraran. Tampoco le gustaba que él la viera así. Acababa de llorar, pero nunca sabría que había llorado porque estaba segura de que, una vez en Londres, él desharía el compromiso en cuanto pudiera. Se puso muy recta, como si se preparara para recibir un golpe.

—Desde luego, me alegro de reunirme con al menos una de mis hermanas.

Gabriel se dio la vuelta para mirarla.

—Te aseguro que Vaughn y yo seguiremos buscando a Elizabeth debajo de todas las piedras.

—No pretendía criticarlos ni a usted ni a lord Vaughn, milord —replicó ella inmediatamente.

La luz que entraba por la ventana le daba un tono azulado a su pelo moreno y su expresión sombría quedó entre sombras.

—¿No? —él arqueó una ceja—. Entonces, quizá deberías hacerlo. Dominic no ha conseguido nada durante la semana pasada y yo he estado ocupado con otros asuntos.

—Entiendo perfectamente que antepusiera la situación de su madre.

Él frunció el ceño.

—Eres tan cariñosa y considerada que siempre te preocupa la felicidad de los demás.

Ella ya no estaba muy segura. ¿Cómo iba a estarlo si en ese momento le angustiaba su propia felicidad? ¿Cómo iba a estarlo si la certeza de que Gabriel había ido para pedirle que le liberara del compromiso hacía que el corazón se partiera en tantos trozos que nunca podría recomponerlo?

Lo amaba. No podía negárselo más, no podía

pasarlo por alto. Estaba irremediablemente enamorada de lord Gabriel Faulkner, conde de Westbourne. Al enterarse de que Malcolm Castle había
reaparecido en su vida, sus sentimientos se crista-
lizaron repentinamente. Para ella, el único hombre
del mundo era Gabriel y una oleada de sentimientos se adueñaba de ella cada vez que lo miraba.
Quería alargar una mano y tocarlo. Quería encontrarse entre sus brazos y que la besara. Quería que
la abrazara y saber que nunca la soltaría. Cuando,
precisamente, había ido para soltarla...

Podía notarlo en el arrepentimiento que se reflejaba en sus ojos, en la resignación de su expresión, en su inquietud mientras empezaba a ir de un
lado a otro del dormitorio. Indudablemente, estaba
buscando las palabras adecuadas para decirle que
ya no quería casarse con ella. Se dio cuenta de que
no podía soportar una humillación más y se puso
muy recta, con orgullo.

—Creo que, en situaciones como la nuestra, lo
correcto es que la mujer sea quien dé por terminado el compromiso.

Él tomó una bocanada de aire antes de volver a
mirar por la ventana sin ver nada, con una opresión gélida en el pecho por haber oído, por fin, que
ella le pedía que la liberara del compromiso hacia
él, por la idea de que tendría que aguantarse y ver
cómo ofrecía todo su cariño y consideración a otra

persona, por tener que presenciar cómo se casaba con otro hombre e, incluso, ¡tener que llevarla hasta el altar!

Se había comprometido sin importarle cuál de las hermanas Copeland aceptaría casarse con él, creyendo, equivocadamente, que una joven serviría igual que cualquier otra. En ese momento, sabía que eso era totalmente falso. No había otra mujer como Diana. No había otra mujer tan cariñosa y tan buena, tan leal y tan cumplidora de su deber. En cuanto a su valentía... Creía que desafiaría al mismísimo demonio si tenía que hacerlo y que no se pararía a pensar el precio que tendría que pagar. Eso era lo que había hecho incondicionalmente durante los últimos diez años para ocuparse de su familia y los demás, sin importarle su propia felicidad. Además, estaba seguro de que era lo que seguiría haciendo si no aceptaba romper el compromiso...

Sin embargo, no podía pedirle que lo hiciera y no se lo pediría.

Era irónicamente doloroso que él, un hombre que había vivido los últimos años de su vida sin importarle los sentimientos de los demás, no pudiera soportar que Diana fuese infeliz ni un minuto más por su culpa.

Se dio la vuelta para asentir rígidamente con la cabeza y con la mirada gacha para que no viera sus sentimientos en los ojos.

—Mañana, o pasado mañana como muy tarde, me ocuparé de publicar el comunicado en los periódicos, si te parece bien.

Con toda certeza, un día o dos después de ese comunicado tendría que publicar otro para anunciar que Diana se había prometido a ese majadero de Castle.

—Se lo agradecería, milord —replicó ella con la cara pálida y los ojos muy oscuros.

—¿Quieres hablar de algo más conmigo?

¿De qué iba a hablar? Se preguntó ella aturdida. Él ya no la quería ni como esposa ni como nada más, ¿qué otra cosa podía importarle lo más mínimo? Todo lo que había ansiado decirle durante los últimos cinco días, todo el dolor y la furia que había ido apoderándose de ella, se había disuelto como el azúcar ante la evidencia de lo que había temido. El final de su compromiso. No quedaba nada más, solo un torbellino de sensaciones tan dolorosas que hacía que se le doblaran las rodillas. Necesitaba que él se marchara para poder derrumbarse y llorar sin que él lo supiera.

—No quiero decir nada más, milord —mintió ella sin inmutarse.

—Muy bien.

Él fue hasta la puerta y ella, de repente, sin entenderlo, no pudo soportar que se marchara.

—Fue muy considerado al organizar que la señorita Britton estuviese aquí para recibir a su madre.

Él se detuvo y se dio la vuelta con una sonrisa forzada.

—¿Creías que no puedo ser considerado?

Ella se quedó atónita.

—No... no quería decir eso. Sé que puede serlo.

—¿Menos cuando se trata de ti? —preguntó él haciendo una mueca.

Ella habría podido jurar que oyó cómo se le rompía el corazón.

—Me parece que ha sido muy considerado al liberarme de nuestro compromiso —contestó ella atragantándose.

—Me alegro —él apretó los labios con una expresión indescifrable en los ojos—. Si me disculpas, Diana, estoy muy ocupado.

Gabriel se marchó de la habitación y cerró la puerta con firmeza, con la misma firmeza que le había cerrado el corazón a ella.

—¿Vas a salir?

A la mañana siguiente, Diana y su doncella se detuvieron ante la puerta que iba a abrir Soames. Se dio la vuelta y vio a Gabriel en la puerta del despacho. Sabía que el sombrero y la chaqueta de color burdeos sobre el vestido de muselina de color crema indicaban claramente que pensaba salir.

—Pensaba ir de compras, milord —contestó ella con frialdad—. Su madre está muy contenta en compañía de mi tía y de Alice, si eso es lo que le preocupa.

Él sabía muy bien que su madre estaba muy contenta con la vuelta de su señorita de compañía y por haberse reencontrado con su amiga Dorothea Humphries, una mujer que él conoció por fin el día anterior y que parecía mirarlo con mejores ojos por haber vuelto a casa con su amiga.

Además, aunque no lo hubiese sabido, su preocupación más inmediata no era por su madre, sino porque el abismo entre Diana y él se había profundizado desde que la noche anterior decidieron romper el compromiso.

—¿No podríamos hablar unos minutos antes de que te marches? —preguntó él con delicadeza.

Eso era lo que menos quería hacer del mundo. Sobre todo, cuando estaba más devastadoramente atractivo que de costumbre con una levita de color chocolate, un chaleco dorado y unas calzas color crema que se ceñían a sus musculosas piernas. Tragó saliva antes de contestar.

—¿No puede esperar hasta mi vuelta, milord?

—Preferiría que fuese ahora —contestó él frunciendo ligeramente el ceño.

—Muy bien.

Le pidió a la doncella que la esperara allí, fue al despacho y entró. Él cerró la puerta y se puso detrás de la mesa de caoba.

—Espero que sea algo muy importante porque no se puede interrumpir por cualquier cosa a una mujer que quiere ir de compras...

Intentó ser graciosa, pero hasta ella misma se dio cuenta de que lo había dicho sin gracia. Sin embargo, el gesto serio de él le indicó que ni siquiera había agradecido el esfuerzo.

Además, era un esfuerzo para intentar parecer tan inmutable como siempre después de haber pasado toda la noche llorando desconsoladamente sobre la almohada. Se había disculpado de cenar con el resto de la familia y había alegado que estaba muy cansada por el viaje. Esa mañana, había pedido que le subieran el desayuno al dormitorio por el mismo motivo. Sin embargo, como sabía que no podía evitar su compañía indefinidamente, había decidido marcharse de la casa durante unas horas, pero hasta eso se lo había frustrado Gabriel.

—¿Tiene alguna noticia de Elizabeth?

Lo miró con cierta esperanza por encima de la imponente mesa.

—Me temo que no —Gabriel frunció el ceño—. Había pensado que, como te viste tan implicada en ese asunto, te gustaría saber los avances que hemos hecho sobre los Prescott.

—¿Sabe dónde están?

—Todavía, no —contestó él apretando los dientes—. Sin embargo, con la ayuda de Vaughn y de sus fuentes, sí he conseguido saber algo más de las deudas de mi tío.

De repente, él pareció sentirse incómodo por haberle contado eso sobre Dominic. Ella sonrió con tristeza.

—No se preocupe, milord. Esta mañana he hablado con Caroline y ya sé que lord Vaughn es el propietario de uno de los salones de juego más conocidos de Londres.

Caroline había ido a su dormitorio después de desayunar y le había confesado todo lo que había hecho durante las semanas que estuvo sola en Londres. Aunque su hermana había terminado cantando unos días en el club de lord Vaughn, algo que no le parecía ideal ni mucho menos, se había dado cuenta de que Caroline había sido muy afortunada al acabar en esas manos tan seguras.

—¿Lo sabes? —preguntó él arqueando una ceja.

—Sí —Diana sonrió con pesadumbre al acordarse de lo que le había contado Caroline—. Agradezco mucho a lord Vaughn que cuidara tanto a mi hermana.

—Yo, también —comentó él en tono sombrío.

Ella se irritó y se puso a la defensiva.

—Caroline es muy joven.

—No es mucho más joven que tú.

—En años, es posible —reconoció ella—. Espero que no me haya pedido hablar conmigo para regañarme por no controlar mejor a mi hermana.

—¡No! —exclamó Gabriel—. Reto a cualquiera a que intente controlar a esa joven.

—¿También a lord Vaughn? —preguntó ella provocadoramente.

Él sonrió con franqueza.

—Vaughn parece disfrutar con esa... tarea.

Diana supo que se había sonrojado al imaginarse las tácticas que emplearía lord Vaughn para aplacar a la díscola Caroline cuando le convenía.

—Creo que iba a contarme algo sobre los Prescott.

—Sí. Como Vaughn conoce desde dentro el mundo del juego, he conseguido cifrar exactamente las deudas de mi tío.

—¿Son considerables?

—Son enormes —reconoció él.

Ella sacudió la cabeza.

—Sin embargo, eso no justifica que su esposa tratara así a su tía.

—No, claro que no.

Como no podía descargar su impotencia sobre nadie y como tampoco podía sentir el más mínimo rencor hacia Diana por haber roto el compromiso si eso garantizaba su felicidad, había concentrado todos sus esfuerzos en encontrar a su tío y a su esposa.

—¿Eso era todo lo que quería decirme, milord?

¡Era todo lo que podía decirle! Había pasado casi toda la noche pensando en ella y sabía que no podía aceptar la idea de que su compromiso se hubiese roto, como tampoco podía soportar la idea de que ella estuviese enamorada de otro hombre. Deseaba que lo amase a él.

Sí, anhelaba hacer el amor con ella otra vez, pero eso no era lo único que quería. También quería su bondad, su cariño, su valentía y su dignidad. Además, creía que Castle no se merecía ni remotamente a esa mujer tan única y hermosa que era Diana, como tampoco se la merecía él...

—¿Te parece poco? —preguntó él en tono airado.

—Sí.

Cualquier esperanza, esperanza vana, de que se hubiese replanteado la ruptura del compromiso se había esfumado completamente.

—Si no hay nada más, me gustaría marcharme.

Él la miró en silencio durante unos segundos antes de darse la vuelta.

—No, no hay nada más. Salvo...

—¿Sí? —preguntó ella arqueando las cejas.

Gabriel apretó los dientes para no decir lo que no podía decir, para no pedirle que cambiara de idea...

—¿Qué quieres que le diga a Castle si viene de visita esta mañana?

—La verdad, claro.

—¿Cuál es la verdad?

—Que he salido —contestó ella mientras se marchaba del despacho.

Una vez más, tuvo que admirar su orgullo y dignidad. Evidentemente, había decidido que no estaba dispuesta a que Castle creyera que podía recuperar su afecto fácilmente. Él, sin embargo, sabía que su afecto por Castle seguía siendo el mismo de siempre...

Diana pasó media hora en el carruaje sin saber a dónde iba ni qué hacía, como si estuviera en medio de una niebla muy espesa. Luego, cuando llegó a las tiendas, tuvo que hacer un esfuerzo enorme para poner un pie delante del otro. Estaba tan ensimismada, tan hundida por ese amor tan inútil que sentía hacia Gabriel, que tardó unos segundos en reconocer la cara que vio contra el cristal de un carruaje.

Dieciséis

—Perdone, milord, pero tengo que darle un mensaje urgente de mi señora.

Había pasado una hora desde que Diana se marchó de la casa y él ni siquiera había mirado el trabajo que se le había acumulado después de casi una semana. Había dedicado ese tiempo a redactar el comunicado de que habían roto el compromiso, pero había acabado tirándolo y se había quedado mirando la reluciente punta de sus botas cuando las puso encima de la mesa.

Miró con el ceño fruncido a la doncella que estaba vacilante y atemorizada en la puerta.

—¿Sí?

—Lady Diana me pidió que le dijera...

—¿Lady Diana? —repitió él mientras bajaba los pies y se inclinaba hacia delante—. ¿Eres la doncella de lady Diana?

La reconoció en ese momento al acordarse de

aquella noche en el dormitorio de su madre en Faulkner Manor.

—Sí, milord, lo soy y...

—¿No te marchaste hace una hora de compras con ella?

—Sí, milord...

—¿Tu señora ha vuelto y quiere que me des un mensaje?

¿Su relación había llegado hasta el punto de que Diana ni siquiera quería hablar con él en persona?

—No, milord. Sí, milord —la joven parecía alterada—. Quiero decir, lady Diana quiere que le dé un mensaje, pero ella no ha vuelto.

—Entonces, ¿puede saberse por qué no estás con ella? —preguntó él mientras se levantaba.

Ella dejó de parecer alterada para parecer presa del pánico.

—Me mandó de vuelta a casa, milord.

—¿Y la has dejado sola en medio de Londres? A no ser que no esté sola...

Se acordó de repente de Malcolm Castle. Frunció el ceño al imaginarse a Diana, muy digna y estirada, mientras oía a su antiguo pretendiente que suplicaba que lo entendiera, que declaraba haberla amado en todo momento.

—Si estaba sola, milord, pero...

—Entra y cierra la puerta —le ordenó Gabriel—. Ahora, explícate.

La doncella se agarró las manos con fuerza mientras lo miraba nerviosamente.

—Fue la mujer del carruaje, milord. Lady Diana la vio y seguimos al carruaje hasta que se paró en una posada y la mujer se bajó. Lady Diana me mandó de vuelta para que le dijera que tiene que ir allí inmediatamente.

Él estaría encantado de hacer lo que le pedía Diana y acudir con ella. En cualquier momento, a cualquier sitio.

—¿Qué mujer del carruaje?

¿Habría visto a Elizabeth? ¿Habría conseguido lo que no habían conseguido Dominic y él?

—Era la señora Prescott, milord —la doncella adoptó un aire de rechazo algo remilgado—. Iba muy altiva en el carruaje, como si nada fuese con ella. Cuando todo el tiempo...

—¡La señora Prescott! —bramó Gabriel—. ¿Y las dos habéis sido tan necias de seguirla?

¡Cuando volviera con Diana, la encerraría en su dormitorio y tiraría la llave a un pozo!

—No fue muy complicado, milord —replicó la doncella orgullosa de sí misma—. Hay muchos carruajes por la calle a esta hora de la mañana y...

—¿Seguisteis a la señora Prescott a una posada de aquí, de Londres? —le interrumpió él con impaciencia.

—Sí, milord.

—¿Lady Diana sigue allí?

—Está esperando afuera, milord.

—Llévame ahora mismo, por favor.

Tenía que llegar lo antes posible. No se atrevía a dejarla sola y cerca de Jennifer Prescott, esa arpía era más peligrosa de lo que parecía.

—Si está intentando pasar desapercibida como si mirara escaparates, no lo está consiguiendo ni mucho menos.

Diana se quedó rígida al oír esa voz y tomó aliento antes de darse la vuelta para mirar a Jennifer Prescott con frialdad y desdén.

—Intentaba decidir qué podía comprar.

La otra mujer no pareció nada convencida.

—Dado que es una de las zonas menos elegantes de Londres, espero que no se haya decidido por nada.

Efectivamente, esa sombrerería era especialmente fea, pero era preferible a estar plantada en una esquina.

—Es posible que tenga razón —concedió Diana con una sonrisa tan resplandeciente como falsa—. Si me disculpa...

Diana se dio la vuelta con la intención de alejarse. Tenía el corazón acelerado porque sabía que no debería haber dejado que Jennifer se hubiese dado cuenta de que la había seguido hasta la posada donde, probablemente, se alojaba con su marido.

—No.

Una mano asombrosamente fuerte la agarró del brazo para que no se marchara. Ella arqueó las cejas con altivez.

—Suélteme inmediatamente, señora.

La otra mujer no le hizo ningún caso.

—¿Dónde está Gabriel?

—¿Cómo voy a saberlo?

Jennifer hizo una mueca de desprecio.

—Porque me he enterado de que nunca se aleja mucho de usted.

«Ojalá fuese verdad», se dijo para sus adentros mientras esperaba que su bravuconada fingida fuese convincente. May ya debería haber llegado a Westbourne House y debería haberle transmitido el mensaje a Gabriel.

—Creo que comprobará que esta vez se equivoca.

La otra mujer permaneció completamente imperturbable.

—Antes, ibas con una doncella. Indudablemente, habrá ido a buscar a Gabriel —Jennifer esbozó una sonrisa burlona cuando Diana dio un respingo por la sorpresa—. Sí, mi querida Diana, me he dado cuenta de vuestro torpe intento de seguirme. Como se pretendía que hicierais cuando, intencionadamente, mostré mi cara por la ventanilla del carruaje —añadió ella con satisfacción—. Charles y yo hemos estado observando Westbourne House a la espera de que volvierais a la ciudad. Desde luego, ha sido una suerte que salieras sola tan pronto y eso me ha facilitado las cosas para que me vieras.

¡Y ella que había creído que la había seguido disimuladamente...!

Jennifer le apretó el brazo hasta hacerle daño y su rostro se convirtió en una máscara malévola.

—Gabriel...

Diana supo que podía seguir engañándola, pero ¿de qué serviría? Levantó la barbilla desafiantemente.

—Como ha dicho, he mandado a mi doncella a Westbourne House para que le informara de dónde están su marido y usted. Estoy segura de que vendrá inmediatamente.

Si había querido desconcertar a la otra mujer, no lo había conseguido, porque Jennifer sonrió con satisfacción.

—Entonces, tengo que pedirte que nos acompañes a mi marido y a mí en la posada mientras esperamos la llegada de Gabriel.

Diana abrió los ojos al darse cuenta de lo que implicaba.

—Desgraciadamente, tengo que rechazar la invitación...

—Desgraciadamente, no va a poder rechazarla —Jennifer sonrió con desprecio y miró detrás de Diana—. Ah, Charles... Lady Diana ha decidido acompañarnos a tomar algo en la posada mientras esperamos a que llegue tu sobrino.

Si era una treta para distraer la atención de Diana, no era muy original, pero ¿era una treta?

—Me alegro mucho de conocerla, lady Diana.

La voz era indolente y encantadora y, evidentemente, pertenecía al señor Charles Prescott. Evidentemente, no era una treta.

La furia e impotencia de Gabriel, que fueron descomunales cuando se enteró de que Diana había sido tan imprudente de seguir a Jennifer Prescott, aumentó más todavía cuando llegó a la posada Peacock, donde la doncella de Diana la vio por última vez, y no vio ni rastro de ella. ¿Adónde podía haber ido? No podía ser tan necia de haberse enfrentado sola a los Prescott...

—Gabriel, por fin has llegado...

Se dio media vuelta y vio a Jennifer. Entrecerró los ojos mientras pensaba lo que significaba ese tono tan agradable y que no le hubiese sorprendido lo más mínimo verlo allí.

—¿Dónde está Diana? —preguntó él con frialdad.

Ella esbozó una sonrisa burlona.

—Charles y ella están conociéndose en la posada. Es una pena que no los hayas presentado tú, Gabriel, pero...

—No juegues conmigo, Jennifer.

La delicadeza del tono de Gabriel fue mucho más amenazante que cualquier muestra de furia, aunque la simple idea de que Diana estuviese sola con el perverso tío Charles le helaba la sangre.

—Supongo que Felicity te lo ha contado todo —dijo ella con un destello de rabia en los ojos.

—Supones bien. Ahora, llévame con Diana antes de que me deje llevar por la tentación de estrangularte.

Ella ni se inmutó por la amenaza.

—No puedo entender que nadie se creyera hace ocho años que te prefería a ti antes que a Charles.

Gabriel hizo una mueca de desprecio. Eso parecía confirmar las sospechas de Diana de que Charles era el hombre con el que siempre estuvo Jennifer.

—No entiendes casi nada, Jennifer. Ahora, ¡llévame con Diana!

—Encantada —ella lo miró con codicia—. Naturalmente, con Diana como nuestra... invitada, no dudarás en descartar cualquier acusación que hayas pensado presentar contra nosotros y en saldar las deudas de Charles.

Gabriel ni siquiera parpadeó para no delatar lo que pensaba. Todos esos años lejos de su familia y su país le habían dado la capacidad de disimular lo que sentía. Sentía algo, claro, pero era demasiado intenso y profundo como para permitir que se escapara a su férreo control. Un control que perdería si esa pareja abyecta había tocado un solo pelo de Diana.

—...como verás, a Jennifer no le costó nada asegurar que estaba esperando un hijo y que Gabriel era el padre.

Diana miró a Charles con desprecio mientras los dos estaban en una sala privada de la posada. Efectivamente, era tan atractivo y cautivador como había dicho todo el mundo. Era moreno y desenvuelto como su sobrino, era un libertino cautivador.

Sin embargo, a ella no le parecía ni atractivo ni cautivador. Lo despreciaba profundamente porque acababa de confirmar que tuvo una aventura con la joven Jennifer hacía ocho años y que le dio igual destrozar la reputación de su sobrino, pero también lo temía por la pistola que tenía en la mano y que le apuntaba al pecho.

—¿Asegurar que estaba esperando un hijo? —repitió Diana sin alterarse.

—Sí, claro. Nunca se quedó embarazada. Jennifer nunca ha querido tener hijos y sabe muy bien cómo evitarlos —Charles sonrió con indolencia—. Naturalmente, sabíamos que mi familia no sería tan poco delicada como para exigir a Jennifer que visitara a un médico para que confirmara su embarazo. Ya sabes, no se desconfía de la palabra de una mujer... Eso también facilitó las cosas para que unas semanas después de la boda pudiéramos decir que había perdido el bebé.

A ella jamás se le había pasado por la cabeza la posibilidad de que Jennifer no hubiese estado embarazada. Era increíble, despreciable, tan propio de la Jennifer Prescott que había llegado a conocer que no sabía por qué le sorprendía.

Él entrecerró los ojos azules y la miró con admiración.

—Tengo que reconocer que, al parecer, a mi sobrino le va bien ahora. Heredó el condado de Westbourne y está prometido contigo. Evidentemente, no le pasó nada a largo plazo...

—¡No le pasó nada! —exclamó ella con tanta furia que estuvo a punto de levantarse para golpearlo a pesar de la pistola—. ¿Cómo puede decir eso cuando lo repudiaron y deshonraron por algo que no había hecho y que, al parecer, nunca existió?

Charles se encogió de hombros con indiferencia.

—La existencia del bebé hizo que la acusación de que Gabriel había seducido a Jennifer fuese mucho más verosímil. Fue idea de Jennifer, naturalmente, y fue una idea muy buena —él sonrió sin reparos antes de ponerse serio—. Ahora, lo único que tenemos que hacer es convencer a mi sobrino para que nos dé una fortuna considerable si quiere recuperar a su querida prometida. Luego, todos podremos seguir nuestros caminos.

—Me temo que va a llevarse una decepción, señor Prescott —replicó ella mirándolo con desprecio.

—¿Sí? ¿Por qué? —preguntó él arqueando las cejas como su sobrino.

Ella sonrió con satisfacción.

—Por el sencillo motivo de que Gabriel...

—Que nunca negociaremos con nadie como vosotros —terminó Gabriel con firmeza.

Diana sintió alivio y miedo de darse la vuelta y ver la silueta de Gabriel en la puerta. Alivio porque había ido a buscarla y miedo de que le pasara algo por haberlo hecho. Quizá ya no estuviera prometida a él y nunca fuera a saber lo que era haber conquistado su amor, pero no soportaría que le pasara algo.

—¡Gabriel, tiene una pistola! —le advirtió ella.

—Ya lo veo —contestó él sin inmutarse.

—También pienso utilizarla contra tu preciosa prometida si no accedes a nuestras exigencias —le comunicó Charles.

Gabriel había entrado en la sala a tiempo de oír parte de la conversación entre Diana y su desalmado tío.

—Por eso, yo pienso llevarme a Diana lejos de ti —él fue hasta Diana y la agarró del brazo para levantarla—. Por respeto a los deseos de mi madre, tenéis veinticuatro horas para marcharos de Inglaterra y no volver jamás —Gabriel miró alternativamente a los dos Prescott—. Si no lo hacéis, me veré obligado a no respetar los deseos de mi madre y os detendrán y acusarán de distintos delitos como robo, reclusión de mi madre contra su voluntad y, ahora, secuestro. Todas esas acusaciones son muy graves.

—Haz algo, Charles —le apremió Jennifer mientras se acercaba a él.

El hombre se levantó lentamente sin dejar de apuntar a Diana.

—No harás nada de eso, viejo amigo.

—Sí lo hará —murmuró una voz implacable desde el fondo de la habitación.

Diana se dio la vuelta y vio a lord Dominic Vaughn con una pistola que apuntaba al pecho de Charles Prescott. Casi se le doblaron las rodillas por el alivio de que Gabriel no hubiese ido solo, de que hubiese tenido la previsión de llevar a su amigo. Como le contó Gabriel una vez, le había confiado su vida a Vaughn varias veces y, al parecer, en ese momento también estaba confiándole la de ella.

—Me parece que estamos en un callejón sin salida —comentó Charles lentamente.

—¿De verdad? —preguntó Dominic mirándolo con unos ojos grises y gélidos—. El mes pasado maté de un disparo a un indeseable y no dudaría en deshacerme de otro.

—No malgastes una bala, Dominic.

Gabriel se movió tan deprisa que Diana casi ni vio cómo aprovechaba la distracción de Charles para retorcerle la muñeca y arrebatarle la pistola.

Charles, pálido como un muerto, se llevó la mano al pecho.

—¡Creó que me has roto la muñeca, maldito seas!

—¡Canalla! —exclamó Jennifer mirándolo con rabia mientras atendía a su marido.

Gabriel no pareció muy impresionado mientras sopesaba la pistola en la mano.

—No sé cuántos barcos salen hoy de Londres ni me importa, siempre que estéis a bordo de uno cuando suelte amarras.

Jennifer se puso muy recta con gesto de indignación.

—¿Y cómo vamos a vivir?

Esos ojos azules como la noche dejaron escapar un destello peligroso.

—¿Por qué iba a importarme cómo y dónde vais a vivir si estáis lejos de mi vista?

—Cuando se sepa lo que has hecho, será un escándalo y...

—¿Otro, querida tía? —le interrumpió Gabriel mirándola con desdén—. Te aseguro que me importa un rábano cualquier escándalo que intentes montar con tus mentiras.

—¿Lady Diana también está al margen de las consecuencias del escándalo? —preguntó Jennifer en un tono desafiante y triunfal.

Él apretó los dientes.

—Ella...

—...estará encantada de acudir a un tribunal para testificar contra usted y su marido por las atrocidades que han cometido contra Gabriel y su familia —aseguró Diana con firmeza mientras se ponía al lado de Gabriel para respaldarlo.

La otra mujer miró a Gabriel menos segura de sí misma.

—¡No puedes desdeñarnos tan arbitrariamente!

—Creo que comprobarás que sí puedo —replicó Gabriel mientras volvía a agarrar el brazo de Diana—. Si mañana no estáis en ese barco, os arriesgaréis a que os detengan y encarcelen al día siguiente —añadió con una frialdad que indicaba que lo decía en serio.

Diana sonrió a Dominic con gratitud mientras él se apartaba para que ella pudiera salir de la opresión de ese cuarto. Mantuvo la pistola apuntando a la pareja y Gabriel y él también salieron antes de cerrar la puerta. Diana miró a Gabriel con agradecimiento.

—Yo...

—No digas nada —le advirtió él con los dientes apretados mientras salían a la calle.

—Pero...

—No hables con él ahora, Diana —murmuró su futuro cuñado—. Gabriel tarda en descargar su ira, pero cuando lo hace, es mejor tener cuidado.

—Pero no he hecho nada malo —insistió ella sin entenderlo.

—¿Nada malo? —repitió Gabriel con incredulidad, mientras se daba la vuelta y la agarraba de los hombros—. Seguiste a esa mujer sin pensar en tu seguridad. Dejaste que te vieran y que te metieran en ese cuarto como su prisionera. Ni se te ocurra interrumpirme, Diana —le advirtió él mientras la zarandeaba un poco.

—Ha intentado avisarte —comentó Dominic con cierta lástima.

—¡Basta, Gabriel!

Ella lo empujó del pecho, pero no sirvió de

nada porque siguió sufriendo la humillación de que la agarrara con fuerza.

—A lo mejor debería llevarme a Diana a Westbourne House, viejo amigo —ofreció Dominic cuando dos carruajes se pararon al lado de ellos y los dos lacayos se bajaron para abrir las puertas—. A lo mejor eso te dará tiempo para serenarte un poco...

Gabriel pareció no oírlo porque siguió mirándola con furia durante unos segundos, hasta que, repentinamente, se quedó inmóvil, se puso muy recto y la soltó.

—No hace falta. Gracias, Dom.

Ella se volvió hacia Dominic sin disimular el nerviosismo.

—A lo mejor sería preferible que fuese con usted, milord...

—Dominic volverá en su carruaje y tú vendrás a Westbourne House conmigo —Gabriel la miró con altivez mientras esperaba a que ella se montara en el carruaje—. Además, una vez allí, irás a tu dormitorio y esperarás hasta que yo lo diga.

—¡Ni lo sueñes! —exclamó ella mirándolo con rabia y sonrojada por la furia—. ¿Cómo te atreves a darme órdenes como si solo fuera...?

—Le he dado todas la oportunidades, ¿verdad, Dominic? —preguntó Gabriel a su amigo como si estuvieran charlando tranquilamente.

Dominic hizo una mueca de tristeza por lo que hubiese captado en el tono de Gabriel.

—Sí, pero es joven.

—Su juventud no es excusa para exponerse a ese peligro y exponernos a los demás.

Gabriel no esperó más. Tomó a Diana en brazos y subió al carruaje con ella. La puerta se cerró inmediatamente y quedaron encerrados en la oscuridad del habitáculo.

Diecisiete

Diana intentó zafarse de Gabriel, pero él se sentó con ella firmemente sujeta entre los brazos mientras el carruaje se ponía en marcha.

—¡Suéltame ahora mismo! —le exigió ella.

—No.

—¿No? —preguntó ella quedándose quieta.

—No.

Ni siquiera la miró. Sabía que si la miraba, no sería responsable de lo que pudiera pasar después. Se había expuesto al peligro voluntaria e intencionadamente. Se había presentado como víctima para lo que los Prescott hubieran querido hacer con ella. ¡Había estado hablando tranquilamente con Charles mientras él le apuntaba con una pistola!

—¡Gabriel! —exclamó ella cuando él, instintivamente, la apretó con más fuerza.

Él la soltó tan repentinamente que estuvo a

301

punto de caerse al suelo, pero se quedó de rodillas y desairada. Aun así, él no se arriesgó a mirarla.

—Siéntate y no digas ni una palabra hasta que hayamos llegado a Westbourne House —le ordenó él en tono autoritario.

Ella se sentó. No porque se lo hubiese ordenado Gabriel, sino porque había empezado a darse cuenta del peligro que habían pasado todos hacía unos minutos y las piernas le temblaban tanto que ya no la sostenían. Mientras estuvo con los Prescott, todo le pareció irreal, pero, en ese momento, cuando se acordaba del despiadado Charles Prescott y de la pistola que tenía en la mano apuntándole... Se agarró las manos para que Gabriel no viera que le temblaban. Aunque, si se hubiese molestado en mirarla, se habría dado cuenta de que estaba pálida y de que el espanto se reflejaba en sus ojos. Sin embargo, no la había mirado. Estaba sentado enfrente de ella y miraba por la ventanilla del carruaje sin decir nada, casi, como si se hubiese olvidado de que ella estaba allí.

Miró hacia otro lado al notar el escozor de las lágrimas y parpadeó para contenerlas. Bastante humillante era que hubiese tenido que acudir a rescatarla de las garras de los Prescott como para que, además, la viese llorando porque la desdeñaba arrogantemente.

—Diana...

—¡No me toques!

Ella lo miró con rabia cuando él se inclinó hacia delante con la evidente intención de tocarla. Su humillación sería absoluta si se echaba a llorar porque él se ablandaba con ella de esa manera.

Gabriel tomó aliento, volvió a incorporarse en silencio y miró un instante a Diana con los ojos entrecerrados antes de mirar hacia otro lado. No podía haber demostrado más claramente cuánto aborrecía la posibilidad de que la tocara.

Se sintió enormemente aliviada cuando el carruaje se detuvo delante de Westbourne House. El lacayo acababa de desplegar el estribo cuando ella lo bajó para dirigirse apresuradamente hacia la casa, pero se paró en seco en el vestíbulo cuando Caroline salió de la sala de estar ¡en compañía de Malcolm Castle!

—Malcolm ha insistido en esperarte cuando se ha enterado de que volviste ayer —le dijo Caroline con alegría.

—Claro —Diana dirigió una mirada gélida al joven—. ¿A qué debo este placer?

—Te lo diré cuando estemos solos —contestó Malcolm con el rostro iluminado.

Medía algo menos de dos metros, tenía el pelo dorado y elegantemente cortado y unas facciones agradables, y sus ojos marrones se entrecerraron al ver al hombre que acababa de entrar en el vestíbulo.

—Lord Gabriel Faulkner, supongo —dijo inclinándose con cortesía.

—Supone bien —replicó Gabriel en un tono sereno mientras inclinaba la cabeza—. Diana, si quieres hablar en privado con el señor Castle, puedes usar mi despacho...

—No quiero hablar con el señor Castle ni en privado ni de ninguna manera.

Ella ni siquiera miró a Gabriel. Se limitó a mirar a Malcolm con desdén mientras se preguntaba cómo era posible que alguien tan insípido le hubiese parecido mínimamente atractivo.

—En realidad, no sé qué hace aquí —añadió ella.

—¡Diana! —exclamó su hermana.

—Creo que Malcolm puede hablar por sí mismo, Caroline —Diana miró a su hermana inflexiblemente—. ¿Y bien? —preguntó al hombre con frialdad.

Malcolm se sonrojó.

—Yo... he venido a pedirte que me perdones, Diana, y a pedirte que te cases conmigo. Me equivoqué al dar por terminada nuestra... amistad y se lo he dicho a Vera.

—Entonces, creo que lo mejor será que vuelvas

a Hampshire sin perder un segundo y que le pidas perdón a la señorita Douglas, no a mí —replicó ella en tono aburrido—. Yo no voy a aceptarte.

—Pero... pero... —balbució él con los ojos muy abiertos.

—Pero ya no estamos prometidos —murmuró Gabriel poniéndose a su lado.

—¿Y? —preguntó ella mirándolo con sus ojos azules y gélidos.

—Y puedes casarte con alguien a quien también ames.

Él, sin embargo, frunció el ceño ante la idea de que se casara con ese joven indeciso. Tampoco le divertía lo más mínimo presenciar esa conversación. Efectivamente, Diana tenía todo el derecho del mundo para castigar a Castle por haberla cambiado por una joven con fortuna, pero él había reconocido su error y estaba pidiéndole perdón.

Ella le sonrió con fastidio.

—¿Estás dando por supuesto que estoy enamorada del señor Castle?

—Claro —contestó Gabriel sin disimular la sorpresa.

—Claro que estás enamorada de mí, Diana — Malcolm fue hasta ella y le tomó las manos—. Siempre me has amado...

—¡Tu vanidad es increíble! —exclamó Diana con desesperación mientras se soltaba las manos—. Malcolm, solo voy a decirlo una vez, así que escucha con atención. Es posible que una vez creyera que te amaba, pero ahora sé que no te amaba, que nunca te amé y que nunca te amaré.

—Pero...

—¿No lo amas? —repitió Gabriel muy despacio.

—Acabo de decirlo —confirmó ella con enojo.

—¡Pero rompiste nuestro compromiso porque él había vuelto contigo!

Ella resopló.

—Yo no rompí nuestro compromiso en absoluto, milord. ¡Usted lo hizo! Estaba muy claro que no quería seguir prometido a mí.

—¡Diana! —protestó Malcolm airadamente.

—Diana... —murmuró Gabriel con delicadeza.

—Efectivamente, ¡soy Diana! —cruzó el vestíbulo con el rostro congestionado y los ojos como ascuas—. ¡Una mujer de carne y hueso que está cansada de pasar de mano en mano como si no tuviese sentimientos!

Miró con furia a Gabriel y a Malcolm. Gabriel la miró con admiración aunque aturdido por la conversación. No habría liberado a Diana si no hubiese creído que estaba enamorada de Castle. Habría luchado por todos los medios para demostrarle que era digno de ella.

Diana se dio la vuelta cuando llegó al pie de las escaleras.

—Usted, señor, es un vanidoso pusilánime —le dijo al atónito Malcolm Castle antes de mirar con rabia a Gabriel—. Y usted, ¡está tan amargado por el pasado que no es capaz de ver el atractivo de casarse con una mujer que lo ama cuando la tiene delante de sus arrogantes narices! Ahora, si me disculpan, caballeros. Caroline... —hizo un gesto con la cabeza a su incrédula hermana-...me gustaría subir a mi dormitorio. ¡Y espero que ninguno de los dos me moleste!

Diana empezó a subir apresuradamente las escaleras.

—Gabriel...

Él dejó de mirar a Diana cuando desapareció por una esquina y miró a Caroline, que no salía de su asombro.

—¿Qué ha pasado? —preguntó ella.

Gabriel le sonrió.

—Creo que tu hermana ha dejado de sacrificar sus deseos y necesidades para complacer a los demás y ha decidido complacerse a sí misma —contestó él.

—Y ha estado magnífica —añadió Caroline mientras salía del aturdimiento y miraba con lástima a Malcolm Castle—. Me parece que, después de todo, no eres el hombre a quien ama mi hermana —ella empezó a sonreír, pero pasó a reírse abiertamente—. Gabriel, tengo que reconocer que me ha gustado su comentario sobre tus arrogantes narices.

Él seguía sin saber si ese comentario había significado lo que esperaba que significara o si estaba haciéndose ilusiones. ¿Había querido decir que estaba enamorada de él aunque lo hubiese llamado amargado y arrogante?

—¿Es el mismo pobre almohadón de ayer o es otro?

Debería haber sabido que Gabriel no le haría caso sobre sus deseos de estar sola. Nunca había cumplido sus deseos y no iba a empezar en ese momento. Dejó el almohadón en el diván y se levantó mirando hacia otro lado.

—¿Se ha marchado Malcolm?

—No creo que haya llegado muy lejos si has cambiado de opinión y quieres casarte con él... —contestó Gabriel para tantear cómo estaban las cosas.

—¡No he cambiado de opinión lo más mínimo! —exclamó ella mirándolo con los ojos como ascuas—. No entiendo que haya tenido el valor de venir aquí —Diana frunció el ceño—. ¿Qué quieres, Gabriel? ¿Quieres reñirme otra vez por lo que pasó esta mañana o quieres criticarme por rechazar lo que te parece una oferta de matrimonio muy ventajosa para alguien sin un penique como yo?

La admiración de Gabriel aumentó. Caroline había tenido razón. Diana estaba magnífica cuando se ponía así. Sus ojos brillaban como zafiros, tenía las mejillas sonrojadas y los labios más rojos y tentadores todavía. Además, los pechos le subían y bajaban y no podía apartar los ojos de ellos. ¡Increíblemente magnífica!

—Si ha venido por eso, milord, tengo que decirle que me da igual —siguió ella antes de que él pudiera decir algo—. Me dan igual los Prescott y Malcolm Castle —ella empezó a ir de un lado a otro—. Los Prescott son tan despreciables que no voy a perder ni un segundo más en hablar de ellos... ¡y Malcolm puede irse al infierno!

Él estaba fascinado, absolutamente hipnotizado.

—Estoy totalmente de acuerdo.

—¿De verdad? —preguntó ella mirándolo con los ojos como platos.

—Sí. Diana, ¿por qué me pediste que te liberara del compromiso? —murmuró él con delicadeza.

Ella se sonrojó.

—Ya te dije que yo no...

—¿Por qué, Diana?

—¡Porque tú querías liberarte!

—Yo no dije eso y...

—No hacía falta que lo dijeras cuando cada

cosa que decías y hacías desde que tu madre recuperó la salud indicaba que ya no necesitabas ni querías una esposa.

—¿Por eso rompiste nuestro compromiso? —preguntó él mirándola con incredulidad.

Ella levantó la barbilla con orgullo.

—Últimamente dejaste más que claro que no necesitabas mi compañía, y mucho menos casarte conmigo.

—Un conde siempre necesita una esposa, Diana.

Ella lo desdeñó con un gesto de los hombros.

—Entonces, cuando hayas vuelto a ocupar tu sitio en la sociedad, acabarás encontrando a alguna joven dócil y adecuada.

—Dócil y adecuada... —repitió Gabriel pensativamente—. ¿Qué pasaría si prefiriera que mi esposa fuese valiente y tenaz?

—Entonces, también encontrarás a una mujer así entre la alta sociedad.

—¿Y si ya la hubiese encontrado?

Ella tragó saliva.

—Entonces, diría que has encontrado una sustituta para mí más deprisa de lo que había previsto.

—¿Y si tú fueras esa mujer de la que hablo?

Ella lo miró unos segundos antes de ponerse muy recta y de levantar la barbilla otra vez.

—No me gusta que juegue así conmigo, milord.

—Pero estarás de acuerdo conmigo en que eres valiente y tenaz —le provocó él.

—¡Antes me dejó muy claro que le parecía imprudente y cabezota! —replicó ella con indignación.

—También se necesita cierto valor y cierta tenacidad para ser esas dos cosas —reconoció él con pesadumbre.

Ella resopló.

—Está diciendo sandeces, milord.

—Desde luego —reconoció él—. Estoy comprobando que eso es lo que le pasa a un hombre enamorado.

Ella volvió a resoplar.

—Agradezco mucho lo que hizo lord Vaughn, pero ¡tampoco quiero hablar de él!

—¿Lord Vaughn...? —repitió Gabriel sin entender nada—. Pero...

—Milord, he decidido que si no puedo conseguir lo que quiero de mi matrimonio, no me casaré.

Podía imaginarse como la tía anciana y solterona de sus sobrinos...

—¿Y qué es eso que quieres conseguir de tu matrimonio, Diana?

Ella sonrió con tristeza.

—Algo que no puede comprender en absoluto. Efectivamente, con el paso del tiempo, se convertiría en la tía de sus muchos sobrinos. El resto de la familia la consideraría algo excéntrica y a medida que fuesen pasando los largos y solitarios años...

—Diana, si hincara una rodilla en el suelo y te rogara que te casaras conmigo, ¿lo pensarías por lo menos? —Gabriel hincó una rodilla en el suelo y le tomó las manos—. He sido un necio. Un necio ciego e insensible. Sin embargo, soy un necio insensible que está profunda y irremediablemente enamorado de la mujer que tiene delante de sus arrogantes narices.

Diana lo miró fijamente, como si se hubiese vuelto completamente loco.

—Levántate, Gabriel

Intentó levantarlo tirando de él, pero él no se movió.

—¡Cásate conmigo Diana! —le pidió él apasionadamente—. Cásate conmigo y déjame que te ame hasta que me muera, y después. Acepta y te prometo que besaré el suelo por donde pisas durante el resto de mi vida.

¿Se habría vuelto loca ella? Gabriel no podía estar de rodillas y diciéndole esas cosas tan maravillosas. ¡No podía!

Él se rio al darse cuenta de su desconcierto.

—Dominic me avisó de lo que me pasaría si me enamoraba alguna vez. Para mi bochorno, tengo que reconocer que no le hice caso —él tomó aliento—. Te amo, Diana. Hace unos días me di cuenta de cuánto te amo. Tanto que mi felicidad depende de cada palabra y sonrisa tuyas. Estos días pasados han sido un suplicio solo de pensar en vivir sin ti, de pensar en que algún día tendría que presenciar cómo te casabas con otro hombre.

—Pero te convertiste en alguien frío y distante mientras estábamos en Faulkner Manor y cuando volvimos.

Él suspiró.

—Creía que tenías un concepto peor de mí porque no me había enterado de lo que pasó hace ocho años y porque había descuidado a mi madre.

—Nunca podría tener un concepto peor de ti por eso, Gabriel. Tu tío y su esposa os engañaron a tu familia y a ti y no podías saber cómo estaban tratando a tu madre. Cuando te enteraste, lo solucionaste inmediatamente. No, Gabriel, nunca podría tener peor concepto de ti por eso —repitió ella con firmeza.

Él le apretó las manos.

—Entonces, ¿no te plantearás casarte conmigo? ¿No me librarás de este suplicio de incertidumbre y me harás el hombre más feliz sobre la faz de la tierra?

Ella pudo ver las arrugas de angustia que le habían salido junto a los ojos y la boca por haber dicho la verdad. ¡Gabriel la amaba! La amaba de verdad. ¡No podía soportar la idea de vivir sin ella, como ella no podía soportar la idea de vivir separada de él! Tomó una bocanada de aire.

—No tengo que planteármelo, Gabriel, porque no me casaría con nadie más. ¡Te amo muchísimo, mi amor! —le tomó la cara entre las manos mientras él se levantaba lentamente y lo miró con ese amor reflejado en los ojos—. Fuera lo que fuese lo que pensé o sentí alguna vez por Malcolm, no es nada en comparación con lo que siento por ti. Lo que ahora sé que sentiré siempre por ti. Te quiero mucho, muchísimo, querido Gabriel.

Él no podía respirar casi, pero bajó lentamente la cabeza y la besó para demostrarle lo profundo y arrebatador que era el amor que sentía por ella. Ella le correspondió con toda su alma.

—Todo el mundo estará preguntándose por qué no hemos aparecido ni a almorzar ni a cenar —comentó Diana escandalizada.

—Nadie ha venido a buscarnos y eso demuestra que Caroline los ha sacado de dudas enseguida.

Gabriel estaba tumbado en la cama de Diana con ella acurrucada entre sus brazos. Sus rizos largos y dorados le acariciaban el pecho desnudo.

Las horas que habían pasado desde que los dos

se declararon el amor que sentían el uno por el otro habían sido de pura felicidad. Habían hecho al amor lenta y apasionadamente, habían hablado de los malentendidos del pasado y habían hecho al amor otra vez.

—En cuanto tengamos fuerzas para levantarnos, pienso llevarte a la mejor joyería de la ciudad y comparte el anillo de zafiro más grande que encontremos —dijo él con satisfacción.

—No necesito joyas para saber que me amas —replicó ella mirándolo a los ojos.

Él la abrazó con más fuerza.

—Es posible, mi amor, pero yo sí necesito ponerte un anillo en el dedo para que los demás hombres sepan que me perteneces.

Ella se rio.

—¿Crees que hay alguna duda?

—Espero que no —contestó él.

—¡Rotundamente no! —se quejó ella.

Gabriel se puso serio.

—Creo que no deberíamos retrasar la boda más de un par de días o así.

Él sonrió para sus adentros al saber que, pese a sus intenciones previas, se había dejado llevar tanto por el placer y la maravilla de hacer el amor con ella que había perdido el dominio de sí mismo y había consumado el matrimonio antes de que se hubiese celebrado.

—A lo mejor, podríamos celebrar un matrimonio doble con Caroline y Dominic —propuso él.

—A lo mejor...

—¿Solo «a lo mejor»? —Gabriel miró a Diana, quien estaba pensativa—. ¿No estarás arrepintiéndote? Ahora que hemos hecho el amor, ¿has decidido que...?

—Shhh...

Diana le puso un dedo en sus preciosos labios para callarlo. Unos labios que la habían besado y recorrido unas zonas de su cuerpo que hacían que todavía se sonrojara solo de pensarlo.

—Gabriel, te he dicho que te amo y es verdad. Te amo de los pies a la cabeza y te amaré siempre.

—Sin embargo, a lo mejor te casas conmigo...

Ella frunció levemente el ceño.

—No creo que ni Caroline ni yo queramos casarnos sin que Elizabeth esté presente.

—Claro —él se relajó por la explicación—. Entonces, Vaughn y yo tenemos que encontrarla lo antes posible.

—Sí, eso me temo.

—Nunca temas pedirme nada, Diana —la miró con un brillo de amor en los ojos—. Todo lo que soy y todo lo que tengo es tuyo y siempre lo será.

Ninguna mujer podía pedir más del hombre al que amaba y que también la amaba a ella.

CAROLE MORTIMER
Nobleza oculta

Para ser tres jóvenes damas educadas en la soledad de la campiña, las hermanas Copeland terminaron desenvolviéndose sorprendentemente bien en el peligroso y ajetreado Londres. Quién iba a pensar que el azar sería tan caprichoso de arrastrar a las tres jóvenes al círculo del hombre del que huyeron tan rocambolescamente. Una a una fueron encontrando su destino. Y la tercera, la que aquí nos ocupa, no tiene nada que envidiar en osadía y determinación a sus hermanas. ¿Qué ocurrirá con esta dama metida a señorita de compañía y cuidadora de un perro? Hay cierto caballero empeñado en seducirla y otro empeñado en defenderla, pero ella debe comportarse simplemente como una criada...

Te recomendamos que no te pierdas esta maravillosa historia llena de emoción y narrada con toda la maestría de Carole Mortimer

¡Feliz lectura!

Los editores

Uno

Mayo de 1817. Residencia Hepworth, Devon

—¿Cómo se atreve? Lord Thorne, ¡suélteme inmediatamente!

Lord Nathaniel Thorne, conde de Osbourne, se rio con la voz ronca y bajó los labios hacia el cuello de la belleza morena. Ella evitó el beso y se revolvió entre sus brazos aunque estaba tumbada con él.

—Sabes que no lo dices en serio, mi querida Betsy...

—¡Lo digo completamente en serio!

Ella levantó la cabeza con rizos morenos que olían a limón y jazmín y lo miró con los ojos azules cargados de indignación. Él sonrió con seguridad en sí mismo.

—Un beso, Betsy, es lo único que te pido.

Ella apretó los labios con fuerza.

—Muy bien, ¡usted se lo ha buscado!

Nathaniel contuvo la respiración cuando la mujer que tenía entre los brazos lo empujó del pecho para intentar soltarse y sintió un intenso dolor que le recordó que se había roto varias costillas hacía nueve días y que, desde entonces, estaba en esa cama. Algo que esa pequeña granuja sabía perfectamente.

—¡Y tú llevas buscando esto desde hace días!

Nathaniel la abrazó con más fuerza en vez de soltarla y le mordisqueó el lóbulo de una oreja. Ella dejó de resistirse y lo miró con asombro.

—¿De verdad?

Quizá hubiese exagerado un poco la situación, pero después de haber pasado cuatro días en Londres metido en la cama y al cuidado de su familiar más cercano, su tía Gertrude, viuda y sin hijos, y de haber pasado otros cuatro días en un carruaje mientras viajaban a la casa de su tía en la costa de Devonshire, necesitaba algo de diversión con una mujer.

Al despertarse de la siesta y encontrarse a esa deliciosa muchacha que estaba ordenando su dormitorio, decidió que, independientemente de lo dolorosa que fuese esa lesión que le había permitido escapar de la tediosa temporada de Londres y de las intenciones de su tía de buscarle una esposa, podía celebrar tan afortunada escapatoria con la joven empleada de su tía.

Le sonrió descaradamente.

—Llevas media hora rondando por el dormitorio; lo has ordenado, has alisado las sábanas, has ahuecado las almohadas...

Durante ese tiempo, él había podido deleitarse con la tentadora visión de sus abundantes pechos cuando se inclinaba sobre él y con los pezones rosados que los coronaban.

—Su tía me dio instrucciones para que me quedara con usted esta tarde —replicó la belleza de pelo moreno como el ébano.

—¿Y dónde está mi querida tía esta tarde?

—Ya se encontraba descansada del viaje hasta aquí y salió en su carruaje para reencontrarse con algunos amigos... ¡Está cambiando de conversación, milord! —exclamó ella mirándolo con indignación.

—¿De verdad? —preguntó él en tono burlón.

—Sí —contestó ella con firmeza—. Además, no consigo comprender que lo haya incitado a este... a este ataque con las actividades que acaba de describir.

Aunque, la verdad, si era sincera consigo misma, esas... atenciones tampoco le parecían desagradables del todo. El último beso, el único beso, se lo había robado hacía varios meses el precoz hijo del vicario, quien tenía quince años y cierta propensión a los pasteles, a las espinillas y la gordura. El gesto de indolente satisfacción en el apuesto rostro de lord Nathaniel Thorne cuando la estrechó sin esfuerzo entre sus brazos fue lo único que le impidió disfrutar de la sensación de que la besaran esos labios sensuales y muchos más experimentados. Era la misma satisfacción que mostraba el conde en ese momento, mientras miraba la generosa curva de sus pechos que asomaba por encima del escote del vestido azul.

—A un hombre le cuesta resistir tanta tentación, mi querida Betsy.

Elizabeth hizo una mueca de disgusto para sus adentros por la insistencia de lord Thorne en llamarla con el nombre que le puso la señora Wilson hacía unas dos semanas, cuando decidió que «Elizabeth» era un nombre demasiado refinado para la joven que pensaba emplear. Tampoco le gustaba que lord Thorne mirara de esa manera sus pechos. Sabía con certeza que la señora Wilson despediría a «Betsy» si entrara en el dormitorio y viera esa escena.

—Estoy segura de que no lo he tentado de esa manera, señor.

Él la miró con un brillo burlón en los ojos.

—Entonces, es que a lo mejor me he hecho ilusiones...

—Y yo debería haberme esperado un comportamiento así de un hombre que es amigo de alguien como Lord Gabriel Faulkner.

La provocación tuvo el efecto deseado. Él bajó los brazos a los costados y ella pudo soltarse y levantarse. Se alisó el vestido, se colocó bien el pelo y volvió a mirarlo. La expresión arrogante del conde y el brillo de sus ojos fríos y entrecerrados le indicaron claramente que había dicho algo espantoso.

Suspiró para sus adentros. Pese a su repentina frialdad, lord Nathaniel Thorne, conde de Osbourne, tenía que ser uno de los hombres más apuestos de Inglaterra. Sin duda, era uno de los hombres más apuestos que ella había visto en su vida. El pelo, elegantemente peinado, tenía el color del maíz maduro y los ojos, el de la caoba. Su rostro era increíblemente viril, con los pómulos marcados, una nariz larga y aristocrática y unos labios esculpidos sobre un mentón firme y cuadrado. Además, como el conde había pasado los últimos nueve días con una camisa de dormir y unas calzas por su lesión, también podía certificar que tenía unas espaldas muy anchas, un pecho musculoso, un abdomen con algo de vello dorado, unas caderas esbeltas y poderosas y una piernas largas y masculinas perfectamente ceñidas por las calzas y las lustrosas botas que había llevado cuando llegó a Devonshire.

Hasta ese momento, y a juzgar por las veces que lo había visto hablar con su excesivamente afectuosa tía, también habría dicho que tenía un carácter agradable, aunque ligeramente altivo. El peligroso brillo que sus ojos casi negros tenían en ese momento mostraba otro lado completamente distinto de él. Sin duda, era el carácter implacable que lo había protegido durante los cinco años que fue oficial del ejército de Wellington.

—Si no te importa, te agradecería que me explicaras ese último comentario.

El tono sereno y amable de lord Thorne no sirvió para aliviar su inquietud, esa inquietud, supuso ella, que se sentiría si un gato que dormía apaciblemente junto a la chimenea, se convertía de repente en un tigre.

—Me fijé que lord Faulkner vino a visitarlo hace cinco días —le explicó ella con la barbilla levantada.

—Sí, el día que volvió a Inglaterra después de una ausencia de cinco años —añadió el conde en un tono gélido.

—Yo... Bueno... Su escandaloso pasado es bien conocido...

—¿De verdad?

Ella tragó saliva al captar el peligro en el tono mesurado del conde.

—Los sirvientes estaban muy excitados por la visita y no pude evitar oír lo que dijeron sobre el escándalo que... ensucia su pasado.

—¿De verdad? —repitió él arqueando las cejas rubias—. ¿Debo entender que eres una de esas jóvenes que disfruta escuchando esas maliciosas habladurías?

Elizabeth notó que se sonrojaba por el intencionado rapapolvo.

—No creo que pueda llamarse «malicioso» cuando resulta que también es verdad.

La excitación de Nathaniel se había esfumado completamente durante esa conversación.

—¿Cuántos años tenías hace ocho?

—No veo que...

—¿Cuántos años? —repitió él con aspereza.

—Unos once, señor —contestó ella parpadeando.

—Y, además, vivías en Cambridgeshire, ¿no?

Ella arrugó la frente por la perplejidad.

—Nunca he vivido en Cambridgeshire, milord.

—Entonces, ¿cómo es posible que tú, que eras una niña de once años que no vivía en Cambridgeshire cuando sucedió el supuesto escándalo, puedas hablar con alguna autoridad de lo que es verdad en lo referente al pasado de lord Faulkner?

La miró implacablemente mientras se acomodaba entre las almohadas que ella acababa de ahuecar. Un delicado rubor sonrojó sus blancas mejillas, pero no bajó la obstinada barbilla.

—Al parecer, es de conocimiento público que

11

lord Faulkner se vio mezclado en la seducción de una joven... inocente.

Nathaniel sabía muy bien las habladurías que habían circulado entre la alta sociedad hacía ocho años y que afectaban a Gabriel Faulkner, uno de sus amigos más íntimos. Sin embargo, no sabía que esas habladurías volvían a estar en circulación cuando Gabriel había vuelto del continente para hacerse cargo de sus obligaciones como nuevo conde de Westbourne. Obligaciones entre las que estaba, como había declarado Gabriel sin inmutarse, pedir la mano a una cualquiera de sus pupilas, las tres jóvenes Copeland, que eran las hijas del anterior conde. Como Gabriel no conocía a las hermanas, tampoco había señalado una preferencia por ninguna.

Debería haber estado en Londres para respaldar a su amigo cuando anunció que volvería a hacer vida social y no en Devon curándose las costillas rotas. Aunque no creía que Gabriel hubiese necesitado, ni agradecido, el apoyo de nadie, aunque fuese tácito, porque durante los ocho años de exilio se había convertido en uno de los hombres más orgullosos y arrogantes que había conocido la alta sociedad. Aun así, le habría gustado estar presente para poder ver algunos de esos rollizos rostros cuando Gabriel recuperó el sitio que le correspondía en la sociedad. En cambio, se marchó a Devon casi en el mismo momento en el que Gabriel llegó a Londres y su única diversión era esa joven deslenguada que era la señorita de compañía de su tía.

—¿De verdad? —preguntó una vez más en el mismo tono gélido.

Elizabeth arrugó la apetecible boca.

—¿Sabe usted alguna versión distinta?

Nathaniel la miró despectivamente antes de contestar con desdén.

—Si la supiera, te aseguro que no pienso contártela.

Quiso ser insultante y lo había conseguido. Ella se quedó pálida al sentirse reprendida por haberse extralimitado gravemente en su papel de señorita de compañía. Porque era un papel y un papel en el que no se sentía cómoda cuando, hasta hacía dos semanas y media, tenía el título de lady Elizabeth Copeland, la hija menor del anterior y difunto conde de Westbourne. Por ese motivo, precisamente, le había interesado tanto conocer las habladurías relativas a lord Gabriel Faulkner, quien no solo se había convertido en el nuevo conde de Westbourne tras el fallecimiento de su padre hacía siete meses, sino que también era su tutor y el de sus dos hermanas.

Las tres hermanas sufrieron un revés muy grande por la súbita muerte de su padre y su alarma no fue menor cuando se enteraron de que el título de conde pasaría a un primo segundo o tercero de su padre porque los dos primos de ellas murieron en la batalla de Waterloo. Ese hombre era Gabriel Faulkner, un hombre al que no conocía ninguna de las hermanas, un hombre que, además, según los rumores, se había comportado tan deshonrosamente hacía ocho años que la sociedad lo había desterrado y su propia familia lo había repudiado.

Diana, Caroline y Elizabeth, que habían vivido toda su vida en la residencia campestre de su padre, nunca habían conocido los detalles de ese escándalo y aunque hicieron algunas indagaciones discretas cuando se enteraron de que era su tutor, no consiguieron saber con certeza cuál fue esa deshonra. Lo único que consiguieron saber de ese hombre, hasta que oyó a los sirvientes en la casa de la señora Wilson, fue que se desterró en el continente hacía ocho años, que había sido oficial del ejército de Wellington durante cinco y que había vivido en Venecia durante los dos últimos.

Lord Faulkner, al parecer, no había tenido mucha prisa para volver a Inglaterra y asumir sus obligaciones como conde de Westbourne o como tutor de las hermanas Copeland, quienes ni siquiera lo habían visto cuando recibieron una carta de ese «caballero» unos meses después de que su padre falleciera, ¡una carta en la que ofrecía casarse con cualquiera de las tres hermanas que lo aceptara!

Sin duda, lord Faulkner había creído que alguna de las hermanas estaría tan deseosa de casarse que aceptaría encantada la oferta de un hombre tan manchado por el escándalo como ellas, por el escándalo que las salpicó cuando su madre abandonó a su marido y a sus tres hijas hacía diez años, cuando Harriet Copeland se marchó de Shoreley Park y se fue a Londres con su joven amante, joven amante que la mató de un disparo a los pocos meses y luego se suicidó.

Sin embargo, lord Faulkner se había equivocado. Ante la oferta, su hermana Caroline se escapó de casa y de sus hermanas hacía tres semanas. Ella, igual de espantada ante la perspectiva de un matrimonio así, siguió el ejemplo de su hermana a los pocos días. Después de haber conseguido escapar de un matrimonio no deseado y de haber conseguido encontrar en empleo en Londres con la señora Wilson, se quedó completamente atónita cuando Gabriel Faulkner se presentó en la casa de esa señora hacía unos días para visitar a su sobrino, lord Nathaniel Thorne, quien estaba convaleciente y, al parecer, ¡era amigo íntimo del otro hombre desde hacía años!

Tenía que reconocer que el nuevo conde de

Westbourne era impresionantemente apuesto, mucho más de lo que sus dos hermanas y ella habían podido imaginarse. Sin embargo, esa apostura arrogante y elegante no sirvió para atenuar la impresión que le causó oír de boca de los sirvientes los detalles del escándalo que había salpicado a ese caballero... Si no había vuelto a escaparse por segunda vez en dos semanas, había sido porque la señora Wilson y todos los que vivían con ella iban a trasladarse inmediatamente a Devonshire, lejos de Londres y de ¡lord Faulkner!

—Mi intención no era insultar a lord Faulkner —replicó ella con frialdad en ese momento.

Ya sabía, gracias a la señora Wilson, que lord Faulkner y el sobrino de la señora eran amigos desde que iban al colegio, algo que ella quizá hubiera debido imaginarse cuando la señora Wilson también le había contado que su sobrino había vuelto hacía poco de visitar a un amigo en Venecia.

—Entonces, ¿el insulto iba dirigido a mí? —preguntó él con delicadeza.

Tuvo que reconocer que, efectivamente, había querido insultarlo. No podía entender por qué un hombre de la alta sociedad podía querer seguir siendo amigo de un hombre tan disoluto y libertino como era Gabriel Faulkner según su reputación. A no ser que ese hombre también fuese así de depravado. Algo que probablemente se confirmaba por sus ataques a ella y porque se había roto las costillas en lo que parecía claramente una trifulca de borrachos.

—Le pido disculpas si eso es lo que ha parecido, milord —contestó ella con rigidez—. Aunque tengo que añadir en mi defensa que creo que me ha provocado.

Nathaniel la miró con los párpados caídos. Medía algo más de un metro sesenta, tenía una figura esbelta que no disimulaba el sencillo vestido azul, unos rizos morenos peinados con naturalidad y cierta elegancia y un rostro delicado y hermoso, con cejas oscuras, ojos azul oscuro y una nariz pequeña encima de una boca perfectamente modelada...

La señorita Betsy Thompson no parecía, ni por su aspecto ni por su voz, la señorita de compañía de una dama noble y adinerada. Sin embargo, ¿cómo podía saber él el aspecto que debería tener una? La señorita Betsy Thompson tenía una belleza rara y tentadora y el refinamiento de su voz indicaba cierta educación, pero según lo que él sabía de esas cosas, podría ser la hija de un caballero venido a menos que necesitaba un empleo para ganarse la vida hasta que otro joven caballero igual de venido a menos se casara con ella antes de formar una familia con hijos más venidos a menos todavía y así seguir con el ciclo.

Recluido en Devon, aburrido, privado de las diversiones libertinas y de las noticias de la sociedad londinense porque su tía no le había dejado leer los periódicos durante ocho días para que no se «alterara» por lo que podía ver en ellos, solo quiso divertirse un poco cuando intentó besar a la joven señorita de compañía de su tía. Desde luego, no había querido enzarzarse en una discusión en la que esa joven deslenguada se había atrevido a insultar a unos de sus amigos más íntimos.

Aunque estaba seguro de que Gabriel se habría reído por el insulto. Estaba muy acostumbrado a las miradas de reojo de los caballeros de la alta sociedad y a los abanicos levantados para tapar los cotilleos de sus hijas y esposas, quienes, hipócrita y secretamente, anhelaban su atractivo peligroso y sombrío. Él, en cambio, nunca había podido pasar por alto esos desaires a su amigo y siempre lo habían enfurecido. Sobre todo, cuando sabía que esas habladurías eran completamente falsas.

Apretó los labios sin dejar de mirar a Betsy Thompson.

—Habría bastado con las disculpas —replicó él en tono cortante—. Ahora, ¿no deberías estar ocupada con alguna otra tarea para mi tía? Esta ya la has hecho lo mejor que has sabido.

Y no la había hecho como él esperaba, pensó para sí misma con rabia y dándose cuenta de que el hombre burlón y seductor que había querido besarla hacía unos minutos había desaparecido por completo y había dejado paso a un caballero que era, ni más ni menos, el rico y poderoso conde de Osbourne, con enormes posesiones en Kent y Suffolk y una casa preciosa en Londres. Inclinó levemente la cabeza.

—Creo que es la hora de que Héctor dé su paseo de la tarde.

—Claro —el conde esbozó una sonrisa dura y sarcástica—. Ya me he dado cuenta de que como Letitia está en casa, eres más la señorita de compañía del perro de mi tía que de mi tía misma.

Ella frunció el ceño al captar el insulto, por muy sutil que hubiese sido, pero, desgraciadamente, la experiencia le había demostrado que era casi imposible encontrar un empleo en Londres si no tenía referencias. En realidad, había conseguido entrar en la casa de la señora Wilson porque rescató heroicamente al adorado y mimado scottish terrier de la señora cuando un tarde se escapó en un parque de Londres. Por eso, tenía que conservar el empleo si no quería volver a Shoreley Park y al incierto porvenir de casarse con lord Faulkner, un porvenir que seguía pareciéndole peor que la muerte aunque supiera que ese caballero tenía un atractivo increíble y libertino. Además, aunque lord Faulkner no lo supiera, estaba haciéndole un favor al no aceptar su propuesta. Era la hija que más se parecía físicamente a su madre y las vecinas con hijos en edad de casarse siempre la habían mirado con recelo, temerosas sin duda de que se pareciera a su madre en otros sentidos...

—Le pido disculpas sinceramente si lo he ofendido, milord —dijo ella con la barbilla muy levantada.

Él no se lo creyó. Se había dado cuenta del conflicto que tenía lugar en la preciosa cabeza de la señorita Betsy Thompson. Ella consideraba que tenía motivos, pero también sabía que estaba hablando con el sobrino favorito, y único, de la mujer que la había contratado. Esa batalla interna había sido tan evidente que se habría reído si no siguiese sintiéndose tan contrariado por Gabriel. Al fin y al cabo, había intentado robarle un beso a esa joven solo para divertirse. Además, las costillas se las habían roto unos matones a sueldo cuando salía de un club de juego propiedad de otro de sus... depravados amigos y eso no mejoraba en nada su reputación... Entrecerró los ojos y miró a Betsy Thompson.

—No has sido una empleada a sueldo durante mucho tiempo, ¿verdad?

Sus mejillas color marfil se sonrojaron levemente.

—¿Por qué lo dice, milord?

Que se atreviera a preguntárselo a él, un conde
y sobrino de su señora, era motivo más que suficiente.

—Creo que no sabes cuál es tu sitio.

Esos ojos azules dejaron escapar un destello
de rabia que él reconoció con toda certeza.

—¿Mi sitio, milord?

¿Alguna vez había mantenido una conversación así? Él lo dudaba.

—Creo que lo habitual es mostrar un poco más
de... respeto cuando uno se dirige a alguien mayor
o... superior —contestó él sin disimular la provocación.

El color azul de los ojos de esa joven le gustaba especialmente cuando se enojaba.

Si se tenía en cuenta que Nathaniel Thorne era
unos ocho o nueve años mayor que ella, no lo
consideraba «mayor» y, como lady Elizabeth Copeland era hija de un conde, tampoco era «superior». Salvo que en ese momento no era lady
Elizabeth Copeland y no sabía cuándo volvería a
serlo... si volvía a serlo alguna vez.

Se había marchado de su casa por una reacción
impulsiva idéntica a la de su hermana Caroline
dos días antes, cuando lord Faulkner les pidió ma-

trimonio. Había pasado esos dos días buscando infructuosamente a Caroline por los alrededores, hasta que las dos hermanas supusieron que lo más probable era que hubiese huido a Londres. Londres...

La tres siempre habían querido conocer la capital aunque fuese de visita, por no decir nada de acudir a la Temporada, donde habrían encontrado un marido, pero su padre se había negado repetidamente al creer que las tentaciones que podían encontrarse en la ciudad eran las responsables de que su esposa hubiese abandonado a la familia. Independientemente de su razonamiento, Caroline y ella, sobre todo, habían anhelado conocer algunas de esas «tentaciones» por sí mismas.

Diana, la hermana mayor, de veintiún años, siempre había sido la más reservada de las tres y se había tomado muy en serio las responsabilidades de señora de Shoreley Park y de madre suplente de sus hermanas pequeñas. Por eso, Caroline primero y ella después, dejaron la única casa que habían conocido y se marcharon a vivir las emociones que representaba Londres. Naturalmente, no podía decir nada por Caroline porque no la había visto ni sabía dónde estaba, pero ella se había dado cuenta inmediatamente de que las emociones de la ciudad solo las vivían los nobles y ricos de la sociedad londinense y de que ser una señorita de compañía, como las circunstancias le habían obligado a ser, solo era ser una empleada de poca categoría a merced de los caprichos de su señora y que vislumbraba muy de vez en cuando el mundo en el que había anhelado vivir.

También había tenido tiempo de sobra para darse cuenta de lo mucho que echaba de menos a sus hermanas, de lo sola que se sentía sin reírse ni cotillear con ellas, de darse cuenta de que, al ser la menor, Caroline y Diana habían sido sus compañeras durante los diecinueve años que tenía. Las había echado de menos tanto que el día que recuperó a Héctor después de que escapase de la señora Wilson, tuvo la fugaz y necia sensación de que había visto a Caroline montada en el carruaje más elegante que paseaba por el parque ese día.

Naturalmente, fue algo absurdo y que se confirmó cuando también pudo ver al caballero que dominaba con naturalidad a los dos caballos, perfectos aunque nerviosos, que arrastraban el deslumbrante carruaje. Era un caballero aristocrático y de una apostura arrogante, con cierto aspecto peligroso por la cicatriz que le bajaba por el lado izquierdo de la cara. Era el tipo de caballero libertino que las hermanas no habrían conocido nunca... ni conocerían. No obstante, esa fugaz visión le había servido para destacar cuánto deseaba estar con sus hermanas otra vez. Desgraciadamente, ella, y Caroline también, con toda certeza, se había dado cuenta en cuanto llegó a Londres de que al marcharse tan precipitadamente de Hampshire no tuvo en cuenta cómo iba a enterarse de si lord Faulkner se había marchado de Shoreley Park, o de cuándo lo haría, y de si podía volver a su casa. Hasta que se le ocurriera una manera de solventar esa situación, era absolutamente necesario que conservara su empleo en la casa de la señora Wilson, algo que no conseguiría si se enemistaba con el querido sobrino de esa mujer.

—Le pido disculpas otra vez, milord, por cualquier.... cualquier malentendido, pero estoy segura de que a su tía le complacerá enterarse de lo bien que se encuentra esta tarde.

—¿De verdad? —Nathaniel la miró con detenimiento—. ¿Qué más piensas contarle a mi querida tía sobre esta tarde?

Ella pareció lamentar el tono acusador de su voz.

—¿Yo? Nada más, milord.

—¿No crees que te debo una disculpa por mi comportamiento? —le preguntó él mirándola incisivamente.

Ella volvió a sonrojarse y evitó mirarlo a los ojos.

—Preferiría olvidar el incidente, milord —ella

pareció algo turbada—. Ahora, si me excusa, supongo que Héctor estará esperándome para dar el paseo.

Ella hizo una cortés reverencia y él la observó con los ojos entrecerrados mientras salía del dormitorio y con cierta decepción por su reacción a la intencionada provocación de él. En vez de la rabia que había esperado, el brillo belicoso había desaparecido de sus ojos azules mientras volvía a asumir la apariencia de señorita de compañía joven y recatada del perro de su tía. «Apariencia» porque él tenía serias dudas de que la señorita Betsy Thompson hubiese nacido para representar ese papel tan servil...

Dos

—He decidido que, como evidentemente te sientes mucho mejor, voy a celebrar una pequeña cena dentro de unos tres días —le comunicó su tía con satisfacción y una cálida sonrisa.

—Tía...

—Como he dicho, será un grupo pequeño. Solo unos veinte de mis vecinos más allegados —añadió ella para intentar convencerlo.

Elizabeth, que había entrado en la sala justo a tiempo para oírlo, miró a Nathaniel mientras hacía una reverencia y antes de dirigirse hacia el fondo de la habitación para sentarse discretamente junto a Letitia Grant.

Entonces, se fijó en lo atractivo que estaba el conde con la levita negra y la camisa inmaculadamente blanca. Además, la luz de las velas le daba un tono dorado a su pelo elegantemente peinado y a sus rasgos ligeramente bronceados. Casi se quedó sin respiración.

Había captado al instante que sus ojos color caoba habían reflejado cierto espanto por lo que le había dicho su tía, pero lo disimuló inmediatamente con una mirada de desinterés. Ella adivinó fácilmente por qué. La señora Wilson, una viuda de cuarenta y pocos años y todavía atractiva, había dejado muy claro que no tenía ningún interés en casarse otra vez y que prefería dedicar sus esfuerzos a encontrar una condesa para su sobrino.

En realidad, cuando volvió de su paseo en carruaje, ya tenía la noticia de que había al menos tres vecinas jóvenes y atractivas que estaban a la altura y que podrían satisfacer el exigente criterio de su sobrino. Según había declarado con firmeza, consideraba que, a los veintiocho años, su sobrino ya tenía una edad más que sobrada para que abandonara la vida de soltero y tuviera un heredero. Como él no tenía una madre que lo orientara, ella tenía la obligación de cerciorarse de que la mujer que eligiera como condesa y madre de sus hijos era la más adecuada para esa función, independientemente de que el conde tuviese alguna predisposición en ese sentido o no.

La expresión cautelosa de Nathaniel Thorne parecía indicar que no la tenía. Ella, después del incidente que habían tenido antes, no pudo evitar sentir cierto regocijo por la evidente incomodidad del conde. Una vez que la señora Wilson acometía algo, rara vez se daba por vencida. La presencia de ella allí era una prueba.

Aquel día, una vez que consiguió capturar a Héctor en el parque, no le costó encontrar a su dueña. Era la mujer que gesticulaba acaloradamente a uno de sus cocheros mientras se dirigía con paso decidido hacia donde ella tenía al perro en brazos. La reunión entre el perro y su dueña hizo que derramara una lágrima de emoción, aunque por un motivo completamente distinto que el del pobre cochero, quien estaba al lado de su señora y todavía le zumbaban los oídos.

La señora Wilson, una vez comprobado que su «querido Héctor» estaba bien, miró con los ojos entrecerrados a su rescatadora e insistió en que la acompañara a su casa para agradecérselo más con una taza de té. Una vez dentro de la lujosa y cómoda casa, la señora Wilson exigió saber qué hacía una muchacha como ella paseando sola por el parque.

Cuando se enteró de que estaba cruzando el parque para animarse después de que no hubiese conseguido un empleo en una mercería, la mujer insistió en que tenía que trabajar para ella, que su «querido Héctor» le había tomado tanto aprecio que, evidentemente, no se podía hacer otra cosa.

Antes de que pudiera abrir la boca, o eso le pareció, sus pertenencias ya estaban en la casa de la señora Wilson y ella estaba a cargo del cuidado del travieso y adorable Héctor.

Si la señora Wilson había decidido dedicar su considerable tenacidad a encontrarle una esposa adecuada a su sobrino, estaba segura de que lo conseguiría, quisiera el conde de Osbourne o no.

—...es una suerte que los Miller no hayan ido este año a la Temporada de Londres porque siguen de luto por el fallecimiento de lord Miller —oyó Elizabeth que decía la señora Wilson con satisfacción.

—Dudo mucho que a lord Miller le parezca una suerte... —replicó el conde con ironía.

Ella contuvo otra sonrisa, pero su rostro se puso muy serio cuando lo levantó y vio que lord Thorne la miraba fijamente. Desvió la mirada apresuradamente y empezó a conversar con la anciana Letitia Grant, aunque podía notar que el apuesto y libertino conde seguía mirándola...

Nathaniel escuchaba a medias mientras su tía seguía enumerando los invitados a la cena del sábado por la noche. No le interesaban lo más mínimo esos invitados y mucho menos las dos Miller y su madre... o la señorita Penelope Rutledge, la hija también casadera del magistrado local, el vizconde Rutledge. Su tía se quedaría pasmada si supiera que la única mujer que le interesaba mínimamente en ese momento estaba en esa sala y charlando con Letitia Grant... y que su interés por ella había sido completamente deshonroso esa misma tarde. Se había fijado en ella en cuanto entró silenciosamente, hizo una reverencia y se sentó junto a Letitia.

El sencillo vestido color crema que llevaba era el contraste perfecto para esos rizos color ébano que enmarcaban el delicado óvalo de su rostro y la cintura alta y el escote bajo permitían ver el cuello desnudo y el arranque de los pechos que había admirado unas horas antes.

Cuando se marchó de su dormitorio, decidió que la señorita Betsy Thompson era una contradicción que había que investigar. Según lo que había sonsacado discretamente a Letitia Grant, su tía no sabía absolutamente nada sobre la joven que había empleado, aparte de que Héctor la adoraba, lo cual, para su tía Gertrude, ¡parecía ser una referencia más que suficiente!

Él no opinaba lo mismo ni mucho menos. Según lo que sabían, Betsy podía ser una esposa que se había fugado y que intentaba evitar que su marido agraviado la encontrara o, peor aún, una delincuente que huía de la justicia. Al menos, esas eran la excusas que se había dado para estar interesado por la joven...

—¿Estás escuchándome, Osbourne? —le preguntó su tía ante su evidente falta de atención.

Él desvió la mirada hacia su ligeramente enojada tía.

—Estás exaltando las virtudes de la señorita Rutledge, creo. Lo bien que toca el piano, que tú y otras consideráis que sus bordados y sus pinturas tienen una calidad especial, que se ha hecho cargo de la casa del vizconde con elegancia y competencia desde que su madre murió hace tres años, que...

—No estarás burlándote de mí, ¿verdad? —le preguntó su tía con seriedad.

—Te aseguro, tía Gertrude, que un hombre con las ganas de cenar que tengo yo no suele burlarse de nada.

El mayordomo apareció en ese momento y anunció que la cena iba a servirse. Él se levantó y ofreció el brazo a su tía. Elizabeth tuvo que reconocerse que el conde había sorteado con mucha elegancia esa conversación tan incómoda y, junto a Letitia, siguió a Nathaniel y a su tía hasta el pequeño comedor familiar. Muchos jóvenes caballeros, con ganas de cenar o sin ellas, habrían sido más ariscos con la señora Wilson por ser una casamentera tan descarada.

Lord Thorne, al no serlo, había dejado claro el afecto sincero que sentía hacia su tía. Aunque eso no excusaba en absoluto el rapapolvo que le había echado antes por lo que a ella le parecía una franqueza muy justificada en lo relativo al comportamiento escandaloso de su amigo lord Faulkner... ni las libertades que se había tomado con ella antes de eso... Aunque quizá no fuese lo que debería estar recordando en ese momento, cuando el conde, después de haber sentado a su tía y a Letitia, le retiraba cortésmente su silla.

—¿Puedo atreverme a esperar que ese rubor es por mí, Betsy? —murmuró él.

Su aliento le acarició los rizos de la nunca mientras se inclinaba para colocar la silla debajo de ella. Ella se sentó con la espalda y los hombros rígidos para mostrar su censura. ¡Aunque no pudo evitar sentir cierta inquietud ante su acierto al adivinar lo que estaba pensando! Antes, cuando la acosó repentinamente, se quedó tan perpleja que no pudo calibrar exactamente la reacción de su cuerpo al estar entre sus brazos mientras intentaba besarla.

Desgraciadamente, no pasó lo mismo mientras paseaba a Héctor por la tranquilidad del bosque que rodeaba la residencia Hepworth. No pudo dejar de pensar una y otra vez en la calidez del cuerpo de Nathaniel Thorne, en su musculoso pecho, en la emoción de sentir que sus labios rozaban fugazmente los de ella y en el estremecimiento de placer que se adueñó de ella cuando esos mismos labios descendieron por su cuello... y sintió un cosquilleo solo de pensar en su forma tan lujuriosa de mirarle los pechos.

Su vida en Shoreley Park había sido casi monacal. Había muy pocos jóvenes que vivieran por los alrededores y Marcus Copeland consideró que ninguno de ellos era la compañía adecuada para sus tres hijas. La excepción fue Malcolm Castle, el hijo del terrateniente local, pero como él mostró preferencia por su hermana Diana desde la infancia, esa posibilidad de coqueteo quedó vedada para Caroline y ella. Además, ¡las confianzas de Nathaniel Thorne no podían llamarse un mero coqueteo!

Las libertades que había intentado tomarse habían indicado que la consideraba tan poco respetable como a una... una mujer a la que hubiese pagado para pasar la noche con ella. Indudablemente, eso se debía a la posición tan baja que ocupaba en la casa de su tía, pero, aun así...

—Antes me ruborizaría al pensar en una víbora, milord.

Ella lo dijo mientras lo miraba con una sonrisa, como si estuviera agradeciéndole su cortesía en vez de insultarlo, porque la señora Wilson y

Letitia no apartaban la mirada de ellos. Nathaniel también esbozó una sonrisa de satisfacción perversa por su airada réplica y fue a sentarse a la cabecera de la mesa. Se sirvió el primer plato y su tía empezó otra vez a cantar las alabanzas de la nobleza local y de las hijas casaderas que iba a invitar a la cena.

Era un monólogo que él volvió a escuchar a medias mientras observaba los refinados modales de Betsy a la mesa y su elegancia al entablar conversación con la aburrida Letitia, quien estaba sentada enfrente de ella. Letitia era, naturalmente, la señorita de compañía perfecta para su tía. Era tan insustancial y complaciente que nunca se oponía a su dominante prima. Sin embargo, había que reconocer el mérito de Betsy, que no era ninguna de esas dos cosas, por molestarse en darle conversación a esa mujer. Estaba tan entretenido por los esfuerzos que hacía ella para no dirigirle ni la más mínima mirada, y por la maravillosa cena que había preparado el cocinero de su tía, claro, que se olvidó durante unas horas de que tenía las costillas rotas y de que le dolían.

—Betsy, creo que es la hora de que Héctor dé el último paseo del día.

Su tía miró hacia la chimenea, donde estaba la

cesta con su adorado perro. Las dos mujeres iban a la sala de estar para tomar el té antes de acostarse y él se quedaría solo en la mesa para fumar un cigarro y beber una copa de brandy, dos placeres que su tía le había denegado desde hacía una semana y media porque sentía aversión a que alguien fumara en los dormitorios de su casa. Motivo más que suficiente para que se recuperara rápidamente. Se había levantado educadamente cuando las mujeres se levantaron para retirarse, pero miró con el ceño fruncido hacia la ventana del comedor.

—Tía Gertrude, ¿te parece seguro para la señorita Thompson?

La oscuridad al otro lado de la ventana indicaba claramente lo tarde que era.

—Nunca he tenido miedo de salir a la oscuridad, milord —replicó ella en tono tajante.

Él no le hizo caso y siguió hablando con su tía.

—Quizá fuese preferible que uno de los lacayos se ocupara de Héctor por la noche, tía.

La señora Wilson pareció quedarse desconcertada durante un instante.

—Betsy no se ha quejado...

Los profundos ojos marrones la miraron fugazmente antes de que él se dirigiera a su tía por tercera vez.

—Querida tía, no me parece que la señorita

35

Thompson sea una de esas jóvenes que se quejan —replicó él con una sonrisa maliciosa.

Ella notó que se sonrojaba ante la evidente referencia a que no se había quejado a su tía por su atrevido comportamiento de esa tarde. Tampoco pensaba quejarse. Dada su posición en esa casa, lo más probable era que la señora Wilson la culpara a ella del atrevimiento de su adorado sobrino.

—La señorita Thompson podría encontrarse con algún... individuo peligroso que merodeara por el campo de Devonshire a estas horas de la noche —añadió el conde con sorna.

Para ella, el único «individuo peligroso» que podía encontrarse esa noche o en cualquier otro momento estaba en esa habitación. Además, no le gustaba que el conde se metiera en un asunto que no era de su incumbencia. Hasta el momento, había disfrutado con la soledad de esos paseos por la noche con Héctor, tanto en Londres como allí. Más aún, le molestaba que lord Thorne insinuara que era una joven melindrosa que tenía miedo a salir a la oscuridad de la noche.

—Osbourne, esto es Devonshire, no Londres.

Evidentemente, la señora Wilson sentía el mismo escepticismo que ella.

—Aun así...

—Estoy segura de que no me pasará nada, lord Thorne.

Ella consiguió decirlo en un tono respetuoso aunque lo miró con rabia y con los ojos entrecerrados. Una mirada a la que él correspondió arqueando una ceja.

—Tía, a lo mejor debería acompañar a la señorita Thompson... —propuso él casi con resignación—. Puedo fumar un cigarro tanto fuera como aquí dentro.

—También yo puedo acompañar a Betsy —intervino Letitia con un nerviosismo evidente.

—Querida Letitia, me temo que eso solo serviría para que las dos corrierais el mismo peligro —replicó el conde con amabilidad.

La señora Wilson frunció el ceño con preocupación.

—¿Crees de verdad que Betsy corre peligro si sale sola por la noche?

Lord Thorne encogió esos hombros inmensos.

—No creo que ahora haya menos contrabandistas que hace unos años.

Ella, excepcionalmente, se había quedado muda ante la oferta del conde a acompañarla de paseo, pero, en ese momento, lo miró boquiabierta.

—¿Contrabandistas?

Los profundos ojos marrones la miraron con un brillo burlón mientras él asentía con la cabeza.

—Creo que el contrabando sigue siendo una actividad muy lucrativa en Devonshire, aunque ilegal, claro. Una actividad que los hombres que la practican preferirían no ver interrumpida por una joven que pasea un perro.

—No había pensado en eso —la señora Wilson asintió vehementemente con la cabeza—. Osbourne, quizá deberías acompañar a Betsy...

«Betsy» habría podido gritar de impotencia porque hablaban de ella como si no pudiera pensar o no tuviera opinión.

—Salvo que a Betsy le parezca inapropiado salir sola conmigo, claro —añadió el conde.

Ella apretó los labios mientras miraba su rostro de libertino atractivo. Sabía que estaba burlándose de ella una vez que había saciado sus ganas de cenar.

—Usted...

—Eso es tan ridículo como decir que la doncella no debería ordenar tu dormitorio, Osbourne —le interrumpió la señora Wilson con impaciencia.

También la dejó a ella en la posición de una sirvienta inferior, una posición que cada vez le costaba más mantener cuando estaba con Nathaniel Thorne, quien se recuperaba muy deprisa...

—¿Desde cuándo te llamas Betsy?

La joven que caminaba con paso firme por el

sendero del acantilado se tambaleó levemente ante la inesperada pregunta. A juzgar por su silencio gélido desde que volvió de recoger la chaqueta de terciopelo de su dormitorio, era evidente que estaba furiosa por la intervención de él en el comedor. Había tomado la correa de Héctor del lacayo y había salido sin siquiera mirarlo. Él la había seguido a un paso más tranquilo y disfrutando del cigarro, pero sus zancadas eran mucho más largas y la había alcanzado al cabo de unos segundos. Cuando la miró y vio su gesto obstinado, comprendió que no estaba dispuesta a hacerle el más mínimo caso si no la provocaba. Algo que había conseguido, si no se equivocaba mucho.

—¿Qué quiere decir? —preguntó ella mirándolo fijamente a la luz de la luna.

Era una noche despejada y cálida de primavera y las estrellas resplandecían en el cielo aterciopelado. Probablemente, no era la noche más indicada para que hubiera contrabandistas y, por lo tanto, debería haber sido un paseo muy placentero a la luz de la luna con una joven apetecible y un perro muy alegre que correteaba delante de ellos. Sin embargo, hasta el momento, había sido una batalla silenciosa entre ellos. Él suspiró.

—Me he dado cuenta de que te sobresaltas un poco cuando mi tía, o quien sea, te llama así.

—Se equivoca, milord, yo...

—Creo que no me equivoco —le interrumpió él con firmeza.

Su paciencia con esa joven tenía límites. Ella lo miró con cautela y supo que lo había infravalorado, que esa perspicacia indicaba que era mucho más que el querido sobrino de la señora Wilson o el amigo del escandaloso lord Faulkner que había intentado seducirla esa tarde.

—Tu silencio delata que necesitas tiempo para pensar una explicación convincente... —añadió Nathaniel.

Ella tomó aliento con decisión.

—Basta con que se lo pregunte a su tía para que reciba una explicación —replicó ella con despreocupación mientras seguía andando por el sendero.

—Algo que no haré por motivos evidentes.

Naturalmente, el conde de Osbourne no iba a mostrar ese interés por la joven que se ocupaba del perro de su tía.

—Milord, le aseguro que la explicación es muy sencilla. La señora Wilson consideró que Elizabeth, mi nombre completo, no era apropiado para una sirvienta de la casa.

Elizabeth... Él sí creía que la elegancia de ese nombre se ajustaba mucho mejor que «Betsy» a esa joven contradictoria.

—Entonces, te llamaré Elizabeth.

—¡No, por favor! —ella volvió a detenerse—. Yo... A su tía no le gustaría.

—No recuerdo haber dicho que iba a pedirle permiso a mi tía —replicó él con ironía.

Ella frunció el ceño.

—Tampoco me ha pedido permiso a mí, milord. Si lo hubiese hecho, no se lo habría dado.

—Quizá, cuando estemos solo como ahora...

—¡No, milord!

—Llamo a Letitia por su nombre de pila.

—Porque los dos son familia política —razonó ella con cierto remilgo—. Yo solo soy...

—...la joven a la que besé antes —terminó él con la voz ronca.

El destello de sus ojos azules se clavó en él.

—Que intentó besar, lord Thorne. Un intento que creo que sorteé con éxito —añadió ella con una satisfacción altiva.

La satisfacción habría bastado por sí sola para herir su orgullo masculino, pero esa altivez había llevado las cosas demasiado lejos. Algo que ella también comprendió mientras empezaba a retroceder con cautela.

—Milord, no puede ir por ahí aprovechándose de las jóvenes que trabajan en la casa de su tía...

—Solo hay una joven en la casa de mi tía que me interesa mínimamente, mi querida Elizabeth

—murmuró él mientras tiraba la colilla del cigarro y la seguía lentamente.

—¡No soy su «querida» nada! —exclamó ella con indignación.

—No, todavía, no —reconoció él con la voz ronca.

—¡Jamás! —sus rizos negros se agitaron a la luz de la luna—. Milord, de verdad no puede...

—De verdad, sí puedo —le interrumpió él asintiendo con la cabeza.

—Usted... ¡oh!

La réplica quedó bruscamente silenciada cuando la tomó entre los brazos y la estrechó contra sí.

—Además, mi querida Elizabeth, esta vez no te aprovecharás vilmente de mis costillas dañadas.

Él sonrió ladinamente antes de inclinar la cabeza y besarla en los labios. Ella no se había equivocado antes. Sentir los labios de Nathaniel Thorne sobre los suyos era placentero y cautivador. Sentía un cosquilleo y un placer cálido en los pechos que le endurecía los pezones y que le recorría todo el cuerpo hasta llegarle entre los muslos. Nunca había sentido nada como ese calor en ese sitio. Era como si también se hinchara y, además, sentía una humedad que, aunque un poco incómoda, hacía que le temblaran las piernas y le flaquearan las rodillas...

Se agarró al chaleco de seda de Nathaniel para

intentar mantenerse de pie y pudo notar el cuerpo musculoso que había debajo de ese chaleco y de la camisa, un cuerpo que se estremeció levemente por el contacto con ella mientras seguía devorándola.

Sin aliento, decidió que era lo más apasionante que había sentido en su vida, que no se parecía a nada de lo que había sentido antes. El calor que la abrasaba por dentro se multiplicó por diez cuando una de sus manos le tomó un pecho... Entonces, dejó de besarla repentinamente. Ella se sintió como vacía y lo miró parpadeando.

—¿Qué has hecho, necia muchacha? —exclamó él con el ceño fruncido.

¿Qué había hecho ella...?

—¡Héctor!

Se dio cuenta, demasiado tarde, de que debía de haber soltado la correa del perro mientras se besaban y que Héctor no solo se había escapado, sino que se lo había tragado la oscuridad.

Tres

—¡Usted tiene la culpa! —replicó ella con rabia.

—Yo no estaba tan obnubilado con nuestro beso que dejé que se me escapara el perro que tenía a mi cargo —le recordó él mientras perseguían apresuradamente al perro por el sendero del acantilado.

Al menos, ella iba apresuradamente porque le costaba seguir el paso normal de él.

—Yo tampoco estaba... tan obnubilada. ¡Héctor! ¡Héctor! —lo miró con furia y acusadoramente—. Si usted no... no se hubiese tomado esas libertades... ¡Héctor!

—Elizabeth —él decidió interrumpir lo que empezaba a parecer una perorata digna de su tía—. Te advierto que es verdad que hay contrabandistas y que si hay alguno en este momento...

—Creo que solo intenta asustarme, milord.

—¿Puede saberse por qué iba a querer asustarte? —preguntó él con cierta delicadeza.

—Porque está claro que disfruta perversamente al hacerlo —contestó ella, quien ya estaba cansada de las necedades de ese hombre por esa noche, fueran las que fuesen—. Además, no pienso asustarme por leyendas...

Elizabeth dejó de hablar cuando oyó a Héctor que ladraba a lo lejos. Unos ladridos que iban acompañados de unas órdenes tajantes y de ¡los relinchos de un caballo!

—¡Héctor! —gritó ella antes de salir corriendo.

Nathaniel corrió detrás de ella y el corazón se le paró cuando vio que Héctor ladraba a un enorme y fantasmagórico caballo blanco que resoplaba y se encabritaba al borde del acantilado con el jinete haciendo todo lo posible por intentar dominarlo.

—¡Cállate, Héctor! —le ordenó Nathaniel.

Elizabeth, por su parte, agarró las riendas del caballo mientras le hablaba para intentar serenarlo. El animal seguía resoplando y pateando el suelo con los ojos desorbitados a pesar de que el perro se había callado.

—¡Domínelo! —ordenó Nathaniel al hombre vestido de negro.

A pesar del dolor en las costillas, se acercó y agarró con fuerza las bridas del caballo. El animal, atrapado por los dos lados, empezó a tranquilizarse.

—Buen chico... —Elizabeth acarició el cuello del caballo—. Tranquilo... Así me gusta...

El animal se serenó y él decidió que ya se ocuparía más tarde de Elizabeth y de su temeridad por acercarse a un caballo encabritado, que, por el momento, concentraría su considerable ira en el jinete, quien había desmontado y estaba al lado de él en el sendero.

—¿Puede saberse qué estaba haciendo? —le preguntó implacablemente sin soltar las bridas.

—Yo... —el caballero pareció quedarse mudo por un instante—. Si no hubiese permitido que ese maldito perro asustara a Starlight, ¡nada de todo esto habría sucedido!

Ella sabía que la acusación del caballero estaba justificada.

—Me temo que ha sido culpa mía, señor —el pálido rostro del caballero se giró hacia ella—. Solté sin querer la correa de Héctor y...

—¿Quién es usted?

El hombre se lo preguntó autoritariamente, con la levita flotando levemente y con el sombrero de copa milagrosamente en la cabeza todavía

Ella se quedó asustada por el tono de la pregunta.

—Soy Eliza... Betsy Thompson, señor, y le pido disculpas sinceramente. Me... distraje un momento y Héctor se escapó.

—¿Eliza Thompson? —preguntó el hombre con el ceño fruncido.

—Elizabeth, pero me llaman Betsy. Espero que Starlight y usted estén bien...

—No lo sabré hasta que Starlight vuelva al establo y pueda verlo a la luz de un farol —replicó el hombre con un gruñido.

—¿Es usted Tennant? —preguntó Nathaniel de repente.

—Me llamo sir Rufus Tennant, efectivamente —contestó el hombre mirándolo con altivez—. ¿Y usted es...?

—Osbourne.

El nombre tuvo el efecto deseado y el otro hombre pareció relajarse un poco.

—¿Nathaniel Thorne?

—El mismo —confirmó el conde lacónicamente.

—¿Está en la residencia Hepworth con su tía?

—Evidentemente —contestó Nathaniel en tono irónico—. ¿Puede saberse qué hace montando a caballo por el borde del acantilado a estas horas de la noche, Tennant?

—Osbourne, un caballero no comenta lo que está haciendo a estas horas de la noche en presencia de una mujer —contestó sir Rufus Tennant con cierto aire burlón.

Ella, que estaba agachada y acariciando al jadeante Héctor, se quedó sin saber si era un contrabandista o un caballero que volvía de verse con su amante.

—Me sorprende, Tennant... —murmuró Nathaniel dando a entender lo último.

—¿De verdad? —preguntó el otro hombre con frialdad.

—Creo que deberíamos volver a la casa, milord —intervino ella mientras se incorporaba.

—Preséntenos, Osbourne —casi le ordenó el otro hombre.

—Betsy Thompson, sir Rufus Tennant.

La tensión del conde indicaba su enojo por la arrogancia autoritaria del otro hombre.

—Señorita Thompson —sir Rufus se inclinó levemente—, ¿me permite que mañana vaya a visitarla?

Elizabeth se quedó muda por segunda vez en muy poco tiempo. Era evidente que sir Rufus creía que estaba invitada en la casa de la señora Wilson. Nathaniel contestó y le dejó enojosamente claro que no lo estaba.

—La señorita Thompson es la señorita de compañía de mi tía y si mañana va a visitarla, estará ocupada con sus tareas. Sin embargo, estoy seguro de que la señora Wilson estará encantada de recibirlo.

Elizabeth, aunque notaba la mirada de sir Rufus

clavada en ella, permaneció en silencio. Le habían recordado implacablemente que las señoritas de compañía no recibían visitas de caballeros con título.

—¿Vas a quedarte en silencio hasta que lleguemos a la casa? —preguntó él en tono cortante.

Le dolían mucho las costillas por el esfuerzo de dominar al caballo de Tennant y el paso acelerado de Elizabeth no mejoraba las cosas. Evidentemente, estaba deseando librarse de él.

—Creía que lo preferiría, milord —contestó ella—. Estoy segura de que la tediosa cháchara de una simple señorita de compañía sacaría de sus casillas a un caballero.

Nathaniel volvió a captar las contradicciones que rodeaban a esa joven. Era evidente que Tennant también la había confundido con una mujer de alta cuna solo con oírla y que por eso había querido visitarla al día siguiente, algo que a él no le había agradado lo más mínimo. Como tampoco había agradado a Elizabeth su réplica tajante a Tennant.

—La cháchara de esta señorita de compañía en concreto no me parece nada tediosa —reconoció él.

Ella lo miró con un brillo en los ojos azules.

—¡Me cuesta mucho creerlo, milord!

—¿Por qué, Elizabeth?

—Le he dicho que no...

—Y yo te he dicho que pienso llamarte Elizabeth cuando estemos solos.

Ella lo miró con desesperación.

—Y como soy una empleada de su tía, no puedo decir nada al respecto.

—¿Te gusta más el nombre de Betsy? —preguntó él encogiéndose de hombros.

Ella resopló de una forma muy poco elegante.

—Claro que no.

—Entonces, ¿por qué no quieres que te llame Elizabeth?

—Porque no me lo ha pedido, milord —contestó ella sin disimular el enojo.

—Muy bien —Nathaniel inclinó ligeramente la cabeza—. ¿Puedo llamarte Elizabeth cuando estemos solos?

—¡No! —contestó ella con un placer evidente.

—Estás poniéndote intencionadamente intransigente —replicó él con impaciencia—. ¿Toda esa indignación es porque le dije a Tennant que eres empleada de mi tía?

—¿Por qué iba a importarme lo más mínimo que diga la verdad?

—No lo sé, solo sé que... ¡Maldita sea!

Nathaniel la agarró con fuerza de los brazos,

pero resopló por el dolor que sentía en el pecho y la soltó mientras intentaba contener las ganas de doblarse.

—Milord...

Ella lo miró con preocupación.

—Te pido disculpas por mi lenguaje —dijo él con los dientes apretados mientras se erguía lentamente.

—No se preocupe por eso ahora —ella sacudió la cabeza—. Se ha hecho daño otra vez...

—Yo solo he empeorado la lesión original —le corrigió él con la mandíbula apretada por el dolor—. ¡Y ha sido por tener que salvarte de tu propia temeridad!

—¿A qué se refiere? —preguntó ella, indignada otra vez.

—Pensé que acabarías muerta debajo de los cascos del caballo —Nathaniel la miró acusadoramente y con rabia—. ¿Puede saberse qué te proponías al meterte así en esa situación?

—Le aseguro que sabía perfectamente lo que estaba haciendo.

—¿De verdad? —preguntó él en tono burlón.

—La primera vez que me montaron en un caballo tenía...

Ella se calló bruscamente y apretó los labios al darse cuenta de que había dicho demasiado. Aunque a Nathaniel no le pareció suficiente. Si

Elizabeth Thompson era la hija de un caballero venido a menos, y estaba empezando a creerlo con bastante seguridad, su comportamiento de hacía un rato con ella lo pondría en una posición muy incómoda, muy incómoda...

—¿Qué estabas diciendo? —preguntó él persuasivamente.

—Déjeme que lo ayude a volver a casa, milord.

—¡Estoy dolorido, Elizabeth, no cojo!

Nathaniel hizo una mueca de disgusto por la agresividad de su tono cuando ella intentó agarrarlo del brazo.

—Entonces, quizá debería reflexionar sobre lo que ha hecho usted antes de criticar lo que he hecho yo.

—¿Qué...? —preguntó él con el ceño fruncido.

—Sí. Si no se hubiese mezclado en una trifulca entre borrachos, no le habría pasado lo que le ha pasado.

—¿Y si me hubiese pasado por defender a una dama? —preguntó él con ironía y menos dolorido.

—Me cuesta mucho creerlo —contestó ella con las cejas arqueadas—. Una dama respetable nunca se habría puesto en la situación de necesitar que la defendieran así.

Él la miró con los ojos entrecerrados. Podría

tener razón, pero como lord Dominic Vaughn, conde de Blackstone y amigo suyo, había declarado que pensaba casarse con esa mujer lo antes posible, quizá fuese prudente callarse su opinión.

—Estoy seguro de que tú nunca te pondrías en esa posición —replicó él lentamente.

Ella frunció el ceño al sospechar que estaba burlándose de ella.

—Soy una señorita de compañía, milord, no una dama —le recordó ella con arrogancia antes de dirigirse otra vez hacia la residencia Hepworth.

Una arrogancia que lo dejó muy poco convencido de su afirmación, como se quedó Tennant unos minutos antes.

—Pero no por eso te mereces menos la protección de un caballero.

Él la alcanzó y ella lo miró fijamente. Estaban más cerca de la casa iluminada y podía ver mejor los rasgos del conde. Eran unos rasgos severos e inflexibles que alteraban su ya de por sí alterada tranquilidad de espíritu.

—De la única persona de la que habrían tenido que protegerme esta noche es de usted, ¡milord!

—Me parece todo lo contrario, Elizabeth. Por lo que he comprobado hasta el momento, eres muy capaz de protegerte sola.

—Menos mal —replicó ella mirándolo con desdén.

El mayordomo abrió la puerta y los dos entraron.

—Si me disculpa, milord —ella bajó la mirada recatadamente por la presencia del mayordomo—. La señora Wilson estará esperando el regreso de Héctor.

Nathaniel se quedó mirándola con los ojos entrecerrados mientras subía la escalera con el perro. Al día siguiente hablaría con su tía y le preguntaría qué sabía exactamente de la joven que había empleado.

—Sewell, por favor, tomaré un brandy en la biblioteca —le pidió al mayordomo distraídamente.

—Muy bien, milord.

Una vez sentado junto a la chimenea de la biblioteca y con la copa de brandy que tanto necesitaba en la mano, volvió a pensar en el extraño encuentro con sir Rufus Tennant. No conocía bien a la familia Tennant. Solo había conocido superficialmente a Giles, el hermano menor de sir Rufus, antes de que se viera mezclado en un escándalo hacía unos años y de que acabara quitándose la vida. A sir Rufus, que era unos ocho años mayor que él, no lo conocía en absoluto. Tenía fama de ser taciturno y hosco, iba muy poco a Londres, no hacía vida social y tampoco había rumores sobre su vida sentimental. Algo que hizo que su tía Gertrude llegara a comentar una vez, después de que rechazara otra de sus invitaciones a cenar, si los gustos de sir Rufus no se dirigirían... en otra dirección. La intención de visitar a Elizabeth al día siguiente parecía indicar que las conclusiones de su tía eran erróneas.

—Señora, sir Rufus Tennant ha venido a visitarla.

Sewell, a última hora de la mañana siguiente, lo comunicó inexpresivamente desde la puerta de la sala de estar. Elizabeth, desde el fondo de la habitación, levantó la mirada del bordado que estaba haciendo. Tenía curiosidad por saber cómo sería sir Rufus a la luz del día.

El caballero que entró unos segundos después medía algo menos de dos metros, tenía un pelo oscuro que necesitaba un ligero corte para ser completamente elegante, los ojos azules más claros que había visto en su vida y un rostro serio aunque no desagradable.

Iba vestido con una levita marrón, un chaleco de color tostado, unos pantalones de montar beis y unas botas de color cuero con el borde negro que tenían algo de polvo por el paseo a caballo hasta allí.

Se detuvo en la puerta y las miró con esos ojos azul claro antes de clavarlos en ella. Tomó aliento, su mandíbula se tensó levemente, entró en la habitación y se inclinó con rigidez ante la señora Wilson.

—Espero que esté bien, señora.

Esa mañana, durante el desayuno, ella le había contado a la señora Wilson el encuentro de la noche anterior y la señora, que no se sorprendió al verlo, le sonrió con elegancia.

—Hacía mucho que no lo veíamos, sir Rufus.

La mirada azul se desvió fugazmente hacia ella antes de mirar otra vez a la señora.

—Como de costumbre, estoy muy ocupado con los asuntos de mis propiedades, señora. En realidad, solo había venido para cerciorarme de que la señorita Thompson y su sobrino volvieron bien del paseo de anoche.

—¡Ah, sí! —la señora Wilson miró con amabilidad a Elizabeth, quien se había ruborizado—. Betsy me ha contado lo que ocurrió. Espero que no le haya pasado nada a su caballo...

—Nada en absoluto, gracias.

—¿Tomará té con nosotras, sir Rufus?

La señora Wilson hizo un gesto a Letitia para que llamara a Sewell.

—Gracias —sir Rufus asintió bruscamente con la cabeza—. Yo... ¿me permite preguntarle a la señorita Thompson qué tal está?

Ella se sonrojó más todavía por el brillo que

vio en los ojos de la señora Wilson mientras asentía con la cabeza antes de, aparentemente, concentrarse otra vez en su bordado. Sin embargo, ella ya conocía a esa mujer bienintencionada y entrometida y sabía que no se perdería ni una palabra de lo que hablaran sir Rufus y su joven señorita de compañía.

—Señorita Thompson...

Sir Rufus se acercó a ella y la taladró con esa mirada azul claro.

—Sir Rufus —ella se levantó, dejó el bordado en la butaca e hizo una ligera reverencia—. Me alegra saber que Starlight está bien.

—Gracias. ¿Es usted de... de por aquí?

—No, sir Rufus, soy de H...

Ella se calló bruscamente y se sonrojó un poco al darse cuenta de que si decía que era de Hampshire, revelaría muchas cosas de sí misma.

—De Herefordshire —terminó ella con firmeza—. Sin embargo, por lo poco que he visto, Devonshire me parece muy bonito.

—Creo que es mejor no pasear de noche por el sendero de los acantilados, ni a pie ni a caballo.

—Es posible —concedió ella con una sonrisa—. Espero que el resto del trayecto hasta su casa transcurriera sin incidentes.

Él apretó la mandíbula.

—Nada podría haberme inquietado después de nuestro... significativo encuentro.

Se movió con incomodidad al darse cuenta de que sir Rufus Tennant estaba intentando coquetear con ella. No lo hacía con naturalidad, como si hiciese mucho tiempo que no hacía algo así, pero, al menos, estaba intentando halagarla.

—Es usted muy amable, sir Rufus.

Él esbozó algo parecido a una sonrisa.

—A lo mejor...

—Cuánto me alegro de volver a verlo, Tennant.

Nathaniel lo saludó en tono punzante entrando en la habitación y acercándose a ellos. Mientras los dos hombres se saludaban, ella tuvo tiempo de compararlos y sir Rufus salió perdiendo.

Nathaniel Thorne era unos diez años más joven y tenía una vitalidad y un atractivo de los que carecía el mayor de los dos. Sir Rufus era moreno y lord Thorne rubio y, además, tenía un corte de pelo a la última moda. La levita de lord Thorne era clara y con un corte mucho más elegante que se le ajustaba perfectamente a las anchas espaldas y a la estrecha cintura, las calzas de color tostado le cubrían las largas piernas y las botas estaban tan lustrosas que casi podía verse reflejada en ellas, no como las del hombre mayor, que en ese momento tenían polvo y manchas de barro. Todo lo cual, solo conseguía que se le despertara cierta compasión hacia sir Rufus por el aspecto más... sencillo.

Nathaniel casi podía leer los pensamientos de Elizabeth mientras los miraba desde detrás del abanico de sus pestañas largas y oscuras. Sabía que los había comparado y que había visto las carencias de Tennant, pero, aun así, prefería la compañía de ese hombre a la suya. No podía extrañarle cuando los dos se separaron enemistados la noche anterior. Había caído en la tentación de besarla otra vez, algo que no debería haber ocurrido y lo sabía, pero que lo había desvelado durante más tiempo de lo previsible.

Era verdad que hacía unas tres semanas que no se acostaba con una mujer, desde que visitó a Gabriel en su palazzo de Venecia, pero besar a Elizabeth Thompson no debería haberlo afectado tanto como para no haber podido sofocar la excitación. Dominarse para aliviar esa excitación tampoco había sido nada estimulante y por eso estaba de bastante mal humor esa mañana. Un humor que no mejoró lo más mínimo cuando entró en la sala de estar y se encontró a Tennant hablando en privado con Elizabeth. Además, haber sentido eso consiguió aumentar su irritación por esa atracción tan absolutamente inapropiada que sentía hacia Elizabeth Thompson.

—Tennant, creo que deberíamos acompañar a mi tía y dejar a la señorita Thompson con su bordado —propuso él con frialdad cuando Sewell entró con la bandeja del té.

El otro hombre lo miró con esos ojos claros y fríos como los de un pez.

—Yo...

—Sí, acompañadnos a Letitia y a mí —intervino la tía Gertrude con desenfado—. Además, extiendo la invitación para que sir Rufus asista a la cena que vamos a celebrar el sábado por la noche.

Tennant, aunque evidentemente disgustado por la interrupción, no tuvo más remedio que inclinar ligeramente la cabeza hacia Elizabeth y alejarse para sentarse con las dos mujeres. Dejando a Nathaniel solo con la también disgustada Elizabeth...

Cuatro

—¿Se complace usted despiadadamente al humillarme?

—No quiero que se ponga en evidencia al coquetear con uno de los invitados de mi tía —contestó Nathaniel con frialdad.

Ella se quedó boquiabierta por el insulto y lo miró con lágrimas de humillación en sus ojos azul oscuro.

—Sir Rufus fue quien vino hacia mí, no al revés —se justificó ella con la voz temblorosa.

Nathaniel miró al otro hombre, quien intentaba conversar educadamente con la señora Wilson y Letitia Grant. Evidentemente, Tennant se sentía incómodo en compañía de mujeres y la mirada que dirigió hacia Elizabeth parecía indicar que ella era el único motivo para hubiera pasado por eso.

Nathaniel hizo una mueca de desprecio y se dirigió otra vez a Elizabeth.

—Sin duda, sería un buen partido para una señorita de compañía.

Ella frunció el ceño por el dolor y sin saber qué había hecho para disgustar al conde, pero algo había hecho.

Sir Rufus Tennant podría ser un «buen partido» para una dama de compañía, pero no podía decirse lo mismo en lo concerniente a lady Elizabeth Copeland.

—Sin duda —confirmó ella con una expresión intencionadamente dulce.

—A lo mejor...

—Osbourne, ¿no vas a venir a ayudarme a convencer a sir Rufus para que venga a la cena del sábado?

La señora Wilson lo miró con cierto aire de censura por pasar tanto tiempo hablando con su empleada.

—Ahora mismo voy, tía —contestó él antes de bajar la voz otra vez—. Naturalmente, Tennant puede ser un poco mayor para ti...

Ella arqueó las cejas.

—No creo que una señorita de compañía pueda permitirse el lujo de preocuparse por la edad de su marido, milord —Elizabeth miró a sir Rufus—. Sus modales y su aspecto parecen suficientemente

agradables. Además, también parece moderada-
mente... adinerado.

—¿Eso te parece importante? —le preguntó él
con altivez.

—Estoy segura de que será importante para
todas las posibles esposas, milord.

—La dote de la novia también es importante
para el novio —replicó él.

Lo cual, le recordaba que ni ella ni sus hermanas tenían una dote... Su padre había sido un hombre adorable, cariñoso y amable, pero algo sombrío
desde que su esposa lo abandonó y se había alejado
de su familia y la sociedad hasta el punto de no
pensar en el futuro de sus hijas. Su muerte fue repentina y, quizá, había creído que Diana, Caroline
y ella estarían casadas y situadas antes de que muriera. Aunque no sabía muy bien cómo habría podido pasar eso si no las dejaba conocer a caballeros
casaderos. Fuera cual fuese el motivo, la lectura
del testamento de Marcus Copeland reveló que no
había dejado nada para las dotes de sus tres hijas y
que, en vez de ello, las había dejado a merced y
custodia de su heredero y primo lejano, lord Gabriel Faulkner.

—Entonces, esperemos que las dos señoritas
Miller y la señorita Rutledge posean una considerable fortuna —comentó ella con una sonrisa
forzada.

Nathaniel frunció el ceño. No le hacía ninguna gracia que ella hubiese desviado la conversación hacia las más que evidentes maniobras casamenteras de su tía. Sus dos amigos más íntimos habían sucumbido hacía poco a la idea del matrimonio. Dominic pensaba casarse con Caro Morton, una belleza enmascarada, y Gabriel, más sensatamente, tenía pensado casarse con una de las tres jóvenes que se habían convertido en sus pupilas al heredar el título de conde de Westbourne.

Sin embargo, eso no hacía que él estuviese más dispuesto a pasar por el altar. Consideraba que su obligación era defender la soltería por aquellos otros nobles que también habían conseguido escapar a ese destino hasta el momento.

A ella le costó contener una sonrisa al ver el espanto que se reflejaba en el rostro de Nathaniel por la sola mención del matrimonio en relación con él, algo que le indicaba que las expectativas de la señora Wilson en ese sentido podían quedar en nada.

—Creo que debería acompañar a su tía y a su invitado, milord.

Miró al conde desafiantemente y con la sensación de que había salido victoriosa de ese... intercambio de opiniones. Él la miró con arrogancia.

—Estoy acostumbrado a hacer lo que me complace, no lo que otros consideran que tengo que hacer.

—¡Nadie lo habría dicho! —exclamó ella con una sonrisa fugaz.

Él entrecerró los ojos marrones ante el evidente sarcasmo.

—Tu...

—Se te está enfriando el té, Osbourne —le interrumpió apremiantemente la señora Wilson.

Ella también comprendió que corría el riesgo de enfurecer a la señora Wilson si no terminaba inmediatamente la conversación con su sobrino. Casi sin mirar al conde, cruzó la habitación y se quedó delante de la mujer.

—Lord Thorne estaba recomendándome los caminos más seguros para llevar de paseo a Héctor.

Elizabeth sonrió distraídamente a sir Rufus cuando se levantó educadamente.

—Claro —la señora Wilson sonrió cariñosamente a su sobrino cuando se unió al grupo—. Es un encanto, siempre está preocupándose por los demás...

El resoplido de incredulidad se le escapó antes de que pudiera evitarlo y tosió para disimularlo cuando vio que la señora Wilson la miraba con el ceño fruncido. Sin embargo, la idea de que Nathaniel Thorne fuese un «encanto» que «siempre estaba preocupándose por los demás» era cómica. Ese hombre era la arrogancia personificada y su tía

era la única persona en la que pensaba mínimamente, aparte de sí mismo.

—Espero que no te hayas resfriado, Betsy —
comentó la señora Wilson llevándose un pañuelo
de encaje a la nariz.

Elizabeth podía ver al desquiciante conde por
el rabillo del ojo y no le pasó desapercibida la
sonrisa burlona que adornaba esos labios tan...
sensuales.

—No lo creo —replicó ella con delicadeza—.
Creo que soy un poco alérgica a algo que hay en
la habitación —añadió como indirecta hacia ese
conde tan pagado de sí mismo—. Estoy segura de
que se me pasaría dando un paseo al aire libre.

—Yo ya iba a marcharme —intervino sir Rufus
dejando la taza de té en la mesa—. ¿Podría acompañarla un rato?

A ella se la cayó el alma a los pies. El comentario que le había hecho a lord Thorne sobre sir
Rufus había sido una provocación. No tenía ningún interés sentimental en ese hombre que no
solo era casi veinte años mayor que ella, sino que
era tan anodino de aspecto que, aunque le aver-
gonzara reconocerlo, ni siquiera se habría fijado
en él como lady Elizabeth Copeland.

—Estoy seguro de que conozco la zona mucho
mejor que Osbourne —añadió él con altivez.

Además de tener un aspecto anodino era presuntuoso. Hizo una mueca de fastidio para sus adentros, pero ni se le ocurrió mirar al conde, quien, con toda certeza, tendría el ceño fruncido por la desaprobación y eso, quizá, sería motivo suficiente para que aceptara la invitación de sir Rufus. Salvo que como Betsy tampoco tenía ningún interés sentimental por ese hombre mayor...

—Es usted muy amable, sir Rufus...

—Sí, muy amable —le interrumpió la señora Wilson—. ¿Todavía hay jacintos silvestres en West Wood, sir Rufus?

—Sí, señora.

—Entonces, tienes que dejar que sir Rufus te enseñe West Wood en flor, Betsy —la señora Wilson sonrió complacida—. A Héctor siempre le ha gustado corretear por bosque de jacintos silvestres —añadió como si así dejara zanjada la discusión.

Elizabeth, efectivamente, la dio por zanjada mientras intentaba dominar la impotencia que sentía. La condescendencia de la señora Wilson con Héctor no tenía límites y si al perro le gustaba ir al bosque de jacintos silvestres, ella tenía que llevarlo. Se atrevió a mirar muy fugazmente al conde para ver cómo había reaccionado a esa conversación y fue un error. Ese hombre atroz, en vez de disgustado, parecía muy divertido. Seguramente, porque sabía lo poco que le apetecía a ella la compañía de sir Rufus. Tenía los labios muy apretados, como si quisiera contener la sonrisa que se reflejaba en esos ojos marrones que la miraban cautivadoramente.

—Estoy seguro de que lo pasarás muy bien en el bosque de jacintos silvestres, Betsy.

Si no hubiese sido por toda la gente que estaba mirándolos y oyéndolos, le habría encantado decirle lo que pensaba exactamente de él.

—Sí, yo también estoy segura —ella se dirigió a sir Rufus—. Si no le importa esperar unos minutos, subiré para recoger el sombrero.

—En absoluto —replicó él inclinando la cabeza con seriedad.

Subió las escaleras muy despacio. La verdad era que no sabía qué hacer con sir Rufus. Era cortés, con cierta severidad, y parecía deseoso de estar con ella, pero, al mismo tiempo, no hacía nada para engatusarla como haría un caballero más joven. Ella...

—Creo que es la primera vez que se refieren a mí como una alergia, Elizabeth.

Se dio la vuelta con un respingo al oír esa voz burlona que llegaba desde detrás de ella y quizá se hubiese tropezado si Nathaniel no la hubiese agarrado de los brazos para que mantuviera el equilibrio. Se soltó en cuanto se sintió segura, aunque con la respiración entrecortada, y miró esa cara de libertino irresistible que estaba dos escalones más abajo. Estaba tan cerca que podía ver los reflejos dorados de los ojos marrones y podía sentir la calidez de su aliento en los labios. Era tan delicado como un beso... Retrocedió y subió otro escalón para escapar de esa atracción sensual.

—Creo que es más una irritación que una alergia —le espetó ella en un tono gélido.

—¿Alguna vez te quedas sin una réplica? —le preguntó él mirándola con admiración.

—Espero sinceramente que no —contestó ella con satisfacción—. Además, no debería haberme seguido, milord.

Ella arrugó la frente con perplejidad. Quizá no sobrellevara con comodidad el papel de señorita de compañía, pero lo era en ese momento.

—No te he seguido, Elizabeth. He ido a la sala de estar solo porque me lo ha pedido mi tía para que saludara a Tennant. Una vez saludado, tengo trabajo en la biblioteca.

Ella se sonrojó por el evidente rapapolvo.

—¿Trabajo, milord...?

—Podrías intentar parecer menos incrédula, Elizabeth —le aconsejó Nathaniel con ironía—. Aunque he estado en Venecia hace poco, no soy un hombre completamente ocioso —añadió él con enojo cuando ella no cambió de expresión—.

Como conde de Osbourne, tengo posesiones que atender.

—Creía que tendría administradores y un abogado que se ocuparían de esas cosas.

—Bueno, sí, claro —reconoció Nathaniel—, pero tienen que responder ante mí.

—Entiendo...

—¿Por qué será que hasta tu comentario más inocente me suena a crítica? —preguntó él con el ceño fruncido.

—No tengo ni idea —contestó ella mirándolo con unos ojos azules e inocentes.

—Esa no es tu primera falsedad desde que nos conocemos —replicó él con impaciencia—, pero sí es la más evidente.

Ella se puso en guardia y lo miró con cautela.

—No sé lo que quiere decir, milord.

Nunca se le había dado bien mentir o engañar. En realidad, estaba sorprendida de que hubiera conseguido parecer una sirvienta en la casa de la señora Wilson durante tanto tiempo. La señora Wilson había estado demasiado ocupada desde que su sobrino volvió de Venecia y no se había molestado en preguntarse por los orígenes de «Betsy», pero lord Thorne ya había dejado claro que empezaba considerarla un rompecabezas que tenía que resolver. Como confirmó su siguiente comentario.

—Me conformo con que sepas que mi tía Gertrude, como única familiar viva que tengo, tiene una importancia prioritaria para mí.

—Espero que no esté insinuando que pretendo hacer algún mal a esa dama tan amable...

Él la miró con los ojos entrecerrados y captó que se había quedado pálida y que los ojos se le habían ensombrecido. ¿Era remordimiento o dolor por el recelo que había manifestado él?

—Quizá no intencionadamente —concedió él—, pero mi tía suele confiar en la gente...

—Mientras que usted suele desconfiar hasta que le demuestran lo contrario.

—Quizá.

Ella no creía que fuese «quizá». Nathaniel Thorne había dejado muy claro durante las últimas doce horas, aproximadamente, que ese encanto natural que presentaba en sociedad, y que a ella también le había parecido consustancial a él, solo encubría su inteligencia y perspicacia. Una perspicacia que, una vez que había dejado la cama, hacía que se preguntara por qué había aceptado el empleo de su tía. Inclinó la cabeza con frialdad.

—Tendré muy presente su preocupación por su tía. Ahora, si me disculpa... Me marché hace tanto tiempo que sir Rufus estará preguntándose si he cambiado de opinión y...

—Una advertencia sobre sir Rufus —le interrumpió él con una sonrisa irónica.

—¿Otra? —preguntó ella arqueando las cejas con fastidio.

Él sonrió más todavía.

—Parece que tengo el día de las advertencias.

—¿Qué quiere decirme sobre él? —preguntó ella con un suspiro.

Nathaniel pensó en lo que sabía sobre la historia de ese hombre. Él, y la mayoría de la sociedad, había creído que el suicidio del hermano menor de Tennant, hacía unos años, lo había consternado, y su alejamiento de la sociedad desde entonces había sido motivo de conjeturas. Un alejamiento, de la compañía femenina al menos, que había terminado si podía creerse el motivo para que estuviera cabalgando por el sendero del acantilado a esas horas de la noche anterior... y por el interés que había mostrado por Elizabeth Thompson al ir a visitarla. Además, si ese interés era sincero hasta el punto de que quisiera casarse con ella, tenía el derecho de asociar la trágica historia de su familia con la joven que quería que fuese su esposa. Sin embargo, ¿qué derecho tenía a entrometerse cuando cualquier relación entre él y la señorita de compañía de su tía era completamente inapropiada?

—No tiene importancia —contestó él con cierto

desdén—. Que disfrutes el paseo por el bosque de los jacintos silvestres.

Ella se quedó en la escalera mientras observaba al conde que bajaba elegantemente al vestíbulo y desaparecía en dirección a la biblioteca. Entonces, empezó a respirar otra vez. Había pensado que el interés personal de lord Thorne hacia ella era inapropiado, pero, en ese momento, el interés que mostraba por su pasado era peligroso.

—¿De qué parte de Hampshire es usted, señorita Thompson?

Elizabeth miró al hombre que caminaba a su lado por el bosque de jacintos silvestres que había detrás de la residencia Hepworth y luego miró detrás de ellos. La señora Wilson había decidido, mientras ella estaba recogiendo el sombrero, que era inapropiado que fuese a pasear sola con un caballero soltero y que Letitia los acompañaría. Aunque no sirvió de gran cosa porque la otra mujer se distrajo tanto recogiendo flores en cuanto entraron en el bosque que estaba muy rezagada.

Sir Rufus había decidido llevar el caballo sujeto por las riendas, algo que divirtió mucho a Héctor, que corría libremente. A Sir Rufus, en cambio, no le divertía tanto a juzgar por las miradas que dirigía al perro.

—Creo que ya la dije que soy de Herefordshire, sir Rufus —contestó ella con una sonrisa.

—Es verdad —él asintió con la cabeza—. ¿De qué parte de Herefordshire?

—Leominster —contestó ella porque era el único pueblo de Herefordshire que conocía—. ¿Usted ha vivido toda su vida de Devonshire?

Él sonrió levemente. Esa sonrisa aligeró la severidad de sus rasgos y le dio cierto atractivo.

—La sociedad londinense me interesa poco.

A ella, que no había estado nunca en la sociedad londinense, le pareció que ese comentario era muy irritante.

—¿Ni siquiera las tiendas y las diversiones?

Sir Rufus se encogió ligeramente de hombros.

—Taunton no está lejos si tengo que comprar algo. En cuanto a las diversiones, no, no las echo de menos lo más mínimo —añadió él con brusquedad.

Efectivamente, ese hombre no hacía nada para gustar, pero, quizá, su franqueza fuese digna de admiración. Su padre había opinado lo mismo que sir Rufus sobre las diversiones de Londres...

—Entonces, me sorprende que la señora Wilson fuese capaz de convencerlo para que acepte la invitación a la cena del sábado por la noche.

Él la miró con una expresión más suave.

—Esa invitación concreta tenía otro... atractivo para mí.

Ella no se sintió cómoda del todo con el tono casi coqueto que había captado en su voz, sobre todo, cuando contrastaba con la rigidez de su actitud tensa.

—La señora Wilson tiene un cocinero muy bueno.

—No me refería a su cocinero...

—¡No, Héctor! —eligió ese momento para regañar al perro por incordiar al paciente Starlight—. Es muy travieso —se excusó ella mientras se agachaba para atarlo a la correa.

Sir Rufus volvió a poner un gesto serio.

—La señora Wilson es un poco... laxa al educarlo.

A ella no le importó lo más mínimo la crítica. La señora Wilson podría ser demasiado indulgente con el perro, pero, en general, Héctor no se aprovechaba de esa indulgencia. Era travieso por naturaleza y, precisamente por eso, adorable.

—Creo que ya es hora de que volvamos —comentó ella mientras se levantaba.

—La he ofendido.

—En absoluto...

—Es que creo que habría que tratar a los animales como a los niños, señorita Thompson. Hay que verlos de vez en cuando y no oírlos nunca si no les has hablado primero.

Si estaba intentando congraciarse con ella, iba

por muy mal camino. Nunca había oído una majadería parecida. Ella creía que había que querer y nutrir a los niños y a los animales, que había que disfrutar con ellos y no tratarlos como a unos muebles más hasta que a uno le apetecía. Además, su niñera le dijo una vez que la actitud de un hombre hacia los niños y los animales decía mucho de cómo era.

—Naturalmente, tiene derecho a opinar lo que quiera, sir Rufus —replicó ella con frialdad.

—La he ofendido —su expresión sombría no favorecía nada a sus rasgos anodinos—. Es posible que el sábado por la noche pueda convencerme de otra cosa.

¿Por qué iba a hacerlo si ni sir Rufus ni sus intolerantes puntos de vista le interesaban nada?

—Me temo que no va a ser posible, señor.

—¿Por qué? —preguntó él arqueando las cejas.

—Soy una empleada de la señora Wilson, no una invitada —contestó ella con una sonrisa de satisfacción—. Por eso, el sábado no estaré en la cena.

Él no disimuló su disgusto.

—Quizá, si yo le propusiera a la señora...

—Preferiría que no lo hiciera —le interrumpió ella tajantemente—. Le aseguro que esa noche estaré muy ocupada intentando que Héctor no se meta entre los pies de los invitados de la señora Wilson.

Sir Rufus miró con profundo disgusto al pequeño perro.

—Esa noche debería estar en los establos, con los demás animales.

Un comentario que hizo que ella se preguntara si alguna vez había sentido tanta antipatía por alguien. Seguramente, no. En general, disfrutaba estando y hablando con la gente, pero ese hombre, desgraciadamente, estaba siendo la excepción.

—De verdad, es hora de que Letitia y yo volvamos con la señora Wilson. Me ha gustado mucho el paseo por el bosque de los jacintos silvestres —añadió más por educación que por otra cosa.

Le había encantado ver y pasear entre los jacintos silvestres, solo la compañía había dejado mucho que desear. Cuánto más agradable habría sido pasear con un hombre más joven, un hombre apuesto y encantador dispuesto a la seducción. Un hombre con pelo dorado y más dorado todavía a la luz del sol... ¡Eso no solo llevaría al desengaño, sino a la locura también! Lord Nathaniel Thorne era un acompañante menos indicado todavía para pasear por el bosque de los jacintos silvestres que el taciturno y severo sir Rufus. No solo era inalcanzable como objetivo sentimental para «Betsy Thompson», sino que también era un peligro para la verdadera identidad de lady Elizabeth Copeland por la conversación que habían tenido antes y por su relación con lord Gabriel Faulkner. Sonrió a sir Rufus por mera cortesía.

—Estoy segura de que tiene que ocuparse de muchas cosas en sus propiedades.

Era una táctica de Caroline. Según le contó una vez su hermana de veinte años, no había nada que le gustara más un hombre que poder hablar de sí mismo y de lo importante que era. Efectivamente, él hinchó el pecho.

—Claro, tiene toda la razón. Es muy considerada al darse cuenta.

¡A Caroline se le había olvidado decir que ese halago solo conseguía que el hombre apreciara más las virtudes de la mujer! Algo que, en lo relativo a Rufus Tennant, no había sido su intención ni mucho menos. Ella, en vez de replicar a su comentario, se dio la vuelta para buscar a Letitia Grant.

—¡Oh! Permítame que la ayude...

Se dirigió hacia ella para tomar algunas de las flores que llevaba entre los brazos mientras sujetaba con fuerza la correa de Héctor y se detuvo un instante para darse la vuelta.

—Le deseo que vuelva bien a su casa, sir Rufus.

Él ya estaba montado sobre su caballo y la miró con el ceño fruncido.

—Esos jacintos son exactamente del mismo color que sus ojos...

Ese comentario, dicho por otro hombre, le habría parecido cautivador, pero, dicho por él, le parecía más una crítica que un halago.

—Gracias —murmuró ella sin estar muy segura.

—Les deseo que pasen un buen día —se despidió él levantando el sombrero.

Volvió a mirarla con intensidad y tiró de las riendas de Starlight para darle la vuelta y alejarse por el sendero del acantilado hacia su casa con la espalda muy recta.

—Elizabeth, ¡qué emocionante que hayas llamado la atención de un hombre como sir Rufus! —exclamó Letitia a su lado.

A ella no le parecía nada emocionante. En realidad, no había nada en su corta vida que se lo hubiera parecido menos.

Cinco

—Entonces, ya que has tenido la ocasión de observarlas, ¿cuál es tu inestimable opinión sobre la señorita Rutledge y las dos señoritas Miller?

Elizabeth dio un respingo cuando lord Thorne se acercó a ella, que estaba, el sábado por la noche, al fondo de la sala y observando a esas tres jóvenes. Tres jóvenes muy necias, en su «inestimable opinión», que se reían juntas como una bandada de gansas. Algo que hasta ella, que no tenía experiencia en esos asuntos, sabía que jamás debería hacer una joven que quisiera casarse porque cualquier caballero remotamente interesado en una de ellas se sentiría disuadido por la presencia de las otras dos.

Ella puso una expresión de desinterés moderado y fingió no hacer caso al hombre que tenía al lado en la ruidosa y bulliciosa habitación donde se habían reunido los invitados antes de que los pasaran al comedor. Desgraciadamente, la habían reclamado para que cuadraran los comensales. Al parecer, la invitación a sir Rufus los había desparejado y eso era algo que la señora Wilson no podía tolerar en su mesa.

Ella había dado a entender que Letitia sería mucho más adecuada para esa función, pero no había servido de nada porque la señora Wilson le reconoció que Letitia también llenaba un hueco y que, si la retiraba, habría dos hombres más que mujeres, en vez de uno. Algo que, al parecer, tampoco podía tolerar.

Por eso, después de haberse pasado dos días ayudando a la señora Wilson a organizar la cena para que fuese un éxito, dos días en los que había conseguido evitar cualquier conversación en privado con el sobrino de la señora Wilson, se encontraba asistiendo a la cena, aunque antes había quitado todo el encaje del vestido azul para que pareciese menos elegante. Se sentía muy incómoda entre la nobleza local, que iba maravillosamente vestida y que, al parecer, ya se conocía. Sin embargo, ¡hasta eso era preferible a la compañía del insoportable conde!

—Estoy segura de que cualquiera de ellas sería una admirable condesa para usted —contestó ella sin comprometerse.

Él la miró con un brillo burlón en los ojos.

—¿He captado un cierto énfasis en la palabra «usted»?

—No lo creo, no —contestó ella arqueando las cejas.

—¡Mentirosa! —exclamó él con una sonrisa de satisfacción.

Ella tomó aliento.

—Milord, ya se ha aficionado demasiado a acusarme de eso.

Nathaniel se puso serio y miró con los ojos entrecerrados a la joven que permanecía inmutable a su lado. Debería pasar completamente desapercibida en esa habitación llena de mujeres enjoyadas y lujosamente vestidas, pero la propia sencillez de su aspecto ya había llamado la atención de más de un par de ojos masculinos, entre otros, los de él.

Llevaba una cinta azul como el vestido entrelazada con los rizos morenos y el vestido era todo un ejemplo de sencillez. Tenía la cintura alta, un escote redondo que permitía vislumbrar la delicada plenitud de sus pechos, unas mangas cortas y afaroladas y unos guantes de encaje blanco que le llegaban hasta encima de los codos. Tuvo que reconocerse, a regañadientes, que ella era un diamante perfecto entre joyas mucho más ostentosas. Apretó los labios.

—Estarás decepcionada por el retraso de sir Rufus...

El día anterior había recibido un ramo de rosas blancas, las primeras flores que recibía de un caballero, acompañado por una nota que solo decía: «*Tennant*». No estaba en absoluto decepcionada por su retraso, al contrario, se sentía aliviada. Además, no tenía ni la más mínima idea de lo que quería transmitir con esas rosas y con la lacónica nota que las acompañaba. Unas rosas rojas quizá hubieran parecido un signo de admiración o, incluso, unas amarillas, pero ¿qué significaban unas rosas blancas? En cuanto a la firma de la nota...

Naturalmente, había escrito una breve y cortés nota a sir Rufus para agradecerle las flores y para comunicarle que, después de todo, asistiría a la cena de la señora Wilson. No quería que pensara que le había mentido intencionadamente porque no sabía si lo apreciaba o porque se había dado cuenta de su interés por ella. Una incertidumbre que no mejoró nada cuando ella, como todas las mujeres de la habitación, se quedó sin aliento ante la impresionante presencia de Nathaniel Thorne.

Había conseguido no hacer caso al conde durante los dos días anteriores, pero era completamente imposible pasar por alto la virilidad resplandeciente que exhibía esa noche con el traje negro y la camisa blanca como la nieve. Las incontables velas que iluminaban la habitación le daban un tono dorado oscuro al pelo, los ojos parecían de ámbar y las sombras hacían que su rostro fuera una escultura a la belleza masculina. Ni sir Rufus Tennant, cuando se dignara a llegar, ni ninguno de los hombres allí presentes podrían competir con esa visión de elegancia masculina y sensualidad latente y abrasadora.

—Muy decepcionada —contestó ella clavándose las uñas en las palmas de la manos por su abrumadora proximidad—. ¿Cuál de esas tres jóvenes le parece más atractiva?

A él no le extrañó que desviara la conversación tan claramente hacia él. Durante los dos últimos días se había dado cuenta de que podía ser muy esquiva cuando quería. Aunque la verdad era que él tampoco había buscado su compañía durante ese tiempo, había decidido que besarla cuando se encontraban solos estaba convirtiéndose en una costumbre. Aun así, había sido imposible no darse cuenta de que lo evitaba como si tuviera la peste.

En ese momento, aparentó estudiar a las tres jóvenes que estaban juntas al otro lado de la habitación, aunque, para sus adentros, le parecía que sus vestidos eran recargados y que sus risitas y las miradas disimuladas que le dirigían eran muy irritantes.

—Es posible que la señorita Rutledge sea la más sensata de la tres —concedió con ironía.

Ella lo miró con asombro.

—¿La sensatez es una virtud que pide a su esposa?

Él sabía que había sido el primero en sacar el tema, pero, aun así, le parecía de mal gusto comentar los méritos, o lo que fuese, de la futura esposa que podía elegir con una joven a la que había besado apasionadamente más de una vez. Afortunadamente, no tuvo que seguir hablando de ese asunto cuando entrecerró los ojos para mirar al hombre que cruzaba la habitación con paso firme.

—Por lo que veo, Tennant ya ha llegado e, incluso, se dirige hacia ti con decisión —murmuró él en tono burlón.

Sin embargo, el hombre no podía avanzar tan directamente como le habría gustado porque los vecinos que no lo habían visto en un acto social desde hacía años insistían en darle conversación. Ella, quien también se había dado cuenta de la llegada de sir Rufus, no había parado de darle vueltas a la cabeza para encontrar la manera de eludirlo. Sin embargo, la evidente burla de lord Thorne hizo que cambiara de opinión y que le sonriera con calidez cuando por fin llegó a su lado.

Naturalmente, no era tan deslumbrante como el conde, pero sí aceptablemente atractivo con el traje negro y la camisa y el lazo blancos, aunque menos elegantes.

—Cuánto me alegro de volver a verlo, sir Rufus —ella hizo una reverencia cuando le inclinó la cabeza después de habérsela inclinado bruscamente a lord Thorne—. Tengo que agradecerle otra vez las rosas tan bonitas que me mandó ayer.

No tuvo que mirar al conde para darse cuenta de que se había quedado atónito. Evidentemente, no se había enterado de que había recibido esas rosas.

—Las tengo en mi habitación con la esperanza de que duren lo más posible —añadió ella con una delicadeza intencionada.

—Las cultivé yo mismo en mi invernadero de Gifford House —le explicó sir Rufus sin disimular la satisfacción por el comentario de ella.

A Nathaniel le daba igual lo que hubiese hecho en el invernadero, pero mandar rosas a una joven que había conocido hacía unos días era inaceptable. Salvo, naturalmente, que las intenciones de Tennant fuesen serias...

—Son unas flores blancas perfectas —siguió ella.

¿Rosas blancas? ¿Tennant había mandado rosas blancas a Elizabeth? ¿Acaso era un signo de la pureza que le atribuía a ella? Vaya, ¿quién habría dicho que Tennant era un romántico? Él no podía recordar la última vez que le mandó flores a una mujer, si lo había hecho alguna vez. Las mujeres solían interpretar esas cosas de forma completamente equivocada, interpretaban sentimientos que no existían ni remotamente. Que Elizabeth se hubiese llevado las flores a su dormitorio parecía indicar que el gesto le había afectado, aunque hubiese llegado de un viejo abúlico como Tennant.

—Osbourne, creo que su tía está indicándole que ha llegado el momento de que la acompañe al comedor —le comunicó el viejo abúlico mientras ofrecía el brazo a Elizabeth.

A él no le quedó más remedio que hacer caso de las indicaciones de su tía, pero...

—Mi tía me ha comentado que va a haber un baile después de la cena. Espero que me reserve la primera serie de bailes, señorita Thompson.

Ella frunció el ceño porque sabía, a juzgar por el desafiante brillo de esos ojos color ámbar, que estaba siendo intencionadamente fastidioso. Algo que, al parecer, le agradaba sobremanera cuando estaba con ella.

—Estoy segura de que la señorita Rutledge agradecerá ese honor mucho más que yo, milord.

El conde esbozó su sonrisa perversa mientras esos impresionantes ojos la miraban con un aire burlón.

—Le aseguro, señorita Thompson, que el honor será mío.

—¿Está seguro de que sus costillas soportarán el esfuerzo, milord? —preguntó ella con la misma delicadeza almibarada con la que le había agradecido las flores a sir Rufus.

—Me ocuparé de que lo soporten —contestó él con la misma mirada.

—Entonces, yo pido la segunda serie —intervino sir Rufus con impaciencia.

—Si la señorita Thompson no está demasiado cansada después de nuestro... baile —replicó Nathaniel provocadoramente.

—Estoy segura de que no lo estaré, sir Rufus.

Miró con rabia al conde y él le correspondió con el mismo aire divertido y burlón.

—Entonces, hasta luego, señorita Thompson.

Nathaniel inclinó la cabeza sobre la mano de Elizabeth, se inclinó con rigidez ante sir Rufus, fue con su tía, quien estaba impacientándose, y le ofreció el brazo. Ella lo miró con impotencia y con una irritación creciente al comprobar que todas las mujeres también observaban al alto, libertino y apuesto sobrino de la anfitriona. Algunas lo miraban disimuladamente desde detrás de los abanicos y otras lo admiraban abiertamente. Ella dejó escapar un suspiro al saber que, como señorita de compañía de la señora Wilson, mejor dicho, del perro de la señora Wilson, se interesaba demasiado por el arrogante conde de Osbourne.

—Señorita Thompson...

Y, evidentemente, demasiado poco por el impaciente caballero que tenía al lado con el brazo extendido.

—Gracias.

Puso la mano en su brazo y se sonrojó levemente al ver la censura que se reflejaba en su severo rostro mientras se unían a los demás invitados, que se dirigían lentamente hacia el comedor.

Como podía esperarse por su condición en esa casa, la sentaron muy lejos del anfitrión y la anfitriona. La señora Wilson, que sabía que había recibido esas rosas blancas, había colocado a sir Rufus a su izquierda y al anciano y sordo señor Armory, el vicario, a su derecha. El único consuelo que le quedó por esa disposición fue que Nathaniel Thorne, como anfitrión, estaba sentado a la cabecera de la mesa con la «sensata» señorita Rutledge a su izquierda y la mayor de las necias señoritas Miller a su derecha.

—Creía sinceramente que, después de haber pasado dos horas en compañía de Tennant, ibas a quedarte dormida a los postres.

Nathaniel sonrió a Elizabeth mientras bailaban

en el pequeño salón de baile de la residencia Hepworth. Ella lo miró con los ojos muy abiertos y con inocencia.

—Se equivoca, milord. He disfrutado mucho con la conversación de sir Rufus. Me ha explicado la mejor manera de cultivar rosas.

¡Otra vez esas malditas rosas! Ella siguió con un brillo sarcástico en los ojos azules.

—Al parecer, se necesita bastante... estiércol de caballo.

La carcajada de Nathaniel fue espontánea y atrajo la mirada curiosa de algunas personas, miradas que él pasó por alto.

—Es, sin duda, el hombre más ordinario que existe —comentó él mirándola y sacudiendo la cabeza con incredulidad.

Ella miró con remordimiento a sir Rufus mientras él los miraba con el ceño fruncido desde el borde de la pista.

—Estamos siendo hirientes...

—A mí me parece que no se puede ser bastante hiriente con un hombre que pasa dos horas al lado de una joven hermosa y solo se le ocurre hablar de estiércol de caballo —murmuró Nathaniel.

Ella notó que se sofocaba y que no era por el esfuerzo de bailar. El conde de Osbourne, un hombre al que todas las mujeres de la habitación miraban con avidez, acabada de decir que era hermosa... ¿Qué importaba eso? Ella ya había recibido algunos halagos en su corta existencia, pero, con toda certeza, el conde le habría dicho lo mismo a centenares de jóvenes antes que a ella.

—Estoy segura de que la señorita Miller y la señorita Rutledge no habrán tenido que pasar por lo mismo en su compañía.

Ella, mientras atendía cortésmente a sir Rufus, un hombre al que le encantaba oír su propia voz, también había oído las risitas jactanciosas de esas dos jóvenes.

—Espero que no. Tengo una reputación que mantener —añadió él provocadoramente.

Ella se recordó con firmeza que, efectivamente, tenía una despreciable reputación de mujeriego impenitente y que habría disfrutado mucho adquiriéndola. Que hubiese captado la calidez de su mano a través del guante, la virilidad ardiente de su cuerpo cuando se acercaban y la sensualidad latente y abrasadora de su mirada no importaba lo más mínimo cuando pensaba en el tiempo que había dedicado a labrarse esa reputación y en compañía de quién... Bajó las pestañas cuando se levantó de la reverencia al terminar la primera serie de bailes.

—Me imagino que querrá bailar con Letitia la siguiente serie de bailes, milord.

A él ni se le había pasado por la cabeza bailar con la prima de su tía, quien tenía cincuenta y bastantes años y a quien no le gustaba llamar la atención, algo que haría si la invitaba a bailar.

—¿Por qué iba a quererlo?

Ella lo miró con el ceño fruncido por la preocupación.

—Porque a la señora Wilson no le gustó nada que bailáramos juntos la primera serie de la noche.

—Ah...

Él miró a su tía, quien estaba sentada con un grupo de mujeres algo mayores, y supo por su sonrisa gélida que no estaba atendiendo a la conversación, que tenía la mirada clavada en ellos mientras dejaban la pista de baile.

—Creo que sería más... cortés invitar a mi tía en vez de a Letitia.

—Estoy segura de que estaría muy agradecida —concedió ella inclinando la cabeza elegantemente.

—Yo también estoy seguro de que disfrutarás bailando con Tennant. Es posible que, incluso, te dé algún consejo para cultivar tulipanes o narcisos.

—¡Qué gracioso, milord!

Ella dejó de fruncir el ceño y esbozó una sonrisa muy amable cuando sir Rufus se acercó para bailar con ella.

—Osbourne —lo rebajó con acritud.

Nathaniel arqueó las cejas con altivez, como el conde de Osbourne que era, y miró implacablemente al otro hombre.

—Tenga cuidado, Tennant —le gruñó en voz baja.

—¿Cómo ha dicho?

El conde sonrió para aliviar la tensión.

—Le decía que tuviese cuidado con los pies de la señorita Thompson. Creo que le he pisado uno sin querer.

Los dos hombres siguieron mirándose y, al parecer, ninguno estaba dispuesto a ceder.

—Tengo un poco de sed, sir Rufus. ¿No podríamos tomar un refresco antes de bailar? —la tranquila pregunta de Elizabeth rompió la tensión—. Además, creía que iba a ir a bailar con su tía, milord —añadió con firmeza.

Lo que estaba a punto de hacer y lo que quería hacer eran dos cosas completamente distintas, sobre todo, cuando una era darle un puñetazo en la presuntuosa barbilla a uno de los invitados de su tía. Sin embargo, se giró y tomó una mano enguantada de Elizabeth.

—Te buscaré más tarde —le murmuró mientras se llevaba la mano a la calidez de su labios.

Ella retiró la mano en cuanto pudo sin ser demasiado desconsiderada y lo observó disimuladamente mientras se alejaba para reunirse con su tía.

La palma de la mano le ardía bajo el encaje del guante por el contacto con sus dedos y el dorso estaba en llamas por haber sentido tan cerca esos labios. Sabía que ese gesto tan íntimo se había debido solo a la irritante necesidad de molestar a sir Rufus, pero eso no hacía que la reacción de su cuerpo fuese más aceptable y se recordó una vez más que Nathaniel Thorne era un sinvergüenza y un disoluto consumado y que no podía tolerar que coqueteara con ella, fuera cual fuese el motivo. Se dio la vuelta y sonrió al malhumorado sir Rufus.

—El conde es un joven muy pesado.

El mal humor se esfumó al instante y sir Rufus volvió a sonreír.

—Me alivia saber que comparte mi opinión en ese sentido.

Se dirigieron al lugar donde estaban sirviendo los refrescos. Elizabeth aceptó el ponche que le ofreció él y dio un sorbo para sofocar el remordimiento antes de contestarle.

—Cuénteme otra vez cómo consiguió esas flores tan blancas que ha llamado «Pureza».

—Ah... —él resplandeció—. Bueno, hay que...

Ella agradeció una vez más el consejo que le dio su hermana Caroline mientras sir Rufus le repetía que su obsesión por cultivar rosas lo había animado a conseguir una flor desconocida hasta ese momento. Elizabeth pudo sonreír y asentir de vez en cuando sin necesidad de escucharlo por segunda vez en la noche.

Sin embargo, no iba a evitar completamente el bailar con sir Rufus y se incorporaron en el tercer baile de la serie. Sir Rufus resultó ser un bailarín diestro, aunque no especialmente elegante. Además, tampoco tuvo mucha suerte con ese baile porque había que ir cambiando de parejas y una era el elegante lord Thorne. Cuando terminó la serie de bailes, se sintió aliviada porque primero la sacó a bailar el señor Armory y después, el vizconde de Rutledge.

El segundo era un viudo encantador de unos cincuenta años y su conversación sobre la zona y su labor como magistrado fue mucho más interesante que las rosas de sir Rufus. Un interés que agradeció cuando vio que Nathaniel Thorne salía a bailar con la señorita Rutledge y sir Rufus con la señora Wilson.

Afortunadamente, en ese baile las parejas permanecían juntas porque ya había padecido bastante por esa noche la compañía de sir Rufus y el conde. Le gustó tanto la compañía sin complicaciones del vizconde que, cuando terminó el baile, aceptó inmediatamente su invitación, y su brazo, para ir a tomar un refresco.

—Parece ser que has conseguido la admiración de otro pretendiente... maduro.

Elizabeth estaba esperando que el vizconde volviera con los ponches y cerró los ojos al oír que el insoportable conde de Osbourne estaba hablando en voz baja y detrás de ella. Muy cerca a jugar por el aliento que sintió en la nuca...

Seis

Tomó una bocanada de aire, esbozó una sonrisa y se dio la vuelta para mirar al conde.

—Estoy segura de que las atenciones del vizconde de Rutledge para conmigo solo son una cortesía por su parte, milord.

A él no le pasó desapercibida la insinuación de que no tenía esa cortesía.

—Tampoco diría que sir Rufus es... maduro —añadió ella.

Pero ¿lo consideraría un admirador?

Nathaniel tuvo que fruncir el ceño y reconocer que tenía razón. El otro hombre tenía treinta y ocho años y era aceptablemente adinerado. Había observado a Tennant y había comprobado que había estado mirando constantemente a Elizabeth y, muchas veces, con una intensidad que rozaba la grosería.

—¿No te parece un poco codicioso por tu parte haber hechizado a todos los solteros presentes cuando hay otras jóvenes solteras?

Ella lo miró desdeñosamente con sus ojos de color zafiro.

—En absoluto, milord.

Nathaniel no estaba tan convencido como parecía estarlo ella. Él mismo también creía que esa noche la había mirado más de lo necesario, o de lo prudente. Las mujeres de la condición de Elizabeth Thompson, que podían ser adecuadas para casarse con un hombre de categoría más baja, eran completamente inadecuadas para tener algún papel en la vida de un conde, aparte del de amante. Sin embargo, esa joven tenía un aire de independencia que indicaba que rechazaría categóricamente una propuesta así, por parte de él o de cualquier otro caballero. Algo que le hacía preguntarse qué podía hacer con la atracción hacia ella, una atracción que aumentaba a toda velocidad...

—Un noche calurosa, ¿verdad, Osbourne?

El vizconde de Rutledge volvió con el ponche para Elizabeth. Era un hombre rechoncho que irradiaba buen humor siempre, incluso, según había oído él, cuando encarcelaba a algún pobre diablo durante unos años.

—Muy calurosa, señor —contestó Nathaniel.

—¿Quiere quedarse mi ponche? Yo iré a por otro.

—No, gracias —Nathaniel se estremeció solo de pensar en beberse ese brebaje tan dulce—. Solo había venido para que la señorita Thompson me reservara la siguiente serie de bailes.

—Bien hecho —él otro hombre sonrió—. No lo lamentara. Hacía muchos años que no bailaba con una pareja tan grácil.

Ella se sonrojó por el halago y porque lord Thorne no le había pedido que bailara, pero la había obligado a bailar con él la siguiente serie o a llamarlo mentiroso, como se lo había llamado él antes. Le gustaba bailar con el conde, seguramente, le gustaba demasiado, pero no le gustaba lo que le había alterado bailar con él antes. Además, había estado mirándolo con mucho detenimiento mientras bailaba con otras mujeres. Quizá fuese preferible que no bailara con él otra vez, por la tranquilidad de su espíritu... Su salvación llegó de una forma inesperada, pero no inoportuna.

—Creo que es nuestro baile, señorita Thompson —intervino sir Rufus con firmeza mientras se unía al grupo.

Ella solo le había dicho que bailarían más tarde si tenían tiempo.

—Naturalmente, sir Rufus. Si me disculpan, caballeros...

Le entregó la copa de ponche vacía al ceñudo conde y se alejó del brazo de sir Rufus.

—Es una chica inteligente además de guapa —comentó Giles Rutledge.

Nathaniel, con una copa de ponche vacía en vez de con Elizabeth, apretó los labios y la miró con los ojos entrecerrados.

—Eso parece.

Giles se rio.

—¿Lleva mucho tiempo trabajando en la casa de su tía?

Demasiado, opinaba él. En realidad, lo mejor para todos habría sido que no hubiese trabajado nunca en la casa de su tía.

—Si las atenciones del joven Osbourne son una molestia, debería decírselo a la señora Wilson.

Ella miró a sir Rufus mientras bailaban.

—No sé a qué se refiere, señor.

Naturalmente, lo sabía, como sabía que la señora Wilson le diría algo, antes o después, sobre la excesiva atención que le había dedicado su sobrino. Algo que se complicó cuando vio que lord Thorne y el vizconde de Rutledge habían vuelto al salón de baile y que el primero estaba mirándola otra vez con los ojos entrecerrados. La habían invitado esa noche para que no hubiera nadie sin pareja, no para captar la atención de todos los caballeros solteros, como había comentado en tono burlón lord Thorne. Aunque era agradable sentirse tan... aceptada después de haberse pasado tantos años recluida en el campo, donde no había nadie, salvo Malcolm Castle, que fuese adecuado para sus hijas según su padre.

—Ese hombre está empezando a ser muy molesto —gruñó sir Rufus al darse cuenta de que había vuelto a aparecer—. Cada vez que me doy la vuelta, se pega a usted como una lapa.

Ella dudaba que a nadie, y menos a las mujeres, le parecieran molestas las atenciones del conde de Osbourne. Además, tampoco le había agradado el tono casi posesivo que había captado en la voz de sir Rufus.

—Estoy segura de que solo quiere ser amable.

Ella mantuvo la cabeza bajada para que ese hombre engreído y autoritario no viera el brillo de rabia en sus ojos. Estaba dándose cuenta de que empezaba a costarle mantener su papel de humilde señorita de compañía en esa habitación que estaba llena de sus iguales. Diana siempre había actuado como anfitriona en los escasos actos sociales que había celebrado su padre en Shoreley Park, pero Caroline y ella también habían contribuido a que los invitados se sintieran cómodos.

Allí, entre la nobleza rural de Devonshire, se había comportado igual y, con toda certeza, ese no era el papel que debería haber representado Betsy Thompson.

—Los hombres como Osbourne no son amables con las jóvenes hermosas por mera bondad —replicó sir Rufus con desdén.

A ella le enojó el comentario de sir Rufus... aunque le hubiese dicho lo mismo al conde hacía unos días. ¡Una cosa era que lo dijese ella y otra muy distinta que lo dijera ese hombre! Lo miró con una inocencia muy intencionada.

—¿Qué otro motivo podría haber?

—¡El evidente, claro!

—¿El evidente...?

Ese hombre no se atrevería a decir algo tan escandaloso en su presencia.

—Según lo que he oído, Osbourne prefiere elegir a sus amantes entre mujeres de una categoría inferior.

¡Se había atrevido! Era una indiscreción indecente y el propio sir Rufus pareció darse cuenta.

—No estoy insinuando ni por un momento que usted lo haya incitado a...

—¡Quizá sí! —ella dejó de bailar—. Si me excusa, sir Rufus... Creo... creo que ya he bailado bastante por esta noche.

Se dio media vuelta y salió de la pista de baile

por el lado opuesto a donde lord Thorne estaba conversando con lady Miller.

—¡Señorita Thompson!

Sir Rufus, imprudentemente, la siguió y, más imprudentemente todavía, se atrevió a agarrarla de un brazo y a darle la vuelta para que lo mirara. Ella comprendió que ya había aguantado bastante a ese hombre tan ordinario por esa noche.

—Suélteme inmediatamente, sir Rufus.

Lo dijo sin alterarse, pero con una firmeza incuestionable. Él la soltó inmediatamente y dejó caer el brazo al costado.

—No quería ofenderla...

Ella lo miró con lágrimas de humillación en los ojos.

—Quisiera o no, es lo que ha conseguido, señor.

Elizabeth levantó la barbilla con orgullo y él intentó sonreír para aplacarla, pero era como si no supiese cómo se hacía ese gesto.

—Le pido sinceramente que me disculpe, señorita Thompson.

—Acepto las disculpas —replicó ella, aunque sabía que esas lágrimas estaban a punto de derramarse.

—Había pensado preguntarle a la señora Wilson si mañana por la tarde podría dar un paseo en carruaje con usted.

Ella tuvo que morderse la lengua para contener la réplica que le llegó hasta los labios. ¡Ese hombre la había insultado y pretendía que fuera de paseo con él! ¡Era increíble!

—Me temo que no va a ser posible, sir Rufus...

—Podría llevar a ese espantoso animal si quiere —ofreció él con un asco evidente.

Una concesión forzada que solo consiguió que ella se sintiese más decidida a rechazarlo.

—Mañana estaré muy ocupada ayudando a recoger todo después de la fiesta de esta noche.

—La señora Wilson tiene sirvientes para que lo hagan y...

Él no terminó la frase e hizo una mueca de fastidio.

—Y creo que ya hemos dejado claro que yo soy una de ellos —terminó ella con acidez—. Ahora, si me disculpa.

No esperó y salió por las puertas acristaladas que daban a la terraza. Se acercó a la barandilla metálica y tomó unas bocanadas de aire para intentar que esas lágrimas abrasadoras no le cayeran por las mejillas, pero no lo consiguió. ¡Qué engreído era sir Rufus Tennant! ¿Cómo se atrevía a...? ¿Quién se creía que era? La había insultado al insinuar... Estaba enfurecida, indignada. Le había amargado la noche.

Nunca volvería dejar de tener en cuenta los sentimientos de Mary, su doncella. No creía que hubiese sido desconsiderada con esa joven alegre y obediente, pero, después de haber sido sirviente durante dos semanas, apreciaba más lo que hacía Mary y se daba cuenta de que hasta pasar por alto esos esfuerzos podía ser hiriente. ¿Habría padecido Mary las atenciones indeseadas y los insultos de alguien como sir Rufus? Si los había padecido, la compadecía...

—Elizabeth...

Aunque no hubiese reconocido al instante la voz ronca y sensual de Nathaniel Thorne, habría sabido que era él porque el conde era la única persona de la residencia Hepworth que se empeñaba en llamarla por su nombre de pila... Encima, ella estaba allí, como una boba, con las mejillas empapadas por las lágrimas de humillación y, sin duda, ¡con los ojos rojos e hinchados!

Él, que había presenciado la disputa de Elizabeth con Tennant y su repentino abandono de la casa, no se sintió nada tranquilizado cuando ella no se dio la vuelta para mirarlo.

—Elizabeth...

—¡Márchese, milord! ¡Por favor!

Él se acercó y pudo ver, a la luz de la luna, que ella tenía los nudillos blancos de agarrar con todas sus fuerzas la barandilla metálica. La miró a la cara y también pudo ver unas lágrimas en la mejilla que quedaba de su lado. Frunció el ceño, la agarró de los brazos, le dio la vuelta y vio más lágrimas en la otra mejilla. La miró detenidamente antes de abrazarla, de que sus sedosos rizos negros se apoyaran en su pecho mientras le rodeaba la cintura con los brazos. Quizá no fuese lo más sensato que podía haber hecho si tenía en cuenta que no había dejado de mirarla en toda la noche.

Había querido consolarla y esperaba estar consiguiéndolo, pero la cercanía de sus curvas delicadas y tentadoras, el olor femenino y seductor de su pelo... Notó la incipiente erección y ella también la notaría si seguía estrechándola contra sí. La apartó un poco.

—¿Qué te ha dicho o hecho Tennant para alterarte tanto?

Ella sacudió la cabeza.

—No importa...

—Discrepo.

—Por favor, suélteme para que pueda sacar el pañuelo del bolsillo —le suplicó ella.

Súplica que él atendió inmediatamente al ver más lágrimas en sus pestañas y mejillas, pero esperó a que se las secara para volver a hablar.

—¿Tennant te pidió la mano?

Ella se rio y se atragantó.

—No, claro que no.

—Entonces, ¿qué hizo? —Nathaniel la miró con el ceño fruncido—. Y no me digas que no hizo nada porque no voy a creerte.

Ella tomó una bocanada de aire antes de responderle con serenidad.

—Lo que quiera creerme o no, es irrelevante para mí.

—¿De verdad? —le preguntó él con ironía—. Entonces, es posible que tenga que comentar este incidente con mi tía.

Ella contuvo la respiración.

—No hará tal cosa...

—¿Cómo piensas impedirme que lo haga?

Él arqueó una ceja y ella lo miró con impotencia. Sabía que la expresión de paciencia de su cara era una máscara, que la rabia estaba adueñándose de él cada vez más deprisa. Se sentía incómoda por estar sola con él en la terraza, por esa intimidad tan abrumadora.

—Deberíamos volver adentro...

—No hasta que me hayas contado qué te hizo Tennant para alterarte tanto.

Él se mantenía firmemente en su sitio y le impedía moverse hasta que hubiera sabido qué había dicho o hecho Tennant para que la inmutable y obstinada Elizabeth hubiera acabado llorando.

El desconsuelo de ella había conseguido que sintiera una opresión en el pecho, pero también un arrebato de violencia hacia el hombre que lo había causado. Sabría el motivo antes de hacer picadillo a Tennant, si no física, sí verbalmente.

Ella lo miró entre sus largas y sedosas pestañas negras.

—¿Está seguro de que quiere saberlo, milord?

Esa pregunta hizo que pensara que quizá tuviera algo que ver en el motivo para que Tennant la hubiese ofendido y la decisión de descubrirlo fue mayor todavía.

—Muy seguro —aseguró él apretando los dientes.

—Muy bien —ella inclinó levemente la cabeza—. Sir Rufus estaba preocupado porque siempre lo encontraba «pegado a mí como una lapa» y por sus... intenciones.

—¿Mis intenciones...?

Su tono cauteloso bastó para que ella sonriera con tristeza.

—Al parecer, cree que usted elige a sus amantes entre... las clases más bajas.

—¿Qué? —exclamó él sin poder creérselo—. ¿Te dijo eso?

—Sí.

Ella sonrió más cuando recuperó el sentido del humor gracias al sincero asombro del conde. También se escandalizó en su momento, pero, después de la reacción de Nathaniel Thorne, el incidente empezó a parecerle divertido.

—Al parecer —siguió ella—, creía que usted intentaría ofrecerme esa relación porque encajaba en sus preferencias.

Si tenía en cuenta que hacía un rato él había pensado eso mismo y que hacía unos minutos tuvo una erección solo por abrazarla, podría haberlo hecho sin necesidad de que Tennant hubiese sido tan indiscreto. Miró a Elizabeth con los ojos entrecerrados.

—¿Y qué dijiste...?

Ella se rio ligeramente con incredulidad.

—Naturalmente, le dije que no existía ninguna posibilidad.

Naturalmente. Era una lástima que lo que él había pensado siguiese en el aire. Indudablemente, esa joven belleza lo atraía y era una atracción inadecuada dada su posición en la casa de su tía. Sin embargo, esa noche la había observado, se había sentido cautivado por la elegancia de su cuerpo al bailar, había presenciado su encanto natural al tratar con los demás y había empezado a preguntarse si podría tentarla para que abandonara ese empleo y se instalara en una casa discreta que fuese de ella y donde pudiera visitarla cuando le apeteciera.

Lo cual, a juzgar por la erección que tuvo solo por abrazar brevemente sus curvas, sería muy a menudo durante las primeras semanas del acuerdo.

Sin embargo, era un acuerdo que ni se le ocurriría insinuar después de la torpeza de Tennant al plantear la situación, aunque quizá fuese lo que se proponía...

—Milord... —dijo Elizabeth mirándolo con cautela.

—Lo educado suele ser esperar a que lo pidan para negarse.

¡Sobre todo, cuando la mera insinuación la había hecho llorar!

Ella frunció el ceño.

—Solo quise comentar con usted lo absurdo de la insinuación de sir Rufus, milord.

Entonces, la insinuación no solo le había parecido tan insultante que la había hecho llorar, sino que, a posteriori, la mera idea ¡le parecía absurda! Ninguna de las dos cosas era especialmente halagüeña para la vanidad de un hombre. Sobre todo, ¡cuando ese comentario llegaba de la hermosa joven que le parecía tan excitante!

—Supongo que sabrás por qué se ha entrometido Tennant...

No era tan ingenua como para no saber por qué había sido tan maleducado, pero si había creído que iba a ganarse su aprecio al presentarse como su protector de una forma tan desconsiderada, iba a llevarse una decepción enorme. Un hombre no hablaba de esos asuntos con una mujer soltera por muy baja que le pareciese su posición social. Ella negó con la cabeza.

—No correspondí en absoluto al interés de sir Rufus.

—¿Sigues sin querer aceptar su petición de matrimonio si te la hiciera?

—¡Desde luego!

Le costó contener un escalofrío de repulsión ante la idea de casarse con alguien como sir Rufus Tennant.

—Me alegro de oírlo —comentó él con un alivio evidente.

—¿Por qué? —preguntó ella con curiosidad.

Él frunció el ceño durante unos segundos cargados de tensión antes de contestar con una evasiva.

—¿Puedes imaginarte recluida en el campo durante el resto de tu vida?

Como eso era lo que había hecho hasta hacía unas semanas, tuvo que disimular una sonrisa.

—Devonshire es una zona de Inglaterra muy bonita —contestó ella encogiéndose de hombros.

—No creo que te parecería tan bonita si fueses la esposa de alguien tan engreído y pagado de sí mismo como Tennant —replicó él con una mueca de disgusto.

—Es posible que sir Rufus no resulte tan... insoportable a todo el mundo como nos resulta a nosotros.

—Lo dudo. Al fin y al cabo, tiene treinta y ocho años y sigue soltero.

Nathaniel lo dijo implacablemente. Además, estaba dispuesto a hablar seriamente con él sobre Elizabeth Thompson antes de que acabara la velada.

—A lo mejor sigue soltero porque quiere...

—A lo mejor —concedió él.

—Lo dice como si supiera el motivo de esa decisión —dijo ella mirándolo permisivamente.

—No. No creo que nadie conozca lo bastante a Tennant como para saberlo.

Desde luego, no lo bastante como para saber con certeza hasta qué punto había quedado trastornado sir Rufus por el suicidio de su hermano.

—Solo intentaba constatar que es muy raro que un hombre aceptablemente apuesto y adinerado como sir Rufus siga soltero a los treinta y ocho años.

—¿En qué sentido le parece raro?

Nathaniel lamentó profundamente haber sacado ese tema. No porque no quisiera que Elizabeth dejara de tener compasión por sir Rufus, sino porque el suicidio de Giles Tennant había dejado un regusto muy amargo en la sociedad. Las aventuras amorosas, y había muchas en la alta sociedad, solían llevarse con discreción, sin que el cónyuge las viera, aunque lo supiera. Giles Tennant no solo tuvo una aventura amorosa con una mujer casada, sino que esa mujer abandonó a su marido y a sus hijos para estar abiertamente con él, algo que hizo temblar los cimientos de la sociedad. Naturalmente, los dos quedaron marginados. La sociedad aceptaba las aventuras, pero no aceptaba que un joven viviera abiertamente con una mujer casada que había abandonado a su marido y a sus hijos.

Aun así, los dos se quedaron en Londres. Al parecer, estaban tan enamorados que no les importaba que la sociedad los hubiese excluido. También apelaron a sir Rufus para que intentara que su hermano entrara en razón, algo que, evidentemente, no consiguió. La pareja siguió viviendo junta durante unas semanas antes de que Giles matara a su amante casada y luego se quitara la vida. Eso era más que suficiente para trastornar al hombre más equilibrado, como siempre se había considerado que era sir Rufus Tennant.

—Lord Thorne...

—Perdóname.

Nathaniel intentó olvidarse de los sombríos recuerdos. Al fin y al cabo, todo sucedió hacía muchos años y solo había conocido a Giles superficialmente. A su amante no la conoció en absoluto.

—Solo estaba preguntándome si sir Rufus diría eso porque sus intenciones hacia ti son tan despreciables como las que me atribuyó a mí.

—¿Cree que podría ofrecerme que fuese su amante? —preguntó ella con los ojos como platos.

—Es una posibilidad.

Ella decidió que ya había hablado bastante de ese asunto.

—Entonces, me parece que lo más sensato sería que evitara quedarme sola con ninguno de ustedes dos.

—Eliza...

—Buenas noches, lord Thorne.

Elizabeth se dio media vuelta y volvió al bullicio del salón de baile. Lejos de la perturbadora compañía de Nathaniel Thorne.

Siete

—Letitia, ¿te importaría dejarnos solas un momento? —las tres mujeres estaban en la sala de estar y la señora Wilson sonrió amablemente a su prima—. Me gustaría hablar en privado con Betsy.

El día siguiente a la fiesta había sido muy ajetreado para Elizabeth. Como había previsto, pasó la mañana ayudando a recoger todo y la tarde recibiendo a las damas que querían visitar a la señora Wilson para darle las gracias personalmente por la cena y el baile tan maravillosos de la noche anterior. No había visto a lord Thorne en todo el día. Sewell le había comunicado a la señora Wilson durante el desayuno que el conde había recibido unas cartas, que iba a pasar casi todo el día en la biblioteca y que no quería que lo molestaran.

Ella, cansada por todas las actividades del día,

se había excusado hacía unos minutos con la intención de sacar a Héctor a dar el paseo de la tarde y estaba de pie junto a la puerta por la que acababa de salir Letitia. Que la señora Wilson le hubiese pedido que se quedara un rato para «hablar en privado» con ella no presagiaba nada bueno...

—Siéntate un momento, querida.

Ella se sentó en el borde de una butaca. La señora Wilson era tan enérgica que era imposible no obedecer hasta su petición más nimia.

—¿He hecho algo que la haya disgustado? —ella se temía lo peor después de todo lo que había pasado la noche anterior—. Le aseguro que anoche no hice nada que pudiera incitar el interés de sir Rufus o el vizconde de Rutledge.

Ella se sonrojó por haber omitido el nombre del hombre cuyo interés, probablemente, habría disgustado a la señora Wilson.

—Según mi experiencia, una joven hermosa no tiene que hacer nada para despertar el interés de un caballero —replicó la señora Wilson con ironía.

—Es posible —Elizabeth frunció levemente el ceño—. Aun así, le aseguro que no busqué la compañía de esos caballeros.

—Querida niña...—la señora Wilson sacudió la cabeza con perplejidad—...me da la sensación de que crees que quiero regañarte por algo que hiciste o dijiste anoche.

—¿No es verdad...? —preguntó ella mirándola con incertidumbre.

—Claro que no. Los caballeros siempre se han puesto en evidencia por una chica guapa —contestó la señora Wilson resoplando con desprecio.

Elizabeth se quedó completamente desconcertada al no saber de qué podría querer hablar con ella en privado. Además, la señora Wilson la miraba fijamente.

—Ya llevas unas semanas conmigo, ¿estás contenta con tu empleo?

—Muy contenta.

Elizabeth se relajó un poco. ¿Quién no iba a estar contenta trabajando en la casa de una dama tan amable como la señora Gertrude Wilson y, además, teniéndose que ocupar del adorable Héctor?

—Sin embargo, no es lo que te corresponde por nacimiento, ¿verdad?

Ella se dio cuenta de que se había relajado demasiado pronto, de que esa mirada penetrante parecía ver el remordimiento de su corazón. Desvió la mirada y se humedeció los labios sin saber qué contestar.

—Vamos, Elizabeth. Es evidente, para mí, que tus modales y tu forma de hablar son los de una dama.

Que esa mujer hubiese empleado su nombre de pila completo no era nada tranquilizador.

—Quizá, una dama que pasa por momentos difíciles —explicó ella sin entrar en detalles.

—Quizá —la señora Wilson asintió lentamente con la cabeza—. Te he tomado aprecio durante estas semanas, Elizabeth, y no me gustaría pensar que... ¿Tienes algún problema con tu familia o... la ley? —preguntó la mujer estremeciéndose.

—¿Lord Thorne le ha metido esas dudas en la cabeza, señora Wilson?

A Elizabeth le costaba contener la impaciencia con ese hombre.

—¿Oscurecen?

El asombro que se reflejó en el rostro de la señora Wilson bastó para convencerla de que su sobrino no le había contado sus recelos.

—Le aseguro, señora Wilson, que no tengo ningún problema —contestó ella con sinceridad.

Estaba segura de que cuando se encontrara con Diana otra vez, su hermana estaría muy disgustada con ella, pero Diana no podía enfadarse mucho tiempo con ninguna de sus díscolas hermanas pequeñas y, además, el alivio por volver a verla sería mayor que el enfado. Tampoco podía importarle menos lo que pensara de su huida el escandaloso lord Faulkner, su nuevo tutor. Eso sí llegaba a enterarse, algo muy improbable porque Diana nunca traicionaría así a sus hermanas.

—Me alegro de oírlo —dijo la señora Wilson—, pero ¿no tienes...? ¿No hay nada que quieras contarme?

Se había criado sin los consejos de una madre desde hacía diez años y notó que se le formaba un nudo en la garganta por la amabilidad de la señora Wilson. Hasta el punto de que casi se sintió tentada de contarle su dilema, pero solo casi. Se lo impidió el saber que la señora Wilson no podría emplearla si se enteraba de su verdadera identidad y de la oferta de matrimonio del conde de Westbourne, un hombre que la señora Wilson conocía y que era amigo íntimo de su sobrino.

—Le aseguro, sinceramente, que no hay nada que contar. Como no tengo ningún familiar varón con quien contar, necesito un empleo para mantenerme.

Lord Faulkner sería primo tercero de su padre, o algo así, pero su relación con ella era leve, por decir algo, a pesar de la fría y desapasionada oferta de casarse con cualquiera de la tres hermanas.

—Muy bien —la señora Wilson dio por zanjado el asunto—. Solo queda una cosa más que me gustaría hablar contigo...

—¿Sí...?

—Anoche, antes de marcharse, sir Rufus me pidió permiso para llevarte de paseo en su carruaje. Ya sé que no es el hombre más apasionante —la señora Wilson se rio ante la expresión de espanto de Elizabeth—. La compañía de hombres como él hacen que me dé cuenta de lo afortunada que fui por pasar casi veinte años casada con mi querido Bastida —la señora Wilson dejó escapar un suspiro—. No obstante, por muy aburrido que sea sir Rufus, tengo la obligación de recordarte que es un caballero respetable y con un título.

Y «a buen hambre no hay pan duro», se dijo a sí misma con pesadumbre. Sin embargo, como lady Elizabeth Copeland, no tenía tanta hambre como para tener que aceptar las atenciones de un hombre tan mayor y poco interesante como Rufus Tennant. Además, eso era algo que no tenía nada que ver en absoluto con lo que sentía por el joven, viril y perversamente apuesto Nathaniel Thorne. Bueno, quizá algo...

Por muy irritante que le pareciera ese caballero, no podía negar que el corazón se le aceleraba cuando estaba cerca ni que sus besos la alteraban de una forma impropia de una dama. ¡Solo de pensar en esos abrazos hacía que se le endurecieran los pezones en ese momento!

—Anoche ya le comuniqué a sir Rufus que no deseo ir de paseo con él.

—Será aburrido, pero también es insistente —la señora Wilson frunció el ceño—. No te preocupes, yo me ocuparé de sir Rufus. Además, si alguna vez quieres hablar de algo conmigo, quiero que sepas que sabré ser comprensiva —añadió la mujer con una sonrisa.

Una sonrisa que estuvo a punto de desarmarla cuando notó el escozor de las lágrimas. Diana era una hermana maravillosa, había sido un apoyo muy firme para Caroline y ella desde que su madre las abandonó, mucho más que su tía Husmareis, quien había vivido con ellos durante muchos años, pero la oferta de comprensión de la señora Wilson hizo que se diera cuenta de lo mucho que había echado de menos a una mujer mayor a quien contarle sus incertidumbres juveniles.

—Es muy amable, señora Wilson —dijo ella con la voz ronca por la emoción mientras se levantaba.

—Es un secreto, no se lo digas a Osbourne o ¡nunca conseguiré casarlo! —exclamó la mujer entre risas.

—Me temo que ya es un poco tarde para guardar ese secreto, tía. Hace tiempo que sé lo amable que eres.

Nathaniel se apartó de la puerta, donde llevaba varios minutos oyendo la conversación de las mujeres. Algo que, naturalmente, disgustó a Elizabeth Thompson.

—Una mujer debería poder tener algún secreto, milord.

Él entró más en la habitación. Sabía que ella no se refería solo a la amabilidad de su tía, como sabía lo hermosa que estaba con ese vestido de color marfil, con los rizos descuidados que le rodeaban la delicada belleza de su rostro y que resaltaban el azul oscuro de los ojos, unos ojos que se habían oscurecido más todavía al mirarlo con rabia.

—Siempre que esa mujer sepa que esos secretos son los que mantienen y avivan el interés de un hombre...

La miró con los ojos entrecerrados cuando ella se sonrojó... ¿por remordimiento?

—¿Ya has terminado la correspondencia del día, Osbourne? —le preguntó su tía.

—No. Es que estoy cansado de estar encerrado, tía. Tanto que había venido para preguntarte si podría acompañar a la señorita Thompson y a Héctor en el paseo de la tarde.

A ella no le había gustado nada que lord Thorne las interrumpiera y oyera su conversación, pero le gustaba menos todavía la idea de volver a estar a solas con él. La noche anterior se habían separado de mala manera, como siempre, y no tenía la más mínima intención de seguir con aquella conversación... indecente.

—Se encuentra bien después del... esfuerzo de anoche, milord.

—¿A qué... esfuerzo se refiere, señorita Thompson?

El tono del conde le recordó con demasiada claridad cuando estuvo entre sus brazos y estrechada contra su cuerpo duro y cálido mientras bailaban...

—Al baile y las conversaciones, milord.

Ella esperó con toda su alma que la señora Wilson no adivinara por qué se había sonrojado.

—He pasado unos días convaleciente, pero le aseguro que todavía no estoy tan decrépito como para tener que quedarme en la cama al día siguiente de bailar y conversar un poco.

Se sonrojó más todavía porque sabía muy bien que no estaba nada decrépito.

—Le aseguro que no quería decir...

—Deja de provocar a Elizabeth, Osbourne —intervino la señora Wilson para rescatarla.

Él arqueó las cejas y miró a su tía con asombro.

—Creía que preferías que la llamaran Betsy...

—Ya no me parece... indicado —le explicó la señora Wilson—. Estoy segura de que un paseo al aire libre os vendrá bien a los dos. ¡También estoy segura de que tumbarme un rato en la cama me vendrá mejor! —añadió con una sonrisa mientras se levantaba.

Elizabeth miró al conde con los ojos abiertos en señal de advertencia porque había captado la conjetura en su mirada. La miraba como si se imaginara lo bien que estarían los dos tumbados en la cama... Era una imagen que la asustaba y excitaba a la vez. Indudablemente, sería muy excitante estar en la cama con el atractivo y licencioso Nathaniel Thorne. Aunque su inexperiencia en esos asuntos hacía que le asustara la incertidumbre de lo que pasaría después.

Diana, y antes su tía Humphries, les había hablado a las dos hermanas sobre lo que podían esperar que pasara en el lecho nupcial cuando llegara el momento. Sin embargo, a ella le había bastado que Nathaniel Thorne la tuviera entre sus brazos, que la besara y que la acariciara, para saber que entre un hombre y una mujer podía haber mucho más que tumbarse de espaldas y permitir que el marido gozara.

¿Y ese cosquilleo en los pechos cuando la abrazó y besó? ¿Y el endurecimiento de los pezones cuando se los acarició? ¿Y esa humedad que surgía expectante entre sus muslos cuando él estaba cerca? ¡Entre un hombre y una mujer tenía que haber mucho más que lo que había descrito

Diana! El experimentado conde de Osbourne le había despertado la curiosidad por saber qué era ese «más»...

—Cuando anoche dijiste que no querías pasear con Tennant en su carruaje, ¿lo dijiste de verdad?

Elizabeth miró al conde desde debajo del sombrero de paja mientras los dos paseaban otra vez por el sendero del acantilado con Héctor bien sujeto por la correa.

Hacía un día soleado y las vistas de la costa de Devonshire eran preciosas. Vistas que ella no podía ver en ese momento porque solo podía pensar en la proximidad de lord Thorne y en esos pensamientos tan turbadores que había tenido antes... El comentario del conde indicaba que había oído más de la conversación con la señora Wilson de lo que se había imaginado.

—Rara vez digo algo que no sea de verdad, milord.

—Entonces, eres excepcional entre las personas de tu sexo, Elizabeth.

Estaba muy elegante con una levita azul marino, un chaleco de brocado plateado, unas calzas gris perla, unas botas negras deslumbrantes y el sombrero de copa sobre los mechones rubios.

—Es posible que eso solo ocurra entre las personas de mi sexo que ha... conocido hasta el momento, milord —replicó ella con sorna.

Nathaniel tuvo que reconocerse que lo había puesto en su sitio y que, seguramente, tenía razón. Solía alejarse de las jóvenes casaderas de la alta sociedad y de las damas casadas más hermosas, a quienes les gustaba jugar a juegos de alcoba mientras sus maridos tenían sus propias aventuras. Era un juego que a él nunca le había gustado y aborrecía las aventuras con mujeres casadas, fuera cual fuese su posición social. Por eso, solo podía divertirse con las damas jóvenes y viudas de la sociedad o con alguna actriz que le llamaba la atención.

Además, y pese a los escandalosos comentarios que le hizo Tennant a Elizabeth la noche anterior, nunca se había aprovechado de las jóvenes que empleaban él, sus amigos o su tía. Entonces, ¿qué hacía otra vez a solas con Elizabeth y torturándose con lo que no podía conseguir?

Después de lo ocurrido la noche anterior, había decidido que quizá debería alejarse de ella si la más mínima cortesía podía ser motivo de habladurías para personas como Tennant. Por eso había pasado todo el día en la biblioteca contestando la correspondencia. Sin embargo, cuando se encontró a Letitia en el pasillo, se sintió atraído por la habitación donde su tía y Elizabeth hablaban tranquilamente.

126

Se había quedado en la puerta y la había observado durante unos minutos.

Admiró la belleza de su perfil y la elegancia de su porte. Anheló la redondez de sus pechos, que asomaban ligeramente por el escote del vestido de color marfil... Eso no era lo que debería estar pensando cuando estaba paseando con ella por lo alto de un acantilado y con Héctor como única carabina.

—Esta mañana esperaba haber recibido una carta de mi depravado amigo Westbourne.

Dijo lo primero que se la pasó por la cabeza, ¡una cabeza que volvía a estar llena con imágenes de Elizabeth entre sus brazos mientras la besaba apasionadamente!

—¿No la ha recibido? —preguntó ella poniéndose rígida.

—No —contestó él con una sonrisa por el evidente rechazo de ella—. Indudablemente, está muy ocupado con sus asuntos.

—Ah...

—Sin duda, te sorprenderá saber que hace unos siete meses lo nombraron tutor de tres jóvenes damas.

Naturalmente, no le sorprendió lo más mínimo.

—Solo puedo sentir lástima por esas desdichadas —replicó ella en tono cortante.

Él se rio.

—Conociendo a Westbourne, estoy seguro de que la tres se enamorarán de él muy pronto.

—¿De verdad?

Ella le dirigió una mirada gélida porque sabía que esa «joven dama» no iba a enamorarse de él y creía que sus hermanas eran lo bastante juiciosas para no enamorarse tampoco.

—La mayoría de las mujeres lo hacen —reconoció Nathaniel en tono apesadumbrado.

—Entonces, tienen que ser unas mujeres especialmente necias —se sentía incómoda por estar hablando así de su tutor. A no ser que...—. ¿Por qué cree que podría interesarme algo referente a lord Faulkner?

—Solo estaba dando conversación —contestó él encogiéndose de hombros.

—¿Sobre un hombre que sabe que me desagrada?

—Quizá esperaba que te dieras cuenta de que hay hombres con una reputación mucho peor que yo.

—No sabía que hubiese grados de... degradación.

—Claro que los hay —él le sonrió—. Yo, por ejemplo, solo tengo una mala fama moderada.

—Mientras que la de lord Faulkner es atroz —Elizabeth asintió con la cabeza pensativamente—. Entiendo.

El conde frunció el ceño con desesperación.

—Entiende una cosas, Elizabeth... —él se calló cuando vio que ella sonreía provocadoramente—. Estás riéndote de mí...

Efectivamente, estaba riéndose de él y, a juzgar por su reacción, no era algo que le pasara muchas veces... y menos con una mujer. Ella, como hija de un conde, sabía que el título de conde de Osbourne representaba mucho poder e influencia, tanto en la sociedad como en el Parlamento. Por eso, solo sus amigos más íntimos y los familiares, como lord Faulkner y la señora Wilson, se atreverían a hablarle de una forma tan irreverente. ¿Buscaría su poco respetuosa compañía como la buscaba en parte por eso?

Desde luego, no pensaba comportarse como una ñoña remilgada para disipar su interés, no pensaba parpadear y reírse tímidamente con cualquier comentario suyo como habían hecho las señoritas Miller y Rutledge la noche anterior. No lo haría aunque quisiera sinceramente disipar cualquier interés que pudiera tener en ella... algo que, cuanto más tiempo pasaba con él, menos segura estaba de querer...

Ese hombre la irritaba e incordiaba muchas veces, pero también la excitaba y hacía que se sintiera deseada por primera vez en su corta vida. Después de haber vivido durante años casi como una monja, recluida en el campo bajo la atenta mirada de su padre, era muy halagador, era embriagador, que un hombre tan apuesto y codiciado como Nathaniel Thorne considerara que su compañía era placentera... que la considerara a ella placentera.

Además, su provocación había conseguido que no siguieran hablando del potencialmente peligroso asunto del conde de Westbourne.

—Solo me rio un poco, milord —reconoció ella con ironía—. ¿En qué nivel de esa escala de... degradación le parece que está sir Rufus Tennant? —preguntó ella maliciosamente.

—Él no está en absoluto.

—¿No?

—Su hermano pequeño era el que tenía la mala fama.

—¿Tenía? —le preguntó ella con los ojos muy abiertos.

Nathaniel frunció el ceño con fastidio porque la conversación había derivado hacia Tennant y porque había caído en el cotilleo.

—Giles Tennant se quitó la vida hace unos años.

—Tuvo que ser terrible para sir Rufus... —dijo Elizabeth evidentemente conmovida.

Él se dio cuenta, con impaciencia, de que había conseguido que ella sintiera lástima por ese hombre.

—No lo sientas tanto por él, Elizabeth. Giles había matado de un disparo a su amante antes de quitarse la vida —replicó él con aspereza.

Ella se paró en seco, palideció y lo miró con tal opresión en el pecho que casi no podía respirar. No era posible... No podía ser que el hermano de sir Rufus Tennant hubiese sido el amante de su madre... Sin embargo, la coincidencia era innegable. Era un joven de la alta sociedad, escandaloso y libertino... ¿Cuántos había que hubiesen matado a sus amantes casadas de un disparo y se hubiesen quitado la vida?

—Elizabeth...

—Yo... Es horrible —tenía la garganta atenazada y le daba vueltas a la cabeza—. ¿Hace cuánto pasó eso?

—¿Qué importa cuándo paso? —preguntó él con curiosidad.

—Yo... Bueno, para saber si debo ofrecerle mis condolencias a sir Rufus la próxima vez que lo vea.

—No —contestó Nathaniel tajantemente.

—Pero...

—Elizabeth, sucedió hace años. Solo te he contado el escándalo para demostrarte que puede haber algún desequilibrio emocional en esa familia.

Sin embargo, ella tenía que saber más cosas.

Tenía que saberlo todo sobre el asesinato de la amante de sir Giles Tennant y su suicidio. Tenía que saber como fuese si sir Rufus era el hermano mayor del hombre por el que su madre abandonó a su marido y a sus tres hijas hacía diez años.

Ocho

—¿Te pasa algo?

Nathaniel la miró con el ceño fruncido. Estaba pálida y con los ojos muy abiertos y sombríos. Esas dos cosas le recordaron que, aunque parecía segura de sí misma, era una dama muy joven que había empleado su tía y que él, llevado por su fastidio por la insistencia de Rufus Tennant hacia ella, le había contado algo que, evidentemente, la había afectado mucho.

¿Fastidio...? ¿Era solo fastidio lo que sentía por la insistencia de Tennant o era un sentimiento distinto? ¿Era algo mucho peor? ¿No sería rencor por el interés del otro hombre por ella? No podía ser. El rencor implicaría celos y los celos eran un sentimiento irracional. Él no era irracional. Podía ser resuelto e, incluso, arrogante, pero no creía que fuese irracional.

Elizabeth lo atraía, sin duda, pero no más de lo que lo habían atraído docenas de mujeres a lo largo de los años. Atracciones que siempre habían acabado... bien. Algo que no podía decirse de esa atracción que sentía hacia la esquiva y ligeramente misteriosa Elizabeth Thompson. ¿Sería ese el motivo de que estuviese tan irritado en ese momento? ¡Prefería esa explicación a la anterior!

Ella todavía se sentía aturdida y sabía que su reacción a lo que le había contado lord Thorne sobre el hermano de sir Rufus había tenido que extrañarle... y no quería, por nada del mundo, que el conde recelara sobre su interés personal por ese asunto. Si quería saber algo más, si quería confirmar si sus sospechas eran ciertas, tenía que hablar con sir Rufus en persona.

—Creo... Creo que ya hemos llegado demasiado lejos, milord.

Elizabeth esbozó una sonrisa forzada y tiró ligeramente de la correa de Héctor para que se diera la vuelta hacia la residencia Hepworth. Nathaniel se acercó a ella.

—Evidentemente, te he alterado al hablarte del escándalo del hermano de Tennant.

—Pero no me ha hablado... Al menos, con detalle —añadió ella con el ceño fruncido—. Por ejemplo, no me ha dicho el nombre de la amante casada.

—Ni te lo diré. No debería haberte dicho lo poco que te he dicho. No es un asunto adecuado para hablarlo contigo. Lo que te he contado ya te ha afectado bastante, Elizabeth.

Ella se lo agradecería eternamente. Sobre todo, si resultara que Giles Tennant había sido el joven amante de su madre...

Si al menos tuviera la ocasión de hablar con sir Rufus... Él, probablemente, sabría más del escándalo que acabó con la muerte de su madre, sabría algo que ni sus hermanas ni ella habían podido saber. A ninguna de las tres se les ocurrió preguntarle nada a su padre cuando su madre los abandonó. Eran demasiado jóvenes y estaban muy traumatizadas. Además, su padre quedó completamente abatido por el dolor. Más tarde, cuando las tres fueron algo mayores, su padre se negó a comentar nada sobre su madre y sobre el escándalo que rodeó su muerte.

Naturalmente, sir Rufus podría mostrarse igual de reacio a hablar sobre la muerte de su hermano e, incluso, si le contaba algo, la muerte de su hermano podría no tener nada que ver con Harriet Copeland. Sin embargo, no podía saberlo hasta que hubiese hablado con sir Rufus. Por eso, pensaba aceptar la invitación de sir Rufus a pasear en su carruaje en cuanto hubiese vuelto a la residencia Hepworth.

—Solo estoy cansada, milord, y en absoluto afectada por su conversación —replicó ella para justificar que quisiera volver a la casa.

Él no se quedó nada convencido. Sabía que había algo... distinto en ella desde hacía unos minutos. Además, tenía razón. No estaba «afectada». Era algo distinto, algo que no entendía y que lo desasosegaba profundamente. La miró detenidamente por debajo del ala del sombrero.

—Quizá deberías haber seguido el ejemplo de mi tía y haberte quedado descansando en tu cuarto.

—Es posible....

Nathaniel se sintió más desesperado todavía.

—Mañana pensaba ir a visitar al vizconde de Rutledge.

—Una idea magnífica —comentó ella con frialdad—. Estoy segura de que a la señorita Rutledge le parecerá lo mismo —añadió ella en tono burlón.

Él apretó los labios por la evidente provocación de ella.

—A lo mejor te gustaría acompañarme...

—¿Y estropear la ilusión de la señorita Rutledge por verlo otra vez?

—Yo estaba pensando, más bien, en el placer que sentiría Rutledge por verte a ti —replicó él con sorna.

—Naturalmente... —ella pareció pensarlo mientras Héctor olisqueaba la madriguera de un

136

conejo—. No, creo que sería mejor que fuese solo, milord. Además, no puedo desaparecer con usted para visitar a uno de los vecinos de la señora Wilson.

—Sí puedes si yo digo que... —Nathaniel no terminó la frase y dejó escapar un gruñido—. Da igual. Creo que lo mejor es que os deje, a Héctor y a ti, que acabéis el paseo tranquilamente. Tengo que contestar algunas cartas antes de la cena.

—Tenga cuidado, milord, tanto trabajo podría convertirle en una persona tan aburrida como le parece sir Rufus.

Nathaniel, que se sentía completamente impotente, miró esos ojos provocadores. Solo quería encerrarse en la biblioteca para no hacer algo muy irresponsable, como volver a seducir a Elizabeth. Arqueó una ceja con aire burlón.

—No creo que haya nadie que sea tan aburrido como él.

Ella habría estado de acuerdo hasta hacía muy poco, pero si su relación con el joven amante de su madre era cierta, lo consideraría el hombre más interesante que conocía. Aunque, naturalmente, no tendría el mismo interés que el conde, quien despertaba en ella unas sensaciones, unos deseos que no había podido racionalizar hasta el momento... ni resistir.

—Indudablemente, lo que a alguien le parece

aburrimiento, a otra persona puede parecerle estabilidad y consistencia. Dos virtudes que a usted también le parecerán loables, claro.

—Espero no haber dicho nada que haya conseguido que sintieras tanta compasión por Tennant como para replantearte tu negativa a salir de paseo con él en su carruaje.

Nathaniel la miró con el ceño fruncido y ella bajó la mirada intencionadamente.

—Hace un rato, la señora Wilson se tomó la molestia de ensalzarme las virtudes de ese caballero...

—¡Estás replanteándotelo! —exclamó él sin disimular la incredulidad.

Ella lo miró con sus ojos azules y cristalinos.

—Es posible.

—Estás siendo ridícula...

—¿De verdad?

Él captó la indirecta en su voz. Era él quien estaba siendo ridículo. Sobre todo, cuando seguía sin saber qué hacer con la atracción que sentía por ella.

Había muchos motivos, y la censura de su tía Gertrude no sería la menor, para que convertir a Elizabeth en su amante fuese imposible.

—Si te contara que mis padres se ahogaron durante un viaje por mar cuando yo tenía diecisiete años, a lo mejor sentías la misma compasión por mí...

—¿Fue lo que pasó? —preguntó ella con delicadeza.

—Sí —contestó él inclinando la cabeza.

—Desde luego, es una tragedia...

—Pero, al parecer, no tan trágico como para que merezca la misma compasión que sientes por Tennant.

—Tiene a su tía Gertrude... Mientras que sir Rufus, al parecer, no tiene a nadie.

—Eres demasiado blanda de corazón —replicó él con el ceño fruncido.

—Soy lo que soy, milord.

—Y, siendo como eres, ¡harás lo que quieras!

Ella se rio maliciosamente.

—Sí. Eso es exactamente lo que he estado haciendo durante estas semanas.

Él deseó tener la misma libertad, pero sus responsabilidades, por su título y sus posesiones, no se lo permitían.

—En ese caso, si me disculpas...

Nathaniel inclinó la cabeza y se dio media vuelta. Ella lo observó alejarse y no pudo dejar de admirar sus espaldas anchas, su cintura fina y sus piernas largas y musculosas rematadas por las botas negras. El sol de mayo daba un tono dorado oscuro a su pelo, un dorado tupido y sedoso que anhelaba sentir entre sus dedos...

Dejó escapar un suspiro muy profundo al saber

que su aparente cambio de opinión hacia sir Rufus había significado otro escollo en su relación con el conde. Un escollo que, quizá, fuese para bien. La creciente atracción que sentía por Nathaniel Thorne no tenía ningún porvenir, ni como la señorita de compañía de su tía ni como lady Elizabeth Copeland.

Lo máximo que podía esperar era que se separaran como bueno amigos cuando llegara el momento. Ella...

—¡Creía que ese hombre no iba a marcharse nunca!

Había estado tan absorta pensando en lord Thorne que no se había dado cuenta de que el otro hombre se había acercado, pero se dio la vuelta y vio a sir Rufus montado en Starlight. El ala del sombrero no permitía interpretar la expresión se sus ojos casi transparentes, pero su comentario parecía indicar que llevaba algún tiempo observándolos.

—Me alegro de volver a verlo, sir Rufus.

Ella lo dijo con una amabilidad forzada. Habían bastado unos segundos para darse cuenta de que no lo encontraba más agradable aunque pudiera tener la respuesta a algunos secretos sobre el pasado de su madre.

Él desmontó, se quitó el sombrero e inclinó levemente la cabeza.

—Me dirigía hacia la residencia Hepworth con la esperanza de poder hablar con usted —le explicó él mientras volvía a ponerse el sombrero.

Sin embargo, se la había encontrado de paseo y conversando con el conde de Osbourne. ¿Una conversación que no había querido interrumpir...?

—Estoy segura de que a lord Thorne también la habría gustado poder hablar con usted.

—¡No tengo paciencia con sinvergüenzas como él!

Ella sintió cierta crispación. Si fuese tan sinvergüenza como decía sir Rufus, habría aprovechado la ocasión para intentar algo con ella... Que no lo hubiese hecho tenía que significar que no era tan depravado como sir Rufus, y ella misma, lo habían considerado.

No obstante, también sabía que necesitaba la buena disposición de sir Rufus si quería hacerle las preguntas que quería hacerle.

—Todavía es muy joven, sir Rufus.

Él pareció complacido porque no había dado importancia al atractivo de un hombre diez años más joven que él.

—¿Le importaría seguir paseando conmigo por el sendero del acantilado?

Si tenía en cuenta que hacía unos minutos había estado paseando en dirección contraria...

—Me encantaría —aceptó ella con una sonrisa—. Pero ¿qué va a hacer con Starlight? —preguntó ella mientras le acariciaba el cuello.

—Lo ataré a un árbol. No le pasará nada — sir Rufus ató el caballo a un árbol y la acompañó hacia el sendero—. Creo que le debo una disculpa, señorita Thompson —siguió él como si no estuviera acostumbrado a reconocer que se había equivocado—. Yo... anoche dije algo que no debería haber dicho y lamento sinceramente haberla ofendido.

—No lo piense más, sir Rufus —replicó ella con una sonrisa.

—No puedo dejar de pensarlo —él se detuvo, la miró y le tomó una mano enguantada—. Evidentemente, te molesté con mis comentarios sobre Osbourne y no quiero molestarte por nada del mundo, Elizabeth.

Ella tragó saliva. No se sentía cómoda con la mano entre las de sir Rufus, por no decir nada del brillo ávido que captaba en sus ojos.

—Reconozco que me molestó en su momento, pero ya lo he olvidado —dijo ella mientras retiraba la mano delicada y firmemente.

—Solo quería advertirte de que Osbourne podría aprovecharse de ti...

—Creo que lo mejor sería que no volviésemos a hablar de ese asunto. Le aseguro que, para mí, lord Thorne es el sobrino de mi señora y nada más.

Ella siguió caminando por el sendero y sir

Rufus la acompañó sin decir nada durante unos minutos.

—Hace un día precioso, ¿verdad?

Desde luego, era mucho más prudente hablar del tiempo que de lord Thorne.

—Precioso —repitió ella.

Una cosa era que hubiese decidido que tenía que hablar con sir Rufus en cuanto tuviera la primera ocasión y otra muy distinta tener que soportar su interés casi posesivo, por no decir nada de cómo sacar el tema de su hermano cuando no le había hablado de él.

—¿Te gusta Devonshire? —preguntó sir Rufus con cortesía.

—Es muy bonito.

Si Rufus hizo un gesto de satisfacción por la respuesta.

—No hay ningún sitio igual.

Elizabeth lo miró con un leve parpadeo.

—¿Y su familia también prefiere la sencillez de Devonshire al bullicio de Londres?

—No tengo familia —contestó él con su seriedad habitual.

—Ah... —ella abrió los ojos con inocencia—. Estoy segura de que la señora Wilson dijo que tiene un hermano menor.

El corazón le latió con tanta fuerza por la mentira que temió que sir Rufus pudiera oírlo.

—Tenía un hermano menor —él apretó la mandíbula—. Murió hace unos años.

—No quería ser insensible.

Elizabeth se detuvo en el sendero, puso una mano en el brazo de sir Rufus y esperó que su expresión compasiva no delatara el fastidio que sentía porque no había dicho hacía cuántos años exactamente murió su hermano.

—No podías haberlo sabido —concedió él con amabilidad.

—¿No tiene más familia?

—No, ninguna de la que hablar.

—Su hermano debía de ser muy joven cuando murió.

—Preferiría no hablar de eso si no te importa —replicó él endureciendo la expresión.

A ella le importaba mucho, pero también reconocía que sir Rufus no la conocía lo suficiente como para darle unos detalles tan íntimos de su familia. Además, no parecía el tipo de hombre que necesitara sincerarse con nadie de nada.

—Claro —aceptó ella despreocupadamente.

Al fin y al cabo, tampoco quería que sir Rufus supiera lo interesada que estaba en la muerte de su hermano y en la posible relación de ella con la mujer que mató Giles Tennant.

—No debería haberme metido en un asunto que es tan... sensible para usted.

Él frunció el ceño.

—No es un asunto nada sensible. Lo que pasa es que no veo qué sentido tiene hablar más de él.

Su tono fue tal que a ella le pareció imposible insistir en ese momento, pero sí pensaba volver a hablar de ese asunto en cuanto tuviera otra ocasión.

—La señora Wilson me ha dado su visto bueno para que mañana vaya de paseo con usted en su carruaje, si le parece bien...

Ella lo miró expectante y vio el brillo triunfal que iluminó esos ojos clarísimos.

—Mañana por la tarde me parece perfectamente.

—¡Fantástico! —ella le sonrió—. Ahora, debería volver a la residencia Hepworth...

—¿Tan pronto? —preguntó sir Rufus frunciendo el ceño.

—La señora Wilson confía en mi consejo para elegir el vestido de la cena —contestó ella aunque no era verdad del todo.

Sin embargo, aunque había estado muy poco tiempo con sir Rufus, le había alterado los nervios y no se sentía nada cómoda con él. Además, tampoco quería hablar de nada más con él y ya había mostrado bastante curiosidad por su hermano por el momento.

—Si crees que tienes que volver...

—Sí —Elizabeth volvió a poner la mano en su brazo—. No quiero abusar de la amabilidad de la señora Wilson cuando ya nos ha dado permiso para que mañana vayamos de paseo.

—No, claro que no.

Sir Rufus pareció aceptar que se fuera cuando sabía que volvería a verla al día siguiente, pero su satisfacción se esfumó algo cuando miró a Héctor.

—Espero que no tendrás que ir con ese perro...

Ella volvió a acordarse de que le habían advertido que no se fiara de un hombre al que no le gustaban los perros y los niños. En ese momento, sabía que a sir Rufus no le gustaban los perros, pero aun así...

—Estoy segura de que no —ella sonrió con cierta tensión—. Al fin y al cabo, no haría ejercicio montado en el carruaje.

Sir Rufus pareció aliviado e intentó explicarle su aversión.

—Una vez me mordió un perro cuando era un niño, entiendes...

—Ah... —ella asintió con la cabeza—. Le aseguro que Héctor es muy bueno. Es posible que el perro que le mordió estuviera enfermo o dolorido.

O también era posible que sir Rufus fuera tan frío y desagradable de niño como de mayor.

—No hay excusa para un comportamiento tan inaceptable —replicó él mirándola con frialdad.

Ella ni siquiera se atrevió a preguntar qué le pasó al pobre perro que lo mordió.

—Algunas veces, los animales pueden darse cuenta de que alguien no está... cómodo con ellos.

Él la miró con unos ojos gélidos.

—¿Que les tienen miedo? ¿Eso es lo que quieres decir?

—No. En absoluto —contestó ella inmediatamente—. Yo, por ejemplo, como no me crié con gatos, les tenía cierta cautela.

Sir Rufus se relajó un poco.

—Lo gatos son como los caballos, animales independientes. Yo no puedo soportar que los perros se retuerzan y lloriqueen para que les hagan caso.

Elizabeth decidió que ya habían hablado bastante de ese asunto también. Si seguían así, ¡no podrían hablar de nada!

—Hasta mañana, sir Rufus —se despidió ella con una ligera reverencia.

Él inclinó la cabeza y suavizó su expresión gélida.

—Estoy deseoso de que llegue ese momento.

Ella no podía decir lo mismo. No apreciaba lo más mínimo a sir Rufus y el alma se le cayó a los pies cuando se dio la vuelta para dirigirse a la residencia Hepworth. Lo encontraba fatuo, intransigente y hasta un poco despiadado cuando hablaba de su querido Héctor.

Quizá no debería haber aceptado ir de paseo con él. Quizá, cuando ya no estaba conmocionada por lo que le había contado lord Thorne sobre Giles Tennant y podía pensar con más claridad, habría sido más sensato preguntarle a la señora Wilson si sabía algo sobre el hermano menor de sir Rufus. La señora Wilson no era dada al cotilleo, desde luego, pero eso no significaba que no supiera cuándo y cómo murió Giles Tennant y el nombre de la amante casada a la que mató antes de suicidarse.

Efectivamente, quizá hubiese sido más sensato haber hablado con la señora Wilson que tener que soportar la compañía de sir Rufus durante varias horas...

Nueve

—Mañana por la tarde, cuando vuelvas del paseo en carruaje con Tennant, mi tía ya habrá organizado con el vicario la publicación de las amonestaciones y habrá hablado con la costurera sobre el vestido de novia.

Elizabeth entrecerró ligeramente los ojos y se detuvo en el inmenso vestíbulo de la residencia Hepworth. Se había disculpado y había dejado a las dos mujeres bebiendo té en la sala privada de la señora Wilson. Después de otra cena suntuosa y de la incómoda conversación sobre su paseo en carruaje con sir Rufus, había anhelado estar sola y tranquila en su dormitorio, pero, en vez, iba a tener que lidiar otra vez con el burlón conde de Osbourne antes de que pudiera escaparse definitivamente.

Se dio la vuelta lentamente con la esperanza de

conservar la expresión fría aunque comprobó que el conde se había quitado la levita y el lazo. Estaba en la puerta de la biblioteca y solo llevaba el chaleco azul claro y la camisa de seda blanca con los dos primeros botones desabotonados. Podía ver algo del vello dorado que le cubría el musculoso pecho, como pudo comprobar cuando estaba postrado en la cama, y que descendía hasta desaparecer por la cinturilla de las calzas...

Se agarró las manos para que no le temblaran y para disimular la tentación, una vez más, de tocarle el sedoso y algo despeinado cabello dorado. Tomó aliento antes de contestarle con frialdad.

—Estoy segura de que sus amigos lo encuentran muy divertido, milord, pero me temo que, esta noche al menos, su sentido del humor va a echarse a perder conmigo.

Él apoyó un hombro en el marco de la puerta y la miró con los ojos entrecerrados. Supo, por la incipiente erección que notaba solo por mirarla con el vestido de color melocotón que permitía ver gran parte de sus hombros y de sus pechos, que, seguramente, había bebido demasiado brandy desde la cena. Algo bastante inusitado, aunque ella pensara lo contrario. No creía que lo hubiese hecho desde que estaba en el ejército, cuando solo podía quitarse el regusto amargo de la batalla con una botella del excelente brandy que Gabriel siempre llevaba en el equipaje para esas ocasiones.

El motivo de que esa noche hubiese bebido demasiado era otra batalla muy distinta y que podía tener lugar a los pies de la joven distante e inalcanzable que estaba en el extremo opuesto del vestíbulo. El color melocotón del vestido le daba un tono rosado a la piel y a los labios, que los hacía muy deseables, y la luz de las velas también daba un tono de ébano a sus rizos. Algo que no le había pasado nada desapercibido durante toda la cena.

—¿Por qué esta noche precisamente? —preguntó él con sorna.

Ella pareció irritarse más todavía.

—Porque me temo que ha malinterpretado los motivos que tengo para haber aceptado ir de paseo con sir Rufus mañana.

—¿Ah, sí, de verdad? —preguntó él arqueando las cejas.

—Sí —contestó ella apretando los labios.

—Entonces, a lo mejor no te importaría entrar en la biblioteca y explicarme esos motivos.

Él se apartó de la puerta para dejarla pasar.

A ella no le importaba explicarse a nadie y menos al desquiciante Nathaniel Thorne. Sin embargo, el aire informal del conde hacía que la idea de estar a solas con él en la biblioteca fuese tur-

151

badora. Aunque, al revés de lo que le pasaba con sir Rufus, era una tentación casi irresistible.

—Creo que no —contestó ella con cierto remilgo—. Evidentemente, está ligeramente... indispuesto.

—Estoy ligeramente ebrio, Elizabeth, no indispuesto —le corrigió Nathaniel con ironía y haciendo hincapié en «ligeramente».

—Aun así...

—¿Vas a ser la leona o el ratón, Elizabeth?

Sus ojos dejaron escapar un destello azul oscuro.

—No soy ninguna de las dos cosas, milord. Sencillamente, me parece desaconsejable estar sola con un caballero en cualquier circunstancia, pero más todavía cuando ha bebido brandy.

—La bebida diabólica, ¿no?

—En absoluto —ella frunció el ceño por las burlas de él—. A mi padre le parecía la panacea contra todos sus males.

—¿Y cuáles crees que son mis males esta noche?

—No tengo ni idea —contestó ella frunciendo más el ceño.

—¿No? —él entrecerró los ojos desafiantemente—. Has hablado en pasado al referirte a tu padre.

Ella se sonrojó al darse cuenta de que había desvelado demasiadas cosas al perspicaz conde.

—Quizá haya sido porque mi padre está muerto, milord.

—Entiendo —murmuró él—. ¿Cuáles eran los «males» de tu padre antes de que muriera para que tuviera que beber brandy?

Ella empezó a sentirse incómoda.

—Los normales de un padre con unas hijas pequeñas.

—Entonces, todavía quedan algunas en casa... ¿Mayores o menores?

—Cuántas son y cuántos años tienen es irrelevante, milord —contestó ella con cautela.

—A lo mejor, deberías dejarme a mí que decidiera eso.

Él la miró desafiantemente y ella le aguantó la mirada sin parpadear.

—No, no lo creo. Ahora, si me disculpa... Iba a acostarme cuando me... dio conversación.

Él sonrió con malicia.

—No tengo inconveniente en seguir la conversación en tu dormitorio. En realidad, creo que lo prefiero.

Ella volvió a sonrojarse y se quedó boquiabierta.

—¡No quería decir eso!

—Tú elijes, Elizabeth. La biblioteca o tu dormitorio.

—¡No tengo por qué elegir, milord!

—La biblioteca —Nathaniel miró hacia la habitación con la chimenea encendida— o tu dormitorio.

Él la miró de arriba abajo antes de desviar la mirada hacia la escalera.

—Está siendo poco razonable, milord...

—Estoy dándote a elegir, Elizabeth —insistió él tajantemente—. Depende de ti lo que decidas.

Para ella, la elección era indiferente. Decidiera lo que decidiese, estaría a solas con él. ¿Leona o ratón...? El conde había querido desafiarla con esa provocación y lo había conseguido. Ya no era un ratón, si lo había sido alguna vez, pero tampoco se sentía como una leona del todo.

—La biblioteca.

Entró en la habitación y comprendió por qué él se había quitado la chaqueta y el lazo. El fuego de la chimenea daba mucho calor y era una noche templada de primavera. Había una frasca de brandy medio llena y una copa con algo del licor en una mesa junto a la butaca más próxima a la chimenea. Sobre el brazo de la butaca había un libro abierto que indicaba lo que había estado haciendo el conde cuando la oyó en el vestíbulo.

Ella llevaba unos zapatos planos de color melocotón que entonaban con el vestido y que siempre le habían dicho que eran muy livianos, lo cual parecía querer decir que el conde había dejado la

154

puerta abierta para oírla al pasar. Frunció el ceño cuando llegó a la alfombra que había delante de la chimenea y se dio la vuelta para mirarlo.

—¿De qué quería hablar conmigo, lord Thorne?

Él se preguntó si se daría cuenta de lo regia que parecía bañada por la luz del fuego. Sus ojos eran fríos y azules; la nariz, corta y recta sobre los labios carnosos y tentadores; la barbilla estaba levantada y desafiante... Toda su actitud era muy altiva. Fueran quienes fuesen sus antepasados, él se apostaría su reputación a que había una duquesa o condesa entre ellos. Quizá, ante la tendencia a beber brandy, el padre de Elizabeth fue el hijo ilegítimo de un noble, que tuvo todos los genes de un caballero, pero no el título, y que transmitió esos genes a sus hijas. Cada día que pasaba se añadía otra capa de misterio a los orígenes de Elizabeth. Era un enigma que lo intrigaba cada vez más aunque no lo quisiera.

Cerró la puerta, se acercó hasta quedarse a unos centímetros y ella lo miró con cautela.

—Elizabeth...

Ella notó que su voz ronca le bajaba por toda la espalda, que la estremecía y la quemaba por dentro, que se sonrojaba y que le brillaban los ojos, que tuvo que humedecerse los labios con la punta de la lengua porque los tenía sensibles e inflamados... ¡Como todo su cuerpo! Sentía el anhelo en partes del cuerpo que solo había mencionado entre susurros con sus hermanas. Los pezones se le habían endurecido y volvía a notar una ligera humedad cálida entre los muslos. Miró al conde con los ojos entornados.

—Milord...

Él ya no pudo dejar de tocarla y le acarició los rizos de la sien con la punta de los dedos.

—Estábamos hablando de los motivos que había tenido para beber algunas copas de brandy...

Las pestañas aletearon con inquietud y dejaron ver fugazmente el color azul oscuro de sus ojos.

—¿De verdad?

—Sí —confirmó él con una leve sonrisa—. Elizabeth, ¿tienes la más ligera idea del efecto que tienes en mí?

Ella tragó saliva.

—Yo... Es posible —reconoció ella con valentía.

Él se rio, pero no fue una risa alegre del todo.

—¿Y tienes idea de lo inapropiada que es esa atracción?

Ella empezó a enojarse.

—Creo que está siendo insultante, milord.

—¿Puede saberse por qué sigues llamándome así? Hace tiempo que tendrías que llamarme por mi nombre —replicó él mirándola con rabia.

—Es muy inadecuado...

—Esto lo es más.

La tomó entre los brazos y la besó despiadadamente en la boca. Llevaba horas, días, anhelando besarla otra vez y se aprovechó de tener su cautivadora delicadeza entre los brazos. Sin embargo, no sentía ninguna delicadeza mientras devoraba sus labios con la fuerza de una tormenta que arrasaba todo lo que se encontraba en su camino.

Ella solo pudo aferrarse a sus hombros cuando se dio cuenta de que lo único que podía hacer era dejarse arrastrar por la pasión arrolladora de ese beso. Casi se olvidó de respirar por esa avalancha abrasadora. Solo sentía la boca de Nathaniel y la calidez de sus manos en la espalda antes de que le tomaran el trasero para estrecharla íntimamente contra él.

Nathaniel dejó de besarla para recorrerle el cuello con los labios y ella lo arqueó al sentir la boca ardiente sobre la carne. Una sensación que le abrasaba todo el cuerpo. Introdujo los dedos entre el pelo dorado de Nathaniel y por fin consiguieron lo que tanto habían anhelado. Se estremeció cuando él le tomó un pecho con una mano y bajó la cabeza para recorrerle con los labios la carne desnuda que asomaba por encima del escote.

—Qué hermosa eres, Elizabeth...

Él lo susurró con la voz ronca y su aliento fue como una caricia ardiente mientras le desabrochaba algunos botones de la espalda del vestido, le bajaba el corpiño y la camisola y le desnudaba los pechos para mirárselos con avidez. Tomó uno de los pezones endurecidos con la boca y se lo lamió mientras ella suspiraba y gemía por el placer.

Mirar a Nathaniel, que se deleitaba vorazmente con su pezón, era la experiencia más erótica que había tenido en su vida. Ni siquiera pudo pensar en la posibilidad de resistirse cuando la tomó en brazos y la llevó hasta el diván que había delante de la ventana. La tumbó y él se quitó el chaleco y la camisa. Su musculoso pecho y sus formidables hombros todavía estaban vendados, pero se arrodilló al lado del diván sin apartar la mirada rebosante de deseo de sus pechos desnudos. Desvió la mirada incandescente hacia sus ojos mientras la acariciaba y luego bajó la cabeza para besarle un pezón hinchado. Ella se estremeció otra vez e intentó tomar aliento al sentir la lengua sobre la carne sensible y anhelante.

—Nathaniel...

—¡Sí, Nathaniel! ¡Repítelo, Elizabeth!

—Nathaniel… —repitió ella con la voz entrecortada.

Él le recorrió el cuello con los labios, le tomó el lóbulo de la oreja y la besó en la boca con una intensidad que la embriagó mientras su lengua se abría paso entre los labios. Levantó las manos para acariciarle el pecho antes de recorrer los poderosos contornos de sus hombros y de la espalda. Estaba totalmente entregada a la seducción del beso y maravillada por todas las sensaciones que la dominaban, por la calidez de su piel, por la tensión de sus músculos bajo la leve caricia de sus dedos, por el sedoso vello que resultaba ligeramente áspero por la increíble sensibilidad de sus pezones...

Nathaniel se apartó un poco, la miró con los ojos velados por la pasión y le tomó la cara entre las manos.

—Elizabeth, eres la encarnación de la tentación. De la tentación profunda, sombría y lasciva.

Ella abrió los ojos.

—Pero no he hecho nada...

—Eres tentadora solo por existir.

—Pero...

—¡Siente cuánto te deseo!

Le tomó una mano y la llevó a la turgente erección. Dejó escapar un gemido al notar esos dedos finos y delicados sobre el desbordante miembro y supo que necesitaba más.

—Acaríciame —le suplicó mientras se desabotonaba el pantalón y sacaba la evidencia de su necesidad.

Volvió a tomarle la mano para enseñarle como acariciarlo. Ella nunca había sentido nada tan fascinante. La erección era dura y palpitante, como acero envuelto en terciopelo. Él se estremeció de pies a cabeza cuando le pasó la yema del pulgar por la punta.

Elizabeth abrió los ojos al ver su expresión mientras se sentaba para que lo acariciara. Tenía las mejillas sonrojadas y parecía un sufrimiento más que un placer.

—¿Estoy haciéndote daño? —le preguntó ella dejando de acariciarlo.

—¡No! No pares, Elizabeth...

Le tomó la mano otra vez para que empezara a acariciarle rítmicamente toda la sedosa extensión de la erección.

Ella se sentó en el borde del diván para seguir sola esa caricia rítmica. Podía notar su mirada apasionada clavada en los pechos mientras ella miraba embelesada lo que sujetaba entre los dedos. Era hermoso, muy hermoso, muy grueso y largo...

Abrió los ojos al ver la gota cremosa que se escapó por la punta. Le siguió otra que le mojó los dedos y ella se pasó la lengua por los labios, quería... quería...

Se dejó llevar por el instinto, se arrodilló delante de él y lo lamió. Se deleitó con el líquido salado. Se deleitó una y otra vez, le parecía adictivo, tan adictivo como sus gemidos de placer.

—¡Dios mío! —exclamó él con un hilo de voz.

Un placer inconmensurable se había adueñado de él por ver a Elizabeth arrodillada delante de él y por sentir su lengua lamiéndole la erección antes de tomarlo plenamente con la boca. Estaba más excitado todavía porque sabía que lo hacía solo por instinto, no por experiencia.

Introdujo los dedos entre sus rizos negros y se entregó al placer que le daba sin reparos. Arqueó la espalda, apretó los dientes y acometió suave y rítmicamente dentro de la sensual y cautivadora boca. Los delicados dedos de ella casi no podían abarcar la base de su miembro.

¿Habría permitido que Elizabeth hubiese seguido si las voces de su tía y Letitia no se hubiesen abierto paso en su cabeza extasiada? ¿Habría acabado completamente con su inocencia al llegar a la explosiva conclusión que necesitaba tanto? Quizá. No recordaba haber estado nunca tan a merced de la boca y las manos de una mujer, pero esperaba haber sido capaz de haberse apartado antes de que se hubiese liberado completamente.

Se apartó y tomó la cara de Elizabeth entre las manos. Ella lo miró con los ojos desenfocados, sin haberse dado cuenta de la presencia de las otras mujeres en el vestíbulo.

—No estamos solos en la casa —le recordó él con la voz ronca.

Ella parpadeó y miró alrededor como si esperara encontrarse a alguien en la biblioteca. Cuando comprobó que no había nadie, volvió a mirarlo.

—Yo no...

—Shh... Escucha.

Ella se quedó muy quieta y palideció al oír a la señora Wilson y a Letitia que hablaban mientras subían las escaleras.

Diez

—No hace falta que te quedes tan angustiada, Elizabeth.

Nathaniel estaba junto a la chimenea. Se había subido las calzas y se había puesto la camisa, pero se la había dejado por fuera para tapar la todavía rampante erección, como seguiría sin duda durante un buen rato.

—¿Cómo no voy a estar angustiada?

Elizabeth se había abotonado el vestido, pero seguía despeinada y sonrojada por la humillación. Ni siquiera podía mirarlo a los ojos.

—¿Qué habría pasado si la señora Wilson hubiera entrado para darle las buenas noches?

—No lo ha hecho —replicó él para tranquilizarla.

—Pero...

—Ya tenemos bastantes cosas de las que preocuparnos esta noche como para que te preocupes de algo que no ha pasado.

Nathaniel tomó la copa de brandy y la vació de un sorbo. Elizabeth tomó aliento con indignación.

—Claro que me preocupo. ¿Qué cosas...?

Nathaniel la miró con cierta desesperación.

—Por ejemplo, ¿cómo vamos a seguir aquí juntos?

—¿Seguir...?

—Elizabeth... —él dejó escapar un suspiro— ...normalmente eres más inteligente.

—Ahora no soy menos inteligente, milord...

—¡Llámame Nathaniel!

Él se lo ordenó mientras se acercaba, pero se detuvo bruscamente cuando ella retrocedió. La miró con los ojos entrecerrados.

—¿Tanto te he escandalizado que tienes miedo de estar cerca de mí?

En realidad no tenía miedo de Nathaniel, sino de cómo reaccionaba a él. En cuanto a estar escandalizada... ¿Cómo no iba a estar escandalizada de su osadía? ¿Cómo no iba a querer salir corriendo y esconderse debajo de las sábanas de la cama solo de pensar en lo que acababan de hacer? En lo que ella se había deleitado haciendo...

No solo había acariciado a Nathaniel con las manos, sino que también lo había acariciado con los labios y la lengua... Todavía podía sentir el regusto entre dulce y salado... Todavía podía sentir la piel aterciopelada que envolvía esa erección larga y palpitante, ese ente vivo que se movía casi sin que él pudiera dominarlo. Todo ello tan distinto de lo que se había imaginado y un comportamiento tan escandaloso para sí misma que no podía mirarlo a los ojos.

—Mañana por la mañana, a primera hora, le diré a la señora Wilson que tengo que dejar el empleo...

—¿Por qué?

Esa vez, sí lo miró y el corazón le dio un vuelco al ver la frialdad de su expresión mientras la miraba por encima de su aristocrática nariz. Era muy distinto al hombre que la había seducido hacía unos minutos y que se había dejado arrastrar por el placer que le había proporcionado con las manos y la boca... Miró hacia otro lado sonrojada por el recuerdo de esas intimidades.

—Uno de los dos tiene que marcharse.

—Si eso es verdad...

—¡No puedes dudarlo!

—...entonces, ese soy yo —terminó Nathaniel con frialdad.

Ella sacudió la cabeza con pesadumbre.

—La señora Wilson preferirá que se quede su sobrino a que se quede la joven que contrató como señorita de compañía de su perro.

—Yo no estaría tan seguro. Mi tía me quiere, no lo dudo, pero adora a Héctor —replicó él con ironía.

Había querido que ella sonriera, pero los ojos azul oscuro se empaparon de lágrimas. Él aceptó que todo aquello era un embrollo y que él era el culpable. Había hecho mal al acariciarla tan íntimamente, pero era imperdonable que la hubiese incitado a que correspondiera a esas intimidades, que se hubiese desabotonado las calzas y que le hubiese llevado la mano a su miembro desnudo. El desconcierto escandalizado que se reflejaba en su joven y pálido rostro lo confirmaba... Dejó escapar un suspiro muy profundo.

—Mañana por la mañana le explicaré a mi tía que hay asuntos que me obligan a abandonar la casa inmediatamente.

—Ella se preguntará por qué no se lo has dicho esta noche.

—Y yo le diré que no estoy acostumbrado a dar explicaciones a nadie.

Ella sonrió con tristeza.

—Tu tía no es nadie y ella tampoco está acostumbrada a que la rechacen.

Él captó el hincapié que había hecho en la palabra «ella» y supo que tenía razón. Su tía era una mujer franca e imponente que exigiría más explicaciones de las que estaba dispuesto a darle. Además, sabía que seguía preocupada por su salud, aunque había mejorado bastante.

Era un embrollo espantoso. Si no se hubiese enojado tanto porque ella había cambiado de opinión sobre el paseo con Tennant, quizá no hubiese bebido tanto brandy, no la habría incitado para que entrara en la biblioteca, no la habría besado y acariciado, no la habría... ¡Sí lo habría hecho! Sabía que habría hecho todo eso aunque no hubiese bebido brandy. En ese momento, estaba sobrio y eso demostraba que no había bebido tanto brandy como para culpar al alcohol de lo que había hecho. Había querido seducir a Elizabeth y que ella lo sedujera a él.

Cómo lo había besado y acariciado... Nunca había sentido nada como eso en toda su vida. Había estado con muchas mujeres que sabían muy bien todas las maneras de complacer a un hombre, pero nunca había sentido un placer tan desinhibido a manos, y a boca, de una joven inocente. Nunca se había sentido tan arrastrado por el placer, nunca había perdido tanto el dominio de sí mismo que había estado a punto de explotar en la boca de una mujer.

Habría explotado si las voces de sus familiares no lo hubiesen devuelto bruscamente a la realidad. En ese momento, solo de mirar su boca y de imaginarse esos labios suaves y carnosos alrededor del miembro hacía que la anhelara otra vez y que comprendiera que tenía que marcharse de allí lo antes posible, aunque solo fuera para encontrar a una mujer con experiencia que le aliviara ese anhelo antes de que se pusiera en evidencia otra vez.

—Hablaré con mi tía mañana por la mañana y le daré mis excusas.

—Te lo ruego, yo preferiría que no lo hicieras, Nathaniel. En cualquier caso, no pretendía que mi empleo con la señora Wilson durara mucho tiempo.

—¿Por qué? —preguntó él con los ojos entrecerrados.

Ella lo miró con el ceño fruncido.

—¡Yo no tengo por qué darte explicaciones, Nathaniel!

Él cruzó la habitación de dos zancadas y la agarró del brazo.

—¡No me hables en ese tono! Si te marchas mañana, ¿adónde vas a ir? ¿Con quién vas a ir? —añadió él con recelo.

Ella lo miró con calma.

—Cuando me haya marchado, no será de tu incumbencia adónde vaya.

—¿Ni con quién? —insistió él con los labios apretados.

—Exactamente.

Él arqueó las cejas rubias.

—Creo que infravaloras mi poder de persuasión.

—Creo que usted infravalora mi capacidad para soportar esa persuasión, milord —replicó ella con firmeza mientras se zafaba de él.

—Me niego a que te marches de aquí sin que me digas adónde y con quién vas a ir.

—No tiene derecho a negarme nada —rechazó ella con vehemencia.

Nathaniel decidió que esa joven iba a ser su muerte, una muerte lenta y agónica. ¿Cómo iba a ser si no cuando lo arrastraba casi hasta el clímax para acto seguido hundirlo en la impaciencia y desesperación? Cuando solo de pensar que podía desaparecer tan súbitamente como había aparecido lo sumía en la insatisfacción más profunda, a él, a un hombre que muy rara vez perdía la calma.

Por mucho que pudiera parecer un hombre mundano, por mucho que los años que pasó en el ejército lo hubiesen acostumbrado a la acción, esa decisión de desaparecer por donde había llegado sin decir, ni a él ni a nadie, adónde iba a ir, lo dejaba completamente impotente. Algo completamente inaceptable, como soldado y como conde. La miró con los ojos entrecerrados.

—Es posible que tengas razón en eso, Elizabeth.

—Claro que tengo razón...

—No obstante —le interrumpió él con firmeza—, yo sí puedo decirle a mi tía que el motivo para que dejes tu empleo es lo que he hecho esta noche.

—¡No lo hará! —exclamó ella mirándolo con espanto.

—Creo que me conoces lo suficiente como para saber que sí lo haré —replicó él lentamente.

Efectivamente, lo conocía más íntimamente que a ningún otro hombre y sabía, como él había dicho, que su decisión de marcharse de la residencia Hepworth se debía a lo que había pasado hacía un rato.

—¿Por qué iba a hacerlo? —preguntó ella mirándolo con rabia.

—Si te marchas tan repentinamente y te metes en complicaciones, me sentiré responsable. El remordimiento en un sentimiento que no llevo nada bien sobre mis hombros.

Unos hombros muy anchos, se dijo a sí misma. Unos hombros musculosos que había acariciado hacía un momento... ¡No! Tenía que olvidarse de esas intimidades o se volvería loca. Se irguió con orgullo.

—Si le cuenta a la señora Wilson el verdadero motivo de mi marcha, solo conseguirá avergonzarnos a los dos, milord.

Nathaniel se quedó inmóvil y con una expresión indescifrable. ¿Avergonzarlos? ¿Elizabeth consideraba vergonzoso lo que habían hecho? Él no lo consideraba nada vergonzoso, pero quizá ella esperara algo más de él...

—El domingo, en la iglesia, ¿esperas oír mi nombre junto al tuyo en vez del de Tennant?

—¿Cómo ha dicho? —preguntó ella boquiabierta.

—Si lo que ha pasado esta noche llega a los oídos adecuados, a los del vizconde de Rutledge, por ejemplo, yo tendría que pedirte que te casaras conmigo —contestó él arqueando una ceja.

Ella lo miró con altivez.

—El domingo, en la iglesia, no voy a oír mi nombre ni junto al suyo ni junto al de sir Rufus.

Esa joven no dejaba de sorprenderlo. Si la mayoría de las mujeres se encontraba en la disyuntiva de tener que elegir entre arrojarse a los avatares del mundo o tener la posibilidad de casarse con un conde, elegirían lo segundo. Elizabeth no...

—Ahora, si me excusa...

Ella se dio la vuelta para marcharse.

—¡Elizabeth!

Ella volvió a darse la vuelta lentamente y con la barbilla muy alta.

—No hay nada más que decir, Nathaniel.

Había mucho más que decir, se reconoció a sí mismo con sinceridad, pero también sabía que no era el momento adecuado cuando las emociones estaban a flor de piel.

—Hablaremos mañana por la mañana —dijo él inclinando la cabeza.

—Me marcharé mañana por la mañana.

—¿Y qué va a pasar con tu paseo en carruaje con Tennant? —preguntó él sin alterarse—. Sir Rufus se sentirá muy decepcionado si la mandas una nota para comunicarle que no vas a acompañarlo y que vas a marcharte definitivamente de esta zona.

La verdad era que se había olvidado completamente de que había quedado con sir Rufus Tennant para pasear con él en su carruaje. ¿Cómo no iba a haberse olvidado? Desafiaba a cualquier mujer a que recordara al basto sir Rufus Tennant después de haber conocido el placer con Nathaniel Thorne.

—Estoy segura de que sir Rufus lo entenderá perfectamente.

—Lo dudo mucho. Nunca había visto a un hombre tan decidido a ganarse el afecto de una mujer.

—Estás exagerando su interés por mí para abochornarme —replicó ella sonrojada por el fastidio.

Él no creía que estuviera exagerando lo más mínimo el interés casi obsesivo de Tennant por ella. En realidad, creía que jamás había visto a ningún hombre tan empeñado en conseguir lo que quería como a Tennant con Elizabeth. Al menos, su decisión de marcharse de Devonshire la libraría de esa situación angustiosa.

—Si prefieres pensar eso...

—Sí —afirmó ella tajantemente antes de darse la vuelta otra vez.

Él la observó marcharse antes de mirar pensativamente el fuego. Su comportamiento de esa noche había sido desacertado, impropio e imprudente. Solo él habría tenido la culpa si Elizabeth hubiese sido una joven dispuesta a aprovecharse de la situación para obligarlo a casarse con ella. Las viejas arpías de la alta sociedad habrían disfrutado como locas si el conde de Osbourne se encontrase atrapado en un matrimonio con una joven sin título ni dinero. Debería sentirse aliviado y agradecido por haberse escapado por los pelos, pero solo podía recordar que a Elizabeth le había parecido vergonzoso...

—Sencillamente, ¡no puedo entender qué ha podido pasarle!

A la mañana siguiente, la señora Wilson, angustiada y alterada, iba de un lado a otro por el vestíbulo de la residencia Hepworth. Elizabeth se reconoció que la angustia estaba justificada. Un lacayo había permitido que Héctor saliera al jardín mientras lord Thorne y las tres mujeres terminaban de desayunar.

Sin embargo, cuando el joven volvió a salir para recogerlo al cabo de unos minutos, ni vio ni oyó al pequeño perro.

Varios lacayos y doncellas lo buscaron minuciosamente, pero no consiguieron encontrarlo y el mayordomo tuvo que entrar para comunicarle a su señora que Héctor había desaparecido.

Entonces Nathaniel se levantó inmediatamente, ordenó que le ensillaran el caballo, intentó tranquilizar a su tía y se marchó de la casa apresuradamente.

El conde se había marchado hacía una hora y la señora Wilson estaba más desasosegada a cada minuto que pasaba.

Ella comprendió que no era el momento más indicado para decirle que había decidido marcharse esa mañana. Tampoco sería el día más indicado porque la señora Wilson quedaría postrada por el alivio cuando encontraran al perro... si lo encontraban.

Lo que nadie había mencionado, ni se atrevería a mencionar en presencia de la señora Wilson, era que la residencia Hepworth estaba rodeada por unos acantilados muy escarpados que serían mortales si el perro cayera accidentalmente por uno de ellos. Por eso, sabía que no podía abandonar a la señora Wilson en ese momento, y cuando había sido tan amable con ella.

—Lord Thorne lo encontrará, estoy segura —le dijo para intentar tranquilizarla.

—Pero a lo mejor... ¡Sí! Claro, mi querido Nathaniel lo encontrará —la señora Wilson se repuso con decisión—. Seguro que vuelve enseguida con el avergonzado Héctor entre los brazos.

Ella deseaba con toda su alma que ocurriese eso. Había tomado mucho aprecio a Héctor durante esas dos semanas, como a la señora Wilson. En realidad, no podía pensar en uno sin la otra.

—¡Deja de lloriquear, Letitia! —le ordenó la señora Wilson a su prima, quien estaba sentada en una silla junto a la puerta principal—. No sirve para nada y solo conseguirás que los ojos y la nariz se te pongan rojos.

—Pero me siento responsable —la mujer siguió sollozando desconsoladamente—. Debería haber salido con Héctor, debería...

—No seas ridícula, Letitia —la señora Wilson suspiró—. Héctor tiene seis años y nunca se ha escapado así cuando lo dejan salir a primera hora de la mañana.

Eso era verdad. El lacayo siempre lo dejaba salir a primera hora de la mañana y ella lo llevaba a dar un paseo más largo cuando los dos habían desayunado. Que Héctor no hubiese vuelto para desayunar ya era muy inusitado de por sí; le gustaba la comida casi tanto como quería a su cariñosa dueña.

Ella, que casi no había dormido en toda la noche, tampoco había tenido apetito para desayunar.

Seguía demasiado trastornada por lo que había hecho con Nathaniel en la biblioteca y no podía pensar en comer.

Sin embargo, ese incidente trastornador parecía no haber afectado al apuesto y elegante Nathaniel, quien comió el copioso desayuno, bebió varias tazas de té y charló con su tía sobre algunos conocidos comunes.

Incluso, se dirigió a ella un par de veces. Una para comentarle que esa mañana estaba un poco pálida y la otra para pedirle que le acercara el azucarero.

Pasó por alto la primera y la segunda la atendió sin decir nada.

—¿Qué retendrá a Nathaniel? —preguntó la señora Wilson con la respiración entrecortada.

Probablemente, que no podía encontrar a Héctor, se dijo a sí misma con preocupación. La misma preocupación que se adueñaría de la señora Wilson si el conde volvía sin el perro...

Todas se dieron la vuelta con ansiedad cuando oyeron que llamaban a la puerta y que Héctor ladraba con cierta inquietud.

Once

—No puedo agradecerle bastante que me haya devuelto a mi querido Héctor sano y salvo, sir Rufus.

La señora Wilson sonrió al caballero por encima de la cabeza de Héctor, que seguía entre los protectores brazos de su dueña diez minutos después de haberlo recuperado.

Nathaniel, quien acababa de volver de su infructuosa búsqueda, estaba pensativo al lado de la chimenea apagada de la sala de estar y observaba a las tres mujeres que hablaban y miraban con admiración a ese hombre. Tennant disfrutaba de esa admiración con codicia, como si fuese un gato hambriento que lamía un plato de leche.

Tuvo que reconocerse que eso se llamaba celos porque Elizabeth estaba sonriendo a Tennant mientras acariciaba y hacía carantoñas a Héctor. No sabía qué le molestaba más, si que no lo acariciara y le hiciera carantoñas a él o que sonriera tan resplandecientemente a Tennant cuando a él no le había mirado a los ojos durante el desayuno. ¡Eran celos sin duda!

—Señora Wilson, le aseguro que ha sido un placer. Sencillamente, estaba montando a caballo cuando oí sus leves gemidos de angustia.

La tía de Nataniel contuvo un estremecimiento de espanto.

—El pobre podría haberse quedado atrapado en esa madriguera durante horas si no lo hubiese encontrado.

Él lo dudaba mucho porque había ido a buscar por el bosque después de recorrer el sendero del acantilado y tendría que haber oídos sus «gemidos de angustia». Sin embargo, no los había oído y tenía que aceptar que Rufus Tennant fuese el héroe del momento.

—Estamos en deuda, Tennant —reconoció él inclinado la cabeza con rigidez.

—En absoluto, Osbourne. Sé lo mucho que quiere la señora Wilson a su perro y me complace enormemente que esta circunstancia tan desdichada haya acabado bien.

—¿Podría convencerlo para que tomara el té con nosotros, sir Rufus? —le preguntó la señora Wilson con una sonrisa de oreja a oreja.

—Desgraciadamente, algunos asuntos de mis posesiones me obligan a quedarme en casa esta mañana. Sin embargo, volveré esta tarde para recoger a la señorita Thompson y dar el paseo en carruaje.

Sir Rufus sonrió tan posesivamente a la joven que Nathaniel tuvo que apretar los dientes para no decir nada hiriente. Esa noche, como tampoco había podido dormir después de que su encuentro con Elizabeth acabara de una forma tan poco satisfactoria, había decidido que lo único positivo en su decisión de abandonar la residencia Hepworth esa mañana era que la alejaría de las evidentes atenciones de Tennant, aunque también la alejara de él.

—Estoy deseándolo, sir Rufus —dijo ella con desenfado.

Nathaniel frunció el ceño.

—Pero había creído...

—¿Qué?

Ella lo miró fijamente para advertirle que no sacara el tema de su marcha. ¿Significaba eso que había cambiado de opinión y que iba a quedarse porque la preocupación de su tía había hecho que no fuese el momento indicado para comunicarle que iba a marcharse o había cambiado de opinión porque el rescate de Tennant había conseguido que lo viera con más indulgencia que antes?

Esa posibilidad no le agradaba lo más mínimo.

—Creo que esta tarde puede llover —murmuró él en vez de lo que había pensado decir.

¿Acaso ese hombre no se daba cuenta del estado emocional de su tía? No iba a marcharse ese día y que la señora Wilson pudiera disgustarse más cuando lo había pasado tan mal.

También le parecía irónico que sir Rufus hubiese rescatado a Héctor y, si se tenía en cuenta la opinión tan poco favorable que tenía del perro, había que admirar por partida doble ese rescate. Aunque Héctor no parecía muy agradecido... ¡Gruñó y le enseñó los dientes a sir Rufus cuando el caballero se acercó a la señora Wilson para inclinarse sobre su mano antes de marcharse!

—Le pido disculpas por los modales de Héctor, sir Rufus —la señora Wilson se aturdió cuando sir Rufus retrocedió asustado—. ¡Eres muy desagradecido, Héctor! —frunció el ceño al perro mientras se levantaba y lo dejaba en brazos de Elizabeth—. ¿Te importaría bañarlo después de su aventura?

—Claro —Elizabeth hizo una ligera reverencia al rescatador de Héctor—. Hasta esta tarde, sir Rufus.

—Vendré a las tres en punto.

—Yo acompañaré a nuestro invitado, tía —Nathaniel se apartó de la chimenea para acompañar al otro hombre al vestíbulo—. Le ha hecho un gran servicio a mi tía, Tennant.

—Estoy encantado de haber podido ayudar.

El hombre tenía una expresión afable mientras salían juntos y Nathaniel asintió con la cabeza y con cierta tensión mientras un mozo de cuadras ayudaba a sir Rufus a montarse en el caballo.

—Espero que, dadas las circunstancias, no aleje mucho tiempo a la señorita Thompson de mi tía.

Sir Rufus lo miró desde debajo del ala del sombrero.

—Me he dado cuenta de que se toma mucho... interés por el bienestar de la señorita Thompson.

Nathaniel no se inmutó ante esa provocación.

—Elizabeth, como empleada en casa de mi tía, está bajo mi custodia.

—Con la indulgente señora Wilson actuando de protectora en esa casa...

Nathaniel tomó aliento por el insulto. Un insulto que quizá se había merecido si tenía en cuenta su comportamiento muy poco caballeroso con Elizabeth, pero...

—¿Qué insinúa, Tennant?

—Nada en absoluto, Osbourne —sir Rufus esbozó una sonrisa gélida—. Salvo que es muy afortunado por tener a una tía tan condescendiente como la señora Wilson.

Su insinuación seguía siendo evidente aunque no la dijera.

—Creo que lo mejor será que le despida, sir Rufus.

—Hasta esta tarde.

El hombre inclinó la cabeza y tiró de las riendas para dar la vuelta y alejarse. Nathaniel se quedó observándolo hasta que lo perdió de vista. Sus pensamientos eran tan sombríos como su ceño fruncido y su desconfianza en él había aumentado durante esa breve conversación, aunque hubiese rescatado a Héctor. Ese hombre todavía creía que tenía intenciones deshonestas con Elizabeth y se lo había dejado tan claro como si le hubiese lanzado un guante para retarlo. Intenciones que le costaría negar después de lo que habían hecho la noche anterior.

—¿Qué pasa?

Elizabeth, delante de la chimenea, tomó aliento para serenarse.

Estaba untando un bálsamo en una pata delantera de Héctor y esperó que su expresión fuese de indiferencia cuando miró a Nathaniel, quien estaba en la puerta de la sala de estar.

—Héctor se ha hecho un rasguño en la pata.

—¿De verdad? —él entró con las largas y elegantes piernas ceñidas por las calzas de color beis y las botas negras—. ¿Cómo se lo habrá hecho?

—Al intentar escapara de la madriguera —contestó ella abrazando protectoramente al perro.

Nathaniel sonrió con los ojos entrecerrados.

—No me pareció que estuviese muy agradecido a sir Rufus...

—No —ella hizo una mueca de disgusto—. Fue desafortunado, sobre todo, si tenemos en cuenta que a sir Rufus no le gusta nada estar con perros.

—¿De verdad? —preguntó él arqueando las cejas.

—Creo que tuvo una mala experiencia de niño.

Al menos, había dado por supuesto que sir Rufus era un niño en aquel momento. Cuando se lo contó, estaba tan abrumada por lo que había hecho con Nathaniel la noche anterior que no podía recordar exactamente lo que dijo sir Rufus sobre el incidente.

Lo había... besado y acariciado de una manera que hacía que se sonrojara solo de pensarlo. A pesar de la preocupación por la desaparición de Héctor esa mañana, no había pensado en casi nada más desde que se separó de él la noche anterior. Por ejemplo, no tenía ni idea de lo hermosa que podía ser la erección de un hombre, tanto para mirarla como para acariciarla. Era larga y dura, pero aterciopelada. Tampoco sabía que podía tener un sabor delicioso, una cremosidad adictiva que, a pesar de las horas que habían pasado, todavía podía notar en la lengua...

—No parece un rasguño.

Volvió a prestar atención al hombre en el que había estado pensando y contuvo al aliento al encontrárselo tan cerca, mientras examinaba la pata de Héctor. Tan cerca que podía notar la calidez de su cuerpo y ver sus pestañas doradas.

—¿Qué quiere decir?

Ella también examinó más detenidamente la pata de Héctor y, por primera vez, vio que tenía la piel un poco amoratada y un pequeño corte.

—Seguro que se enredó en algún espino antes de quedarse atrapado —ella sonrió con compresión al somnoliento perro que tenía en brazos—. Aun así, parece que no ha salido malparado.

—¿Y tú, Elizabeth?

Nathaniel la miró con los ojos entrecerrados y vio unas leves ojeras bajo esos ojos azules que no lo miraban. ¿Sería porque tampoco había dormido esa noche?

—¿Tú tampoco saliste malparada anoche, Elizabeth?

Ella lo miró fugazmente antes de bajar la mirada otra vez.

—Creo que cuanto menos hablemos de anoche, mejor —contestó ella en un tono irritado.

Él apretó los labios con fastidio.

—¿Cuál es el motivo para que cambiaras de planes y no te hayas marchado?

Ella se apartó para dejar a Héctor, que ya estaba dormido, en la cesta que estaba junto a la chimenea.

—No quería importunar más a la señora Wilson al comunicarle que me iba a marchar —Elizabeth se incorporó y lo miró a los ojos—. Salvo que quiera que me marche, naturalmente, entonces...

—No lo quiero en absoluto, Elizabeth —le interrumpió él con impaciencia—. Fuiste tú quien decidió marcharse, no yo.

—Porque la situación se había hecho insostenible.

Ella no dijo que el motivo fuese lo que había pasado la noche anterior, pero él lo captó en el tono y apretó los dientes.

—¿Crees que estimular a Tennant hará que la situación sea más soportable para ti?

—Claro que no —ella también lo miró con impaciencia—. Además, no creo que dar un paseo en carruaje sea... estimularlo. Como voy a tener que quedarme un par de días más, y como sir Rufus fue muy galante al rescatar a Héctor, no podía rechazar su invitación —ella lo miró desafiantemente—. Además, le estoy tan agradecida como la señora Wilson por habernos devuelto a Héctor sano y salvo.

Algo con lo que ese caballero había disfrutado enormemente hacía unos minutos, pensó él mientras aumentaba su impotencia por el aire satisfecho de Tennant. Sin embargo, también se daba cuenta de que estaba comportándose como un joven necio de la alta sociedad que sentía rencor porque otro hombre se había atrevido a acercarse a la mujer que le interesaba.

No podía negar que se sentía muy atraído por Elizabeth, como quedó claramente demostrado la noche anterior, pero su falta de dominio de sí mismo mientras hacían el amor no le daba derecho a quejarse porque hubiera otro hombre que se interesaba por ella. Aunque, en ese momento, le gustaría estrangularlo.

—Creo que lo más adecuado sería que esta tarde llevaras a una doncella de mi tía como carabina.

—¿Para que me proteja a mí o a sir Rufus? —preguntó ella provocadoramente.

—A ti, naturalmente —contestó él con los dientes apretados.

Ella inclinó ligeramente la cabeza.

—Si le parece necesario...

—Me lo parece.

A ella le había parecido una conversación dolorosa. Eran amantes, como lo atestiguaba la sensibilidad que todavía notaba en los pechos, pero no lo eran. Eran desconocidos, pero tampoco lo eran. ¡Ya no sabía qué eran! Sin embargo, no quería saberlo. Su idea de marcharse de la residencia Hepworth se había pospuesto provisionalmente, no se había desechado completamente.

—¿Quiere hablar de algo más conmigo, milord? —preguntó ella con firmeza mientras él la miraba con rabia por el tratamiento—. Creo que debería acompañar a la señora Wilson.

—Naturalmente.

Ella se dio la vuelta para marcharse, pero pudo notar su mirada clavada en la espalda. No se relajó hasta que salió al vestíbulo y se apoyó en la pared con un suspiro de alivio. Había dicho que la situación entre Nathaniel y ella era insostenible, pero era mucho peor que eso. Le resultaba imposible respirar cuando estaba con él...

—Después de la conversación de la otra noche durante la cena, había pensado que quizá le gustara ver mis rosas en el invernadero de Gifford House.

La lluvia que había vaticinado Nathaniel no había llegado todavía y sir Rufus había recogido a Elizabeth en un carruaje abierto que conducía él mismo. Estaba sentada al lado de él y la joven doncella de la señora Wilson y el lacayo de sir

Rufus iban, más incómodamente, en la parte trasera de carruaje.

Había sentido cierto alivio al tener esa ocasión para escapar del ambiente claustrofóbico que se respiraba en ese momento en la residencia Hepworth. Tenía las mejillas sonrojadas y los ojos brillantes por lo que estaba disfrutando esa preciosa tarde de mayo.

—Me encantaría, sir Rufus.

Se sentía tan aliviada por estar lejos de la turbadora presencia de Nathaniel Thorne que ni siquiera le importaba que esa visita al invernadero supusiera tener que soportar otra charla sobre las virtudes del estiércol de caballo como fertilizante para las rosas.

—No le decepcionará, se lo aseguro —comentó sir Rufus con satisfacción.

Ella no estaba nada predispuesta a sentirse decepcionada. Había conseguido olvidarse de sus recelos hacia sir Rufus después de que hubiese rescatado a Héctor y había aceptado que quizá solo fuese un hombre que se sentía incómodo en sociedad. Lo cual no era un defecto de su personalidad, sino algo que le ocurría porque no tenía relaciones sociales.

Esa tarde estaba siendo amable y simpático y estaba enseñándole los sitios más pintorescos mientras paseaban, algo que era un bálsamo para sus crispados nervios. Tanto que cuando entraron en el camino que llevaba a Gifford House, se sintió muy relajada en su compañía y se planteó la posibilidad de hablar sobre el hermano menor de sir Rufus, que, al fin y al cabo, era el verdadero motivo para que hubiera aceptado su invitación.

—Es una casa muy grande para que viva solo, sir Rufus.

Ella miró con admiración la casa de tres pisos de ladrillo rojo mientras él la ayudaba a bajar del carruaje.

—Últimamente he empezado a tener la esperanza de que no siga solo para siempre.

La agarró posesivamente del brazo mientras subían los escalones de la puerta principal. ¡En su avidez por sacar el asunto de Giles Tennant, no había tenido en cuenta cómo podía interpretarlo sir Rufus! Lo miró con los ojos abiertos y con inocencia.

—¿Piensa traer a alguien de la familia para que pase el verano?

Él la miró con enojo.

—Creía que ya le había dicho que no tengo familia.

—¡Claro! —ella dejó escapar una risa forzada y agradeció que la doncella los siguiera a una distancia prudencial—. ¡Es un vestíbulo precioso! —exclamó aunque no fue muy sincera.

El vestíbulo era más pequeño que el de la residencia Hepworth, pero, aun así, parecía mucho más frío. Además, no era en absoluto de su gusto. El suelo era de baldosas oscuras y por la pared había cabezas de animales como ciervos, animales que, con toda certeza, sir Rufus habría cazado por los alrededores. Si bien ella aceptaba que la caza era parte de la vida en el campo, siempre había agradecido que su padre no hubiese llevado los trofeos a casa.

—Podríamos ir directamente al invernadero... —propuso ella con desenfado para escapar de la mirada fija de esas cabezas.

Sir Rufus arqueó las cejas mientras le entregaba el sombrero y el bastón al mayordomo.

—¿No prefiere tomar el té primero?

El té podría aliviar un poco el frío que estaba sintiendo, pero siempre que la sala no tuviese trofeos como esos por las paredes.

—Estoy tan deseosa de ver la belleza de sus rosas que el té no me importa en este momento.

Ni siquiera se molestó en quitarse el sombrero y la chaqueta. El frío estaba llegándole a los huesos después de la calidez del sol. Sir Rufus sonrió con satisfacción.

—Entonces, ¡eso es lo que haremos! —se volvió hacia la doncella y dejó de sonreír—. Tú puedes ir a la cocina con Campbell.

Annie no supo qué hacer y Elizabeth se preguntó si Nathaniel le habría dado instrucciones para que no se separara de ella en ningún momento. ¡Sabía que el conde era lo bastante arrogante como para haberlo hecho!

—¡Vamos, muchacha! —exclamó sir Rufus con impaciencia ante la vacilación de Annie—. Te llamaremos cuando la señorita Thompson vaya a marcharse.

La doncella miró a Elizabeth antes de darse la vuelta para seguir al mayordomo por las escaleras que bajaban a la cocina. Ella se quedó sola en compañía de sir Rufus Tennant.

192

Doce

Nathaniel no había pensado ir cerca de Gifford House cuando salió a montar a caballo esa tarde. Sin embargo, estaba a la entrada del camino que llevaba a la austera casa de ladrillo. Frunció el ceño al ver el carruaje abierto delante de la casa. Era la evidencia de que Elizabeth y Tennant estaban dentro. Sin duda, Elizabeth estaría muy complacida por las evidentes atenciones de Tennant...

Estaba siendo injusto. Rufus Tennant tenía tanto derecho como cualquiera para cortejar a Elizabeth. Lo que pasó la noche anterior no le concedía la exclusividad de esa joven, sobre todo, cuando no tenía porvenir. Aparte, ¡el maldito Tennant había conseguido convertirse en el héroe de todos! Probablemente, Elizabeth ya no lo encontraría tan hosco como antes y estaría dedicándole esas maravillosas sonrisas mientras él alardeaba de su casa. Una casa que empezaba a sospechar que Tennant quería compartir con ella y que iba a proponérselo.

—¡Qué ocupado ha estado, sir Rufus!

Elizabeth estaba sinceramente impresionada por la cantidad de flores que había en el enorme invernadero contiguo a Gifford House. Como también estaba agradecida por el calor que hacía allí después del frío que había pasado en la casa.

—He disfrutado cultivando rosas desde que era un niño —comentó él con orgullo mientras recorrían los pasillos flanqueados por flores.

—Una afición muy interesante.

—Creo que se ha convertido más en una obsesión que en una afición —reconoció sir Rufus—. Toda mi vida he deseado conseguir una flor original.

—¿Y lo ha conseguido?

Acababa de ver una flores como las que le mandó hacía dos días y quería desviar la atención de sir Rufus.

—Desde luego.

La llevó al fondo del invernadero, donde crecía una rosa al margen de las demás flores. Era una rosa preciosa, tuvo que reconocerse a sí misma. Tenía unos pétalos de color crema apretados y con los bordes de color melocotón y un aroma fuerte y embriagador.

—¿Cómo la ha llamado, sir Rufus? —preguntó ella mientras se inclinaba para olerla.

—Todavía no tiene nombre. Pensé llamarla «La inocencia de Harriet» —él frunció el ceño—, pero ahora que por fin la he conseguido, ya no estoy tan seguro...

La miró con tanta intensidad que hizo que se sintiera algo incómoda y que estuviera a punto de no darse cuenta del nombre que había elegido para la rosa. Harriet... Era el nombre de su madre... ¿Podía ser una coincidencia?

Nathaniel no tenía ni la más mínima idea de lo que se proponía llamando a la puerta de Gifford House e, impaciente, se golpeaba el muslo con la fusta mientras esperaba a que el mayordomo la abriera.

Debería haberse vuelto a la residencia Hepworth, pero no pudo. No le había gustado que Elizabeth saliese de paseo con Tennant esa tarde, pero le parecía completamente inadecuado que la hubiese llevado a su casa con la única compañía de una joven doncella de su tía. Al menos, eso fue lo que se había dicho a sí mismo cuando llegó a galope a la casa, le dio las riendas a un lacayo, desmontó y subió corriendo los escalones de la puerta principal.

Elizabeth se incorporó lentamente y perpleja por cuál podía ser el significado del nombre que sir Rufus eligió en un principio para su rosa... si tenía algún significado... Todavía no sabía si Giles Tennant fue el joven caballero con el que su madre se fugó a Londres. Aunque, en ese momentos, diría que no. Sir Rufus nunca habría llamado a una rosa como la mujer que fue responsable de la deshonra y suicidio de su hermano. Eso no tendría ningún sentido.

Tenía que haberse equivocado; después de todo, no había ningún misterio que relacionara la muerte de Giles Tennant con los Copeland.

Sin embargo, ¡eso no quería decir que sir Rufus no estuviera mirándola con avidez!

Se dio cuenta, demasiado tarde, de que no debería haber ido al invernadero con él y de que se había metido en una situación muy delicada. Sir Rufus podía interpretar que accedía a sus... atenciones.

—Creo que es hora de que vuelva a la residencia Hepworth —dijo ella con firmeza mientras se apartaba—. La señora Wilson estará... ¡Sir Rufus! —exclamó ella cuando se encontró entre sus brazos y recibiendo sus besos por toda la cara—. ¡Sir Rufus, pare inmediatamente!

—¡Eres muy hermosa, Elizabeth!

Él siguió estrechándola contra el pecho y besándola por el cuello y la oreja hasta dejarle el sombrero torcido.

—Eres tan inocente, tan...

—¡Sir Rufus, por favor!

Intento zafarse, pero se encontró prisionera de unos brazos como tenazas que la rodeaban con tanta fuerza que no podía moverse.

—Usted...

Cualquier intento de queja quedó silenciado cuando la besó en la boca. Era un beso completamente distinto a los que le había dado Nathaniel y no le daba ningún placer. Sir Rufus tenía los labios muy húmedos, duros y exigentes. Además, la inclinaba hacia atrás mientras la besaba con una insistencia casi dolorosa. Ella...

—A lo mejor he venido en un momento poco oportuno...

La voz tenía un tono implacable, aunque a ella le hubiese sonado a música celestial.

Sin embargo, sir Rufus pareció no enterarse de la presencia del conde porque siguió besándola con una minuciosidad que le parecía desagradable en el mejor de los casos y nauseabunda en el peor. En realidad, si sir Rufus no dejaba de besarla inmediatamente, creía que se desmayaría por primera vez en su vida.

—¡Tennant!

El grito de Nathaniel se abrió paso entre la pasión que se había adueñado de sir Rufus. Levantó la cabeza, miró fugazmente a Elizabeth y la apartó a un lado para darse la vuelta y mirar al hombre que estaba en el invernadero.

—¿Cómo se atreve a entrar aquí sin que lo inviten? —le preguntó con furia.

—Su mayordomo me habría anunciado si no hubiese estado... ocupado —Nathaniel lo miró con desprecio—. Por eso, me pareció prudente despedirlo y anunciarme yo mismo.

La mirada gélida se desvió hacia ella, que había conseguido zafarse de sir Rufus y apartarse de él. Aunque prefería no imaginarse la escena que vio Nathaniel cuando entró en el invernadero. No necesitaba un espejo para saber que tenía el sombrero torcido, que estaba despeinada, que estaba sonrojada y que tenía los labios inflamados y doloridos. Si eso no fuera suficiente, la repugnancia que se reflejaba en la expresión de Nathaniel indicaba claramente que creía que ella había... alentado a sir Rufus. Sintió náuseas otra vez.

—Milord...

—Más tarde tendrás ocasión para explicarte, Elizabeth —le interrumpió Nathaniel con los dientes apretados antes de volver a dirigir toda su furia contra sir Rufus—. Entre tanto, tomaré prestado su carruaje, Tennant, para llevar a Elizabeth a la residencia Hepworth. Su lacayo volverá a traerlo más tarde...

—Escuche...

—Le aconsejo que no intente discutirlo, Tennant. A no ser que quiera que lo desafíe en este momento y lugar.

Nathaniel estaba tan furioso que podría dejarse llevar por la tentación de aprovechar las horas que había dedicado a entrenarse en el cuadrilátero y que le habían dado cierta reputación entre los caballeros de la alta sociedad. Algo que Tennant conocía bien a juzgar por lo pálido que se había quedado.

—La Corona prohíbe los duelos —balbució sir Rufus.

—Entonces, es una suerte que no haya nadie de la Corona para que lo presencie, ¿no? —replicó Nathaniel con una sonrisa forzada.

—Nathaniel...

—Te he dicho que esperes hasta más tarde para que te expliques, Elizabeth.

La mesura de su tono se desmentía completamente por la mirada implacable y desdeñosa que volvió a dirigirle.

—Pero...

—¡Guarda silencio!

Estaba tan furioso con Elizabeth por su ingenuidad al meterse en una situación tan delicada y con Tennant por haberse aprovechado de ella que estaba a punto de perder la compostura, algo que no hacía nunca.

Nathaniel, como hijo único de unos padres cariñosos, sabía que de joven había sido desenfrenado y que siempre se había salido con la suya. Después de la conmoción por la muerte de sus padres y de la larga relación con su arrogante y seguro de sí mismo tío Bastian, como con Gabriel Faulkner y Dominic Vaughn, había aprendido a dominar ese carácter obstinado y a comportarse casi siempre con la misma indiferencia que sus dos mejores amigos.

Sin embargo, haber visto a Elizabeth en brazos de ese hombre, que la besaba descontroladamente, había acabado completamente con el dominio de sí mismo y solo anhelaba hacer papilla a Tennant y zarandear a Elizabeth hasta que se le cayeran todos los dientes... ¡o hacer el amor con ella tan apasionadamente que no dudara ni por un segundo a quién pertenecía! Algo que no haría.

—Ven, Elizabeth —le ordenó tajantemente.

Esperó hasta que ella, vacilantemente, se puso a su lado y la agarró del brazo antes de dirigirse otra vez al otro hombre.

—Por el bien de todos los implicados, lo mejor será que no vuelva por la residencia Hepworth hasta que me haya marchado.

Sir Rufus entrecerró los ojos hasta que fueron dos rendijas gélidas.

—¡No me tomo en serio las amenazas de libertinos disolutos como usted!

Elizabeth tomó aliento al darse cuenta, por la repentina inmovilidad de Nathaniel, de que ese hombre acababa de traspasar un límite y de que había insultado al conde de una forma que no podía pasar por alto. No le disgustaba la idea de que sir Rufus se llevara su merecido por haberla manoseado, pero tampoco quería que Nathaniel saliera maltrecho, física o socialmente. Socialmente, corría el riesgo de que lo marginaran de la sociedad por haberse peleado en un duelo prohibido por la Corona. Físicamente... Bastaba con mirar los músculos tensos bajo su levita y el resto de su atlético cuerpo para darse cuenta de que podía derrotar fácilmente al otro hombre aunque todavía estuviese recuperándose de sus lesiones.

No obstante, también sabía que ella era la responsable de esa situación tan tensa por haber ido allí con sir Rufus.

—Nathaniel, por favor, ¿no podríamos marcharnos ya? —lo miró suplicantemente—. Me siento muy mal —añadió para convencerlo.

Durante unos segundos muy tensos, los dos hombres siguieron mirándose con rabia y creyó que su súplica iba a caer en saco roto. Hasta que notó que Nathaniel le soltaba un poco el brazo y que tomaba una bocanada de aire antes de dirigirse despectivamente al otro hombre.

—Yo tampoco me tomo en serio el insulto de un hombre que ha intentado seducir a una joven indefensa.

Esos ojos azules y casi transparentes siguieron mirando desafiantemente a Nathaniel durante unos segundos y ella llegó a creer que el despectivo comentario de Nathaniel solo había añadido más leña al fuego. Entonces, sir Rufus desvió su mirada hacia ella.

—Elizabeth, te pido disculpas si he hecho algo que... te haya asustado. No debería haberme dejado llevar por tu belleza hasta el punto de olvidar tu inocencia.

Se inclinó en señal de arrepentimiento. Un arrepentimiento que no disipaba la repulsión que sentía al acordarse de esos labios húmedos o de estar impotente entre sus brazos mientras le devoraba la boca con una avidez que le daba náuseas. Sin embargo, esos recuerdos no cabían en una situación tan tensa que podía acabar en un duelo ilegal por ella.

—Acepto sus disculpas, sir Rufus —dijo ella

con rigidez, antes de mirar suplicantemente a Nathaniel otra vez—. ¿Podemos irnos ya, milord?

Él seguía haciendo un esfuerzo para dominar las ganas de machacar al otro hombre hasta dejarlo casi muerto por haberse atrevido a tocar a Elizabeth, por no decir nada de haberla besado. Sin embargo, consiguió mirarlo con frialdad.

—Su lacayo y su carruaje volverán más tarde.

Nathaniel no soltó el brazo de Elizabeth mientras volvían dentro de la casa, atravesaban el sombrío vestíbulo y se dirigían al carruaje que seguía en el camino de entrada.

—Ata mi caballo atrás y móntate —le ordenó al lacayo mientras ayudaba a Elizabeth a subir al carruaje antes de subir él y tomar las riendas—. No digas ni una palabra hasta que estemos en la residencia Hepworth —le advirtió a Elizabeth cuando ella fue a hablar.

Ella se quedó algo perpleja y frunció el ceño.

—¿Y la doncella de la señora Wilson?

—¿No es un poco tarde para que te acuerdes de la existencia de esa muchacha? —le preguntó él mientras se daba la vuelta para dirigirse al lacayo—. Ve a por la doncella.

—¡Está en la cocina! —añadió ella mientras el lacayo volvía corriendo a la casa—. La situación que acaba de presenciar no es lo que parece, milord.

—¿No? —él la miró con arrogancia—. Me parece que eres una joven que siempre se mete en «situaciones» que no son lo que parecen, Elizabeth... o, quizá, estás intentando por todos los medios conseguir que Tennant o yo tengamos que casarnos contigo, como ya insinué una vez.

Había querido ser hiriente y lo había conseguido. Tomó aliento ante el doloroso recordatorio de su lascivo comportamiento de la noche anterior y se dio cuenta de que la dejaba sin defensa para la escena que Nathaniel acababa de interrumpir. Si alegaba que su reacción desenfrenada a la seducción de Nathaniel se había debido a sentimientos que ni ella misma se atrevía a reconocer, solo haría un ridículo mayor todavía por el rechazo inmediato de él.

No se parecía a ningún hombre que hubiese conocido. Nunca habría podido sentirse mínimamente atraída por un hombre como sir Rufus Tennant después de haber conocido los besos y las caricias de Nathaniel Thorne.

—Estás siendo injusto, Nathaniel —dijo ella sin disimular el dolor.

—Si lo soy, tendrás la ocasión de demostrarlo cuando hayamos vuelto a casa.

El lacayo y la doncella llegaron en ese momento, se subieron a la parte trasera del carruaje y Nathaniel azuzó a los caballos. Pasaron varios minutos en silencio, hasta que ella se dirigió a él en voz muy baja.

—¿Vas...? ¿Piensas decirle algo a la señora Wilson sobre esta situación tan lamentable?

—Creo que tendré que decirle algo. Si no, se preguntará por qué unos de sus vecinos más cercanos, el hombre que rescató a su «querido Héctor», ha dejado de visitarla repentinamente.

Ella se mordió ligeramente el labio inferior antes de hablar otra vez.

—¿Crees que sir Rufus obedecerá tu advertencia de no ir por la residencia Hepworth mientras estés ahí?

¿Había captado alivio o decepción en su voz? ¿Sería curiosidad morbosa? ¿Era tan romántica, tan ingenua, de complacerse con la idea de que dos hombres se batieran en duelo por su honor?

—¿Ya lamentas la separación de tu admirador maduro, Elizabeth?

Ella palideció más todavía.

—Tienes que saber que no.

—¿Tengo...?

—Sí —contestó ella tomando una dolorosa bocanada de aire.

—No quiero seguir hablando de esto en este momento, Elizabeth.

Todavía le costaba contener sus instintos asesinos hacia ese hombre, algo difícil de reconocer para un hombre que se había vanagloriado durante años de su dominio de sí mismo y que le llevaba a la conclusión de que quizá había llegado el momento de que volviera a Londres...

Todavía no había recibido la contestación de Gabriel a su carta y no sabía si Westbourne o Blackstone estaban en la ciudad. Sin embargo, aunque no estuvieran, encontraría compañía para pasarlo bien, compañía femenina que haría que se olvidara de la señorita Elizabeth Thompson y que satisfacería su apremiante necesidad de alivio físico. Efectivamente, volver a Londres, a la cama de una... cortesana con experiencia, tenía un atractivo que sería absurdo pasar por alto.

Trece

Elizabeth y Nathaniel no tuvieron esa ocasión de hablar en privado cuando llegaron a la residencia Hepworth.

Él tuvo que quedarse afuera para ocuparse de que el carruaje y el lacayo de sir Rufus volvieran y la señora Wilson le llamó inmediatamente a ella a su sala privada.

—Siéntate y ¡cuéntamelo todo, querida!

La señora Wilson sonrió con complicidad mientras daba unas palmadas en el sofá. Ella no hizo caso porque no quería contarle los detalles de su paseo con sir Rufus. Nathaniel, con toda certeza, ya le contaría muy pronto todos esos detalles escandalosos.

—Me siento sucia por el paseo en carruaje, ¿le importaría mucho que primero subiera a mi dormitorio para asearme un poco? —le preguntó con una sonrisa para intentar aplacar la decepción de la mujer.

—No, claro que no, pero... Vaya, también has vuelto, Osbourne —sonrió a su sobrino mientras él entraba en la sala, pero frunció el ceño al ver la expresión sombría de él—. Vaya, tengo que decir que ninguno de los dos parecéis muy animados por haber salido de paseo en un día tan bonito.

Elizabeth ya no se atrevió a seguir mirando a Nathaniel. Una mirada fugaz había bastado para que comprobara que no parecía más accesible que durante la vuelta en carruaje. Tenía los dientes apretados y la expresión de los ojos oculta por los párpados entrecerrados. Sin embargo, era suficiente para que ella supiera que seguía enojado.

—Si los dos me disculpan...

Cruzó la habitación con la cabeza agachada. Si Nathaniel pensaba contarle a su tía la deshonra de ella, prefería no estar presente cuando lo hiciera. Sin embargo, él la agarró del brazo cuando pasó a su lado.

—No tienes que marcharte por mí.

Ella lo miró con los ojos entornados.

—Ya había manifestado mi deseo de subir a mi dormitorio antes de que entrara, milord.

Él apretó los labios.

—A pesar de una férrea oposición, estoy seguro.

Conocía a su tía y sabía que habría querido conocer todos los detalles de la tarde que Elizabeth había pasado con sir Rufus, detalles que ella, naturalmente, no habría querido confesar.

Elizabeth hizo una mueca de disgusto antes de murmurar en voz baja.

—Había decidido que fuese usted, con toda su destreza, quien revelara mi deshonra, milord.

Él frunció el ceño muy sombríamente.

—Yo...

—¿Qué estáis susurrando? —preguntó su tía con un fastidio evidente.

Nathaniel la miró fijamente antes de soltarla y de acercarse a su tía.

—Tía, creo que ya hemos entretenido bastante a la señorita Thompson.

Él levantó la tapa de la tetera, comprobó que el té seguía caliente y se sirvió una taza mientras permitía que Elizabeth se retirara. Su tía se quedó perpleja al ver la apresurada marcha de la joven.

—No creerás que sir Rufus se ha comportado inadecuadamente con Elizabeth, ¿verdad?

Era el momento de que le contara la escena que había presenciado, de desvelar el comportamiento de Elizabeth con Tennant. Sin embargo, sabía que si lo hacía, perjudicaría a Elizabeth y, por mucho que ella hubiese sido imprudente al ir a Gifford House acompañada solo por la doncella, no quería que su tía tuviera un mal concepto de ella. Elizabeth apreciaba sinceramente a esa mujer y, como indicaba su preocupación, la señora Wilson también la apreciaba a ella.

—Lo dudo mucho, tía.

Él dio un sorbo de té mientras su tía seguía mirando hacia la puerta por donde acababa de salir Elizabeth.

—¿Qué crees que oculta, Osbourne?

Él estuvo a punto de atragantarse y tuvo que hacer un esfuerzo para pasar el sorbo de té antes de contestar.

—¿Por qué crees que creo que oculta algo, tía? —replicó él con cautela.

Su tía Gertrude lo miró con una expresión de censura.

—Algunas veces puedo dar la sensación de que soy remilgada, Nathaniel, pero no me tomes por tonta.

—Ni se me ocurriría.

—Muy bien. Entonces, tienes que saber que hay un misterio alrededor de esa chica. Además, o mucho me equivoco o estás tan intrigado como yo.

Tuvo que reconocerse que todavía lo estaba. A pesar de que, horas después de haber hecho el amor con ella, la hubiese encontrado entre los brazos de otro hombre que la besaba apasionadamente...

Nunca en su vida se había sentido tan desolada como en ese momento, cuando se retiraba a su dormitorio y podía imaginarse la conversación que estaba teniendo lugar en la sala, cuando Nathaniel estaba contándole la deshonra de ella a su tía. De poco serviría que declarara su inocencia cuando Nathaniel Thorne, precisamente él, la había encontrado en una situación comprometida con un hombre al que conocía desde solo hacía unos días.

Peor aún, sabía que por su empeño en estar a solas con sir Rufus, para poder indagar sobre su hermano, ella, y solo ella, era la responsable de haberse metido en esa situación. Que hubiese recibido una respuesta sin haber formulado una sola pregunta le consolaba muy poco cuando también sabía que Nathaniel la miraba con desprecio y recelo.

¿Cómo había podido ser tan necia e imprudente cuando sir Rufus ya había mostrado tanto interés por estar con ella? Al haberse quedado a merced de ese hombre, se había ganado el desprecio de Nathaniel. Eso era lo que más le dolía. No era su imprudencia, ni que sir Rufus se hubiese aprovechado de su ingenuidad. Lo que más le dolía era que Nathaniel hubiese presenciado esas dos cosas. ¿Qué pensaría de ella? ¿Qué sentiría por ella?

No tenía que preguntárselo. Era evidente que la consideraba ingenuamente torpe o una manipuladora maquiavélica que quería casarse. ¿Qué podría decir ella si Nathaniel la acusaba de algo de eso?

No podía decir que había actuado irreflexivamente porque quería descubrir si Giles Tennant había sido el amante de su madre o no. Ella...

Dejó de ir de un lado a otro y se dio la vuelta cuando oyó que llamaban a la puerta.

—¿Sí...? —preguntó con cautela.

Quizá pudiera soportar la curiosidad de la señora Wilson sin desmoronarse del todo, pero más acusaciones de Nathaniel, no. Lamentablemente, la puerta se abrió y Nathaniel estaba en el pasillo.

—Creo que tenemos una conversación pendiente, Elizabeth.

Ella cerró los ojos un instante. Al abrirlos, se encontró los ojos de Nathaniel clavados en ella con un desprecio devastador.

—Dudo que a su tía le parezca que este es el sitio apropiado para que su sobrino tenga una conversación con una joven soltera.

Él captó fácilmente el nerviosismo que subyacía bajo esa muestra de seguridad en sí misma.

—No hay ningún motivo para que mi tía lo sepa —Nathaniel entró y cerró la puerta—. ¿Te encuentras mal? —preguntó él con el ceño fruncido al ver su palidez.

Ella sonrió con desgana.

—Un hombre me ha acosado y manoseado y otro caballero me ha acusado de haber incitado ese acoso para conseguir que tuviera que casarse conmigo. Sí me siento un poco... alterada.

—Pues no parecía que estuvieras resistiéndote mucho cuando entré en el invernadero —replicó él arqueando las cejas.

Esos ojos azules dejaron escapar un destello de indignación.

—¡Quizá fuese porque sir Rufus no me permitía soltarme los brazos ni los labios!

Nathaniel se quedó lívido de repente.

—¿Te... forzó?

Ella dudó si responder afirmativamente porque Nathaniel había estado a punto de retar a duelo a sir Rufus. Un reto que se sentiría casi obligado a repetir si ella, una empleada de su tía, confirmaba que la había besado contra su voluntad. Además, que hubiese ido a Gifford House y hubiese entrado sola con él en el invernadero podría considerarse una incitación a lo que había pasado después. Suspiró.

—Creo que mi falta de... experiencia en esos

asuntos pudo hacer que sir Rufus interpretara mal la situación.

Sabía que lo que había dicho podía parecer ridículo después de su comportamiento lascivo en brazos de Nathaniel, pero era lo único que podía decir. Era casi inexplicable que le repugnara que un hombre la tocara y que fuese incapaz de resistirse a las atenciones de otro.

Después de todo, su padre pudo tener razón cuando se opuso a que sus tres hijas entraran en la sociedad londinense.

Ella, al menos, había demostrado que estaba muy poco preparada para lidiar con hombres mayores y más experimentados.

—Creo que antes me olvidé de darle las gracias por su... oportuna intervención —añadió ella bajando la mirada.

Nathaniel esbozó una sonrisa implacable.

—Un poco más «oportuna» y habría podido encontraros en una situación que ningún hombre olvidaría fácilmente, y mucho menos uno que había... intimado contigo tanto como yo.

Ella se quedó boquiabierta por ese insulto tan intencionado.

—¿Va a atreverse a hablar de eso ahora?

—Me atrevería a muchas cosas —contestó él mientras entraba más en el dormitorio con los ojos entrecerrados y brillantes—. Es posible que te tranquilice saber que no le he contado a mi tía tu... indiscreción de esta tarde.

—¿Por qué? —preguntó ella levantando la barbilla con orgullo.

—Casi pareces decepcionada, Elizabeth.

—Sorprendida, milord. Dado su evidente recelo hacia mí, habría sido la ocasión perfecta para que convenciera a su tía de que me despidiera inmediatamente y, así, no permitirme que me marche mañana voluntariamente.

Sin embargo, había sido él quien le había comunicado a su tía que se marcharía al día siguiente. Su tía Gertrude no lo había aceptado de buena gana. Había discutido con él durante unos minutos, pero había alegado que, después de llevar casi una semana recluido, tenía asuntos en la ciudad que no podía postergar más.

No obstante, sabía que el verdadero motivo para que se marchara estaba delante de él... Elizabeth, pálida, despeinada y con el vestido arrugado, seguía teniendo un atractivo que tenía que olvidar si quería tener paz de espíritu.

—Efectivamente, la habría sido —reconoció él con frialdad—, pero, como dijiste antes, habría sido injusto que hablara de eso con un tercero hasta que no hubiese sabido todo lo que había pasado.

—¿Ya lo sabe...?

Lo sabía y quería con todas sus fuerzas volver a Gifford House y despedazar a Tennant.

Esos sentimientos tan violentos eran un anatema para él. Inaceptables e inexplicables. Tanto que creía que lo más seguro era que pusiera cientos de kilómetros entre Elizabeth y él... y lo antes posible.

—Le he comunicado a mi tía que me marcharé de la residencia Hepworth mañana por la mañana.

—¿Por qué iba a hacer algo así cuando acabo de decir que me marcharé de aquí mañana?

Se quedó boquiabierta y tan desconcertada que ni siquiera disimuló su consternación ante la idea de que se marchara. Él entrecerró los ojos para ocultar la expresión de sus ojos.

—Reconozco que lo que hemos hecho juntos ha sido muy poco sensato, ¡pero no creas que eso te da derecho a cuestionar lo que haga en el futuro!

Ella sintió como si le hubiese dado una bofetada. La frialdad de su tono tuvo la precisión de un golpe físico.

—Lo siento —ella mantuvo la mirada gacha para que él no pudiera ver el dolor que le había causado—. Solo me sorprendió esa decisión tan repentina de marcharse, nada más.

Elizabeth no era una cortesana ni una viuda joven y solitaria de la alta sociedad, las que solían ser sus amantes, sino una joven soltera de buena cuna, aunque venida a menos, que tenía que trabajar como señorita de compañía. Por eso, no podía acostarse con ella y mucho menos ofrecerle ser su amante hasta que se cansara de sus encantos. Si lo hiciera, le arrebataría las dos únicas cosas que podría ofrecerle a un hipotético marido: su reputación y su inocencia. Dadas las circunstancias, sir Rufus Tennant era un pretendiente más que adecuado para una joven como Elizabeth.

Incapaz de ofrecerle nada más, y sin ganas de ofrecérselo, sabía que lo único que podía hacer era retirarse elegantemente de la vida de Elizabeth y dejar el camino libre para que otro hombre, incluso sir Rufus, la cortejara.

Que todavía quisiera hacer picadillo a ese hombre por haber mirado a Elizabeth, por no decir nada de que la hubiese tocado, le indicaba que tenía que marcharse inmediatamente.

—Por mucho que disfrutara ayer por la noche, la verdad es que tengo otros... compromisos en la ciudad que exigen mi atención apremiantemente.

Su forma de decir «otros... compromisos» le dejó muy claro que se refería a una mujer. Una mujer mayor y con más experiencia y que, al revés que ella, se adaptaba mejor a sus amplios... conocimientos físicos. Una mujer mayor y con más experiencia que «exigía su atención apremiantemente».

No había podido decir más claramente que había estado jugando con ella, que había sido una diversión hasta que había podido retomar su vida de antes, hasta que su salud le permitía «atender» a su amante.

¿Alguna vez se había sentido tan desdichada? ¿Alguna vez había deseado y necesitado tanto gritar por el dolor tan profundo que sentía? Nunca había sentido la necesidad de arañar a una mujer sin rostro ni nombre cuyo único delito era recibir a un anhelante Nathaniel Thorne entre sus brazos y en su cama.

Se humedeció los labios entumecidos antes de hablar.

—En ese caso, milord, solo me queda desearle que mañana tenga un buen viaje.

Solo había querido poner esa distancia que necesitaba, física y social, entre Elizabeth y él. Algo que había conseguido a juzgar por la frialdad y hermetismo de su expresión. Una expresión que, paradójicamente, hacía que quisiera besarla para encontrar a la mujer cálida y vibrante que tuvo entre los brazos la noche anterior. Algo que, con toda certeza, solo complicaría más una situación ya... insostenible.

—Te lo agradezco —contestó él inexpresivamente—. ¿Te plantearás ahora quedarte? —le preguntó sin poder evitarlo.

¿Lo haría? ¿Podía? ¿Podía quedarse en Devonshire con todos los recuerdos mientras él volvía a su vida... y a su amante en Londres? Todavía no sabía si lord Gabriel Faulkner se había marchado de Shoreley Park o seguía por allí con la intención de quedarse hasta que hubiera convencido a una de las hermanas para que se casara con él. Tampoco podía irse a Londres cuando sabía que Nathaniel estaba allí, cuando le había dejado las cosa tan claras y ¡podía acusarla de haberlo perseguido! Dejó escapar un suspiro.

—Creo que me quedaré.

—No parezcas tan apesadumbrada, Elizabeth —replicó él en tono burlón—. Es posible que, después de todo, Tennant no sea tan espantoso y que te pida que te cases con él.

Ella lo miró con los ojos como ascuas azules.

—Si lo hiciera, ¡no vacilaría en negarme!

Nathaniel arqueó las cejas por su vehemencia.

—¿No sería... irreflexivo por tu parte dadas las circunstancias?

—Irreflexivo en qué sentido, ¿milord? —preguntó ella con el ceño fruncido.

Él resopló con impaciencia.

—Evidentemente, si te casaras con Tennant, serías lady Tennant.

Ella ya era lady Elizabeth, y no le había servido de gran cosa...

—Naturalmente, hay que tenerlo en cuenta —miró a Nathaniel con desdén—. Tiene razón al aconsejarme que no me precipite, milord.

Nathaniel la miró haciendo un esfuerzo para contener la desesperación. ¿Estaba planteándose en serio aceptar la petición de Rufus Tennant si se la hacía? ¿Acaso no acababa de aconsejarle que meditara la oferta antes de rechazarla? Sí, lo había hecho, pero solo con el convencimiento de que ella rechazaría esa oferta de matrimonio. La idea de que estuviera en la cama de Tennant todos los días bastaba para que volviera a sentir el arrebato de violencia de antes. En cuanto a lo que sentía al imaginarse las manos de Tennant en su cuerpo delicado y voluptuoso...

Aunque, si no era Tennant, otro hombre acabaría casándose y acostándose con ella...

—Creo que la conversación ha terminado, milord.

Él, súbitamente, parecía no tener prisa en marcharse del dormitorio y ella necesitaba perentoriamente que lo hiciera antes de que no pudiera contener más las lágrimas que le abrasaban los ojos.

Ese tenía que ser el peor día de su vida. Había sufrido la decepción de darse cuenta de que el hermano de sir Rufus no le había aclarado nada sobre la muerte de su madre; había sufrido la deshonra de que sir Rufus la besara y de que la descubriera Nathaniel Thorne, ni más ni menos, un hombre que la noche anterior la había besado y acariciado con una pasión desbordante. Además, ese mismo caballero acababa de aconsejarle que se planteara en serio la oferta de matrimonio que podría hacerle sir Rufus... Si había llegado a sentir algo profundo hacia Nathaniel Thorne, tenía que olvidarlo.

—¡Lord Thorne! —insistió ella tajantemente cuando él no reaccionó.

Él había apretado los labios con un gesto de censura.

—Te deseo que seas muy feliz en tus... proyectos futuros.

Ella inclinó la cabeza con cierta rigidez.

—Le deseo lo mismo.

Nathaniel se dio cuenta de que no había nada más que decir ni que hacer. Eran dos personas que se habían conocido contra todo pronóstico y que, por ciertas circunstancias, habían llegado a estar más cerca de lo que permitía la rectitud social. Aun así...

—Elizabeth...

—Ya nos hemos despedido, Nathaniel. Dejémoslo así —replicó ella con serenidad y firmeza.

Efectivamente, era su despedida. Cualquier otra conversación entre ellos sería en presencia de su tía o de Letitia. Añoraría sus combates dialécticos, el toma y daca de sus conversaciones en privado. Lamentaba profundamente el hecho de que nunca volvería a tomar a Elizabeth entre sus brazos, que nunca volvería a besarla, a acariciarla...

—Milord, le pido que se marche de mi dormitorio ahora mismo.

Nathaniel se inclinó levemente y con una expresión fría y distante.

—Indudablemente, te veré en la cena.

—Indudablemente —repitió ella con una reverencia igual de formal.

Se levantó y se quedó mirando a Nathaniel mientras se marchaba. Sabía que cuando volvieran a verse antes de que se marchara al día siguiente, él sería lord Nathaniel Thorne, conde de Osbourne, y ella la señorita Elizabeth Thompson, la joven venida a menos que era la señorita de compañía de su tía.

Catorce

—¡Quiero saber cómo ha podido pasar!

Nathaniel lo dijo en un tono frío y de furia contenida mientras miraba a Midnight, su caballo, que estaba tumbado en la paja del establo con signos evidentes de dolor.

—¡Y por qué! —añadió con los puños cerrados a los costados.

Finch, un hombre de cincuenta y tantos años y encargado de los establos de su tía, parecía igual de sombrío mientras se levantaba después haber examinado al caballo negro.

—Ha tenido que comer algo, milord.

—¿Como qué? —preguntó Nathaniel mientras miraba a los demás caballos, que comían apaciblemente en sus cajones.

El mozo de cuadras sacudió la cabeza.

—Estaba perfectamente cuando lo visité ayer

a las once de la noche. Además, cayó demasiado deprisa para que haya podido ser otra cosa.

Él no estaba de muy buen humor esa mañana, ni siquiera antes de que hubiese ido a los establos para pedir que prepararan a Midnight.

La cena de la noche anterior había sido muy rígida. Letitia y su tía llevaron casi toda la conversación y Elizabeth y él ni siquiera se miraron, lo cual hizo que durmiera muy mal.

Había esperado hablar con Elizabeth esa mañana, en el desayuno, aunque solo fuera para no separarse enemistados. Ella, sin embargo, se había disculpado y había alegado que se había resfriado. Naturalmente, su tía Gertrude subió inmediatamente para ver qué tal estaba su joven señorita de compañía y cuando volvió, al cabo de unos minutos, confirmó que no tenía buen aspecto y que le había aconsejado que pasara el resto del día en la cama.

Haber ido a los establos y haber comprobado que su caballo tenía una enfermedad inexplicable era la gota que colmaba el vaso de su mermada paciencia. Era más que evidente que no se iría ese día, como había previsto, pero pensaba llegar hasta el final de la repentina enfermedad de Midnight. Era algo que había aprendido en el ejército. Un soldado se preocupaba por el bienestar de su montura antes de pensar en el propio.

—Haz todo lo que puedas —le pidió a Finch mientras también se levantaba—. Si a mediodía, no ha habido cambios...

Se estremeció ante la idea de tener que evitar sufrimientos al caballo.

—Esperemos que no llegue a eso, milord. Le he dado un purgante y puede dar resultado.

Entre tanto, él solo podía volver a la casa y darle instrucciones a su ayuda de cámara para que retrasara la partida. Quizá necesitara algo de la ropa que ya estaba guardada en los baúles que habían cargado en el carruaje.

—Parece que últimamente no tenemos mucha suerte con los animales, Osbourne.

Su tía lo compadeció cuando le informó de que tenía que retrasar el viaje. Héctor estaba cómodamente sentado sobre sus rodillas y no tenía ningún rastro del incidente del día anterior.

—Es verdad, tía —reconoció él con el ceño fruncido.

—Con permiso, señora. Acaba de llegar esto para la señorita Thompson...

Sewell estaba en la puerta de la sala privada con un ramo enorme de rosas de color crema con el borde de los pétalos color melocotón.

—Como la señorita Thompson se encuentra indispuesta, no sabía si subírselo a su dormitorio...

Nathaniel frunció el ceño porque sabía que las había mandado Tennant.

—Déjalas en esa mesa, Sewell —le pidió él.

Esperó a que el mayordomo se hubiese marchado para acercarse al ramo, sacar la tarjeta que había entre las flores y leerla sin ningún reparo.

Por favor, acepta estas rosas como disculpa por mi comportamiento de ayer y evidencia del respeto que siento por ti. He decidido que la rosa se llamará «La inocencia de Elizabeth». Tennant.

—Nathaniel, ¿por qué lees una nota privada dirigida a Elizabeth? —preguntó su tía sin disimular el tono de censura.

Él se dio la vuelta para mirar a su tía y estrujando la tarjeta en la mano.

—¿Me disculpas, tía?

Agarró el ramo de rosas con la intención evidente de salir de la habitación.

—Yo... Pero... —la señora Wilson parecía completamente perpleja por ese comportamiento tan extraño—. ¡Nathaniel, no puedes subir al dormitorio de Elizabeth! —su tía se levantó escandalizada—. Deja que Sewell o una de las doncellas le lleve las rosas. Tú no puedes...

—Tengo, tía.

—Pero... ¿qué pensará el servicio?

Su tía se llevó una mano temblorosa al generoso pecho. Él esbozó una sonrisa forzada.

—Yo no se lo diré, tía, si tú tampoco se lo dices.

Se marchó antes de que su tía pudiera poner más objeciones, aunque tampoco pensaba hacerle caso. Ya estaba bastante desquiciado por la enfermedad de Midnight y por haber tenido que retrasar su partida.

Las rosas de Tennant le parecían el remate cuando ella ni siquiera había salido de su dormitorio para despedirse de él. Eran la excusa que necesitaba...

Esa noche había llorado tanto y tan amargamente que no le había costado nada convencer a la señora Wilson de que estaba resfriada. Tenía la garganta tan irritada y los ojos tan rojos que tenían que haber sido muy convincentes. Naturalmente, el motivo de esas lágrimas de humillación era Nathaniel, no un resfriado.

Durante la cena, no la había mirado, y mucho menos hablado. Los pocos comentarios que hizo los dirigió a su tía o a Letitia Grant. Cuando fue a acostarse, estaba consumida por la desdicha al saber que Nathaniel creía que solo era una joven enredadora que buscaba un marido adinerado.

Su fragilidad emocional no le había permitido

bajar esa mañana y fingir una serenidad que no tenía mientras Nathaniel se marchaba.

No se planteaba por qué estaba tan abatida por la mala opinión que tenía de ella, solo sabía que su pesadumbre era real y muy dolorosa. Ella...

Se giró bruscamente hacia la puerta cuando la abrieron sin contemplaciones.

Nathaniel llevaba un ramo de rosas enorme en los brazos. Su expresión sombría y el color característico de las flores le indicaron que las rosas no eran en señal de paz. Se humedeció los labios antes de hablar.

—Creía que ya se habría marchado, milord.

Él entrecerró los ojos con rabia.

—A lo mejor quieres decir que esperabas que me hubiese marchado.

—No, yo...

—Quizá me hubiese marchado si mi caballo no hubiera contraído una enfermedad misteriosa.

Cerró la puerta de una patada y se acercó hasta la cama.

—Como probablemente habrás adivinado, has recibido esto —dejó el ramo de rosas encima de las sábanas—. Esto venía con ellas.

Esbozó una sonrisa despectiva mientras le tiraba la tarjeta arrugada. Ella se incorporó, se apoyó en las almohadas, se tapó con las sábanas y alisó la tarjeta para leerla.

—¡Evidentemente, sir Rufus no entiende nada! Su comportamiento de ayer fue inaceptable.

Dejó la tarjeta en la mesilla de noche con una mueca de rechazo y apartó las flores como si le dieran asco.

Nathaniel había subido allí como una bala por el arrebato de ira, pero se tranquilizó un poco al ver la falta de interés de Elizabeth y que no se sentía nada halagada por las flores de Tennant.

El enojo se esfumó completamente al ver sus rizos negros sobre la almohada y la delicadeza pálida de su rostro.

Algunos mechones le caían sobre los pechos, que subían y bajaban suavemente y que eran visibles bajo el camisón de seda blanco. Además, al haberse serenado, pudo darse cuenta de lo que acababa de hacer.

Había desafiado a su tía Gertrude, y a la decencia, al haber subido al dormitorio de su joven y soltera señorita de compañía, sobre todo, cuando ni siquiera debería saber dónde estaba y al haber entrado sin permiso de ella. Todo ello empeorado por el miedo con que lo miraban esos ojos azules.

Se apartó de la cama con la esperanza de parecer menos amenazador.

—Elizabeth, te pido disculpas por mi falta de... No debería... ¿Qué te pasa?

Se olvidó de su intención de ser conciliador en cuanto la vio sin que esas emociones tan fuertes le cegaran la vista. No le pasaba nada, salvo que no había querido levantarse de la cama para verlo alejarse de ella.

—Creo que estoy un poco resfriada, milord —mintió ella con la esperanza de convencerlo como había convencido a su tía.

—¡Cierta parte de tu anatomía no estará nada fría si te atreves a llamarme «milord» otra vez cuando estemos solos! —exclamó él con el ceño fruncido.

Ella se sonrojó.

—Lo hacía porque me parecía lo apropiado dada nuestra... relación actual, mil... Nathaniel —se corrigió ella precipitadamente.

Él arqueó las cejas con arrogancia.

—Ya te diré yo cuando algo me parece apropiado o no. ¿Qué piensas hacer con las rosas? —preguntó él mirándola con intensidad y cambiando de tema.

Ella miró las preciosas flores que tenía al lado y lamentó para sus adentros que las hubiese cultivado un hombre tan despreciable e insensible.

—No voy a hacer nada, mil... Nathaniel —Elizabeth dejó escapar un suspiro—. Son preciosas, pero aceptarlas significaría un aprecio hacia sir Rufus que no siento.

Él sintió que se relajaba más todavía.

—Si eso es lo que sientes sinceramente hacia Tennant, yo creo que harías bien al no aceptarlas.

—¿Qué quieres decir con ese «si»? —preguntó ella—. ¿Sigues dudando de mi falta de interés por él?

Maldita fuera, ¿tenía que ofenderse por cada palabra que salía de su boca?

—Claro que no, es que... da igual —replicó él con cansancio—. ¿Le pido a mi tía que llame a un médico para que te vea?

—¿Por un resfriado? —ella negó con la cabeza—. Estoy segura de que estaré bien a la hora de la cena —ella frunció el ceño de repente—. ¿Dijiste antes que tu caballo está enfermo?

Antes, había irrumpido en su dormitorio como un loco que se había escapado del manicomio. ¡No quería ni imaginarse lo que estaría pensando su tía Gertrude en ese momento!

—Sí. Tiene alguna molestia en el estómago. Según el encargado de los establos, es porque comió algo durante la noche.

—¿Los demás caballos tienen la misma molestia? —preguntó ella con preocupación.

Él celebró que hubiese preguntado lo mismo que había preguntado él antes.

—No. El encargado espera que Midnight se

reponga, pero eso significa que, después de todo, no me marcharé hoy.

—Ah...

¿Eso qué significaba? ¿Decepción o alivio? Lo lógico habría sido lo primero, pero la situación entre ellos nunca había sido especialmente lógica.

—Por lo tanto, me complacería que te pusieras bien y pudieras cenar con nosotros esta noche.

Sus mejillas recuperaron algo de color.

—¿Para que puedas no hacerme el más mínimo caso como hiciste ayer por la noche?

Él captó el tono de reproche.

—Creí que eso era lo que querías para... el futuro.

Ella lo miró con un destello de ira en los ojos.

—¿Que me pasaras por alto como si no existiera? ¿Que me sintiera despreciada e indigna de que conversaras conmigo siquiera?

—¡No fue así en absoluto! —protestó él con firmeza—. No te consideré despreciable e indigna de...

—Creo que yo sabré mejor cómo me siento cuando no me haces ningún caso, Nathaniel —ella se sentó y los rizos le llegaron casi hasta la cintura—. Por eso, te diré que anoche te portaste fatal conmigo.

Su belleza desmedida y su vestimenta le impidieron hacer mucho caso a su acusación, pero intentó contestar con sinceridad.

—No quise ser hiriente, Elizabeth.

—Pues es una pena, porque eso fue exactamente lo que conseguiste.

Estaba tan maravillosamente atractiva que solo quería abrazarla, quitarle el camisón y deleitarse con cada centímetro de su cuerpo, con sus pequeños y delicados pezones, con la humedad entre sus muslos...

¡No!

¿Podía saberse qué estaba haciendo allí?

¿En qué estaba pensando cuando invadió su dormitorio sabiendo que ella estaba acostada en la cama? ¿Había pensado en lo que hacía o había actuado instintivamente porque ya estaba desquiciado incluso antes de que llegaran las rosas de Tennant?

Su comportamiento impulsivo era tan impropio de él, que presumía del dominio de sí mismo que tenía, que no podía contestar ni a sus propias preguntas, sobre todo cuando ella seguía en la cama y tan tentadora...

Elizabeth captó el leve cambio en la tensión que había entre ellos. Una tensión que no existía hacía unos segundos. Toda la habitación parecía llena de una expectación tensa. Se humedeció lentamente los labios.

—Creo que ha llegado el momento de que te marches de mi dormitorio, Nathaniel.

Él arqueó una ceja.

—Mi tía me dejó muy claro que no podía subir aquí.

—¿Tu tía sabe que estás aquí? —gritó ella.

—Desgraciadamente, sí —contestó él con una mueca de fastidio.

—¿Qué pensara de mí...? —preguntó ella con desasosiego.

—¿De ti? Creo que es mi reputación la que ha salido perjudicada para mi tía Gertrude.

Ella lo dudaba. Su tía lo adoraba y no podía hacer nada malo según su indulgente opinión. Además, era la reputación de la mujer la que siempre salía malparada en esas situaciones.

—Tienes que marcharte inmediatamente —Elizabeth se levantó, se puso la bata y se ató con fuerza el cinturón—. ¡En este instante! ¿Qué haces...?

Se encontró repentinamente entre sus brazos, con los pechos estrechados contra la firmeza de su pecho.

Él sonrió con malicia.

—Diría que es más que evidente, Elizabeth...

Efectivamente, era muy evidente y no podía negar que le encantaba estar entre sus brazos otra vez y sentir sus labios en la suavidad del cuello, pero era una insensatez cuando la señora Wilson podía decidir que su sobrino llevaba demasiado tiempo en su dormitorio y subir a buscarlo.

—No puedo apartar las manos de ti...

Nathaniel le tomó un pecho con una mano y le pasó el pulgar por el pezón endurecido.

—¡Tienes que hacerlo!

Ella protestó enérgicamente, pero también se arqueó bajo su diestra mano.

—¡No puedo! —sus labios y su lengua le recorrieron la base del cuello—. No me pidas algo que no puedo dar.

Se sentía arrastrada por el placer de esas caricias ardientes, sentía lava en las venas, ardía por dentro y se aferraba a los hombros de él. La pasión de sus besos se había adueñado tanto de ella que si no se agarraba podía caerse a sus pies.

—Tienes el pelo más maravilloso que he visto en mi vida —Nathaniel introdujo los dedos entre los rizos negros que le llegaban hasta la cintura—. Quiero sentirlo por todo mi cuerpo mientras estoy desnudo en tu cama.

—Nathaniel... —susurró ella ante la imagen que le había presentado.

—¡Tengo que hablar inmediatamente contigo, Osbourne!

A la orden de su tía le siguieron unos golpes

en la puerta. Elizabeth se quedó petrificada y con los ojos fuera de las órbitas.

—¡Ahora, Osbourne!

Ella temió que la señora Wilson perdiera la paciencia en cualquier momento, que abriera la puerta y que los encontrara en esa situación tan...

Quince

—Luego hablaremos de lo inadecuado que ha sido que estuvieras en el dormitorio de Elizabeth.

Estaba seguro de que hablarían, de que su tía Gertrude haría algo más que hablar, pero eso podía esperar por el momento porque no era el motivo por el que su tía había ido a buscarlo.

—Entonces, ¿Finch dice que Midnight ha empeorado en vez de mejorar como esperaba?

—Lo siento mucho, Nathaniel —la expresión de su tía se suavizó un poco y le puso una mano en el brazo—. Según Finch... Él cree que... lo más probable es que tu precioso caballo se muera.

Finch había trabajado con caballos toda su vida, su padre fue el encargado de los establos antes que él, y Nathaniel no dudaba que sabía lo que decía. Era increíble que Midnight se hubiese puesto tan enfermo y tan deprisa. Parecía perfectamente cuando montó en él el día anterior. ¿Qué habría podido comer durante las horas posteriores?

Finch mantenía escrupulosamente limpios los establos y cuidaba a los caballos con mucha destreza. Hacía tan bien su trabajo que él había intentado arrebatárselo a su tía varias veces. Si no había habido ninguna negligencia, ¿qué había pasado?

—Lo siento, milord —Finch, pálido y con un mozo de cuadras más joven, lo miró en el pasillo—. Jim acaba de decirme que Midnight murió hace unos minutos...

Aunque la señora Wilson no le había dicho nada, ella estaba segura de que reprobaba que su sobrino hubiese estado en su dormitorio. La verdad era que le gustaría no tener que volver a ver a esa dama tan amable, aunque sabía que era una esperanza vana. Seguramente, la señora Wilson estaría pensando en ese momento cómo decirle que iba a prescindir de sus servicios. Además, no podría dar buenas referencias de una joven a la que había encontrado con su sobrino y vestida solo con una bata y un camisón.

A pesar de la vergüenza, se había vestido apresuradamente y había seguido a Nathaniel y a su tía. Él se quedó espantado cuando la señora Wilson le explicó que su caballo había empeorado y que tenía que ir inmediatamente a los establos. Le bastó ver las caras pálidas y consternadas de las cuatro personas que estaban en el pasillo para saber que ya era tarde, que Midnight debía de haber muerto.

—Tienes que intentar comer algo, Nathaniel —le aconsejó la señora Wilson con delicadeza.

—¿Tengo...?

Él sabía que su tía tenía buena intención, que solo estaba preocupada por él, pero le resultaba imposible disfrutar del té de la tarde con esas mujeres.

Estaba desgarrado por la muerte repentina e inexplicable de su caballo favorito. Lo había tenido desde que nació, era hijo de una de sus mejores yeguas y de un semental ganador de muchos premios. Fue un potro precioso y se convirtió en un caballo vigoroso y noble, el más sensible de todos los que había tenido.

Había pasado el resto de la mañana en los establos con Finch y los mozos de cuadras para retirar el cuerpo de Midnight y buscar por todos los rincones algo que hubiera podido afectar al caballo. No habían encontrado nada.

—Creo que os dejaré para que disfrutéis del té y volveré a la biblioteca.

A Elizabeth se la cayó el alma a los pies mientras lo miraba marcharse de la sala privada de su tía. Estaba pálido y con el rostro desencajado. Por una vez, esos ojos negros no tenían un brillo burlón o de desdén arrogante, sino que reflejaban un dolor muy profundo. Naturalmente, le había dicho cuánto sentía la muerte de su caballo, pero se lo dijo de una forma cortés, casi distante, porque sabía que la señora Wilson estaba muy atenta a cualquier conversación entre su sobrino y ella.

Al menos, la repentina muerte del caballo había pospuesto la reprimenda por el comportamiento de antes.

—Pobre muchacho —se lamentó Letitia Grant.

—Adora a sus animales —añadió la señora Wilson mirando a Héctor, que estaba dormido en su cesta.

A ella le parecía enternecedor que esas dos mujeres se refirieran a Nathaniel como si solo fuera un jovencito, que era lo que les parecía a ellas. Ella solo podía verlo como un hombre, un hombre melancólico y apuesto que hacía que se le acelerara el corazón solo de pensar en sus besos y caricias apasionados.

Aunque, naturalmente, no era lo único que había llegado a gustarle de él. Hacía tiempo que se había dado cuenta de que ese aire escéptico e indolente solo era una máscara para ocultar sentimientos mucho más delicados. Quizá solo sintiera por ella el deseo que le había demostrado varias veces, pero su cariño hacia su tía era sincero, toleraba con naturalidad a Letitia, quien a veces era irritante y excesivamente efusiva, y era muy cortés con los sirvientes e invitados de su tía. Al parecer, solo sir Rufus y ella eran la excepción a esa última regla...

—Quizá deberíamos pensar en volver a Londres con Nathaniel cuando se marche mañana.

Evidentemente, a la señora Wilson no le importaba lo que opinaran Letitia y ella porque no lo preguntó, lo afirmó. Aunque era exactamente lo que ella quería hacer, se mordió la lengua para no decirlo dada su precaria situación en la casa de la señora Wilson. En cambio, se levantó.

—Si me disculpan...

—¿Adónde vas? —le preguntó la señora Wilson con recelo.

Y con motivo porque había pensado ir a la biblioteca a darle las condolencias en privado a Nathaniel. ¿Lo había adivinado la señora Wilson?

—Había pensado aprovechar la ocasión para... descansar un rato antes de la cena.

—Creo que...

La señora Wilson no terminó la frase porque Sewell entró discretamente en la habitación.

—Sir Rufus Tennant ha venido a verla, señora.

A ella se le cayó el alma a los pies al acordarse de las rosas que había recibido ese mismo día. Había pensado no responder, pero tendría que decir algo si sir Rufus estaba allí en persona.

Lamentó no haberse excusado antes. Tendría que quedarse allí y, lo que era peor, no sabía cómo reaccionaría Nathaniel, en su estado de ánimo, cuando se diera cuenta de que sir Rufus se había atrevido a presentarse cuando le había dicho claramente que no fuera por allí hasta que se hubiese marchado.

—Que pase, Sewell.

La señora Wilson no pudo disimular el fastidio por lo inoportuno de esa visita, aunque sonrió a su invitado cuando entró.

—Disculpe que lo reciba tan informalmente en mi sala, si Rufus. Me temo que todos estamos un poco... alterados.

—Eso he oído —comentó él—. Estamos en el campo, señora Wilson, y las noticias vuelan más deprisa que en Londres —añadió él cuando la mujer arqueó las cejas.

—Eso parece...

La señora Wilson frunció el ceño al darse cuenta de que lo que pasaba en su casa era motivo de habladurías. Sir Rufus desvió la mirada hacia Elizabeth e inclinó la cabeza.

—Señoras...

—Sir Rufus...

Ella inclinó la cabeza con frialdad mientras Letitia le sonreía. Sir Rufus se sentó en una butaca cuando lo invitaron a hacerlo.

—Creo que Osbourne ha perdido uno de sus caballos...

Lo dijo con tan poca compasión que ella se indigno en nombre del conde. Una indignación que también sintió la señora Wilson a juzgar por el color de sus mejillas.

—Somos una familia que apreciamos a nuestros animales —afirmó sin simpatía.

—Eso he comprobado.

Sir Rufus miró con acritud a Héctor, que le respondió con un gruñido. Esa vez, la señora Wilson no se disculpó por el comportamiento del perro.

—Lo dice como si le pareciera mal, sir Rufus.

Él se encogió de hombros.

—Tengo que reconocer que no entiendo... —sir Rufus inclinó la cabeza con cierta ironía a su anfitriona—...el afecto que sienten los ingleses, o las inglesas, hacia cualquier cosa con cuatro patas.

Ella contuvo el aliento por el silencio tan tenso que se hizo y esperó la explosión de la señora Wilson, aunque siempre era muy cortés con sus invitados.

—Quizá sea porque no tiene afecto a nada, Tennant, ni de cuatro patas ni de dos.

La voz gélida de Nathaniel estaba cargada de desprecio. Ella se quedó boquiabierta y se dio la vuelta hacia la puerta, donde estaba el conde con la mirada clavada en el hombre que estaba sentado en el extremo opuesto de la habitación. El hombre se levantó lentamente para corresponder con desdén a esa mirada.

—Le disculparé su grosería conmigo, Osbourne, porque, evidentemente, está alterado por la muerte de su valioso caballo.

—El valor de Midnight para mí no se mide en libras, chelines y peniques. Además, no estoy tan... alterado como para no saber con quién estoy hablando.

—Nathaniel...

—¿Qué hace aquí, Tennant? —le preguntó él sin hacer caso a su tía.

—Ha venido a visitar a la señora Wilson, claro.

—¿Por qué?

Sir Rufus se descompuso ligeramente, pero recuperó enseguida su altivez habitual.

—Al principio vine para presentar mis condolencias por la muerte de su caballo...

—Si sus condolencias son las que he oído, ¡habría hecho mejor en no molestarse! ¿Y a qué vino después? —le preguntó con suavidad.

Tennant tomó aliento.

—Creo que no tengo que darle ninguna explicación, Osbourne.

—Como único varón de la casa, tengo que discrepar.

Nathaniel sabía que ese argumento era irrefutable y sir Rufus volvió a parecer menos seguro de sí mismo.

—Había pensado invitar a la señorita Thompson a que diera un paseo conmigo, con permiso de la señora Wilson, naturalmente.

—Me parece que, después del paseo de ayer, la señorita Thompson no quiere ir a ningún sitio con usted. ¿Me equivoco, señorita Thompson?

El conde la miró con las cejas arqueadas arrogantemente. Ella estaba aterrada por la tensión que se palpaba en la habitación. La señora Wilson tenía los ojos como platos por la descortesía de su sobrino, Letitia estaba boquiabierta por el asombro, sir Rufus estaba congestionado y parecía que podía abalanzarse en cualquier momento sobre Nathaniel.

En cuanto a Nathaniel... Nunca lo había visto con una furia tan fría y peligrosa como esa, ni siquiera cuando la encontró en brazos de sir Rufus el día anterior. Parecía como si estuviera deseando que el otro hombre lo atacara y así tener una excusa para responder... como si necesitara una excusa, claro.

Ella miró con frialdad al congestionado sir Rufus.

—Lord Thorne tiene razón. Estoy un poco resfriada.

—Ya tiene el rechazo de sus propios labios, Tennant —añadió el conde.

El otro hombre apretó los labios por el enojo.

—Lamento oír que te sientes mal, Elizabeth. A lo mejor, podría venir mañana...

—Yo...

—Me temo que no va a ser posible, sir Rufus —intervino la señora Wilson con suavidad—. En vista de que mi sobrino se ha repuesto y de los tristes acontecimientos, he decidido que mañana volveremos todos a Londres.

—¿Mañana? —preguntó sir Rufus con el ceño fruncido—. Pero... ¿la señorita Thompson también?

—Sí, claro, Elizabeth también —contestó la señora Wilson con impaciencia y tan cansada como su sobrino por la inoportuna presencia de sir Rufus—. Es parte de mis empleados de Londres.

«Por el momento», se dijo ella para sus adentros porque sabía que esa situación no podía durar mucho cuando todos hubiesen vuelto a la ciudad. Aun así, y dadas las circunstancias, le parecía muy generoso por parte de la señora Wilson que le permitiera volver a Londres. En esa situación, la mayoría de las señoras la habrían despedido sin importarle cómo iba a encontrar el medio o el dinero para volver a Londres.

—Entonces, ¿podría hablar un momento a solas con la señorita Thompson? —preguntó sir Rufus con el ceño fruncido.

Ella se preocupó más todavía cuando vio que la expresión fría y despectiva de Nathaniel se transformaba en una expresión de violencia desmedida.

—Yo...

—No, me temo que Elizabeth no puede disponer ni de un momento cuando tenemos que estar preparados para marcharnos mañana —contestó inmediatamente la señora Wilson—. Estoy segura de que lo entenderá, sir Rufus —el tono educado y tajante le indicó que sería mejor que lo entendiera.

Él no dijo nada durante un rato. Evidentemente, su buen juicio se debatía con el enojo porque le habían negado lo que quería. Afortunadamente, se impuso el buen juicio.

—En ese caso, me marcharé, señora.

Inclinó la cabeza precipitadamente a su anfitriona y se marchó de la sala pasando por alto descaradamente a las otras personas que había en la habitación, también a Elizabeth. Unos segundos después, se oyó el portazo de la puerta principal.

Se hizo un silencio sepulcral. Ella no podía respirar casi mientras esperaba a que alguien dijera algo.

—¡Bueno! —como era previsible, la señora Wilson rompió el silencio—. ¡Qué hombre tan despreciable es sir Rufus! —contuvo un escalofrío de repulsión—. ¡Siempre he sospechado que de niño sería de los que disfrutaban arrancándoles las patas a las arañas y las alas a las moscas!

—¡Tía Gertrude!

La carcajada espontánea de Nathaniel alivió algo la tensión.

Su tía se tocó ligeramente el pelo impecablemente peinado y sin avergonzarse por haber criticado tan rotundamente a un invitado.

—Nathaniel, no conociste a sir Rufus de niño. Tenía ocho o nueve años cuando llegué aquí con mi querido Bastian y ya entonces era un chico rechoncho y sin atractivo. Era odioso con su hermano aquel, que era mucho más pequeño que él.

—Giles —intervino Nathaniel.

—Eso —siguió su tía—. Naturalmente, estaba celoso porque había sido hijo único durante los primeros seis años de su vida. Naturalmente, tampoco ayudó que Giles fuese tan dulce y simpático que conquistaba a cualquiera que lo conocía... ni que creciera y se convirtiera en semejante sinvergüenza rubio e irresistible.

—Siempre había creído que los dos hermanos estaban unidos —comentó Nathaniel con el ceño fruncido.

—En público, sí. En la intimidad de Gifford House, la cosa era muy distinta. Entonces, Giles, claro, consiguió conquistar la admiración y el amor de la mujer que anhelaban todos los hombres de la alta sociedad —la señora Wilson resopló de una forma muy poco elegante.

—Harriet Copeland... —murmuró Nathaniel. Todavía, diez años después del incidente, podía recordar la belleza legendaria de aquella mujer casada. Naturalmente, entonces era demasiado joven para que la hubiese conocido, pero sí pudo vislumbrarla cuando deslumbraba en los bailes de la sociedad. Era una belleza de pelo oscuro y ojos verdes como el mar que cautivaba a cualquier hombre que la mirara.

Eso fue antes de que la sociedad quedara conmocionada por el escándalo de que Harriet Copeland abandonara a su marido y a su joven familia para irse a vivir con Giles Tennant. A raíz de eso, la sociedad les dio la espalda y les cerró todas las puertas.

—Sí —confirmó su tía—. Estaban muy enamorados, pero, evidentemente, Giles también debía de tener algo de la... extraña personalidad de sir Rufus porque, si no, ¿cómo pudo comportarse tan atrozmente al final?

Ella se había quedado inmóvil desde que nombraron a su madre. No podía moverse, casi no podía respirar y sintió una opresión en el pecho cuando oyó que Giles Tennant había sido el joven amante de su madre hacía diez años.

—Espero que me perdones por haberte animado a que hicieras caso a ese hombre, querida —la señora Wilson tomó la mano de Elizabeth para disculparse—. Había creído que su temperamento podría haber mejorado con los años, pero, evidentemente, fuiste mucho más perspicaz que yo en lo referente a su verdadera forma de ser.

Quizá hubiese acertado al decidir que ese hombre no le gustaba, pero esa perspicacia no servía para nada en ese momento, cuando sabía la relación que tuvo la familia de sir Rufus con su madre, cuando se preguntaba por qué sir Rufus había pensado llamar a una rosa como la mujer que llevó tal deshonra a la familia Tennant...

—Yo... sí, claro. ¿Voy...? ¿De verdad voy a volver mañana a Londres con usted, señora Wilson?

Frunció el ceño al preguntarse qué debía hacer con la información que tenía, si debía hacer algo...

—Sí, tía Gertrude. ¿Qué querías decir? —preguntó Nathaniel—. Creía que querías quedarte unas semanas más en Devon...

La señora Wilson agitó una mano.

—La estancia en el campo no me ha parecido tan agradable como esperaba. Además, como tu salud fue el motivo principal para que viniéramos en plena Temporada, no tenemos mucho motivos para quedarnos si tú te marchas mañana. Sobre todo, cuando uno de nuestros vecinos más próximos ha resultado ser tan desagradable.

Esos motivos eran lógicos, pero también desbarataban el motivo que tenía él para marcharse de la residencia Hepworth: poner distancia entre la tentación que representaba Elizabeth y él.

La palidez que pudo ver en el rostro de ella parecía indicarle que estaba tan conmocionada como él por esa decisión repentina de volver a Londres.

Dieciséis

—No parecías muy contenta por la noticia de que mañana vas a volver a Londres con mi tía...

Elizabeth se había disculpado con la excusa de que tenía que hacer el exiguo equipaje y preparar el viaje a Londres. Sin embargo, se dejó caer en la cama en cuanto cerró la puerta de su dormitorio. Seguía sin saber qué hacer en ese momento, cuando sabía con certeza que Giles Tennant había sido el amante de su madre. Tampoco podía entender que sir Rufus hubiese pensado llamar a su rosa como Harriet Copeland cuando debería haberla odiado.

Volver a Londres sin hablar con sir Rufus otra vez significaría que se alejaría del hombre que quizá pudiera responder a algunas de sus preguntas.

Sin embargo, tampoco sabía cómo iba a encontrarse con sir Rufus después de su destemplada marcha de la casa... y mucho menos, cómo iba a llevar la conversación hacia un asunto tan delicado como la trágica muerte de su hermano.

Por eso, no le había gustado nada que Nathaniel se hubiese presentado cuando estaba tan confusa.

—Tu tía se enfadaría muchísimo si volviese a encontrarte en mi dormitorio por segunda vez en el día.

—Entonces, tenemos que cerciorarnos de que no se entere —entró en la habitación y cerró la puerta con mucho cuidado—. Creía que habías venido a hacer el equipaje...

Se había dado cuenta de que el dormitorio seguía como había estado cuando estuvo esa mañana. Había un cepillo y un peine en el tocador, el camisón y la bata estaban sobre la butaca y la puerta abierta de armario dejaba ver que los pocos vestidos seguían colgados y que varios pares de zapatos planos estaban cuidadosamente alineados debajo.

Además, que ella hubiese estado sentada en la cama cuando entró demostraba más todavía que no había empezado a hacer ningún equipaje.

—Volví a sentirme ligeramente mal cuando llegué —ella se levantó bruscamente—, por eso me senté para descansar un poco.

Él la miró con los ojos entrecerrados. Seguía muy pálida y sus ojos tenían un azul oscuro y desasosegado.

—Parece que no estás nada bien...

Ella se dio la vuelta para que no la viera con esos perspicaces ojos.

—Solo es un resfriado con algo de fiebre.

Se acercó a la ventana, se apartó unos mechones húmedos de la frente y pudo ver que el humo salía por las chimeneas de Gifford House, que estaba en el valle de al lado. Tan cerca y tan lejos a la vez.

—Quizá deberías permitir que mi tía llamara a un médico...

—No, estoy segura de que no es necesario —Elizabeth dejó de mirar la hipnótica casa de sir Rufus Tennant—. Quiero decirte otra vez que lamento muchísimo el fallecimiento de Midnight.

—Ojalá hubiese sido tan apacible como suena dicho por ti, pero me temo que no fue una muerte nada apacible.

—¿Tienes alguna idea de lo que pudo pasar? —preguntó ella con una mueca de disgusto.

—No, todavía no han confirmado nada.

Ella parpadeó

—¿Pero tienes alguna sospecha?

—Es posible. Finch seguirá ocupándose del asunto cuando me haya marchado.

—¿Sospechas que alguno de los mozos de cuadra pudo... hacer algo mal? —insistió ella.

—Si es así, Finch le cortará el cuello.

Y él lo haría picadillo con su espada por haber provocado un solo segundo de dolor a un caballo tan magnífico.

—Lo siento muchísimo, sinceramente.

—Tú no tienes la culpa, Elizabeth —replicó él con una sonrisa tensa.

—No, claro que no, ya lo sé, pero, aun así, lo siento mucho.

Él no dudaba de la bondad de su corazón. La había visto muchas veces y era uno de los motivos por los que le resultaba tan difícil resistirse a su belleza cautivadora. Si hubiese sido menos buena, menos inteligente y menos hermosa, no se habría sentido atraído constantemente a donde estuviera ella. Incluso en ese momento, cuando estaba desgarrado por la muerte de Midnight y su tía ya sospechaba que Elizabeth le interesaba, no había podido evitar subir a su dormitorio para estar con ella por última vez. Suspiró.

—Dudo que vayamos a vernos mucho cuando hayamos vuelto a Londres. Yo iré a Osbourne House y tú estarás en la casa de mi tía.

—No...

Ella se había dado cuenta en cuanto la señora Wilson lo comunicó. Le apenaba la idea de no volver a ver a Nathaniel, pero no podía dejar de pensar que quizá fuese para bien. Esa atracción no tenía ningún porvenir. Nathaniel era el codiciado y adinerado conde de Osbourne..

Entonces, se dio cuenta de que era amigo de su nuevo tutor y de que estaban destinados a encontrarse otra vez, pero que ella fuese la hija venida a menos del fallecido conde de Westbourne y de la escandalosa Harriet Copeland no hacía que fuese una candidata más aceptable para Nathaniel de lo que lo era siendo la señorita de compañía de su tía.

—Aunque creo que estás siendo demasiado optimista al suponer que me quedaré en casa de tu tía —ella sonrió con cierta tristeza—. Me temo que a la señora Wilson no le ha gustado nada mi comportamiento de hoy.

—¿Tu comportamiento? —el conde frunció el ceño—. Yo soy quien ha venido a tu dormitorio. ¡Dos veces!

Ella asintió con la cabeza.

—Y como mera sirviente, en vez de un familiar cercano, me despedirán a mí.

—Si crees sinceramente que es lo que va a pasar...

—Lo creo —le interrumpió ella.

—Entonces, hablaré con mi tía.

—No, por favor. No hace falta que te mezcles

cuando ya te he dicho que ser señorita de compañía no... va conmigo.

En realidad, ya había decidido que era el momento de volver a su casa en Hampshire. Escaparse de Shoreley Park y de la oferta de matrimonio de lord Faulkner para buscar la libertad y, quizá, alguna aventura romántica en Londres, no había salido como había esperado.

No podía haber libertad cuando tenía muy poco dinero para mantenerse y la única aventura romántica había sido que la persiguiera un hombre al que no quería y otro al que quería demasiado.

No podía pensar en lo que sentía hacia Nathaniel si quería mantener esa conversación con un mínimo de dignidad.

—He decidido que ha llegado el momento de que vuelva a mi casa.

—¿Dónde está? —preguntó el conde sin disimular la curiosidad.

Ella sonrió levemente.

—No está en Londres, desde luego.

Él se dio cuenta de que no le gustaba nada la idea de que pudiera desaparecer. Cruzó la habitación, se quedó delante de ella y miró la delicada belleza de su rostro.

—No me gusta la idea de no volver a verte.

Ella se sonrojó un poco y se fijó en los botones de su chaleco para no mirarlo a los ojos.

—Estoy segura de que cuando hayas vuelto a Londres... y a tus amigos, te olvidarás enseguida de que Elizabeth Thompson existió alguna vez.

Esa había sido exactamente su intención. Había querido disfrutar de los encantos sin complicaciones de alguna mujer y satisfacer sus necesidades físicas antes de buscar a sus amigos Westbourne y Blackstone. Sin embargo, ninguna de las dos actividades tenía el mismo atractivo cuando las haría sabiendo que Elizabeth ya no estaba en la casa de su tía.

—Quizá...

Nathaniel no terminó la frase y dejó escapar un gruñido de impotencia.

—¿Sí...? —preguntó ella mirándolo con timidez.

Se debatía con el dilema de permitir que Elizabeth abandonara su vida con la alternativa, igual de inaceptable, de proponerle que fuese su amante. La primera posibilidad le parecía tan dolorosa que no podía planteársela y la segunda le resultaba repulsiva... Estaba condenado hiciera lo que hiciese. Por eso, no haría ninguna de las dos cosas. Sin embargo...

—Creo que te echaré de menos.

—A mi lengua afilada, quizá —replicó ella con una sonrisa triste.

Para Nathaniel era temerario recordar lo que ella había hecho con la lengua el día anterior. En cuanto lo recordó, sintió que el miembro se le endurecía y palpitaba bochornosamente. ¡Era un disparate pensar siquiera en cuando hicieron el amor! Se apartó un poco.

—Quizá —reconoció él—. Como, sin duda, tú echarás de menos mi tendencia a provocarte cada dos por tres.

Ella sabía que cuando se fuera de la casa de la señora Wilson, echaría de menos muchas más cosas que sus provocaciones. ¡Que anhelaría muchas más cosas! Sin embargo, no podía hacer otra cosa. Tenía que volver a Shoreley Park lo antes posible para contarles a sus hermanas lo que sabía sobre la implicación de su madre con la familia Tennant.

—Desde luego —reconoció también ella—. Quién sabe, a lo mejor volvemos a encontrarnos alguna vez.

Él no lo veía nada claro. Al fin y al cabo, los dos se movían en esferas completamente distintas de la sociedad.

—Ahora, si no te importa, creo que tengo que empezar a hacer el equipaje.

Él reconoció que Elizabeth era muy cortés cuando se trataba de despedirlo, aunque fuera definitivamente.

—Sí —concedió él con una leve sonrisa—. Si alguna vez necesitas ayuda o...

—No, no estaría bien, Nathaniel —le interrumpió ella con firmeza.

—Entonces, si necesitas referencias...

—¡Sería menos aceptable que tu oferta anterior! —comentó ella con ironía—. Cualquier mujer que fuese a contratarme recelaría si le presentara unas referencias personales del conde de Osbourne y prefiero no pensar lo que supondría si fuese un hombre.

Él reconoció que tenía razón, naturalmente, pero no se sintió más aliviado por eso.

—Entonces, es una despedida definitiva, ¿no? —preguntó él en tono gruñón.

Ella sonrió con tristeza.

—Estoy segura de que como tardaremos algunos días en marcharnos a Londres, tendremos la ocasión de volver a hablar.

Sin embargo, él sabía que no podrían hablar en privado, sin la presencia de su imponente tía o de la bien intencionada Letitia. Maldijo para sus adentros la distancia que ya se había abierto entre ellos.

—A lo mejor, una vez que te hayas instalado en tu casa otra vez, podrías escribirme para decírmelo. No, ya me doy cuenta de que eso «no estaría bien» tampoco —añadió él antes de que ella pudiera replicar.

Que separarse le pareciera a Nathaniel casi tan doloroso como a ella le aliviaba un poco los sentimientos heridos. Casi. El conde de Osbourne no podía sentir sinceramente nada profundo por una joven que, aparentemente, estaba tan debajo de él en la escala social.

—Milord, hace tiempo que debería haberse marchado de mi dormitorio.

—Pero...

—Por favor, milord —insistió ella con una firmeza que no sentía ni remotamente.

Él apretó los labios ante el tratamiento que ya había repetido dos veces.

—Tienes razón, como de costumbre —reconoció él con la fría arrogancia del conde de Osbourne mientras iba hacia la puerta—. Buena suerte con el equipaje.

—Milord...

Ella hizo una reverencia y mantuvo el aire distante hasta que se cerró la puerta. Entonces, pudo soltar todas las lágrimas que había estado conteniendo y dejarse llevar por el dolor que sentía solo de pensar en que iba a separarse del hombre que amaba.

—¿Adónde vas? —le preguntó el conde en el vestíbulo.

—¿No le parece evidente, milord?

Elizabeth miró a Héctor, que, jadeante, tiraba de la correa. Él estaba malhumorado desde que volvió a bajar las escaleras y, en ese momento, no estaba de humor para aguantar sarcasmos.

—Estoy seguro de que Héctor podría renunciar a su paseo de la tarde, por una vez, si no te encuentras bien.

Elizabeth tenía los ojos irritados, las mejillas sonrojadas y la voz inusitadamente ronca. También tenía los rizos negros cubiertos por un sombrero de paja para protegerse del sol de la tarde.

—Ya he terminado de hacer el equipaje y creo que un poco de aire puro me aclarará la cabeza antes de la cena.

Seguramente, tenía razón, pero, aun así...

—A lo mejor podría acompañarte...

Ella negó con la cabeza y su delicado rostro se ensombreció un poco.

—No...

—...no estaría bien —terminó él con aspereza y los puños cerrados a los costados—. Empiezo a estar un poco cansado de oír lo que estaría bien o mal entre nosotros, Elizabeth.

Ella sonrió con pesadumbre.

—Iba a decir que no hace falta, milord. Puedo sacar a Héctor de paseo yo sola.

Él aceptó que estaba comportándose tan ridículamente como indicaba el tono irónico de Elizabeth. Además, había recibido varias cartas que lo esperaban en la biblioteca y que tenía que leer antes de que se marchara al día siguiente.

—Entonces, no te retrasaré más.

Ella no pudo respirar hasta que Nathaniel desapareció camino de la biblioteca. La capa de impasibilidad que se había puesto para bajar las escaleras se había deshecho nada más verlo otra vez. Ese atractivo, lo que sentía por Nathaniel era lo que realmente «no estaba bien». Le daba miedo examinar esos sentimientos demasiado detenidamente. Ya tendría tiempo, años, para hacerlo cuando se hubiese alejado de él y hubiese vuelto a Shoreley Park.

Hasta entonces, quería estar ocupada para no darle vueltas a esos sentimientos y le vendría bien un paseo largo y apacible con Héctor.

Sin embargo, a los pocos minutos de salir de la residencia Hepworth, se encontró con sir Rufus, quien se dirigía resueltamente hacia ella por el sendero y con un gesto de satisfacción en su anodino rostro. Sus primeras palabras le dejaron muy claro que no había sido un encuentro casual.

—Llevo un rato paseando por aquí con la esperanza de volver a verte.

—Sir Rufus... —le saludó ella con cautela y cierta amabilidad.

Recordaba muy bien lo que había comentado la señora Wilson sobre la extraña personalidad de ese hombre, pero, por otro lado, no podía dejar de preguntarse si ese encuentro no estaría predestinado, si no sería una respuesta a sus incertidumbres sobre lo que tenía que hacer con lo que sabía desde hacía tan poco tiempo.

—Ne he tenido la ocasión de agradecerle las rosas que me ha mandado usted esta mañana, sir Rufus —murmuró ella mientras él se colocaba a su lado.

Su rostro resplandeció de placer bajó el sombrero de copa.

—Me complace que te hayan agradado.

Ella no había dicho eso...

—Son muy bonitas —replicó ella sin comprometerse.

Él la miró con admiración.

—Ni la mitad de bonitas que quien les dio el nombre.

En realidad, ella sabía que no era ni la mitad de hermosa que la mujer que les dio el nombre original, pero tampoco pensaba preguntarle por qué les había dado el nombre de la mujer que había sido la escandalosa amante de su hermano pequeño.

—Me honra.

—En absoluto —él se detuvo y le tomó la

mano que tenía libre—. Elizabeth, ya tienes que saber cuánto te estimo...

No pudo terminar la frase porque Héctor eligió ese momento para gruñir con rabia y clavar los dientes en la bota del caballero.

—¡Maldita bestia!

Sir Rufus dio tal patada a Héctor que la correa se soltó de la mano de Elizabeth y el perro salió volando antes de caer en el sendero seco y polvoriento entre lamentos de dolor.

—¡Sir Rufus! —exclamó ella mientras se soltaba la mano para acudir corriendo junto a Héctor—. ¡Cómo ha podido...!

Miró al hombre con una furia acusadora mientras ayudaba a Héctor, que estaba ligeramente aturdido, a ponerse de pie.

—Estoy harto de que ese animal nos interrumpa constantemente —sir Rufus se acercó a ella, la agarró del brazo y la levantó—. Iremos a Gifford House, donde podré hablar contigo sin que me interrumpan.

Ella abrió los ojos aterrada por la proposición de sir Rufus y por ese comportamiento tan extraño y desmedido.

—No quiero ir a Gifford House con usted, sir Rufus.

—Claro que quieres.

—No...

265

—¡Sí, Elizabeth! —exclamó él mientras empezaba a arrastrarla por el sendero.

—Sir Rufus, ¡suélteme en este instante!

Los intentos de soltarse se encontraban con la fuerza de su mano, que le hacía daño y le dejaría moratones.

Entonces, Héctor, que se había repuesto de la patada, volvió a atacar el tobillo de sir Rufus entre gruñidos.

Sir Rufus, con la cara desencajada, le dio otra patada en el costado con la bota que no estaba atrapada entre los afilados dientes del perro. Esa patada no lo mandó por el aire, sino que lo dejó tumbado e inconsciente.

—Con un poco de suerte, ese bicho ya estará muerto.

Ella se volvió hacia él fuera de sí.

—¿Cómo puede decir eso? —intentó soltarse otra vez, sin importarle el dolor, para volver junto a Héctor—. ¡Suélteme ahora mismo!

—Sabes que no puedo...

—¡No sé nada! —exclamó ella mirándolo con los ojos como ascuas—. ¡Es usted un monstruo despiadado y sin sentimientos!

Empezó a golpearle en el pecho. Estaba fuera de sí y no quería contener la repulsión que sentía hacia ese hombre. Tanto, que tardó unos minutos en darse cuenta de que él no ofrecía resistencia a los puñetazos que le propinaba una mujer enfurecida.

Sin embargo, empezó a comprobar que estaba inmóvil, con una inmovilidad antinatural.

Dejó de golpearlo, lo miró y se quedó pálida al ver que la miraba con una expresión muy extraña en esos ojos casi transparentes. Sintió un escalofrío de miedo.

—¿Por qué me hablas así cuando sabes que si hice lo que hice, fue solo para que por fin pudiéramos estar juntos?

Ella tragó saliva.

—Sir Rufus...

—¡No voy a seguir sufriendo tus escrúpulos por algo que hay que hacer, Harriet! —bramó él.

—¿Harriet...?

Se quedó aterrada. ¿Estaba tan desequilibrado que creía que era su madre?

Él suavizó un poco la expresión mientras la miraba.

—Mi querida Harriet.

Le tomó la cara entre las manos.

—Sé que tienes un corazón muy grande. No te amaría como te amo si no supiera que tienes muy en cuenta los sentimientos de los demás —él endureció la expresión—. Sobre todo, los sentimientos de mi hermano. Sin embargo, ha llegado el momento de que dejemos de fingir, querida, he llegado el momento de que estemos juntos, como siempre debimos estar.

Su rostro estaba tan transformado por la locura que se dio cuenta de que, efectivamente, creía que ella era Harriet Copeland y que había vuelto con él.

Diecisiete

—¡Nathaniel, tienes que venir ahora mismo! Ahora mismo, ¿me has oído?

Él frunció el ceño, dejó de leer la carta de Gabriel Faulkner que había recibido esa tarde y vio a su tía en la puerta de la biblioteca. Estaba pálida, despeinada y alterada, algo que por sí solo le indicaba que algo grave estaba pasando. Su tía Gertrude se preciaba de mantener la calma y las apariencias pasara lo que pasase. Se levantó precipitadamente de detrás del escritorio.

—¿Qué ha pasado?

Su tía tenía los ojos empañados de lágrimas y una mano en el pecho, que subía y bajaba muy deprisa.

—Héctor ha vuelto muy herido y sin Elizabeth.

Él frunció el ceño y fue al centro de la habitación.

—¿Sin Elizabeth...?

—Sí. Nathaniel, temo que haya caído desde lo alto del acantilado, que esté muerta y destrozada entre las rocas...

—Tranquilízate, tía —él interrumpió su ataque de histeria, pero no disminuyó su propia preocupación—. ¿Has dicho que Héctor ha vuelto herido?

Ella asintió con la cabeza vehementemente.

—Cojea mucho de la pata delantera derecha y tiene las costillas rotas o muy dañadas.

—Enséñamelo.

Acompañó a su tía a su sala privada, donde Héctor estaba tumbado e inusitadamente quieto en la cesta junto a la chimenea. El perro lo miró con pesadumbre cuando se agachó para palparle con suavidad el costado y la pierna. Se giró para mirar a su tía.

—¿Tenía la correa cuando volvió?

—Sí.

Nathaniel se levantó.

—Creo que no tiene nada roto...

—Gracias a Dios —la señora Wilson suspiró con alivio antes de que la preocupación le ensombreciera otra vez el rostro—. ¿Y Elizabeth? ¿Dónde puede estar? ¡Tienes que salir a buscarla inmediatamente, Nathaniel!

Pensaba ir a buscarla, claro. Solo había querido ver primero al perro para que saber si el estado de Héctor le daba alguna información sobre dónde podía estar.

—Tía, creo que Héctor no se ha caído por el acantilado. Si se hubiese caído, tendría cortes y otras heridas.

—Pero Elizabeth ya habría vuelto si solo se le hubiese escapado —replicó su tía con el ceño fruncido.

Él había llegado a la misma conclusión porque Héctor habría tardado bastante en volver a la casa con la pata y las costillas dañadas. Eso significaba que estaba herida y tumbada en el sendero del acantilado o que le habían impedido volver por otros medios. ¿Medios que tenían la forma de sir Rufus...? Frunció el ceño porque sabía que no tenía fundamento para sacar esa conclusión, salvo el interés casi enfermizo de ese hombre por Elizabeth. Apretó los dientes ante la idea de que Tennant pudiera estar cerca de ella.

—Dile a Sewell que organice una batida inmediatamente, tía.

—Pero ¿adónde vas tú? —le preguntó su tía al ver que se dirigía decididamente hacia la puerta.

Nathaniel la miró con unos ojos sombríos.

—Voy a visitar a un vecino antes de unirme a la búsqueda.

—No pensarás que Tennant tiene algo que

ver con esto, ¿verdad? —preguntó ella con los ojos como platos.

—En estos momentos, intento no pensar, sino actuar.

—Últimamente, parecía bastante obsesionado con Elizabeth...

Efectivamente. Era posible que al enterarse de que ella pensaba marcharse al día siguiente, y llevado por esa obsesión, hubiera decidido actuar antes de que fuera demasiado tarde. No debería haberle permitido que fuese de paseo sola. Debería haber insistido. Debería... ¡Daba igual lo que debería haber hecho! En ese momento, lo más importante era encontrarla.

Nunca había estado tan aterrada como en ese momento, cuando estaba en el invernadero de sir Rufus. Le aterraba que la confundiera con su madre y que llevara un cuchillo para podar en una mano.

No había ido voluntariamente, claro, pero él estaba tan trastornado por la intensidad de sus emociones que era como si ella no pesara nada mientras la arrastraba. Llegó a torcerle el sombrero y a obligarle a quitárselo cuando no podía ver adónde la llevaba. Tardaron muy poco en llegar a Gifford House y él, para que no pudiera pedir ayuda a los sirvientes, rodeó la casa, la metió en el invernadero y cerró la puerta con pestillo. Lo que él había dicho sobre su madre la convenció para que se mordiera la lengua, sobre todo, sus comentarios sobre los «escrúpulos sobre algo que había que hacer» para que «los dos pudieran estar juntos por fin» como «siempre debían haber estado». Se preguntaba una y otra vez qué había hecho exactamente sir Rufus en el pasado para afirmar que Harriet y él tenían que haber estado juntos...

Nathaniel salió tan precipitadamente que no se paró a tomar su sombrero y sus guantes antes de ir a los establos para ayudar a Finch a ensillar un caballo castaño. Salió hacia los acantilados como alma que persigue el diablo sin dejar de mirar alrededor por si Elizabeth, efectivamente, se hubiese caído por un acantilado.

Lo máximo que consiguió encontrar fueron una serie de huellas de Héctor mezcladas con las de las botas de un hombre. ¿Las botas de Tennant? Naturalmente, no tenía ninguna prueba, pero como esas huellas se dirigían hacia Gifford House, se dirigió hacia allí con una expresión más sombría que nunca.

—Por favor, sir...

—Querida Harriet, creo que ya podemos dejar

de fingir y llamarnos por nuestros nombres de pila —le pidió sir Rufus en tono indulgente mientras la miraba ardientemente.

Ella se temió que se hubiese vuelto completamente loco y que lo más prudente fuese complacerlo.

—Rufus, ¿no estaríamos más cómodos si fuésemos a hablar a la casa? Mientras cenamos, quizá.

Se sentiría más segura si hubiese sirvientes que pudieran oír sus gritos. Él frunció el ceño desconcertado.

—Pero siempre dijiste que estabas deseando ver mis rosas...

—Y me alegro mucho de haberlas visto —aseguró ella apresuradamente y mirando el cuchillo de reojo—. Yo... yo solo estaba pensando en tu comodidad cuando propuse que podíamos ir a la casa a cenar.

Su expresión se suavizó otra vez.

—Como de costumbre, Harriet, siempre pensando en los demás.

No recordaba muy bien a su madre porque tenía nueve años cuando ella se marchó de Shoreley Park para siempre, pero sí recordaba su cariño y las risas que siempre llenaban la casa cuando estaba ella. Durante los últimos minutos le había quedado muy claro que no solo Giles Tennant se había enamorado de ella, sino que sir

Rufus, también. ¿Su muerte a manos de Giles lo había trastornado completamente o habría sido algo mucho más sombrío y espantoso? Se humedeció los labios. Sabía que estaba tan desequilibrado que podría ponerse violento en cualquier momento, sobre todo, si le llevaba la contraria en su idea de que era Harriet.

—Tengo que reconocer que me gusta la idea de compartir una cena ligera contigo.

Haría y diría cualquier cosa con tal de convencerlo de que fuesen a la casa y salieran de ese invernadero aislado y apartado.

Él se rio ligeramente y le mostró fugazmente el joven que fue una vez. Seguía sin ser un hombre especialmente apuesto, como decían que era su hermano, pero sí había tenido cierto atractivo.

—Sabes que nunca he podido negarte nada.

—Entonces, ¿vamos a cenar a la casa? —por mucho que lo intentó, no pudo evitar que el tono mostrara cierta ansiedad—. También podrías enseñarme el resto de la casa —añadió para animarlo.

—Claro, mi querida Harriet. Tienes que estar ansiosa por ver la que será tu nueva casa —comentó él apretándole una mano.

—Muy ansiosa.

Tuvo que contener un estremecimiento ante la mera idea de que una mujer tuviera que vivir con él, por no decir nada de esos trofeos de caza que adornaban el deprimente vestíbulo. Su madre había sido una mujer que se había rodeado de luz, risas y cosas hermosas.

—¿No te gustaría ver el resto de las rosas primero?

—Más tarde, quizá —Elizabeth tuvo que hacer un esfuerzo sobrehumano para tomar una mano de su acompañante y colocársela en el brazo mientras le sonreía—. Al menos, vamos a la casa a beber algo caliente —añadió con un ligero escalofrío.

La verdad era que estaba helada por dentro, pero más por el miedo que por la temperatura del invernadero. Lo que más miedo le daba era saber hasta dónde podría haber llegado sir Rufus para cerciorarse de que Harriet Copeland fuese suya.

—¡Tienes que tener alguna idea sobre dónde puede estar sir Rufus!

Nathaniel miró amenazantemente al mayordomo que había abierto la puerta de Gifford House.

—Ya le he dicho, milord, que sir Rufus no está en casa —repitió con paciencia el hombre mayor.

Nathaniel miró alrededor preguntándose a dónde podría haber llevado a Elizabeth, si estaba con ella... El mayordomo se arredró ligeramente cuando volvió a clavarle los ojos duros como el acero.

—Quizá podría mirar en el invernadero. Sir Rufus va mucho por allí y...

Nathaniel no se quedó para oír nada más y bajó corriendo los escalones, rodeó la casa y vio el invernadero que resplandecía por la luz del atardecer. Se paró en seco debajo de un roble al ver que Elizabeth y sir Rufus salían del invernadero como si estuviesen dando un paseo juntos. Iban agarrados del brazo y ella le sonreía mientras charlaban amistosamente y se acercaban a él.

Entonces, le vio los ojos... Elizabeth tenía los ojos más expresivos que había visto en su vida. Eran azules como el cielo y casi siempre reflejaban calidez o un destello belicoso que era parte de su enérgica personalidad.

En esos momentos, no reflejaban ni una cosa ni la otra, sino que estaban sombríos y antinaturalmente abiertos, con una expresión tal de miedo que sintió una punzada en el pecho. Su preocupación aumentó cuando se fijó en otras cosas que no encajaban con su apariencia de tranquilidad encantadora.

El sombrero de paja había desaparecido completamente, estaba despeinada, algunos mechones le caían sobre los hombros y tenía manchas de polvo en el vestido y en los guantes. Como si se hubiese caído o la hubiesen arrastrado contra su voluntad. Salió de debajo del roble.

—Buenas tardes, Tennant.

El corazón de Elizabeth empezó a latir con todas sus fuerza cuando oyó la voz de Nathaniel y sintió un alivio inmenso cuando se dio la vuelta y lo vio a unos metros. Hasta que se dio cuenta de la tensión del hombre que tenía al lado. El brazo de sir Rufus se había quedado rígido debajo de su mano enguantada y todo su cuerpo se había contraído, como si en cualquier momento fuese a saltar para atacar al otro hombre.

En cualquier otra circunstancia, sabía que Nathaniel, que era diez años más joven y había sido soldado, derrotaría fácilmente a sir Rufus, pero, en ese momento, sir Rufus contaba con la fuerza y el arrojo de la locura y, además, seguía llevando el cuchillo de podar en la otra mano. Nathaniel tenía que saber todo eso para que entendiera plenamente el peligro de la situación.

—Qué bien, Rufus. Lord Thorne ha venido para acompañarnos en la cena.

Ella no hizo caso del asombro de Nathaniel y sonrió amablemente al crispado sir Rufus. Durante unos segundos cargados de tensión, creyó que no la había oído. Miraba a Nathaniel con una furia indescriptible por haber interrumpido ese momento con su «querida Harriet». Sin embargo, acabó dándose cuenta de que ella le sonreía y su expresión se suavizó un poco mientras la miraba.

—Había esperado que pasaríamos solos nuestra primera noche aquí, querida.

Ella hizo un esfuerzo para seguir sonriendo a esos ojos azules casi blancos.

—No tienes que ser egoísta, Rufus. Tenemos que compartir nuestra suerte y felicidad con nuestros amigos y vecinos.

—Claro —él también sonrió entonces con satisfacción—. Tan considerada como siempre, mi querida Harriet.

Esa vez, ella no vio el sobresalto de Nathaniel por la sorpresa, pero la notó por su repentina tensión y la vio en su ceño fruncido cuando lo miró con ojos suplicantes.

—Espero que pueda acompañarnos a cenar, lord Thorne.

Su furia inicial por haberse encontrado a Elizabeth con sir Rufus se convirtió primero en perplejidad y más tarde en desconcierto absoluto. En ese momento, sentía intranquilidad y preocupación. Tennant la había llamado Harriet. ¿Era Harriet Copeland, la amante de Giles?

Ella esperaba que Nathaniel entendiera lo trastornado que estaba sir Rufus, pero, en cambio, comprobó que la miraba con los ojos muy abiertos, como si la viera por primera vez. ¿Estaría viéndola por primera vez? Tenía que ser muy joven cuando lady Harriet Copeland se fugó con

Giles Tennant, pero no tanto como para no haber visto a la escandalosa condesa. En ese momento, cuando sir Rufus había colocado la última pieza del rompecabezas, ¿vería Nathaniel su parecido físico con esa mujer? El mismo parecido que, evidentemente, había provocado la locura de sir Rufus Tennant...

Tenía la garganta tan seca que le costó tragar saliva antes de hablar.

—Por favor, lord Thorne, díganos que puede quedarse a cenar.

Era imposible que Nathaniel no hubiese captado su tono casi histérico o la mirada suplicante de sus ojos angustiados... o el aire de locura casi desatada que rodeaba a sir Rufus.

—Sí —contestó Nathaniel sin inmutarse—. Naturalmente, estaré encantado de acompañarlos. Si sir Rufus no cree que molesto...

Se giró para mirar al otro hombre con los ojos entrecerrados y notó que tenía la mirada algo perdida y las mejillas inusitadamente sonrojadas. También tenía un cuchillo en la mano izquierda, aunque parecía como si no lo supiera... ¿Lo habría utilizado para amenazar a Elizabeth? ¡Ese perturbado había confundido a Elizabeth con Harriet Copeland!

La verdad era que tenían cierto parecido. Los mismos rizos morenos y los mismos rasgos delicados. Lady Copeland, naturalmente, era mucho mayor que Elizabeth cuando murió y sus ojos eran verdes y no azules, pero tenían la misma figura elegante y esbelta. ¿Podría tener Elizabeth alguna relación familiar con la hermosa condesa de Westbourne? La confusión de Tennant era demasiada coincidencia después de la carta de Gabriel Faulkner que había recibido esa misma tarde.

Su amigo le comunicaba que se había comprometido con lady Diana Copeland, la mayor de las tres hermanas. Al parecer, lo había hecho por amor y no por conveniencia, como había pensado hacer en un principio. También le contaba que Dominic Vaughn, su otro amigo más íntimo, iba a casarse con Caroline, la segunda de las tres hermanas. Las bodas se celebrarían en cuanto hubiesen encontrado a la hermana menor, lady Elizabeth, y la hubiesen recuperado entre sus angustiados brazos.

Lady Elizabeth Copeland... Elizabeth... ¿Podía ser la misma mujer que le había parecido tan irresistible durante los últimos días? ¿Podía ser la misma mujer que había... amado tan apasionadamente? Era mucho suponer, pero el parecido entre Harriet Copeland y Elizabeth era evidente, como lo eran otros indicios...

Elizabeth apareció repentinamente en la casa de Londres de su tía hacía casi tres semanas, cuando se conocieron en el parque... Según le contaba Gabriel en su carta, lady Elizabeth Copeland desapareció hacía casi cuatro semanas. Elizabeth se comportó con refinamiento durante la recepción de su tía el sábado y tenía una elegancia natural, todo lo cual indicaba que la habían educado como a una dama de cierta alcurnia y no como a una señorita de compañía.

Él había creído que quizá fuese una joven de una buena familia venida a menos, pero todas esas características también podían atribuirse a que fuese lady Elizabeth Copeland, la hija de un conde. Desde luego, Tennant parecía convencido de que el apellido de Elizabeth era Copeland.

Dieciocho

Ella no tenía ni idea de lo que había estado pensando Nathaniel durante los minutos que permaneció en silencio, pero el brillo de sus ojos oscuros cuando vio el cuchillo en la mano de sir Rufus le había indicado que se había dado cuenta, por lo menos, de que estaba desequilibrado.

—¿Rufus...? —le preguntó ella en tono desenfadado.

Él le sonrió.

—Claro, Osbourne tiene que quedarse a cenar si es lo que tú quieres, Harriet.

Ella se tragó la náusea que sentía cada vez que ese hombre la llamaba con el nombre de su madre. Se estremecía cuando pensaba en todo lo que podía haber pasado para que acabara loco.

Naturalmente, el trastorno de sir Rufus podía deberse a que Giles Tennant hubiese matado a

Harriet y luego se hubiese suicidado, había perdido a su hermano menor y a la mujer que amaba en el mismo día.

Ella, sin embargo, se inclinaba a pensar que había algo más, sobre todo, cuando la señora Wilson le había contado ese mismo día que sir Rufus no quería a su hermano tanto como creía la gente y que había tenido celos de él desde que nació.

¿Hasta qué punto habrían llegado esos celos hacia su hermano, mucho más apuesto, cuando cautivó a la mujer que él amaba? ¿Habrían llegado al punto de que sir Rufus quisiera destruirlos? Sintió otro escalofrío de miedo, aunque siguió representando su papel.

—Entonces, ¿vamos a casa?

—Una idea excelente.

Nathaniel se adelantó y le ofreció el brazo a Elizabeth. Notó inmediatamente que le temblaba la mano.

—Tennant, ¿no debería dejar antes el cuchillo en el invernadero? —le preguntó Nathaniel.

—¿Qué...? ¡Ah! —sir Rufus miró el cuchillo que tenía en la mano como si lo viese por primera vez—. Claro —añadió antes de darse la vuelta para dirigirse al invernadero.

Era exactamente lo que necesitaba y no perdió el tiempo. Apartó a Elizabeth, fue hasta la puerta y la cerró detrás de sir Rufus sujetándola con fuerza.

—Vete, Elizabeth —le ordenó con firmeza—. ¡Vete inmediatamente!

Quería que estuviese a salvo antes de que volviera a abrir la puerta y se enfrentara a Tennant.

—Pero...

—¡No sé cuánto tiempo voy a poder contenerlo!

Sir Rufus se había dado cuenta de las intenciones de Nathaniel y estaba intentando abrir la puerta desde dentro. Además, los cristales no aguantarían la fuerza de un puño si decidía escapar así.

—Iré a buscar ayuda y...

—¡Me da igual lo que hagas, pero vete inmediatamente!

Tennant había redoblado los esfuerzos para salir y empujaba la puerta con toda la fuerza de su demencia y con el cuchillo todavía en la mano.

Los preciosos ojos azules de Elizabeth se llenaron de lágrimas y parecía que no podía moverse.

—Nathaniel, él... él...

—Lo sé —él hizo una mueca al imaginarse el terror que tenía que haber pasado ella—. ¡Ya hablaremos de eso más tarde!

El cristal que había al lado del picaporte se

hizo añicos y Tennant sacó una mano para agarrar el brazo de Nathaniel.

—¡Vete, Elizabeth! —gritó Nathaniel mientras intentaba mantener cerrada la puerta.

No pensaba dejar solo a Nathaniel en esa situación y miró alrededor para intentar encontrar algo que lo ayudara a contener al otro hombre. Entonces, vio unas piedras decorativas a unos metros. Fue hasta allí, agarró una y volvió corriendo para golpear con ella la mano de sir Rufus.

—¡Harriet!

Sir Rufus la miró con un gesto de dolor a través del cristal, pero no soltó el brazo de Nathaniel.

—¡Elizabeth! —exclamó ella mientras golpeaba otra vez la mano—. ¡Me llamo Elizabeth, no Harriet!

—¡Eso es mentira! —el rostro de sir Rufus se desencajó por la furia—. ¡Una mentira asquerosa! ¿Te ha metido Osbourne en todo esto?

—Nathaniel es inocente, no tiene nada que ver —contestó ella parpadeando.

—No tan inocente —sir Rufus desvió la colérica mirada hacia el otro hombre—. ¿La muerte de tu caballo no fue suficiente aviso para que apartaras tus repugnantes manos y tus pensamientos de Harriet? ¿Quieres que te dé otra lección sobre modales...?

—¿Mató a Midnight...?

Elizabeth se tambaleó y retrocedió un paso. Sir Rufus sonrió con satisfacción.

—Sí. Bastó un poco de veneno de las mezclas que uso para criar mis rosas en su cubo de agua para acabar con él enseguida.

No, la muerte de Midnight había sido lenta y dolorosa y ese hombre, ese monstruo, había sido el responsable de esa muerte y del sufrimiento de Nathaniel.

—¿Y qué pasó con Héctor? —Elizabeth lo miró con ira—. ¿También tuvo algo que ver con su desaparición?

Se acordó de los gruñidos de Héctor cada vez que él estaba cerca y de la inexplicable herida de su pata delantera.

—Es un animalito tan confiado que fue fácil atarlo una hora o así antes de devolverlo a su agradecida dueña —explicó sir Rufus sin dejar de sonreír.

A Elizabeth se le nubló la vista ante el dolor que había infligido voluntariamente a unos animales inocentes.

—¡Usted... es... un... monstruo!

Elizabeth le golpeó la mano con la piedra al ritmo que decía las palabras, pero él no soltó el brazo a pesar de que estaba sangrando. Ella sintió náuseas al ver la sangre, pero le daba más náuseas

todavía que sir Rufus pudiera salir del invernadero.

—Harriet...

—¡No soy Harriet! ¿No lo entiende? —lo miró
con los ojos como ascuas—. Me ha confundido con
otra persona. ¿Me oye? ¡No soy Harriet!

Nathaniel vio la furia desatada en la cara del
otro hombre y se quedó espantado.

—Elizabeth, no lo espolees más...

—¡Está loco! —le interrumpió ella furiosa de
rabia—. Completamente loco. Además de lo que
les hizo a Midnight y Héctor, creo que puede ser...
un asesino.

Elizabeth se atragantó por las lágrimas que
empezaron a caerle por las mejillas.

—Harriet...

—¡Harriet está muerta! Muerta, ¿me oye? ¡Lleva
muerta nueve años o más!

—¡No! —gritó sir Rufus.

El horror se reflejó en su rostro y Nathaniel
notó que le soltaba el brazo mientras retrocedía
pálido y con la mirada perdida.

—¿La mató usted? —Elizabeth se acercó al
cristal del invernadero—. ¿Mató a mi madre y a
su hermano?

Si Nathaniel hubiese necesitado alguna con-
firmación sobre la verdadera identidad de Elizabeth, esa pregunta lo había sido. Ese hombre se

merecía que lo azotaran solo por lo que había hecho a Midnight y a Héctor, pero si había matado a Harriet Copeland y a Giles Tennant, como sospechaba Elizabeth, había que capturarlo para que la justicia se hiciera cargo de él.

—Contésteme —insistió ella con frialdad mientras Tennant seguía mirándola inexpresivamente—. ¿Mató a mi madre y a su hermano?

Tennant parpadeó y esos ojos azul claro recuperaron cierta consciencia.

—La amaba y ella me amaba a mí. Teníamos que estar juntos, pero Giles se cruzó en el camino. Lo maté, pero, entonces, Harriet se puso histérica y me acusó de cosas atroces. No... no me quedó más remedio que matarla. ¿No lo entiendes...?

—Lo entiendo perfectamente.

Elizabeth retrocedió y dejó caer la piedra manchada de sangre mientras todo el espanto del pasado se adueñaba de ella.

Su madre hizo mal al abandonar a su familia por los brazos y el amor de un hombre más joven, pero habría tenido la esperanza de que algún día fuese capaz de tener alguna relación con sus tres hijas si no hubiese acabado siendo la víctima del amor iracundo y retorcido de sir Rufus Tennant. Si él no hubiese acabado tan prematuramente con la vida de Harriet y Giles.

—Es usted un monstruo —repitió ella inexpresivamente—. Un monstruo despiadado y sin corazón.

Se dio la vuelta y vio a la atónita señora Wilson acompañada por unos hombres con librea que no reconoció. A juzgar por su palidez, comprendió que habían presenciado parte de la conversación con sir Rufus. Una oleada de oscuridad fue adueñándose de ella y se tambaleó.

—¡Nathaniel! —exclamó la señora Wilson.

Él se acercó justo a tiempo para agarrarla antes de que se desmayara.

—¡Es increíble! ¡Increíble! —la tía de Nathaniel se estremeció por el espanto mientras se sentaba en su sala—. Es increíble que sir Rufus nos hiciera creer durante tantos años que Giles mató a Harriet Copeland y que luego se quitó la vida —sacudió la cabeza con vehemencia—. ¡Estoy segura de que nunca me repondré de la impresión!

Nathaniel estaba convencido de que, una vez que hubiese pasado la primera impresión por el escándalo, su tía se repondría lo bastante como para poder hablar sobre la historia de sir Rufus con sus amigas de Londres. Sin embargo, no estaba tan convencido de que Elizabeth fuera a reponerse tan plenamente.

Había sido una suerte que su tía hubiese ido a Gifford House en su carruaje para buscar también a Elizabeth. Se quedó desmayada en el carruaje todo el tiempo que tardó en llegar el Vizconde de Rutledge para que se hiciera cargo de sir Rufus como magistrado local. El hombre les aseguró con seriedad que ese demente sufriría todo el castigo que la ley permitía en esos casos.

Elizabeth no recuperó la consciencia hasta que el carruaje se detuvo en la residencia Hepworth. Seguía pálida y cuando entró en la casa les dijo que le gustaría quedarse sola en su dormitorio. Una petición que su tía rebatió inmediatamente, pero que él supo que necesitaba si quería recuperar algo de su estado de ánimo habitual. No podía ni imaginarse cómo se sentiría después de enterarse de que a su madre no la mató su joven amante sino un hombre que acabó volviéndose loco por los celos que sentía hacia su hermano pequeño.

Ya no quedaba duda de que Elizabeth era una de las hijas del difunto conde de Westbourne y eso le planteaba un dilema sobre qué tenía que hacer... si había algo que pudiera hacer...

Había ido muy deprisa e irreflexivamente con Elizabeth Thompson durante esos días, tanto física como sentimentalmente, pero había resultado que no era Elizabeth Thompson, una humilde señorita de compañía, sino lady Elizabeth Copeland, hija de un conde y pupila del que en esos momentos era conde de Westbourne y buen amigo suyo. Gabriel se sentiría obligado, por su honor, a exigirle que se casara o a retarlo a un duelo si se enteraba de lo que había hecho con una de sus pupilas... y él se sentía obligado, por su honor, a contarle a Gabriel lo que había hecho. Esa no era la mejor manera de que dos personas empezaran un matrimonio, y menos cuando sabía que Elizabeth ya no se creería nunca que sus sentimientos hacia ella eran sinceros.

—Le pido disculpas por haberla engañado, señora Wilson.

Elizabeth, muy incómoda, estaba en la sala donde la señora Wilson y Letitia tomaban té después de la cena. Ella se había excusado porque no podía ni pensar en comida después de lo que había pasado. Como tampoco podría haberse sentado a la mesa para padecer la mirada fría y acusadora de Nathaniel.

Midnight no habría muerto si sir Rufus no se hubiese obsesionado por su parecido con su madre y por su deseo de hacer daño a cualquier hombre que se acercara a ella. Héctor tampoco habría sufrido como había sufrido. Además, ni Nathaniel ni nadie de la zona podían desconocer su verdadera identidad y estarían preguntándose por qué los había engañado.

No había visto a Nathaniel desde que subió a su dormitorio y no sabía lo que sentiría, pero era fácil imaginárselo. Su caballo había muerto innecesariamente y ella era una mentirosa y una impostora. Era fácil imaginarse cuánto la despreciaría.

—En absoluto, querida. Estoy segura de que tenías tus motivos.

La señora Wilson sonrió y dio unas palmadas en el sofá, a su lado.

Efectivamente, había tenido sus motivos. Había querido escapar de la oferta de matrimonio de lord Faulkner y buscar aventuras en Londres. Las dos cosas le parecían bastante ridículas después de lo que había ocurrido, pero si no hubiese estado allí, en la residencia Hepworth, tampoco habría descubierto la verdad sobre aquellas muertes tan trágicas...

Seguía temblando solo de pensar lo que había pasado hacía tan poco tiempo. El miedo que pasó cuando se dio cuenta de que sir Rufus no estaba bien de la cabeza.

El terror que pasó cuando no sabía cómo escapar de sus garras. La impresión cuando contó que había envenenado a Midnight y había tenido prisionero a Héctor. Su furia cuando confirmó que había matado a su madre.

Se sentó al lado de la señora Wilson y se entrelazó las manos temblorosas.

—Además, le mentí a usted y a... a su familia.

Ni siquiera pudo decir el nombre de Nathaniel por lo que le angustiaba saber que en ese momento la despreciaría.

—Debería haber adivinado quién eras —se lamentó la señora Wilson—. Ahora que conozco la relación, puedo ver claramente que te pareces a tu madre —añadió con delicadeza cuando ella la miró con incredulidad—. Sí, conocí a tu madre... y bastante bien. Era una mujer muy hermosa por fuera y por dentro.

—Entonces, ¡no puedo parecerme a ella lo más mínimo!

—Claro que sí —replicó la señora Wilson con firmeza—. Supe desde el principio, desde que rescataste a Héctor de las ruedas de aquel carruaje, que tenías un corazón grande y bueno.

Elizabeth sonrió con tristeza y sacudió la cabeza.

—Creo que es usted la que está siendo buena ahora.

La señora Wilson tomó una mano de Elizabeth.

—En absoluto, querida. Además, es posible que no debieras tener un concepto muy malo de tu madre.

La verdad era que nunca había sabido qué concepto tener de su madre. Abandonar a su marido y a sus hijas era escandaloso, claro, pero... Ella siempre había tenido una duda, una esperanza, sobre el motivo para que su madre abandonara a su familia.

—¿Supone que alguna vez nos amó? —preguntó parpadeando para contener las lágrimas.

—Estoy segura de que amó mucho a sus hijas —contestó la señora Wilson con preocupación—. No puedo hablar por mí misma porque pasé casi veinte años maravillosos casada con el hombre que amaba, pero el matrimonio de Harriet lo concertaron tu padre y los padres de ella. Él era mucho mayor que ella. Cuando se casaron, tu padre tenía más de cuarenta años y tu madre, dieciocho. Naturalmente, también estaba cautivado —la señora Wilson sonrió con pesadumbre—. Además, estoy segura de que Harriet respetaba y apreciaba a Marcus Copeland.

—Sin embargo, el respeto y el aprecio no siempre bastan para mantener un matrimonio, ¿verdad?

Ella lo sabía muy bien por experiencia propia. Dudaba mucho que se casara alguna vez. Sería injusto que, sintiendo lo que sentía por Nathaniel, se casara con un hombre y lo comparara siempre con él... y que le pareciera peor.

—No, no bastan —la señora Wilson suspiró con tristeza—. Estoy segura de que tu madre, si hubiese podido, habría intentado llegar a algún tipo de acuerdo con tu padre para, por lo menos, poder volver ver a sus hijas.

Eso era lo que ella siempre había querido creer, lo que tenía que creer en ese momento, cuando sabía que sir Rufus había sido quien había matado a Harriet, y no el joven del que se había enamorado su madre.

—Y creo que ha llegado el momento de que nos ocupemos de que vuelvas con tus hermanas —añadió la señora Wilson con amabilidad.

—Sí —confirmó ella con la voz ronca.

Sabía que lo que más deseaba en el mundo era que Diana y Caroline la abrazaran mientras les contaba la verdad sobre su pasado entre sollozos. Salvo, quizá, que la abrazara Nathaniel... Algo que no pasaría. Ni en ese momento ni nunca. Se levantó.

—Con su permiso, creo que volveré a mi dormitorio y que intentaré descansar hasta que salgamos hacia Londres mañana por la mañana.

Le mujer se rio levemente.

—No creo que lady Elizabeth Copeland necesite el permiso de nadie como yo para hacer lo que quiera.

Quizá, pero, en ese momento, no se sentía

como lady Elizabeth Copeland en absoluto. Se sentía apaleada por dentro y por fuera. Ella...

—Vaya, ya estás aquí, Nathaniel —la señora Wilson saludó cariñosamente a su sobrino después de que hubiese disfrutado del brandy y el cigarro en el comedor—. Lady Elizabeth y yo estábamos hablando de que mañana nos marcharemos a Londres y de que poco después volverá con su familia a Hampshire.

Él la miró con los ojos entrecerrados para disimular su expresión. Vio la palidez de sus mejillas, las ojeras y el ligero temblor de todo su cuerpo. También se dio cuenta de que, en vez de mirarlo a él, miraba fijamente al suelo. Apretó los labios al captar la distancia que había entre ellos.

—Tía —él entró hasta quedarse delante de la chimenea—, resulta que sé que las dos hermanas de Elizabeth están, en estos momentos, en la casa de Westbourne en Londres.

Elizabeth lo miró fijamente.

—¿Cómo lo sabes?

—Esta tarde he recibido una carta de Gabriel Faulkner y me cuenta que nuestro amigo lord Dominic Vaughn, el conde de Blackstone, va a casarse con lady Caroline y que él va casarse con lady Diana...

—¡No! —exclamó Elizabeth quedándose pálida—. No sé nada sobre el compromiso de Caroline con el conde de Blackstone —no podía saberlo porque no lo conocía—, ¡pero no puedo permitir que Diana se sacrifique casándose con lord Faulkner! Ella...

—¿Aunque se case por amor? —le preguntó Nathaniel con delicadeza.

—¡No es lo que va a hacer! —gritó ella con desasosiego—. Diana va a casarse con Malcolm Castle. Ni siquiera conoce a lord Faulkner, ¡solo ha podido aceptar por las amenazas de expulsarnos de nuestra casa si una de nosotras no acepta casarse con él!

—¿Crees que Westbourne haría algo así, Nathaniel? —preguntó la señora Wilson con el ceño fruncido.

—No. Te aseguro que te equivocas, Elizabeth —afirmó él tajantemente—. Es posible que Westbourne se sintiera obligado a casarse con una de sus pupilas al principio, pero te aseguro que ahora está completamente enamorado de Diana... y ella de él.

—No...

—Sí —le interrumpió él—. Están esperando a que vuelvas para celebrar las dos bodas.

Ella no podía entender ni el compromiso de Caroline con el desconocido conde de Blackstone, ni mucho menos que Diana hubiese aceptado casarse con el conde de Westbourne.

Diana llevaba años de relación con Malcolm Castle, el hijo único del terrateniente local. Esa relación había sido precisamente lo que había permitido que Caroline y ella se escaparan de Hampshire.

Sabían que lord Faulkner no podría obligar a Diana a casarse con él.

¿Qué presión habría tenido que soportar Diana para haber abandonado a Malcolm y casarse con el conde?

—No lo entiendo...

Elizabeth dejó caer sobre el escritorio la carta que Nathaniel había recibido de lord Faulkner. Estaban en la biblioteca, adonde la había llevado él hacía unos minutos para que pudiera leerla. Él estaba apoyado en el escritorio con los brazos cruzados sobre el pecho.

—Elizabeth, a mí me parece muy claro que la relación que tenía Diana se ha terminado y que Gabriel y ella se han enamorado.

—Pero...—ella sacudió la cabeza como si estuviese aturdida—.... Diana pensaba casarse con Malcolm desde que eran unos niños.

—Creo que viste a Gabe cuando vino a visitarme la semana pasada, ¿no?

—Sí.

—¿Te parece apuesto?

—Mucho —contestó ella sonrojándose un poco.

—¿Más o menos que ese Malcolm?

—Haces que mi hermana parezca la mujer más frívola del mundo —replicó ella con indignación.

—Solo digo que tiene... buen gusto —le corrigió él con aspereza.

—Pero... ¿y qué me dices del escándalo de lord Faulkner?

Él apretó los labios.

—En cuanto a eso, solo puedo dar por supuesto que Gabe le ha contado la verdad a tu hermana y que ella, acertadamente, lo ha creído.

—¿La verdad...?

—Es un secreto que no puedo contarte, Elizabeth. Te he permitido que leas la carta de Gabriel solo para que dejes de sentirte culpable porque se casa con tu hermana...

—¡Claro que me siento culpable! —exclamó ella congestionada por la rabia—. Afortunadamente, el matrimonio no se ha celebrado todavía. Tengo que volver a Londres inmediatamente.

Él frunció el ceño.

—Volverás mañana por la mañana con mi tía y yo, como habíamos previsto...

—¡Nathaniel, ya no eres quién para decirme lo que puedo hacer o dejar de hacer! —replicó ella con los ojos como ascuas.

—¿Lo he sido alguna vez? —preguntó él mirándola con cautela.

Ella frunció el ceño. Habían pasado tantas cosas ese día, cosas tan espantosas, que oír que Diana estaba prometida con su tutor era excesivo, no podía asimilarlo.

La verdad era que Caroline y ella nunca habían visto que Diana estuviese realmente atraída por el ligeramente fatuo y superficial Malcolm, pero lo habían aceptado. Además, enterarse de que Diana, siempre serena y reflexiva, iba a casarse con un hombre tan peligrosamente apuesto como lord Faulkner, y con su reputación, le parecía increíble.

—No, nunca —contestó ella—. Ahora, si me disculpas, tengo que subir a terminar de hacer el equipaje.

—Naturalmente —concedió él con ironía—, pero si conozco algo a Gabriel, y lo conozco, tus objeciones a su matrimonio no servirán de nada.

Los ojos azules de Elizabeth dejaron escapar un destello de furia.

—Y si yo conozco algo a Diana, y la conozco, Caroline y yo no tendremos ningún problema para convencerla de que se replantee su boda con lord Faulkner.

Se dio media vuelta y salió de la biblioteca con la barbilla desafiantemente alta.

El buen humor de Nathaniel se esfumó en cuanto se quedó solo. Elizabeth se había comportado como la hija de un conde, como una joven especialmente hermosa y de alta cuna que estaba fuera de su alcance por todo lo que había hecho él.

Diecinueve

—...¡repito que no se puede permitir que Elizabeth se retire a su dormitorio cada vez que lord Thorne va a visitar Westbourne House!

—No podemos sacarla por la fuerza de su dormitorio.

—No pensaba emplear la fuerza.

—Entonces, ¿qué piensas emplear?

Elizabeth estaba en su dormitorio y escuchaba los susurros de sus hermanas en el pasillo. Tenía mucho interés en oír la respuesta a esa pregunta.

Aunque Diana solía ser serena y reflexiva, era la que defendía acaloradamente que había que sacarla de su dormitorio. En cambio, Caroline, enérgica e impetuosa, era la que razonaba para no hacerlo. Todo ello era desconcertante, pero había encontrado muy cambiadas a sus hermanas cuando llegó a Westbourne House hacía tres días...

El apresurado viaje de dos días desde Devon fue cansado, pero sin incidentes. Ella se quedó en el carruaje con la señora Wilson y Letitia mientras Nathaniel viajaba en su propio carruaje. Solo se vieron cuando pararon a comer o a dormir en una posada, pero no fue complicado eludir la compañía del otro. Bastante tenía con comprender claramente lo que sentía hacia un hombre que nunca podría corresponderle como para tener que presenciar su desilusión al saber que había mentido para entrar en la casa de su tía.

Su llegada a Westbourne House estuvo llena de lágrimas y sorpresas. De lágrimas, porque se alegró de volver a ver a sus hermanas tanto como se alegraron ellas y porque las tres lloraron como Magdalenas cuando les contó la verdad sobre lo que le había pasado a su madre. De sorpresa, porque todo lo que le había contado Nathaniel sobre sus hermanas había resultado ser verdad. Hasta el amor sincero de Diana por Gabriel Faulkner...

Cuando le presentaron a lord Dominic Vaughn, el hombre del que se había enamorado Caroline y vio a un hombre alto, moreno, de aspecto peligroso y con una cicatriz en el lado izquierdo de la cara, tuvo la sensación de que lo había visto antes. Una sensación que desechó al principio y que le pareció ridícula. Si hubiese conocido alguna vez a Dominic Vaughn, ¡se acordaría con toda certeza!

Hasta que se acordó de aquel día en el parque, hacía ya unas semanas, cuando rescató a Héctor de las ruedas de un carruaje... Un carruaje conducido por un hombre apuesto, moreno y con una cicatriz en la mejilla izquierda que iba acompañado por una joven muy hermosa que le recordó a Caroline.

Luego, cuando comentaron lo que habían hecho, comprendió que, efectivamente, habían sido Caroline y Dominic. Las aventuras de Caroline desde que llegó a Londres habían sido más escandalosas que sorprendentes. Por ejemplo, ¡se enteró de que a Nathaniel le rompieron las costillas y le cortaron la cara por defender a Caroline durante una pelea entre borrachos en un club de juego para caballeros que era propiedad de Dominic!

Aunque más asombroso todavía era que su hermana, normalmente muy testaruda, le consultara todo a lord Vaughn, desde el vestido que iba a ponerse esa noche para cenar hasta la organización de su boda, que iba a celebrarse la semana siguiente. Algo que el arrogante y autoritario conde de Blackstone no aprovechaba, sino que alentaba al acomodarse cariñosamente a todas las necesidades de Caroline. Estaban tan evidentemente enamorados que era casi doloroso para ella, quien sufría por sus sentimientos no correspondidos hacia Nathaniel.

Sin embargo, lo que más la asombraba eran los cambios que había visto en Diana. Siempre había sido cumplidora y siempre había puesto los deseos o las necesidades de los demás por delante de los propios, pero se había convertido en una joven segura de sí misma, que tenía opiniones propias, que las decía sin miedo y cuyas necesidades Gabriel satisfacía encantado de la vida. El amor que sentía hacia la Diana serenamente segura de sí misma se reflejaba en esos ojos azul oscuro que la miraban constantemente. Efectivamente, como le había dicho Nathaniel, y ella había rebatido por desconocer los sentimientos de su hermana, era claramente otro matrimonio por amor.

Al parecer, ella era la única desdichada en ese extraño giro de los acontecimientos. No porque envidiara lo más mínimo a sus hermanas por su felicidad, o por los hombres tan apuestos de los que se habían enamorado, sino porque, por primera vez en su vida, se encontraba realmente sola.

Seguía estando unida a sus hermanas, pero Diana y Caroline tenían otras exigencias sentimentales y estaban felices de satisfacerlas. Se sentía sola, aunque estuviese rodeada de gente que la quería, porque había perdido toda la esperanza en lo relativo a Nathaniel. Muchas veces prefería retirarse a su dormitorio antes que presenciar silenciosamente todo ese amor... y se retiraba siempre que Nathaniel iba de visita a West-bourne House.

No obstante, como Diana había afirmado tajantemente, y ella había decidido durante los últimos minutos, esa situación no podía continuar. Sobre todo, cuando, la semana siguiente, Nathaniel y ella iban a ser testigos de las bodas de sus hermanas.

Tomó aliento y abrió la puerta. Sus dos hermanas se callaron inmediatamente y se dieron la vuelta para mirarla con remordimiento.

—Creo que Diana pensaba emplear el argumento de los buenos modales para convencerme de que saliera del dormitorio, ¿verdad? —murmuró en tono irónico.

Diana fue la primera en reponerse y se dirigió a ella con un ramo de claveles rojos que le tapaba un poco el rostro ruborizado.

—Son para ti —le dijo mientras daba el ramo a la atónita Elizabeth.

Ella dejó escapar una risa nerviosa.

—Ya había decidido bajar a cenar con todos vosotros y te aseguro que no hacía falta que me trajeras flores para convencerme.

Aun así, no pudo resistir la tentación de inhalar el profundo perfume de las flores. Diana negó con la cabeza.

—Las flores no son mías.

Ella frunció levemente el ceño y miró a su hermana mayor.

—Entonces, ¿de quién son?

—De lord Thorne —contestó Caroline con satisfacción.

Ella notó que se quedaba pálida aunque abrazaba posesivamente las preciosas flores.

—¿De Nathaniel...? —preguntó con incredulidad.

—¡Sí! —exclamó Caroline elocuentemente—. ¡Lo sabía! Anoche le dije a Dominic...

—Caroline... —Diana la interrumpió con delicadeza y firmeza antes de dirigirse a Elizabeth—. Elizabeth, lord Thorne lleva media hora con Gabriel en su despacho y está esperándote ahí para que habléis en privado.

Había mantenido en secreto su tristeza y lo que sentía hacia Nathaniel durante tres días por la evidente felicidad de Diana y Caroline, pero, en ese momento, se daba cuenta de que su silencio solo había dado pie a las conjeturas.

Sin embargo, no sabía de qué quería hablar Nathaniel ni por qué le había llevado claveles rojos.

Nathaniel iba de un lado al otro del despacho mientras esperaba impacientemente a saber si Elizabeth accedería a hablar con él. Aunque creía que no. Había conseguido eludirlo desde que llegaron a Londres y no veía ningún motivo para que hubiese cambiado de idea.

Le pareció una buena idea en su momento, pero, quizá, no debería haberle llevado flores después del arrebato de locura que le dio a Tennant aquel día en el invernadero. Aunque había elegido intencionadamente las flores más distintas a las rosas de Tennant que había podido encontrar en esa época del año.

Ni siquiera recordaba cuándo fue la última vez que le regaló flores a una mujer, si lo había hecho alguna vez, y había metido la pata... Se dio la vuelta al oír que se abría la puerta y contuvo el aliento al ver a Elizabeth. Estaba pálida y parecía frágil contra la oscuridad del pasillo que tenía detrás, tenía ojeras y las mejillas hundidas, sus maravillosos labios no sonreían y tenía la barbilla un poco levantada.

—¿Quería hablar conmigo, lord Thorne?

Hasta su voz era distinta, era más grave y ronca y no tenía el tono desafiante que ya esperaba siempre de ella. Se le cayó el alma a los pies por los cambios y por el tratamiento que le había dado otra vez.

—Por favor, ¿te importaría entrar y cerrar la puerta?

Lo miró con una expresión precavida en sus preciosos ojos azules.

—Si le parece completamente necesario...

—Me lo parece —afirmó él apretando los labios.

Ella tragó saliva, se dio la vuelta para cerrar la puerta y luego entró más en el austero despacho de Gabriel.

—Creo que le debo una disculpa, milord.

—No sé por qué... —replicó él con el ceño fruncido.

—No he sido nada considerada estos tres días pasados —había decidido dejar de eludir a Nathaniel y no iba a andarse con medias tintas—. He sido muy desagradecida si tenemos en cuenta que le debo la vida.

—Venga, estás poniéndote melodramática.

—En absoluto —Elizabeth entró un poco más y la luz de las velas iluminó su esbelto cuerpo con un vestido color crema—. Sir Rufus estaba enloquecido de verdad y ese desequilibrio emocional podría haberse convertido en un arrebato asesino cuando se hubiese dado cuenta de que yo no era mi madre.

Él apretó los dientes con fuerza.

—Y yo debería haber sabido desde el principio que no eras lo que parecías.

Ella sonrió con pesadumbre.

—Pero creo que sí sabía que había algo que no encajaba en mi papel como señorita de compañía.

—Es posible, pero saberlo no impidió que... me tomara ciertas libertades.

Ella se sonrojó al acordarse de lo que había llegado a hacer con ese hombre.

—Creo que soy igual de culpable por tomarme las mismas libertades con usted.

Él estuvo a punto de dejar escapar un gruñido y notó la incipiente erección solo de pensar en las delicadas caricias de sus manos y su boca en el miembro turgente. Se dio la vuelta para mirar el crepitante fuego y para que ella no notara su reacción física.

—Elizabeth, intento disculparme por mi comportamiento y...

—¡Preferiría que no lo hiciera! —le interrumpió ella implacablemente.

Él se dio la vuelta otra vez para mirarla.

—Es lo mínimo que te debo dadas las circunstancias.

—¡No me debe nada! —exclamó ella sacudiendo la cabeza.

—He hablado con Westbourne sobre lo que hice en Devon.

—¿Qué...? —preguntó ella con una angustia evidente.

—Mi comportamiento con lady Elizabeth Copeland fue inaceptable e imperdonable, y, por lo tanto, exigía que le propusiera matrimonio o que le ofreciera a Westbourne, como tu tutor, la reparación con un duelo y...

—¡Eso es un disparate!

—...y he acordado con Gabriel encontrarnos en el sitio y a la hora que él elija —terminó Nathaniel en tono muy serio.

Ella se quedó helada, sentía como si se le hubiera helado la sangre. Nathaniel, en vez de plantearse la idea de casarse con ella, había preferido jugarse la vida en un duelo con un hombre que, según le había contado Diana, dominaba la espada y la pistola.

Además, si los dos hombres sobrevivían a ese duelo, Nathaniel habría destrozado irremediablemente su amistad con Gabriel. Algo que prefería, evidentemente, a tener que sufrir una vida desdichada con ella como esposa. Se sintió devastada, no sabía si podría mantenerse en pie mucho tiempo más.

—No te he dicho todo esto para hacerte daño, Elizabeth...

¿Daño? Lo que había dicho no le había hecho daño, le había desgarrado el pecho y le había arrancado el corazón.

—Elizabeth...

Ella dejó escapar una risa entrecortada.

—¡No me has hecho daño, Nathaniel! Yo... ¿Tú preferirías que te mataran en un duelo a ofrecerme matrimonio? Una oferta que ni siquiera sabes si aceptaría... —lo miró con una palidez cenicienta.

—¡Claro que no! —exclamó él.

—Entonces...

—Elizabeth, lo elegí porque era la única manera de demostrarte que... ¡Maldita sea! —cruzó la habitación con dos zancadas, le tomó las manos e hincó una rodilla en el suelo—. Elizabeth, mi querida y hermosa Elizabeth, ¿me harías el honor de plantearte ser mi esposa?

Ella lo miró fijamente como si fuese quien se había vuelto loco, y no Rufus Tennant.

—Pero acabas de decir...

—He intentado explicarte, demostrarte, que no te lo pido bajo coacción, sino que es lo que más deseo en el mundo.

—No lo entiendo —reconoció ella en tono de perplejidad absoluta.

Él la miró con una expresión seria.

—Te amo, Elizabeth. Creo que te he amado desde el principio. Desde luego, no podía soportar que Tennant estuviera cerca de ti. Incluso el vizconde de Rutledge estuvo a punto de sufrir mi ira por hacerte caso durante la fiesta de mi tía —reconoció él con cierto bochorno—. Te amo profundamente, Elizabeth, con todo mi ser —le apretó las manos con más fuerza—. Si tengo que batirme en duelo con uno de mis amigos más íntimos para demostrártelo, lo haré.

Lo único que le importó de esa explicación tan embarullada fue que había dicho que la amaba.

—¿De verdad estás enamorado de mí?

—Tanto que estos tres días que has estado esquivándome han sido infernales para mí —gruñó él con un brillo oscuro en los ojos—. Querida Elizabeth, ¿no te das cuenta de que estoy intentando cortejarte? Aunque muy torpemente, lo reconozco.

—¿Por eso me has regalado flores?

Él frunció el ceño.

—Lo que hizo Tennant me impidió que fuesen rosas rojas, pero ¿no me darías otra oportunidad? Al menos, la oportunidad de demostrarte cuánto te amo y te adoro, la oportunidad de convencerte para que me correspondas. Haré lo que sea, seré lo que quieras si me permites hacerlo, mi querida Elizabeth.

El hielo de la sangre se le derritió por una oleada de amor que estuvo a punto de abrumarla. Captó lo que se reflejaba en lo más profundo de sus ojos y supo que era amor por ella. La amaba. La amaba tanto que estaba dispuesto a batirse en duelo con unos de sus mejores amigos para demostrárselo...

—¿Y si rechazo tu oferta?

—Entonces, me temo que no me dejarás otra alternativa que seguirte tan sumisamente como Héctor y ser un incordio para que acabes apiadándote de mí y me des algunas migajas de tu afecto.

Ella sofocó una carcajada por la simple idea de que un hombre tan arrogante y seguro de sí mismo pudiera hacer algo así.

—Naturalmente, ¡después de que te hayas batido en duelo con mi tutor por defender mi honor!

Él la miró con los ojos entrecerrados.

—¿Estás riéndote de mí?

—Jamás... —ella se arrodilló delante de él y le tomó la cara entre las manos—. Nathaniel, rechazo la oferta de que intentes convencerme para que te ame. Ya te amo. Te amo tanto que... incluso haberte visto estos tres días pasados habría sido un sufrimiento, haberte mirado y haber sabido que solo me considerabas la hija de Harriet Copeland, una mujer que...

—Cuyo único pecado fue amar más profundamente de lo que quizá fuese sensato —le interrumpió Nathaniel—. No me enorgullece reconocerlo, Elizabeth, pero si por una casualidad hubieses estado casada cuando nos conocimos, creo que habría hecho lo mismo que hizo Giles Tennant hace diez años, que habría intentado conquistarte para que abandonaras a tu marido y a tu familia.

—¿De verdad...?

—No me habría quedado otro remedio —contestó él con sinceridad—. ¿De verdad me amas? —añadió con incredulidad.

—De verdad, sincera, eternamente —confirmó ella con la voz ronca y mirándolo con adoración—. ¿Crees... crees que podremos casarnos a la vez que mis dos hermanas?

Nathaniel la abrazó con toda su alma.

—Yo me ocuparé, pero ahora, por lo que más quieras, bésame.

Algo que ella estaba ávida de hacer.

Cinco días después, lady Elizabeth, lady Caroline y lady Diana Copeland se unieron en matrimonio con el conde de Osbourne, el conde de Blackstone y el conde de Westbourne respectivamente.

CAROLE MORTIMER

La dama dijo sí

Lady Diana Copeland fue a Londres para decirle a lord Faulkner, el tutor que le habían asignado, lo que pensaba exactamente sobre sus intolerables pretensiones matrimoniales. Sin embargo, el encuentro no resultó como creía: ese hombre impresionante con aquel brillo altivo en los ojos no podía ser el tutor viejo, necio y presuntuoso que estaba esperando... Diana tomó una bocanada de aire para intentar no caer en las redes de la mirada embriagadora de lord Faulkner... ¡o para no claudicar completamente y convertirse en su esposa!

Nobleza oculta

Lady Elizabeth se había escapado de su casa para evitar un matrimonio que no deseaba y no tuvo problemas en desem-

peñar el papel de simple seño-rita de compañía de la dama que la acogió. El problema surgió cuando tuvo que cuidar a Nathaniel, el sobrino de su benefactora, que además de ser el hombre más increíblemente apuesto que había visto en su vida estaba siempre tentándola con su cuerpo de Adonis y sus batallas dialécticas.

No. 83

¡YA EN TU PUNTO DE VENTA!

JAZMÍN

COLLEEN FAULKNER
MARIDO PERFECTO

Tenía todo lo que una chica podía desear... excepto un marido.
De modo que Elise Montgomery recurrió a la guía Cómo buscar
marido para encontrar uno. Pero, según el manual, su hombre
elegido, un sexy granjero llamado Zane Keaton, era, definitivamente, el hombre equivocado. Sin embargo, después de compartir
con él unos cuantos besos estremecedores, Elise se preguntó si,
después de todo, sería un buen candidato.

JESSICA HART
LOS MEJORES AMIGOS

Josh y Bella llevaban años siendo amigos, pero de pronto Bella había empezado a ver a "su Josh" de un modo muy
diferente. ¡Se estaba enamorando de él!
Ya estaba bastante confundida cuando
Josh complicó aún más la situación pidiéndole que fingiera ser su prometida
para cerrar un importante negocio. Pero
la tensión empezó a ser inaguantable.
Sobre todo desde que Josh comenzó a
preguntarse si su amiga estaba fingien-
do realmente.

N.º 579

PATRICIA THAYER
LA MEJOR OFERTA

Jared Trager siempre había sido la oveja negra, y ahora había ido a
Texas a investigar... no a que le echaran el guante. Pero la guapísima
Dana Shayne y su valiente hijo Evan necesitaban que los ayudara a
salvar su rancho... y él los necesitaba a ellos más de lo que estaba
dispuesto a admitir.

Novias del desierto
Teresa Southwick

Atrapar a un jeque

Cuando Penelope Doyle aceptó un empleo en El Zafir y conoció a su nuevo jefe, Rafiq Hassan, un verdadero príncipe con enorme magnetismo, quiso volver a creer en el amor. Obviamente, todo un jeque no se molestaría siquiera en mirar a una chica como ella, por muy inteligente que fuera. Pero entonces la besó...

Besar a un jeque

Crystal Rawlins estaba desesperada por conseguir un trabajo, por eso habría hecho cualquier cosa con tal de convertirse en la niñera de los hijos del jeque Fariq Hassan. Y no pensó que una mentirijilla sobre su apariencia tuviera la menor importancia... Pero entonces conoció a su jefe, un hombre alto, moreno e impresionante.

Casarse con un jeque

En cuanto Kamal Hassan la tuvo entre sus brazos, Ali Matlock le entregó su corazón. Aunque el jeque era el soltero más codiciado del mundo, Ali quería algo más que la apasionada aventura que le ofrecía.

Kamal debía casarse y dar un heredero a su país. Y desde aquel mágico beso, supo que Ali era todo lo que deseaba en una mujer... y en una esposa.

Tiffany

Susan Mallery

Dos 2 en 1 uno

Dulces palabras de amor

Isabel Beebe estaba convencida de que tenía mala suerte en el terreno amoroso. Ford Hendrix, su amor de adolescencia, había ignorado sus cartas. Su marido la había dejado..., por un hombre. De modo que Isabel había vuelto a Fool's Gold para regentar la tienda de su familia hasta que sus padres la vendieran. Después se marcharía..., pero volvió Ford, tan sexy y encantador como siempre, y ella se sintió de nuevo como una chica de catorce años.

HARLEQUIN

Susan Mallery
Dulces palabras de amor
El seductor seducido

Ver a Isabel fue para Ford como un gancho directo a la mandíbula. Años atrás, cuando se había enrolado en el ejército impulsado por un desengaño amoroso, las dulces cartas de Isabel habían impedido que se volviera loco. Ahora no podía apartar los ojos... ni los labios de ella. Y tenía de pronto una razón para quedarse en Fool's Gold, si pudiera convencer a Isabel de que hiciera lo mismo.

El seductor seducido

Jack Hanson no deseaba que nada lo alejara de su bufete de abogados, pero la muerte de su padre lo obligaba a volver a casa. Por eso contrató a su vieja amiga de la universidad, Samantha Edwards. Ella era una excelente trabajadora..., y entre ellos había una evidente atracción. Samantha había sufrido mucho con el amor..., aunque quizá fuera la mujer perfecta para enseñarle a vivir.

BIANCA.™

SARAH MORGAN

SIEMPRE EL AMOR

Laurel Ferrara no tenía suerte en el amor; su matrimonio había
sido un desastre. Y no había bastado con irse sin más. Desde el
momento en que habían reclamado su vuelta a Sicilia, los esca-
lofríos de aprensión la asolaban…

La orden procedía del famoso millonario Cristiano Ferrara, el esposo al que
no podía olvidar, pero habría dado igual
que proviniera del mismo diablo…

UNA NOCHE CON EL ENEMIGO

Para su frustración, Santo Ferrara nunca
olvidó la noche que tuvo entre sus brazos a la ardiente Fia Baracchi. Cuando
un acuerdo millonario les volvió a unir,
mantener las distancias dejó de ser una
opción.

Pero Fia estaba viviendo una mentira.
Si se llegara a descubrir que su precioso hijo era el heredero de Santo sería

N.º 487

repudiada. El conflicto entre sus familias era legendario, pero su
verdadero miedo era no poder olvidar los ardientes recuerdos
de la única noche que pasó con su enemigo.

¡YA EN TU PUNTO DE VENTA!